师道尊严呼哉

吴赞恩 著

中国出版集团
现代出版社

图书在版编目（CIP）数据

师道尊严呼哉 / 吴赞恩著. -- 北京 : 现代出版社, 2017.4（2024.1重印）

ISBN 978-7-5143-5937-4

Ⅰ. ①师… Ⅱ. ①吴… Ⅲ. ①长篇小说－中国－当代 Ⅳ. ①I247.5

中国版本图书馆CIP数据核字（2017）第071966号

师道尊严呼哉

作　　者　吴赞恩
责任编辑　李　鹏
出版发行　现代出版社
地　　址　北京市安定门外安华里504号
邮政编码　100011
电　　话　010-64267325　010-64245264（兼传真）
网　　址　www.1980xd.com
电子邮箱　xiandai@vip.sina.com
印　　刷　三河市京兰印务有限公司
开　　本　710×1000　1/16
印　　张　20
版　　次　2017年7月第1版　2024年1月第3次印刷
书　　号　ISBN 978-7-5143-5937-4
定　　价　55.00元

目录·CONTENTS

1.就算是秋黄　也无收获的光泽

因为去年冬天很冷，所以今年夏天很热。

这么说，在我们这儿是对的，不但是对的，而且是很对的。

秋天可以证明。如果开学时比暑假里还热，而暑假里已经热得连车盖上也可以煎蛋了，那么，这么说是不是对的？

当然是对的。新教师荆世骇体会尤其深刻，他一边在空调的冷气里听A状元小学的新校长——康校长的开学大会发言，一边涔涔地冒着汗。他周围的新同事们看上去也是水淋淋亮晶晶的，很是滑稽。要命的是，他们之前已经熬了一个钟头了，现在康校的总结性发言似乎让人看到了黎明前的曙光，却又不知何时阳光普照。更要命的是，这道曙光对刚刚被任命为班主任的荆世骇来说只是流星，因为在康校眼看就要说“谢谢各位”时，突然补充道“请班主任留一下”。最最要命的是，德育处樊书记在班主任会毕前又通知“请新教师下午一点在小会议室开个碰头会”。荆世骇算是第一天正式来上班，当然是新教师啦！

下午一点开会的时候，荆世骇热得差点连衣服也不想穿了。好在新教师中有个美女，让他的心凉爽了一下。更让他爽的是，这个美女新教师居然和他教平行班，并且也教语文！她自我介绍时说叫卞青青，徐州师范毕业，盐城人。让荆世骇大吃一惊的是，她长得竟像寇蓝。瓜子白脸扁圆细腰，中短薄纱粉裙，外加一把扫肩辫和大肉粽胸。卞青青让荆世骇暂时忘记了天的热。

荆世骇被安排教五（1）班语文，顶替流动出去的原语文老师兼分管教学工作的易副校长。这个安排有康校对他的信任，易副校长是市语文学科带头人，五（1）班好多学生的家长当初都是冲着他来的，如今他突然被调走，谁来顶替他才能安下那些家长的心，成了康校的心事。幸运的是他在招聘时发现了荆世骇，一个中文系硕士生，说课、试上课、笔试名次分别是三二一，而且面试发挥极佳，尤其是在回答“你为何选择小学教师这个职业”的问题时，他的答案尤其令人心爽。

我是想找回自己的童年！

这个回答和康校的办学理念有某种暗契，一所小学校里，如果连学生的童年也找不到，那么还办它干吗！

A状元小学作为一所“乡镇（拆迁户占大多数）小学”，按理是抢不到这样的优秀新教师的，不按理的是区教育局关局长和康校长是师生关系，总归卖点人情，把荆世骇给了他。意思也很清楚，人我给你了，学校也得给我办好。

康校长在确定荆世骇归他后，找荆世骇谈过一次话，把“抢”他的过程说了一遍，同时还暗示他是培养对象，很可能塑造为A状元小学“新教师专业发展工程”的一个典型。荆世骇想不到自己有这样的礼遇和运气，暗下决心绝不辜负康校的殷切期望。

我妈妈说易老师被调走了，那谁来教我们语文呀？阙无言在微信上对查鑫欣说。

阙无言他爸是镇上的小土豪，接触人多，消息灵通。查鑫欣当然信他的话啦，她发了个吃惊的表情，无语。

我们要不要去看看他呀？易老师挺喜欢我的，走了真可惜。阙无言接着问。

你知道易老师为啥被调走吗？查鑫欣问。

我爸说他是和人抢大校长的位子输了，才被调走的。阙无言说。

是吗？查鑫欣有点不信，易老师那么好说话，怎么会去抢呢？再说他自己已经是校长了呀。

副校长和大校长不一样的，阙无言好像很懂的样子，我爸说大校长可以多赚好多钱的。

这样啊。查鑫欣似乎信了，她知道大人们最喜欢赚钱了。可是，易老师想赚钱可以跟我们说呀，我们都到他那里去补课，他不就可以多赚钱了吗？

切！这不是补课不补课的事，你不懂的。阙无言说。

你懂，那你说，易老师为啥要去抢大校长的位子？

不跟你说了，你去不去看易老师？阙无言说。

当然去啦，我们多搭几个人去，就说要他补课，说不定他就不走了。查鑫欣说。

还说补课，无语。那好，你说搭谁？

两人微信上拉了一串名单，好多头像都暗着，招呼了半天，电话也打了，才招到好朋友金霸王和田螺。出门前，阙无言带了点钱，礼貌起见，他想买个西瓜给易老师。他没和查鑫欣他们说，他想别去花他们的钱了。

午后的太阳更毒更辣，四个小孩中只有金霸王带了把伞，她的伞传来传去，最后决定还是自己撑着吧，天实在太热了。阙无言好不容易买到了一个十斤的西瓜，又觉得太重，先是自己拿，拿不了十米又放下，后来和田螺一人各拉马甲袋的一边，才走了几十米田螺就受不了了。后面的金霸王看不过去，替了田螺。她可是女中霸王，所以叫金霸王，在班里，没几个男生的力气比她大，她的真名叫金软。

他们终于来到了易老师家门口，谁知敲了好长时间的门也没人应。那只圆滚滚的西瓜似乎也热出了一身汗，细一看，湿湿的，它裂了。

我们真笨！田螺突然叫道，今天老师开会，易老师肯定也去新学校开会了。

要不要打个电话？他在哪个学校呀？查鑫欣说。可是谁也没带手机。

算了，先吃西瓜再说。阙无言说完，一拳头砸到了流水的西瓜上。

2.除非时序颠倒　春不在冬的背后

大清早刚到校，康校长就被拥堵在了门口。堵他的人主要是些“没有报到名的家长”，他们有的带着自己的小孩，说是要报名；有的揣着某领导的纸条，也说要报名；有的拿着假房产证，硬说要报名；有的什么也没带，还是说要报名。

康校长一时招架不过来，像逃难一样逃到了自己办公室门口。不过，追的人速度更快，一下又把他堵住了。他好不容易开门坐定，那些家长就开始“进攻”了，有人一边笑嘻嘻地递上烟，（烟绝对是中华以上，大熊猫以下，软中华小意思，极品云烟等等），一边亲切地喊着“康校长康校长”；有人虽没有烟，却送上一句味道更浓的话——有人家没拆迁，怎么可以读的呀？有人索性哭着腔商量说，我房子已经买了，只不过房产证还没办下来，先让我小囡读吧。

这样的情景，康校长有所预测。按理说，本地校应先满足本地生的就学，才能接收外来人员子女。可是这里有特殊情况，它还有一所离镇较远的村小，村小负责招收周边没有拆迁家庭的子女，中心校负责接收拆迁家庭的子女和就近人员的子女。可是，区里和镇里经过商量，决定对一些为本镇经济建设做出贡献的外来人员子女也开放，只要他们符合以下条件即可。一是在本镇买房的或有暂住证一年以上，在本镇正规单位工作一年以上，并能出具收入或险金证明的；二是在本镇办厂的有一年以上营业执照的私营业主；三是有一个监护人的户口在本镇的。

如果照章办事，也不难办，难办的是有些人不符合条件，却又拿着区里或镇里某某领导的条子，条子上说“……请照顾一下”，那就难办了。收了一个有第二个第三个，不收吧，领导的面子往哪儿放，再说今后学校的发展说不定还需要那位写条子领导的支持。前几年，条子很管用，近几年，条子的作用越来越小，因为用的人多了。后来发展到学校和上面达成默契，凡是条子用水笔或钢笔写的，事可办可不办；凡是条子用铅笔写的，事一定要办，说明打招呼的人来头大。再后来，发展到后门生先不和大部队一起报名，免得有人眼红盯牢，等开学了几天，才将其偷偷地塞进班级。真是时移世易，如今不起眼的老百姓也变成孙悟空了，神通广大，总能要到这领导那领导的条子。

本来这事康校长在开学前处理得差不多了，想不到开学了还有这么多人来找他，甚至有个碰了钉子的外地家长打了电视台电话，说是A状元小学剥夺他小孩的受教育权，不让其读书。康校没有办法，只能和他们慢慢磨，好在上面鼎力支持他的工作。最后的结果是有人报到了名，有人只能回村小或者去读民工子弟学校或叫阳光小学。

荆世骇没想到做班主任第一天做的事是发书和收钱。书有语、数、英、科学、艺术、劳技、美术、音乐、品德与社会教材各一本，语数英相配套的《补充习题》各一本，语文还有硬笔软笔习字册各一本，再加上各科作业本一堆。除了这些，还有非新华书店出售的语数英《练习与测试》（附试卷）、《一课一练》各一套。

书发完了就是收钱，刚想收，学校又发通知，等等再收。意思是看看周边学校怎么收再决定收多少。

自教材免费以来，收的钱就不那么多了。综合实践活动费100元，教辅资料85元，保险费50元，饭钱165元（九月份的），总计400元。当然还要开发票，两份，85元教辅资料费和保险费另开。这就是所谓的一费制。

你说荆老师阿是真的有27岁了，看上去还是个小孩。背着装满新书的书包回家时，查鑫欣对田螺说。

荆老师说他刚大学毕业，按道理说没有27岁呀，我有个亲眷姐姐，大学毕业只有23岁。他读的是啥大学呀？一向聪明的田螺也说不清楚了。

别管他多大了，你觉得他阿比易老师好？查鑫欣问田螺。

不晓得，老师都一样的。田螺淡淡地说。

怎么一样？这个荆老师还帮我们搬书咧。查鑫欣反对说。

易老师也搬过。田螺说。

可是荆老师搬了三趟，还挑最重的搬咧。查鑫欣赶忙说。

切！你是不是瞄上他啦，荆老师荆老师的。不过他长的是蛮帅的。田螺做了个鬼脸。

放你的屁，你只死田螺。查鑫欣做出要敲上去的样子。

山楂片！不是你面孔红啥？说着，田螺一躲，也有点脸红了。

死田螺你还讲！查鑫欣说着从地上捡起一粒石子。

田螺马上变成了田鸡，几下就跳开了。其实，他倒是不在乎被山楂片敲几下。

那边，阙无言和金霸王可没急着回家，他们看看时间还早，和几个伙伴逛街去了。用他们的话说，这叫“最后的盐——难得闲（咸）呗”。

晚上，荆世骇回到住处，拿出苏教版五年级语文上册教材，打开备课本（学校规定三年以内的新教师一律手写备课），翻开《教师教学用书》，写下“1. 师恩难忘”。

课备得很顺畅，他不知道刘绍棠是否真有这么一位田老师，用一千多个故事引领他走上文学之路。他只是觉得，自己从今天开始也将扮演田老师的角色，引领那 45 个鲜灵的生命走一段路。这段路也是他曾经走过的，只不过印象里似乎已经找不到它。他不能让他的学生重蹈他的覆辙，他想给他们留下点什么，到底是什么，他也说不清。也许是快乐，或许是伤痕。他在睡前的日记中写道：……我终于第一次真真切切地体会到做老师的荣耀了，那么多只好奇和纯澈的眼睛里，尽是勃勃的生命之光和温温的情感之泉，这光和泉也定将照亮我人生的一段路……

然而，荆世骇不曾料想，45 个闪光的生命，差点湮灭在他引领的路上。

3.没有季节　我只有歌声

第一遍铃声响时，荆世骇已经站在了讲台前。按规定，第二遍铃声才是上课铃，第一遍是预备铃。也就是说，即使教师不拖堂的话，学生们的十分钟课间休息时间只剩了八分钟，一旦拖堂，就只剩上厕所的时间了。荆世骇的语文课被排在早读之后。早读按教导处规定从七点三刻开始（也有工作认真的老师关照学生七点半到校的），八点十分结束，八点二十上第一节。每周的早读课有五节，英语和语文老师各两节，数学老师一节。荆世骇分到了周一和周三的，所以他有两天是早读和第一节连着上的。

45 个学生毕恭毕敬地坐着，手像剪刀一样整齐地叉在课桌上，他们等待着新老师的第一节课的第一句话。

你们以前就是这么坐的吗？荆世骇学着学生腔问。

顿了几秒，才有几个胆大的学生回道——是的。有几个忍不住，“嘿嘿”笑出了声来。荆老师的第一句话大大出乎他们的意料，根据经验，一般新老师第一节课第一句话都会说“同学们，大家好，我是大家的新朋友”之类。

你们喜欢这样坐吗？荆老师继续问道。

教室里出奇的静，谁也不知道该如何回答这个问题。他们瞪着大大的眼睛，想从荆老师脸上读出点什么，是回答“喜欢”呢还是“不喜欢”？荆老师是喜欢“喜欢”呢还是喜欢“不喜欢”？

阙无言侧头看了看金软。在三年级的时候，他就是和金软坐的，后来因为讲话被分开了。现在虽说单人单桌了，他也希望边上的是她。如果她能坐我边上多好啊。

不喜欢……虽然声音很轻，阙无言的话还是被荆老师听到了，其他听到的同学都朝向了他。到底是胖哑子（阙无言的雅号），胆大。好多想说不敢说的小弟兄投去了佩服的眼光。他们也在等着荆老师的反应。他们发现，荆老师脸上的笑容更大了。

为什么呀？荆老师走到阙无言身边。

这下完了，总不能说是想和金霸王坐一起吧。阙无言一下蒙了，只觉得脸红红的。他迅捷地瞄了金霸王一眼。

不喜欢的请举手。荆老师见阙无言不说话，抬头对大家说。

阙无言惊奇地发现，金霸王竟然慢腾腾地举起了手。紧接着，一只只小手像被大风吹倒后扶直的树苗，陆陆续续竖了起来。

既然有这么多人不喜欢自己坐的位子，那你们就挑你们喜欢的坐吧。荆老师说。

大伙儿简直不相信自己的耳朵，一下炸开了锅，轰隆隆响起来。

大家不要抢，先挑最喜欢的坐，如果被别人坐掉了，就再挑第二喜欢的，我可不喜欢争来抢去的学生。荆老师话还没说完，好多人就已经换了位。

一阵忙乱之后，原本整齐划一，男女搭配分明的学生们，一下变成七高八矮，男女乱坐的杂树林。

荆世骇没有想到，他的这一“创举”，四十分钟后就招来了麻烦，十二小时后招来了大麻烦。和他搭班的数学斯老师，立即找到他，问他是怎么回事。晚上刚吃好晚饭，康校就打电话给他，说有学生家长反映自己的孩子调了座位后看不见黑板上的字了。

年轻气盛的荆世骇对两者都没有妥协，他对斯老师的回答先是“有一些著名的学校都是这么做的”，再是“我是班主任，我有权这么做”。对康校的回答是“您也是个见过世面的人，让学生自由坐不是什么新鲜事，这样坐，一来可以尊重学生的选择权，二来可以减轻他们在课堂上的压力，有利于提高学习效率”。

康校长知道荆世骇说得有理，可是高学生遮住矮学生的视线是个事实，他希望借这个理由改变荆世骇的想法。可荆世骇却回答他“明天我让看不见黑板的学生挪挪座位，和前面的学生错开，这样就看得见了”。

你觉得荆老师好还是易老师好？晚上，阙无言在微信上问金软。

我说不准，我只是觉得荆老师比易老师还要开放。金软说。

开放好啊，这样我们就可以少做点作业啦。阙无言发了个得瑟的表情。

哼！你本来就不大做作业。再说，才第一天，你怎么知道荆老师作业多不多？金软说。

我看不会比易老师多。

难说，只要考试，就会作业多。

我爸说小学生不许考试的。阙无言得意地说。

切！你是不是梦见杨利伟了？除非你上天才不考试。金软说。

真的，我爸这样说的。

你爸你爸，你爸又不是老百晓。金软说着暗掉了微信，变成了金霸王。

荆世骇工作日记二：今天座位的事，我可能过头了。或许我没有考虑班级的实际情况，挡住视线是一个事实，因为班里人数多，能这么坐的都是小班，如果明天再错开，值日生会很难做。再说，只有我一个班这么坐，班级卫生这一项考核怎么考？我太冲动了。可是，看到学生们一张张兴奋的小脸，我又觉得自己是对的。作为一个教育工作者做的工作，还有什么比让学生感到幸福快乐更对？

4.乱了谁的心　弦断也有听

荆世骇昨天的“创举”致使办公室其他三位老师对他保持了沉默。他的办公桌在门口，所以目光总会有意无意地朝里射。他发现，对角五十来岁的荀老师似乎在窥视他，只是不敢接他的眼神。她的表情告诉他，她把他当作了异类。右侧的褚老师也是个女的，三十来岁，看似在新本子上开名，实则在不停地扫他的左侧脸。只有对面的小老头，眼神虽也是异样，脸上却是笑嘻嘻的。他姓还。

小荆啊，阿有对象了呀？还是还老师打破了沉默。不过这个话题有点让荆世骇反感，严格讲来，这是个人隐私，他却若无其事地拿出来问。

我得忍住，不能表示出不快。荆世骇强挤笑容，回道，还没有。只是这一瞬，寇蓝高挑的身影立即出现在了脑际。她是他大学的恋人，和千万对校园情侣一样，他们也上演了“毕业前花前月下，毕业后谁管他妈”的俗剧。

她现在哪儿？她在干吗呢？荆世骇的心一下静了下来，他发现这几天竟然没想她。

刚开学，老师的事太多。尤其是直接做班主任的新教师事更多。开会，开会，再开会，光8月31号那天，就开了三次会。接着还要领教材教参，总不能空着脑子进课堂吧。9月1日更忙，要领书领发票，发书，排座位，收暑假作业，作业本开名字，来了通知还要收钱。开名字等于学生罚抄书，大作文本小作文本，抄写本，默写本，习字册，补充习题，练习与测试等，根本没时间一下开好。他够尽力了，也只开了三份。不过，他发现还老师好像一个字没写，荡悠悠地在电脑上玩“空当接龙”。

第二天，米教导来办公室做学额统计，荆世骇由于没有经历过，不能确定45人是否到齐，只能到教室去数，数了好一会才数清，这也是他的“自由坐”带来的麻烦，如果整齐划一，一看就知道谁没来。这导致他放学时对班级座位稍稍做了调整，把最高的那几个学生指定在最后两排选，最矮的几个只能在一二排选，座位也要求对齐，这样，金霸王和阙无言又分开了，因为金霸王的身高是班里最高的。

为了表示自己不是“言而无信”，荆老师对学生做了不少解释。一会儿说坐姿别扭着听课对身体发育不利，一会儿说有人来检查班级卫生和眼保健操会被扣分的，大家要有集体荣誉感，一会儿又说有家长表示反对，他不能不让步。

可是他无论做何解释，阙无言也不相信他。

也是个骗子。下课时，他在厕所里对田螺说。

老师都一样，我早就说过。田回（田螺的真名）转了下头，见没人，对阙无言说。

反正以后我不会听他的。阙无言咬咬牙说。

放学的时候，阙无言没有按规定排着队出校门，而是走在大部队的边上，人为地制造出了第三排。他的眼还斜着，嘴还翘着。荆老师没有喝他，而是悄悄走到他身边，和他并排走出了校门。

回家的路上，金软赶上了他，和他并排走着，没有说话。她知道他气还没消呢，这让她心里甜滋滋的。他越气她越高兴，你想啊，他是为了不能坐她边上才生气的呀，这是不是说明他很喜欢她呀。不过，这也不能怪荆老师，有哪个班是乱坐的呀？他是新老师，经验不足，可以理解。她相信，荆老师不是骗子，至少不是个坏老师，他要为荆老师说几句话。

喂！真哑子啦。金软凑过去说。

哼！阙无言鼻子里出气。

荆老师没那么坏，要是二班那个荀老太婆，刚才你故意捣乱，早就一把耳朵拎你出去啦。

这话说得也有理。阙无言也觉得刚才荆老师放了他一马，心里的气不觉消了不少。

荆世骇工作日记三：我不知道我的“妥协”是对是错，或许，给学生部分自由选择座位的做法是最合理的。问题是，学生们不理解，只知道我荆老师说话不算数。那个叫阙无言的学生，明显因为这件事而产生了抵触情绪，他似乎很想坐在那个叫金软的学生边上，明天我该如何处理这事呢？还有我发现，我的“妥协”似乎也让斯老师她们对我友好了不少，我想他们会海涵我这个“菜鸟”教师的。只是觉得，办公室三位班主任怪怪的。荀老师看上去经验丰富，各种事做得井然有序，有机会得向她请教请教。褚老师眼含秋水，做事也能应付自如，她应该有小孩了吧，作为少妇，她也蛮漂亮的，她那个眼神，分明是在“浸淫”我，我要不要领她的情呢？嘿嘿。

5.天籁之后　是黑黑的雷鸣

米教导没有安排康校长上课，这一点他是拎得清的，如今，好多学校的一把手都不上课，即使上，也就每周安排一两节副课意思一下。真正要保持自己在专业领域青春活力的一把手，寥寥无几，吴江的薛法根算是一个，听说最近他在搞语文的什么“组块教学”，据说等此科研成果一出来，老师们就可以按照其“组块理论”照方抓药，轻松上好语文课了。这跟江湖上的“万金油”“百草灵”一样，可以包治百病。如果真是这样，建议诺贝尔奖组委会新设个“诺贝尔教学奖”。康校长和薛校长不同，他认为一把手还是要把管理放第一位，过分钻研教学业务的校长，肯定不是一个好校长。所以，他没有主动要求教导处安排他上课，不是怕上，他本身也是语文教学的行家，区学科带头人，在大区范围内也小有名气。刚上任，摸清学校情况，赶快制定管理策略和发展目标才是当务之急。等管理形成制度，学校走上正轨，再当个一线教师不迟。

可是开学没几天，就接到了局里几个通知。一是说督导处可能要来走访，视察开学工作，包括收费情况和接收学生情况等。二是有几个创建项目，请根据学校实际情况申请创建。关局的意思是希望康校长这学期申报个一两个，譬如说“市档案管理先进学校”“市平安学校”“绿色学校”“省健康促进学校”“市德育先进学校”“市少先队工作达标学校”“优秀家庭教育指导站”“市教育信息化学校”等容易通过的。三是做好家长上访工作，据说有不少家长对学校招生和分班很不满意。同样的条件，有的报到了名，有的没有，只能去民工子弟学校读。同样是学生，为何有的被分到了“好班”，有的却分到了“差班”，有的“手臂”长的家长可以随便挑班级，有的只能听天由命。上面三令五申，不许分好坏班，为何还分？实际情况是，学校没分好坏班，只是教书的老师有“好”“坏”，自然也就形成了家长嘴里的“好班”“坏班”。

分班工作主要由新来的负责教学工作的是副校长和原来学校的米教导负责，康校长找他们了解了一些情况，发现挑班的情况的确很严重，主要有两类，第一类是本校教师，不但自己的子女挑班，还介绍亲戚朋友的子女挑班。第二类是有人打招呼的学生，主要是一些乡干和社会上的老板及有名人物。康校自己也接到过乡里分管教育的领导的电话，要求关照一下某某小孩的分班，不过他把这事给忘了。在挑班的人当中，还老师的“业绩”最好，他“分配”给了米教导五个名额。如果说教育不公平，这或许是最直接的不公平了。康校不明白米教导为何对还老师如此“唯命是从”，有点恼火，不过没有发出来，他刚来，对学校人员的情况还没摸透。他决定亲自找这个还老师谈谈。

还老师请坐。在校长室，康校长很有风度地招呼着还老师，还给他倒了杯水。

还老师不客气地坐在了沙发上，同时掏出一支烟。想了想，又掏出一支，是 10 块一包的“红南京”。

蹩脚烟，康校长。

谢谢谢谢，康校长一边推开一边说，我不吃香烟咯，你也最好不要吃，对身体不好，再说，上面也有规定，学校禁烟。

还老师斜了康校长一眼，依旧掏出打火机，啪！烟草在火苗中亮了起来。一缕青烟袅袅升起，像是一个舞女在扭动腰肢。

气氛顿时紧张起来。

啥事？康校长。还老师似乎有点不耐烦了。说真的，这是他第一次被校长寻谈话预先不知道是什么事，之前的几任校长，只要找他，他就能猜出是什么事。

听说分班时，你说了几个学生，现在有人在掮。康校也不拐弯了，直言道。

哎哟，康校长，吓我一跳，我当啥大事呢，这种小事你找我干啥。还老师说完，猛吸一口烟。

小事？康校长愣了一下。他立即意识到眼前的这位老教师不是只好鸟。

事不大，可是有人掮怎么办？康校长迎了上去。

啥人掮？你寻他来，我来摆平。还老师的口气有点像江湖人物了。

啥人不晓得，反正局里来文件了。康校长毫不示弱。

去，局里来啥文件？局里的文件里有没有说学校食堂是谁承包的？还老师一点也不怕。

康校长没想到还老师会来这一招。的确，学校食堂是个不能多问多说的所在。这学期他刚上任，就有人通过乡里和局里的关系找到他，想顶替原来承包的老板。他知道规定，没有马上答应，包给谁必须通过招投标，其中一个环节就是请学校的“膳委会”投票，得票多者中标。但是膳委会是校长派人成立的，膳委会成员也是由校长指定的，实际上由谁来承包食堂基本上还是校长说了算。不过，康校长知道食堂这碗水不能乱碰，就有人因为“每天从每个学生身上拿五毛钱回扣”而锒铛入狱。他于是把这件事派给了负责管理总务处的蔺副校长处理了。最后一家叫“月光公司”的中了标。这个结果是不是让上面满意他不清楚，肯定的是关局长没有跟他谈这件事，那说明上面“没有意见”。

6.是秋　能萌发另一种生命　她在吼

荆世骇终于想到了处理“座位”事件的办法。他找到了阙无言等几个表示不满的学生，在办公室问他们：

座位的事情是荆老师不对，没有完全守信，如今也只能这样了，你们觉得荆老师应该受什么处罚？

阙无言他们本来有点低的头一下抬了起来，原本以为是来受罚的，不料却是来罚别人的，而且这个人就是他们的班主任荆老师。他们面面相觑，不知说啥。阙无言此时想到了田螺，如果他在，一定会有办法的。可是他乖，并没有对座位的事表示不满。

办公室三位老师也投来了好奇的目光。他们不明白这个心高气傲的新教师为何对学生如此低声下气。尤其是还老师，目光从“空当接龙”里移到了荆世骇的脸上。他没有笑，而是静静地等着接下来要发生什么。

不要怕，荆老师是诚心请你们处罚我的。荆世骇对着阙无言说。

阙无言看看其他三位老师，再看看周边的几个同学，欲言又止。凭直觉，他觉得荆老师是认真的。可是，怎么能处罚老师呢！

荆、荆老师，我们对座位没有意见了，我们听你的。阙无言大着胆子说出了想法，其他同学也松了一口气，心想，这个回答肯定是荆老师最满意的。

不！阙无言，荆老师必须受罚，因为我犯了言而无信的错，我真心地请你们处罚我，拜托。荆世骇说着，把手放到了阙无言的肩上。

那、那你就让我们少做点作业吧。阙无言大着胆，说出了对自己最“有利”的想法，因为他最怕的就是做作业。其他同学也“嗯”了一声附和他。

这显然不是什么惩罚，荆世骇没有为难他们。

这样吧，我自罚，所有的语文课黑板都是我来擦，怎么样？这是荆世骇早就有的想法，虽然如今的黑板都是磁性黑板，粉笔也是“无尘粉笔”，可是粉尘免不了会有，十来岁的孩子，肺还很嫩，对他们的健康不利。

荆世骇没有答应他们“少做点作业”是因为米教导刚发来了一张“语文作业布置和批改要求”，其中必须做且要检查的作业本有大作文、小作文、抄词语本、默写本、习字册、补充习题和摘记本。必须做但不检查的作业有《练习与测试》《一课一练》。

还老师，如果作业不按要求做会怎样？荆世骇见还老师还看着他就问。

考核时扣两分，一分 100 元。还老师脱口而出，显然对考核条例烂熟于胸。

接下来正好准备做第一课《师恩难忘》的作业，荆世骇突然有了决定，他不准备按照“作业要求”做，他有自己的想法。

“要求”中提到：作业布置、批改必须及时，打√时√必须打在最右边最后一个字的底部，且√的大小要一致。大作文（所谓大作文就是教材上每个单元的习作）必须有眉批和总批，等第一律写在题目右边，文末写批改日期。小作文（就是除大作文外的习作）可以没有眉批，但也要有等第和评语，错字和别字订正要画半框，让学生把准确字写进去，并及时“关门”。“订正”二字写在学生作业最后一行的左下，占两行，要有冒号，若纠正错别字，须示范写一个，订正遍数不能超过三遍。补充习题必须一空一√，订正必须订在每页边线一侧的空白处。《摘记本》有“所摘文题（或书名）”“作者”“摘录时间”“精彩词句”“精彩段落”“观后感想”等栏，每栏必须写上，后三栏最多不得空满两行。每一次作业必须有计分格，计分格占两行，四厘米，左边一厘米处画竖线，用从左顶点到右下点的斜线分开，上面写月份，下面写几号，右边三厘米处打等第。等级分“优秀、良好、及格、加油”四档。

要求还有不少，荆世骇没有看完。

出校门时，阚无言、金软、田回、查鑫欣他们说说笑笑走在了一起。他们高兴啊，荆老师不仅向他们道了歉，还自罚了擦黑板，就连作业也是布置得超有趣。就拿抄写本来说吧，以前易老师规定划的词语必须用黑色水笔抄三遍，每行只能抄四个，生字还要注音。荆老师倒好，除了要求写个题目，接下来随你们怎么写。用什么笔不规定，抄几遍不规定（至少一遍），一行抄几个不规定，注不注音不规定。只要你在抄之前大致规划一下，有几个词语，自己抄几遍能记住，所要抄的词语大概要占多大的页面，然后设计一个喜欢的抄写方式，譬如你要把词语抄成一个❤，那你得设计好，包括用色、大小。字体也不规定，就算是用“蝌蚪体”也行，只不过得让荆老师看得懂。

金霸王，你抄了个什么呀？阚无言走到金软边上问。

我抄了个音符，金霸王似乎有点不高兴，才刚开学，斯老师就把音乐课给占了，说什么来不及订正作业。

上也没劲，她自己又不会唱歌的，只会拎个录音机，放啊放，肯定又是那几首歌。田螺的话似乎让金软高兴了点。

你们说，荆老师会不会教书呀，语文作业做得像画画作业似的。还有，到现在我们班干部还没选咧。查鑫欣皱着眉头说，好像很为荆老师担心。

管他呢，有劲就行。阚无言说。

哎。今天语文回家作业只是去找一首“数字诗”，我老妈肯定以为我瞎说。田螺还没说完。其他三人不约而同指着他背起了《师恩难忘》里的那首“一去二三里，烟村四五家。亭台六七座，八九十枝花”。

你犯贱！

荆世骇工作日记四： 我不知道那些作业要求是谁定的，如果从一年级开始，学生们就在这样的要求下做语文作业，那他们对语文的心就死了一半了。记住一个生字的方式不只有抄，还有其他方法，譬如用它的结构特点进行意趣创作。记得小时候，老师教我生字时，总是把笔画教一遍，然后抄几遍。时间一久，不去温习就会忘，补救的办法就是继续抄。如今，我们有《习字册》，就是让学生练字的书法本，因此在抄写本上就不必再那么死板了。假如学生能用一个汉字的音或形或义去创作一个自己的作品，那么这个字他还会忘吗？我既然这样做了，就不会后悔，即使扣再多的分，顶再多的压力，我也会挺下去。我已经对学生失信过一次，这次不会了。

7.拐弯的时间　大脑被清屏

米教导又叫人发来了两张表和一张“要求”，分别是《A 状元小学语文教学进度表》《A 状元小学青年教师开课表》和《A 状元小学语文备课要求》。进度表上清晰地排好了教学进度，譬如第一周表上安排的教学内容是“培养良好的学习习惯、第一课《师恩难忘》、第二课《陶校长的演讲》”。开课表上把荆世骇安排在了第三周上公开课，他发现那个卞青青在第五周。由于她的班级在楼下，所以她的办公室也在他楼下，如果在一个办公室多好啊，他想，脸上露出了色相。关于备课要求，荆世骇有点火，按理一开学就要发的，像他已经备了几课时了，不符合要求岂不要重备？按照要求，每课必须有明确的教学目标、教学重难点、教学准备、课时安排。每课时还得有教学分目标、重点难点。板书要简洁清晰，与教学内容配套。而且，5 年以下青年教师必须备详案，这就意味着荆世骇他们每天必须得手写三千字左右，假设细致一点，四千字也不多。还得有一周的提前量，按照这个要求，荆世骇其实已经违规了，他没有提前量。

他有点着急地去问荀老师。荀老师告诉他没事的，只要检查时教案不缺就可以了。

荀老师，你的教案能不能让我参考一下？他很有礼貌地问道。

我还没备呢，我年纪大了，电子备课……说着，荀老师看了眼对面的褚老师，没有说下去。

小荆老师啊，我有去年的备课，不知你要不要？早就在注意他一举一动的褚老师温柔地说道。

好的呀，谢谢。荆世骇连忙转向褚老师，只见褚老师正一脸春风地看着他。

对对对，褚老师是教学能手，马上要评区学科带头人了，她的备课肯定标准的。荀老师马上补充道。

褚老师却没理她，继续说道，只是“飞秋”（一种电子办公软件，可以发布消息，上传文件等）上传起来慢，不如用QQ吧。

荆世骇没想到，褚老师还用QQ，按理应该用微信了。

好的好的。荆世骇说完立即把自己在大学里用的一个QQ号码写了下来，这个QQ好久没用了，之前主要用来和寇蓝逗趣调情，现在用来传备课也算是“废物利用”吧。

此时，还老师和荀老师互相对望了一眼，嘴角同时露出诡秘的一笑。

我的备课可能已经过时了，你好用就用，不能用就算了。刚传完，褚老师就笃笃笃来到了荆世骇身边，看着他把文件打开。

小荆，实在不行，你抄抄教案么就好了。对面的还老师笑着对他说。

是的，荆世骇把发的教参给忘了，其中一本就是《五年级语文上册教案》。可是他觉得教案是用来参考的，不能用来照抄。

小荆老师，别去听这个老节生的。你刚来，总归要用点心的吧。褚老师嗔怪道。

谁知还老师不但不生气，反而笑着接道，都像你褚老师这样，不都人人要成为特级教师啦。

褚老师白了他一眼，没再理他。直到荆世骇也不再说话，她才离开。接下来她有课，她走后还老师告诉他，她是他们五年级的语文备课组长，他们的备课就是他检查的。荆世骇这才记起“飞秋”共享文件里有个“学校主要工作人员安排表”，在表里，就有褚老师的工作安排。

他细细地看了褚老师传给他的教案，又拿出《五年级语文上册教案》，对照了起来，发现差别不大。他再到百度一搜，发现有些内容网上也有。这让他一下明白了刚才荀老师的话。电子备课也就是复制粘贴，认真一点的复制下来后稍作修改。褚老师发给他的教案里就有“修改意见”一栏。还有就是教学反思，网上也有，不过褚老师的好像是自己写的。

几天下来，荆世骇发现他的语文作业学生们来不及做了。课程表上，包括习作课在内，总共六节课。若按照教案上，每篇课文至少要上两课时，有的要三课时，根据进度表，这第一周，他勉强只能将课文内容上完，根本没有时间做作业，就算把早读用进去也来不及啊。学生们要抄词语，练钢笔字，做补充习题，做练习与测试，一课一练，摘记本，还要默写词语，两个早读根本来不及做。接下来第二单元要做大作文、小作文，时间更不够。

荆世骇不知道还老师他们是怎么完成这个任务的。

还老师，你们作业来得及做吗？

在“空当接龙”里的还老师抬起头来看了他一眼，淡淡地说，来得及的哇。

荆世骇还想问下去，见还老师似乎不太高兴，就没再开口。后来他问了自己班的学生，才知道好多作业都是学生们在课间和午间做的，也就是说学生们的饭还在嘴里时，就要忙着做作业了。并且，放学后还有一堆作业等着他们。

荆世骇有点愣住了，想想自己念小学时，也没这么多作业啊。怪不得上面规定学生每天必须运动一小时，可是后来他发现，这一小时，学生们还是在做作业。

荆世骇工作日记五：当“作业”变成“作孽”的时候，老师们就变成了恶人。在这种情形下，老师对学生所有的关心都变成了恶心。在学生眼里，只要不布置或少布置作业的老师便是好老师。就像一个人在肚子都吃不饱的情形下，是不会去关心艺术、尊严、人格和自由的。学生们在大量的作业里煎熬，语文、数学还有英语。哪还会去思考理想、是非、爱国、人情和爱好。他们的童年也就被慢慢阉割了。

8.世上最多的是无

康校长接到了关局的一个电话，说是《时代学习报》有个编辑要来找他。这个电话刚挂，另一个响起，正是那个编辑。康校长是聪明人，知道关局不会无故多此一举，所以在接待编辑时很热心，编辑见康校长又年轻又热情，没有拐弯，直接将来意说明了，就是希望他们能继承老校长的传统，继续征订《时代学习报》。虽说如今实行的是一费制，可是只要家长同意，在“自愿征订”表上签个字，还是不算违规的。康校长想起了关局的电话，很爽快地答应了下来，并把征订工作交给了新调来的负责教学工作的是副校长。是副校长又将工作安排给了米教导，米教导又把工作分配给了班主任，班主任告诉语、数、英各任课老师，说《时代学习报》上的练习是很重要的，附带的练习卷具有指导作用。各任课老师又对学生说，《时代学习报》上的题目是很重要的，考试用得着的，希望大家踊跃征订，不想订的可以向别的同学抄来做，要订的人回去叫家长签好“自愿征订”表，并交55元，大后天是截止日期，不要忘了。

当荆世骇领到征订任务时很高兴，心想学生终于有统一的课外读物了。不料当还老师将去年的《时代学习报》拿给他一看时，他有点愣住了。报纸上除了阅读的内容，还有一版习题，学生们的作业已经来不及做了，还要增加他们的负担，那他们还要不要休息要不要吃饭要不要睡觉要不要健康了？还老师还告诉他，还有一份配套的单元试卷咧。

阿可以不订的？荆世骇问还老师。

这个我不晓得，你可以去问米教导。还老师眼珠子骨碌一转，笑嘻嘻地对他说。

荆世骇二话没说，急匆匆赶到教导处，脸红耳赤地问清问题后，米教导盯了他几秒，然后悠悠地说，你去问康校长。荆世骇调转屁股直奔校长室，康校长正好在，他压了压火气，开口道，康校长，我班学生来不及做语文题目，《时代学习报》能不能不订？

康校长从皮靠背上慢慢站了起来，笑着对荆世骇说，荆老师先坐下，喝杯水。荆世骇不客气地坐下，自己拿着一次性杯子倒了杯水，小心翼翼地吸了一口，等着康校的回答。

按理说可以不订，可是这是上面安排下来的工作，我们要尽量做好。再说，时间总归是有的，别的班能做好，难道你荆老师的学生做不好？如果你一个班不订了，其他班跟上来怎么办？希望你以学校大局为重。

康校的话很软，但荆世骇听得出，这软中带硬。他如果不订，会对整个学校有不良影响。结果他只好默默地回到办公室，任凭内心波涛翻涌。

好在有一件事分散了他的注意力。中午时，米教导亲自领着一个学生找到他，说是插班生，请他接收。荆世骇一看是米教导亲自送来的，话也没一句，接了下来。过后，还老师对他说，条子也没有一张，你就接啦，万一将来有了事，说是你私收的怎么办？荆世骇一听急了，赶到教导处要条子。米教导告诉他没有，并说，不会有事的，如果这是个“黑学生”，到时学籍统计时电脑上报不进的，只要他报得进，就是符合《九年制义务教育法》的，就可以读书。荆世骇似懂非懂回到了办公室。

谁知，还老师又换了一件事来刺激他。问他想不想赚点外快。

荆世骇刚工作，工资不高，又要租房，钱当然缺的啦。什么外快？他问。

买“黄冈练习卷”，回扣对折，收十折的钱。还老师在他耳边语，另一边的荀老师似乎猜到他们在说啥，嘴角流着笑意。

那、那学生要不要做的呀？荆世骇无知地问。

当然要做啦，不然家长不要问的啊。不过，可以不批。还老师说。

荆世骇眼前一黑，似乎看到了还老师黄金一样的心。他想不到，眼前的这位老教师，竟然是个钱兄，他当然不会去“同流合污”啦。

还老师见他不语，失望地嘀咕了一句，你不买我一个人买，我是一片好心哦。

荆老师也不问我一声，就让那个新来的坐我边上，真是倒霉呀。下课时，查鑫欣悄悄地对田回说。

嘻——坐了个帅哥还发嗲，你心里明明开心得要死，还要这么说。田螺狡猾地看着查鑫欣。

放你的隔夜屁，你看见啊呜是骨头也没有了。查鑫欣回击道。

啊呜是他们老班长，真名叫欧昊。因为荆老师至今都没有宣布班委，所以她不能算是班长。在班里，她不仅整洁漂亮，还是个“学霸”。语数英每次测试，十次有九次她是第一，唯一失手的那次，便是败给了田回。

新生叫尉迟迟，复姓，好多人是第一次听说。荆老师在介绍时也是特意强调了这个姓，还讲了一小段隋唐故事，说有个人叫尉迟恭的，什么什么的，很搞笑。那个尉迟迟却是没笑，这让大家很奇怪。荆老师可是在介绍他呀，是在哄他开心呀，不要陌生呀，他却一副死人样，真扫兴。不过，他长得倒是挺帅，阙无言和金霸王都发现了这一点。

荆世骇工作日记六：我居然退缩了，面对康校长的“大局为重”，我失去了我的正义感，我不能为我的学生抵挡任何风雨，我无法保护他们。我唯一能做的，就是管他妈什么《时代学习报》，我不叫学生做。还有那个还老师，居然还要私自买练习卷，天理何在？

9.世上最少的是有

少先队发来一张“班委成员组成表”，荆世骇问了褚老师能不能不填的。如果换了别人问这么“无知”的问题，她肯定揶揄说，你能不能不上课的啦。现在是荆帅哥问，她添字加句地说：“按照以往的做法，是每个班都要写的，因为少先队大队部要按照这份班委表安排学生的任务，譬如检查眼保健操和包干区卫生、校门口执勤、普通话宣传等，现在康校长来了，不晓得有没有新规定，要不和你一起去问问大队辅导员，其实我也不想填，烦死了……”在斜对面的荀老师忍不住了，插了句“你们不填我也不填了”。弄得褚老师和荆世骇一时不知说啥好，褚老师还暗地里向荀老师翻了个白眼。

荆世骇知道不填是不行了，回到座位上，发现“飞秋”一闪，那边褚老师发了个鬼脸外加一句话“荀老太婆真是跟屁虫，这个也要捎的”。荆世骇回了个笑脸，不再说啥。按照他的想法，是不想设立固定的班委成员，原因很简单，不能从小就剥夺大部分人的“做官”机会。经专家调查发现，走上社会后成为领导者的大多是在念小学时担任过班干部的人，而班主任选班干部最重要的原则就是“成绩”，成绩好就可以做班干部（除了劳动委员和体育委员）。荆世骇不想这么做，因此迟迟未公布班委名单。他也想过班委轮流做，可有些人确实不能胜任。衡量再三，他让学生通过纸条自荐的方式成立班委，也就是说只要想当班委的人都可以做，需求岗位的重复轮流做，做得好的多做一段时间，做不好的淘汰或转岗，评价标准是老师反馈和学生民主评议相结合。至于那张表，他根据学生自荐的名单随意挑了几个填了上去。

还老师突然被康校长叫了去，有家长向局里举报他私自收钱买教辅材料。还老师要举报信，康校告诉他是电子举报，现在只要确认一下有没有这回事。还老师慢慢掏出一枝“红南京”，用烟头的火压住心头的火。他脑子飞快地转着，举报嫌疑人一个个在他眼前走过，他根本不在想康校长或局里会怎么处罚他。

有这回事，还老师吸一口烟又说道，我是学你们做的，为何你们可以买我不可以买？

这是上面根据学生学习需要统一订购的，性质不一样，听说你还拿回扣。康校长以为这次摁住这根老油条了。

放屁，一本薄嗒嗒的《一课一练》要十四块八，一本又厚又是彩色的语文书只要七块八，难道他们不拿回扣？我们区从一年级到高中有 48 只学堂？每只学堂平均不会少于 1500 个学生吧，总共将近 72000 人，每人收 175 元教辅材料费，总共要多少？一个大市呢？还老师如数家珍地一口气说了出来。

康校长又没想到还老师还有这笔账，只能支支吾吾地回道，这不是钱的问题，这是教育专家根据学生学习需要订的学习辅助材料，而你是自说自话乱订的。

教育专家？还老师哼了一声，你看看那些材料的编者都是些啥人？

啥人？康校长倒从未注意过这些。

有局长夫人，有教育局官员，哪个是专家了？即使顶着教研员的帽子，也从来不上课，能出啥好材料？就算有用吧，我们学校订了这么多年，成绩怎么没好上去呢？

还老师的一番话让康校长彻底无语了。最后他只能默认还老师做的事没有违规，只是要他做好家长工作，免得被人投诉。还老师离开校长室时欲言又止，他心里还有一脚桶水没有倒出来了。他觉得，康校长虽然很一本正经，但良心不是很坏，就留了点面子。

对于康校长来说，两次谈话，还老师好好地给他上了一课。这比学习“三个代表理论和社会发展观”更加切实。他渐渐地觉得，重新建立一套管理制度迫在眉睫。在来A状元小学之前，他也早有耳闻，这里的老师难管理，从还老师身上看，的确如此。通过这一个多星期的观察，他发现这所学校毫无生气，老师们各自做着自己的事，应付着上课、作业之类的常务。好多教师玩着QQ，看着电影，打着八十分……

你们说，那个鱼翅（尉迟迟的新绰号）想做啥？阙无言在放学时问查鑫欣。

好像是大班长？查鑫欣说，我当时没看清楚。

一个新来的，就想来管我们，半扇门也没有。阙无言气愤地说。

荆老师也真是的，班干部怎么能谁想做就做呢？田螺说。

荆老师肯定有他的想法，金软说，他是想给我们所有人机会。

我就不想要，做了班干部要做这做那，还被人盯着，上课吃零食也不能吃。阙无言说。

对了，山楂片，你填了啥？田螺问。

我不知道，啥啦要跟你说呀。查鑫欣回道。

那你呢，金霸王。田螺继续问。

到时你不就知道了？金软说，你填了啥啦？

田螺填了“班长”，但他没有说，他想反正我填了，怕啥。只是他觉得那个鱼翅可能也填了，荆老师会安排谁先做呢？

荆世骇没想到，会有那么多人想当班长，他后悔没在表上多设一栏“想当理由”。到底安排谁先上呢？一时倒是不能确定。他于是向褚老师询问，原来一班的班长是谁。褚老师告诉他是一个叫“欧吴”的学生。荆世骇一下想起了这个学生，开学以来，他是班里最遵守纪律的一个，即使可以“随便坐”之后，他也是坐得毕恭毕敬，原来是老班长。这次他也填了“班长”，并且前面有个“大”字。

荆世骇工作日记七：据我所知，如今的班干部都渐渐成了班主任的“办事员”，抑或郑渊洁说的专打小报告的狗腿子。一个出色的班干部应该具备怎样的素质呢？学习好？听话？会管学生？肯做事？我看都不是，一个好的班干部，最主要的一条是要有号召力，有了号召力，才可以协助班主任做好班级工作。问题是，在“分数”压倒一切的情况下，学生们心中的班长到底是什么样的呢？考得最好的？不打小报告的？还是好说话的？我们老师在培养和使用班干部的时候，往往是从我们的角度去考虑的，而真正应该考虑的却是学生的角度。

10.阴沟里的百合　黑还是白

这个胖哑子，到现在还不来。查鑫欣有点不耐烦了，对田螺和金霸王说。

明天就是教师节啦，爸爸妈妈难得同意吃好夜饭后自己的小孩单独出去。几个单独的小孩凑到一起，就不单独了。金软放学时约了阙无言、田回和查鑫欣六点在小区对面的商业广场的公交车站边见面，挑明天教师节送给荆老师他们的礼物。六点已经到了，该死的胖哑子还没有来。

啊要我们先去买吧，随他胖哑子去。查鑫欣有点火了，跺跺脚说。

就在大家准备转身离开时，阙无言嚼着东西赶来了，用稀里糊涂的声音说着对不起对不起迟到了迟到了。

啥事啦？这么晚。金霸王问道。查鑫欣倒反而不说啥了。

不好意思不好意思，吃虾吃忘记了。阙无言忙解释道。大家似乎还能看到他嘴角的酱油来。田螺上去一把，拉着他说，不要紧的，等会儿我们的礼物你付钱就行了。谁知他还没说完，阙无言啊呀一声，我票子没带！说着就要回去拿。

我带了两百，借你一百，明天还我一百廿就行了。金霸王从口袋里掏出一张崭新的百元大钞，在阙无言面前得意地一甩一甩。

一百廿就一百廿。阙无言一把抢了过来。

查鑫欣和田螺默不作声，因为爸妈只给了五十，要买三份礼物，买啥好呢？如果荆老师他们不喜欢，那多没面子呀。尤其是田回，他本来就是不想送啥礼物的，荆老师刚来，对我也一般，没有必要送的。都是金霸王，非要来搭我，又不好不去。

不一会儿四个人就来到了万客隆超市，认得的同学还真是不少，估计也是来买礼物的。有自己班的，也有别的班的。

真没意思，都买一样的。金霸王有点不高兴起来。

那要不要我们去别的地方买？阙无言说。

田螺和查鑫欣对望了一眼，心想到啥地方都一样，反正只有五十块。这个时候，田螺突然想到有个地方适合他去。就说，是啊，都买一样的，贺卡、巧克力，还不如买点别的。

去哪里？三人同声问。

那边有家新开的礼品店，我们去看看怎样？田螺一边说一边指着方向。

四人离开了万客隆，来到礼品店。店里的东西真漂亮，五颜六色的，闪着光。金霸王和查鑫欣先挑了起来。两人一边挑一边商量。

你说荆老师喜欢啥？查鑫欣说。

他是个小伙子咧，当然喜欢美女啦。金霸王刚一说出口，马上朝阙无言和田螺那边看，可不能让他们听见呀，告诉荆老师就不太好了。

嘻嘻嘻，你真流氓。查鑫欣边笑边说。

那边，阙无言和田螺也在说着啥，笑得合不拢嘴。阙无言根本不知挑啥礼物，觉得这个好看，摸摸这个；那个好玩，就摸摸那个。田回呢，一边挑一边注意着价钿，三样东西不能超过五十块。

四个小朋友在店里转了好几圈，终于各自挑定了礼物。金霸王挑了一只蓝熊水杯（送给荆老师的），一只仿钻发卡（送给斯老师的），一把侍女骨扇（送给英语席老师的）。总共98块。阙无言买了三支钢笔，一支白一支黑一支红，正好99块。田回买了三张会唱歌的贺卡，总共45块。查鑫欣买了一个五彩玻璃手串（送给席老师的），一本米黄色彩色插图笔记本（送给荆老师的），一盆吊兰（给斯老师的），总共51块，那一块老板没要。

四个小朋友拿着精心挑选的礼物走在马路上，本想玩一会儿再回去的，可是数学和英语家作业还没做好，只能说好明天一到学校就送老师办公室去，就急匆匆地回家做作业了。

荆世骇没想到，刚到办公室，门口就有三个学生手捧着漂亮的东西在等他了。一个是金软，一个是查鑫欣，还有一个男生名字没想起来，反正在班里不大说话的。

他刚打开办公室的门，三个小孩就从他腋下钻了进去，手脚麻利地把手上的东西往他办公桌上一放，说了声“荆老师节日快乐”就又从他身边钻了出去。他好奇地把包装袋一一打开，一看，是一只动物水杯，一张立体贺卡，还有一本精致的笔记本。他把贺卡打开，上面还有一句话：祝荆老师节日快乐，身体健康，工作顺利！——田回。字虽然很幼稚，却看得出是用心写的。水杯和笔记本没有签名，那一定就是金软和查鑫欣的了。

看着眼前三份礼物，荆世骇就像看着三颗跳动的心。他心一紧，鼻子一酸，差点湿了眼睛。这就是他要的童年，纯真，美丽，说不出的幸福，就是让人心血涌动，感慨流泪。想想这一个多星期来的诸多不快，在这三颗热烈烈的童心面前，又算得了什么呢？正当他要把礼物收起来时，又来了几个学生，手里拿着礼物，有的是送他的，有的是送别的老师的。唯有还老师桌上，一样礼物也没有。

很快，褚老师和荀老师来了，她们看着桌上活泼可爱的礼物，也是满脸高兴。荀老师说，这帮小孩来得可真早。褚老师说，是的，有的小孩平时七点不到就来了，来了之后也不好好早读，抄作业的抄作业，白相的白相。

说完，两人才慢慢地打开各自的礼盒。荆世骇发现主要是德芙巧克力和贺卡，还有就是一些塑料花。而他收到的礼物，却与她们不同。

哎呀，小荆老师，你收到了啥呀？褚老师刚说完，人就已经来到了荆世骇面前。当她看到金霸王她们的礼物时，不禁拿了起来，她看着蓝熊水杯，一副爱不释手的样子。

这么卡通，你一个大男人用不着，送给我算了。褚老师说完，拿着就回到了自己的座位。

荆世骇有点尴尬，这可是金软同学送给他的礼物，是她的一片心意，怎么可以随便送人呢，况且褚老师和他一个办公室，金软来办公室看到了会怎么想？

褚老师，这、这个杯子我也很喜欢。荆世骇有点结巴地说。

聪明的褚老师马上反应过来，又把杯子送了过来，只是脸上出现了一丝不快，这个表情荆世骇也观察到了。那又怎样？我不能为了你褚老师的喜欢去伤一个学生的心吧。只有荀老师，似乎不注意这些，她在一个个地拆包装盒，很小心的样子，像是在找什么东西，或是怕掉什么东西。

这个时候，还老师也来了。他当然看到了大家桌上的礼物，不过他似乎并不在意自己空空如也的桌面，大方地说，是我叫他们别送这些没用的东西的，要送就送购物卡或者香烟。话还没说完，他班一个学生贼头贼脑地走了进来，从口袋里掏出两包软中华一放，嘴里说着，我爸爸说吃不掉了，给你吃。还老师一听呵呵呵笑了起来，摸着小孩的头说，你真乖，你爸也是我学生，什么时候请我吃顿老酒呀？小孩红着脸，低着头一声不响。还老师又说，还老师是跟你开玩笑的，去早读吧。小孩又贼头贼脑地去教室里了。

喔唷，小荆啊，不得了哇。你刚来就收到了这么多礼物，有没有购物卡呀？还老师一边把中华塞抽屉里一边说。

没、没有。荆世骇也学着还老师的样子，把礼物往抽屉里塞。他怕还老师也看中他的什么礼物，到时候再要回来就不好意思了。

荆世骇没想到，去上课时讲台上还有一堆礼物，主要是贺卡和巧克力还有塑料花。他情不自禁地向所有学生鞠了个躬，深情地说了声“谢谢同学们”。他想讲课，可是觉得讲不下去，他接着说：“谢谢大家的礼物，今天是教师节，今天肯定是我有生以来最幸福的一天，此时是我有生以来最幸福的时刻，而这幸福是同学们给我的，我非常感谢，谢谢大家。”他又鞠了一个躬。接着又说："在同学们心中，我是你们的老师，其实在我的心中，你们是我的儿女。我还没有结婚，更没有孩子，但我觉得我已经是你们四十五个孩子的父亲了。"

这天荆世骇还激动万分地讲了许多，以致课都没有讲。他从自己小时候说到读大学，把逝去的时光重新找了一遍，而能做到这一点的原因，就是眼前这四十五张纯净的笑脸。

下班的时候，他接到康校的电话，说有个饭局，想请他一起参加，说是他班里的一个家长做东。荆世骇有点不想去。

荆世骇工作日记八：今天喝多了酒。想不到阙无言的爸妈这么年轻。还拿到了一箱黄桃一箱葡萄，还有一张卡，不知里面有多少钱。对了，还有一包九五至尊。真有钱，我这算是受贿吗？反正康校斯老师席老师都拿了……

11.光和香味　偶尔也会到来

你们猜那个鱼翅送了啥？查鑫欣在放学时对阙无言他们说，她坐在尉迟迟边上，一定看到了啥。

啥？三人同时问。

空屁一个。查鑫欣不屑地说，我问他昨天送给荆老师啥了，他说没送啥。

新来的，真不懂规矩。我爸昨天还……阙无言发觉自己说漏嘴了，马上刹车。

你爸还干吗？哑子快说呀。金霸王耳朵尖，抓住不放。田螺和查鑫欣也停住脚步围住了阙无言。

快说！他们像审犯人似的。

阙无言知道如果不说，他们会联合起来不理他，只好支支吾吾地说"请荆老师他们吃了一顿夜饭"。

他们？还有谁？三人紧追不放。

阙无言只好竹筒倒豆子一骨碌全说了，包括他给荆老师他们敬酒，还有送葡萄黄桃的事，还有送一张卡一包烟的事。

哇！你爸可真会拍马屁，把校长也请去了。田螺马上说。

哎，想不到荆老师也是个贪嘴的人。查鑫欣好像有点不信。

你懂啥，荆老师刚来，又不认识哑子他爸，肯定是斯老师她们带去的。金霸王说。

不是的，我爸认识康校长，是叫康校长喊的。阙无言纠正道。

可是，斯老师和席老师是女的，要香烟做啥呀？查鑫欣好奇地问。

你懂个屁，香烟可以换钱的哇。田螺说。

不是的，斯老师和席老师的老公都吸烟的。阙无言说，她们一定拿回去给他们吃了。

你怎么知道？金霸王说。

我、我去他们家里补过课。阙无言说。是啊，哑子以前一直去补课的。

反正都是你爸拍马屁，明天我就去班里说。金霸王坏坏地对其他两人眨了眨眼。田螺马上会意，附和道，是的，我也要去说。

这有啥好说？阙无言说。

说你拍了马屁补了课，成绩还是那么差。金霸王不依不饶。

那你想咋样啦？阙无言说。

不咋样，反正你家钱多，每人一个“哈奇”。哈奇是他们常吃的一种冰激凌。

可是我今天的钱用完了。阙无言说。

那就明天！三人异口同声道。

荆世骇接到米教导通知，说是新教师要去区里业务培训，同去的还有卞青青她们几个女的。坐上车的一瞬间，荆世骇感觉就像个新娘。他两边都是女的，卞青青就在他右边，大腿外侧还时不时和他碰一下。他很想把手放下挡住这让人心跳的接触，谁知手一放，碰得就更多了。他只好把手交叉在胸前，尽量不去碰到边上的女生。倒是卞青青，很自然，很安静，不像荆世骇那样动来动去。她眼睛直直地盯着前面，脸上有点湿红，天还是热。

司机师傅边上坐着带队的米教导，他为了缓和一下沉闷的气氛，一路上带头聊起了天。从新教师的姓名说起，他说他有的还不认识。他还拿荆世骇的名字开起了玩笑，说他定会做出什么惊世骇俗的事，边上的女生要小心了。米教导是已婚有小孩的人，开这个玩笑没啥，问题是荆世骇边上的女生有点不自然了，卞青青不好意思地往车门边挪了挪，脸越发地红了。另一个女教师索性把靠着荆世骇的一条腿压在了另一条腿上，表示和荆世骇保持距离。

很快，他们到了培训地——问鼎小学。它是整个新区最有名望的一所小学，许多家长把自己小孩的脑袋削尖了往里送。这里出来的学生不仅成绩好，而且据说各项素质也好。包括礼貌，自理能力，交流能力等，但有一点，它是半民办学校，收费很贵，包括住宿费在内，一年得 3 万元。

给他们做讲座的是区语文教研员武诗唐，她四十岁出头，短发，戴眼镜，微胖，可能是久坐的缘故，有点弓背，不过不明显。额头、眼角有明显的皱纹。她讲话中气很足，声声有力，让人不敢走神。

她从与学校同事相处讲起，讲到班级管理，重点讲的是如何理解《新课程标准》，如何熟悉、使用语文教材，如何对待测试等。整整讲了一上午，也够她累的。荆世骇他们听得很认真，记得也很认真。回校时，米教导在车上又给他们做了些补充，使他们觉得自己一定要努力工作。

对于荆世骇来说，他还有一个收获，就是分心了，和卞青青一天的近距离接触，使他从备课、上课、批作业和学生身上分了点心。毕竟是二十多岁的小伙，再忙的工作也抑制不住体内荷尔蒙的分泌。回到住处后，这么多天来他唯一想的不是学校里的事，而是学校里的人，这个人就是卞青青。白天，她身上淡淡的香味似乎还在鼻尖缭绕。

有什么机会和她接触呢？他想，又不在一个办公室。

好在我们是教同年级同学科的，总归找得到共同语言的，他又想。

果然，翌日。是副校长找他们这些新教师开会了，会的内容主要是“青蓝工程”，也就是要给他们这些新教师每人找一个师傅。巧的是，他荆世骇的师傅是褚老师，卞青青的师傅是荀老师。而这两位师傅和他是一个办公室，卞青青要和师傅讨论工作，必定是要来到他荆世骇眼前的。所以，他心头一喜，不由地朝卞青青看去。正好，卞青青也正在看他，她发现他的目光后，躲得很快，低头假装记起笔记来。

这一切被褚老师看个着实。

有好事，也有坏事。拜了师傅，就得让师傅来听课，还得填写一份“青蓝工程”材料，内容有，辅导日期，辅导内容，导师意见，心得体会等。总共有十五次，也就是说，他和褚老师要进行十五次的教学研讨，几乎是每周一次，如果卞青青和荀老师的工作讨论都是在荀老师办公室的话，他这学期至少有十五次和她见面的机会。

可是他不知道，褚老师会不会给他这十五次机会呢。

荆世骇工作日记九：人世间最幸福的事莫过于和喜欢的美女一起工作了，看得出，她对我也有好感，嘿嘿，她的眼神骗不了我。我要不要去追她呢？（肯定要）怎么去追呢？（工作这么忙）。我是不是太朝秦暮楚了？和寇蓝才分手。她有没有新男朋友了呢？如果有，那我就不客气了……不能再瞎想了，还得备明天上的课。

12.花在何处　灯照亮的是梦

第一单元的习作要求是写一位曾教过自己的老师，要写出他（她）的特点，最好要有细节描写，要写得真实感人。

荆世骇想不到，四十五个学生有三十九人写了刚被调走的易老师。写他有点胖，圆脸大眼，板刷头。心情好时会带他们去锻炼身体，跑步，双杠。他们说易老师还能在双杠上翻跟头咧。上课时，偶尔也会开玩笑。有一次上《开天辟地》，居然说他见过盘古，还见过女娲，说自己“不是人”，是神。惹得大家哈哈笑。不过，易老师有三个专利，一个是“油爆毛栗子”，专门为上课开小差的男生准备的；另一个是“竹鞭炒肉丝”，专门为不写作业的人准备的；还有一个是“乌龟掼石板”，专门为既开小差又不做作业的人准备的。在这三项专利面前，没有人不乖乖的。荆世骇想，那个易老师大概不会想到，他的得意门生会把他体罚学生的事当作作文内容写出来。更没想到的是，被他体罚过的学生竟然还那么喜欢他，真不简单哪！后来看到查鑫欣的文章，他似乎找到了一点理由，易老师应该是一个口才很好，粗中有细，懂得在学生面前注意形象的人，有一次，查鑫欣写道：“我的鞋带结突然松开了，易老师看到后，居然在所有学生面前弯下腰为我系鞋带……还有一次，早读时我头晕，不知怎么就吐了一地，易老师立即放下书，从办公室给我倒来一杯开水，还从角落里拿起笨鸡（畚箕），跑到操场边沙坑里笨（畚）了一笨鸡（畚箕）沙，倒在了我那吐出来的脏东西上，他还拿起扫帚把沙和脏东西一起扫进了笨鸡（畚箕）里……”荆世骇不知道该如何写批语，他不想破坏易老师在这帮学生中的形象，不想说他体罚。他只是在批语中说要向易老师学习，争取让他们喜欢他。

没有写易老师的六个人中，三人分别是金软、田回和尉迟迟，金软写的就是他荆老师，说他长得帅，脾气好，作业少。田回和尉迟迟则明显虚构了一个，他们写的谁也不是，是怕荆老师看后会去给当事老师看，惹来一些麻烦。还有三个写的似乎是真人真事，不过全是拍马屁的话，说某某老师就像太阳，给他温暖和阳光；某某老师为了他们夜以继日、废寝忘食地工作；某某老师不但长得好看，字也好看，从不批评他们，打骂他们……让荆世骇惊出一身冷汗，这几人将来定是写官样文章的高手。

习作一之后是练习一，练习一讲完后是第一单元测试。荆世骇有点忐忑，二十多年来，一直是别人批他做的考卷，现在，第一次要去批别人的考卷。

学生们也很不安，考试时不时瞄一眼荆老师。他们不知道荆老师是不是和易老师一样，一定要他们考第一，要知道，这是多么难的事呀。

试终于考完了，花了一个通宵，荆世骇把考卷也批完了。平均分是80.5，最高是那个叫欧吴的学生，93，最低的是阙无言，46。他不知道其他班级是多少。第二天，他一个个去问，讲出了自己的成绩后，褚老师他们才告诉他，他们都超过了81。而褚老师班实际的平均分是84.5，荀老师班是84.3。卞青青也有82.2，只有还老师确实比他低，只有78.9。

褚老师安慰他，说第一次考试，考这些分数不错了。荆世骇却很沮丧，他了解到，四年级时，易老师每次考试都要比他们高出两三分。

试卷发下之后的第二天，康校长就接到了五（1）班家长的投诉电话，说新来的语文老师几乎不布置回家作业，他只看见他儿子做数学和英语作业。还有家长反映，他女儿买的语文的《时代学习报》和《练习与测试》还是崭新的，从没做过。康校长立即把荆世骇叫了去，把家长的意见如实反馈给了他。他声音有点大，没想到你刚踏上工作岗位就这样不负责任，你这是在丢A状元小学的脸，如果区里来调研怎么办？！不布置作业，全区没有！如果让其他人知道，你说我该怎么处理你？记得我一开始就跟你说过，你是培养对象，你就用这种方式来回报我的信任？一席话说得荆世骇哑口无言。

康校长发火真正的理由其实是最后一条，他万万没想到，这个他抢回来的人才，竟会是第一个被家长投诉的人。至于《时代学习报》和《练习与测试》，那是上面软性安排下来的，里面的作业没有硬性规定非做不可，只是被家长落下个口舌就不太好了。

荆世骇心里也有火，他是完全按照课程表上课的，没有少上语文课，问题是那些作业根本来不及做，《习字册》《补充习题》《大作文本》《小作文本》《摘记本》和背书已经够学生们忙的了，他们没有三头六臂，怎么有时间写？再说自己忙这忙那也没时间批。还有回家作业，他也是按照上面文件规定，不多于二十分钟的量，并非没有布置呀。他不知道怎么会这样。

他憋着委屈回到办公室，还老师似乎猜到了什么，走过来问，是不是老板寻你谈话啦？

荆世骇点了点头，强忍着眼泪，没有说话。他担心一开口，就会是哭腔。

哎，怕啥。不就是考低了点吗，不是比我高吗？以后注意，不做不批的作业本不要让学生带回家，免得家长烦，有时来不及批可以让班干部批的嘛。我是考卷上有些题目也是让班长组长批的，你要懂得资源利用。

可是，学生根本就来不及做。荆世骇终于开口了。

语文课来不及，其他课可以做得呀。小伙子。还老师说。

其他课？荆世骇有点不懂。

你去调查调查，哪个班是完全按照课程表上课的？副课就是做作业的，有人还要占上主课咧。说着，还老师朝荀老师努努嘴。

那不就剥夺了学生接受其他教育的权利了吗？荆世骇说。

屁，你真是个书呆子。歌不会唱又不会扣奖金的，画不会画家长又不会来找你的，体育课不上，体育老师还要感谢你嘞。还老师讲得头头是道，听得荆世骇目瞪口呆。原来荀老师他们的作业是这么完成的。

荆世骇工作日记十：原来分数背后藏着这样的秘密。可怜无知的孩子们，他们不知道，他们的人生从小就被摧残。是谁？给了那些占课老师剥夺他们受音乐、美术、艺术、体育教育的权利的？是谁？给了那些把课扔掉后上网聊天看韩剧美剧权利的？是谁？制造出那么多摧残孩子身心的练习和试卷的？是谁？制定了各种规定，而无一落到实处的。看看这社会，有多少土豪只识数字，而听不懂《二泉映月》，有多少所谓企业家，认为齐白石就是一块可以卖好价钱的石头。我们的教育就是只要教出一些只懂数字的人，教出一些只会赚钱的人，教出一些如何把你的钱变成我的钱的人，教得满世界都是铜臭的人。这样的民族，哪怕人人天天吃山珍海味，也只是吃高档饲料的猪群。

13.溺水的人　生命被浸泡

荆世骇被康校长批评的事不知怎的在班里传开了。

金软第一个跳出来，她要拿出点金霸王的本色来。

谁在乱说？给老娘站出来！她气势汹汹地站在讲台边，对着班里的同学喊道。

所有人一下子静了下来，谁也不知道金霸王为何生这么大的气。学生被老师批评，老师被校长批评，这很正常呀。

你们知道荆老师为什么被校长批评吗？阙无言来帮金霸王的腔了。

似乎没有人知道为什么。直到预备铃响起，才有一个低低的声音说，因为他偷懒，不布置作业呗。

声音虽小，可所有人都听清了，这声音来自查鑫欣的边上，鱼翅那里。

你怎么知道？金霸王一个箭步跨过去。像是要动粗的样子，但她毕竟是女生，不好意思去抓男生的身体。

在所有人等待的目光中，鱼翅一声不吭，露出得意的神色。阙无言忍不住了，准备过去帮金霸王的忙。恰在此时，窗户边出现了荆老师的身影。大家一下子回到了自己的座位上，异常安静。

荆世骇觉得班里的气氛有点不对，按照平时，他不说“上课”是静不下来的。今天这帮小鬼为何这么乖呀？由于作业的事，他本就心情不悦。是不是自己的脸太板了？他似乎意识到了，趁说“上课”时，把脸重又调到了微笑的尺度。

班里依旧没有声音。有的是一双双盯着他的眼睛。

你们怎么啦？这么严肃。他仍然微笑着问大家。

开始时，谁也不说话。互相对看了一阵后，才出现了低低的说话声。在这低低的说话声里，金霸王举起了手。

荆老师，听说你被校长批评了，是真的吗？

其他人跟着哦了一声，他们等着荆老师的回答。

荆世骇恍然大悟，意识到这事不能草率表态。如果说是，可能会被接着问下去，为啥？那怎么回答？有多少学生会理解他少做作业的做法？如果说不是，那不欺骗了他们？一旦有人知道实情，那我在他们中的形象岂不毁了大半，自己苦心构建起来的师生关系可能会毁于一旦。当老师和学生间缺乏了信任，任何教育都将成为形式。

是的，我被批评了。荆世骇衡量再三，做出了承认的决定。

为什么？底下不少童声问。

因为我给你们布置的作业不好。荆世骇没有说出真正原因。他不想让孩子背上“罪责”，不能让他们以为是因为少让他们做了作业被批。

哪里不好？荆老师。金霸王追问。其他学生也等着他的回答。

因为考试没考到。荆世骇想到了答案。

底下又一次沉默了，他们小小的头脑中立即出现了易老师的作业。的确，易老师布置的作业中，考试会考到大部分，有些别班没做到的题目，他们做到了。所以，他们的成绩才会那么硬气。

我保证以后布置的作业会精心挑选，尽量做考试考得到的作业。

除了尉迟迟，其他学生同时发出了欢呼声。

哦——

荆世骇在进教室前，还在犹豫，要不要让学生将之前缺做的作业补起来。

在和他们面对面之后，看到那几十双亲怜可爱的眼睛后，他下了决定，不补！不过，他想起了还老师的话，不做的作业不发下去。同时，他还调整了部分课堂作业内容，在抄写本上所抄的词语只限是生字带的词语，节省下来的时间做他针对每篇课文精心设计的一两个题目。这又耗费了他本就很紧的工作时间。他还软性地提了个写日记的要求，愿意写的同学写，写了愿意给他看的给他看。

开头两天，还真有不少学生按照他的要求写，写了给他看的却没有。后来，全班似乎没人在写了。

除了金软。

五（1）班班委的工作终于运转起来了。第一任班长还是那个欧吴，她的任期只有一周，因为全班有十七个人自荐做班长。这周是第三周了，从此时开始，正好每人做一周，本学期总共才二十周。荆世骇安排欧吴做第一任的目的很明确，想拿她的经验做个榜样。不过，欧吴似乎并不高兴，这两周来，她谨小慎微，上课时甚至像幼儿园的娃娃一样把手交叉在胸前，想的是希望荆老师继续选她做班长，至少做到学期结束。谁知，荆老师只让她做一个星期，并且还要她带头做榜样。她嘴上不说，心里是一万个不愿意。

令大家意想不到的是，金霸王和山楂片也申请做了班长，还有那个鱼翅。而其余的职位，申请最多的“体育委员”也只有七个，什么副班长，学习委员，生活委员，文娱委员，宣传委员，只有两三个人申请，最可笑的是劳动委员，竟无人问津。只好每人每天轮流做。

荆世骇把安排表贴出来后还在想，难道现在的小孩也恋官？要做老大？大班长毕竟要做的事最多。难道这帮孩子的奉献精神超出了他的想象？他反而是小人之心？

问了还老师他们才知道，原来做大班长基本上就会被评为“三好学生”，而“三好学生”在小升初择校时是一份十分有用的证明材料，就相当于中考加分一样。如果一个孩子从一年级到六年级十二个学期都是“三好学生”，那他（她）相当于中考加了二十分。

荆世骇工作日记十一：太棒了！我第一单元测试打了败仗，却收获了一个巨大的“信任”。学生们敢在课上当面问我“是否被校长批评了”，就说明他们信任我，关心我，他们不怕我，才可以在平等的基础上开展真正的教育工作。有多少表面看起来“威严”的老师，其实在学生心目中只不过是一个“灭绝师太”。一个老师失去了人性的光芒，何以能去吸引天真纯洁的孩子？在老师面前不敢抬头大声说话的孩子，十个有八个会成为“造粪机器”，还有两个成为“不正常人类”。

14.如果没错　菊花开在银杏枝头

青年教师公开课活动开始了，荆世骇被安排在第三周上，实际是第一个。头两周事忙，也是准备阶段。按照进度，荆世骇要上的课是现代诗《去打开大自然绿色的课本》，原作者是孙友田，讲的是号召孩子们走进大自然去探索奥秘，把大自然当作“一本绿色的课本来读”。内容如下：

祖国敞开了绿色的大门，
给孩子一片清凉的绿阴。
去吧，去呼吸山水间芬芳的空气，
去吧，去打开大自然绿色的课本。

让明亮的眼睛
去发现翠竹的挺拔，松柏的苍劲。
用绚丽的色彩
去描绘果园的丰收，沃野的耕耘。

鸣禽、野花要和你们联欢，
生活里洋溢着欢乐和温馨。
祖国的山水要和你们相聚，
请听一听它们心中的声音。

青山说：攀登吧，
饱览无限的风光，满怀少年的豪情！
绿水说：前进吧，
奔向浩瀚的大海，显示少年的胸襟！

去吧，天空会撒开片片云锦，
给你们送去明媚的早晨。

去吧，大地会吹来阵阵微风，
给你们留下愉快的黄昏。

祖国敞开了绿色的大门，
给孩子一片清凉的绿阴。
去吧，去呼吸山水间芬芳的空气，
去吧，去打开大自然绿色的课本。

荆世骇做了个非常漂亮的课件。将诗中出现的情景用视频一一展示，翠竹、松柏、果园、沃野；鸣禽、野花、山水、大海、早晨、黄昏……结合朗读，请同学们谈谈看到了什么？联想到了什么？你想用什么优美的语句来表达？

学生们被生动的画面深深吸引了，争先恐后地回答了第一个问题，把画面上的事物说了个遍。回答第二个问题时，人少了不少，不过也有七八个学生谈了自己的联想，有说想到了大自然真神奇的，有说想到了甜甜的桃子和苹果的，有说想到了大海里的鲨鱼的，有说想到了喜马拉雅山的，有说想到了月球上的环形山的，有说想到了天上的玉皇大帝的……无奇不有。不过也有说想到了我们要热爱大自然，勇于探索大自然的。能回答第三个问题的同学就又少了不少。有的写道：大自然，你真神奇，就像一个魔术师；有的写道：去吧，去采摘鲜美的水蜜桃，去吧，去抓住海里的大鲨鱼；有的写道：我梦见，我飞向了喜马拉雅山，飞向了月宫。

学生朗读完自己的作品后，荆世骇又问道，是你们写得好，还是孙友田写得好？对比读读看。学生们都说孙友田写得好。荆世骇接着问，为什么呢？于是回答又多了起来，有的说孙友田用的词语好，有的说孙友田是大人他们是小孩，有的说孙友田观察得比我们仔细，有的说孙友田是大作家。

荆世骇表扬了大家的积极和肯动脑筋。接着他简单讲了另外几个原因，那就是孙友田注意了押韵，如：阴、劲、耘、馨、音、情、襟等，孙友田还恰当地运用了一些修辞，如比喻、拟人、对偶等，孙友田还控制了诗句的节奏，如“祖国敞开了绿色的大门”和“给孩子一片清凉的绿阴”都是三停顿。即：祖国＼敞开了＼绿色的大门，给孩子＼一片＼清凉的绿阴。

最后，荆世骇布置了课外作业，把自己写的句子修改修改，再用电脑去查一下有关孙友田的资料和他其他的作品。

课后，荆世骇明显感觉到是副校长和米教导还有褚老师异样的目光。康校长也来听了，不过他好像陷入了沉思。荆世骇的直觉告诉他，这节课没让他们满意，在上课的过程中，他就听到了听课老师们的谈论声，虽未听清，从表情上看，应该是不认同。

果然，在评课时，米教导就一针见血地问了荆世骇三个问题：你这节是语文课还是科学课？你上的是第几课时？课文书后面和《补充习题》上的题目叫学生怎么去做？

荆世骇一下愣住了，他想不到米教导会用他上课的方式来向他发问。的确，他这样上，是违规的，不分课时，不按教参提示，不考虑编者意图。但他的想法是，每篇课文的体裁、内容虽然不一样，但上课时需遵循一点，那就是吸引学生。《去打开大自然绿色的课本》是一首现代诗，没必要做过多分析，就像好的食材，最好的保持原汁原味的烹饪法就是清煮，过多的花样，不但会让营养流失，做起来还麻烦。要使这首诗吸引学生，他想到了这种简单开放的上法。

米教导见荆世骇不服气，又抽筋剥皮似的列举了他这节课上的另几大严重失误。一是教学目标不明确，他问荆世骇，教学目标的三维，知识、技能、情感你体现在哪里？二是最起码的课堂纪律你抓住了没有？三是你对学生课堂上反应的评价和反馈在哪里？四是《课程标准》你看了没有，五年级的学生要不要叫他们去写什么现代诗？

荆世骇有点坐不住了，脸唰地红了起来。幸亏被边上观察仔细的褚老师给抓住了手臂。她也乘机揩了揩油。

帮他解围的还是褚老师，他点评时指出了荆世骇课的几处亮点。一是问题设计得好，前三个问题环环相扣，第四个问题画龙点睛。二是课堂气氛活跃，学生学习热情高涨。三是给了学生练笔的时间，这和最近提倡的“每节语文课给学生十分钟左右的书写时间”的要求相符合。

其他老师见教导和语文组长做了这样的点评，也不好再说啥。

康校长和是副校长也在旁听，作为“青蓝工程”的举措之一，走进新教师的课堂是十分重要的。其实，康校长也在纳闷，荆世骇在应聘时试上的课和今天上的课完全不一样。他觉得，今天的课和应聘时的课，荆世骇是都花了心思的，他决定单独找荆世骇谈谈。他隐约觉得，如果用以往的标准来衡量这节课，是不客观的。

康校长边上的是副校长也是一言不发，他盯着荆世骇，欲言又止，似乎不敢相信自己的眼睛。

15.结果　就像血管和树的节瘤

荆世骇见康校办公室就他和校长两人，郁结的心情一下松了不少。他知道，康校不会拿他发炮。

小荆啊，先坐下，我是找你来谈心的，有啥说啥，不要有顾虑。果然，康校的开张场白营造了一个轻松的气氛。

康校长，我肯定有啥说啥，是不是课的事？荆世骇没有客套拐弯。

是啊，你倒说说，为何今天的课和你应聘时的课差别那么大？康校长顺水推舟。

因为，应聘时我必须成功，现在我已经获得教师的岗位，想按照自己的想法上。荆世骇没有遮掩。

以你的学历，找个其他工作应该也不难，为何必须成功呢？康校长有点好奇。

因为我有个奶奶，得了痴呆症，需要人照顾，做老师有寒暑假，我可以多点时间去照顾她。荆世骇故意提高了话声，以此来掩盖可能失控而出的哽咽声。

你父母呢？康校长不解。

我爸三年前走了，我妈是折脚，行动不便，能照顾自己就不错了。荆世骇有点忍不住了，终于红了眼角。

康校不知如何安慰，突然想到应聘时荆世骇说的——我想找回自己的童年。他说了谎，但又没说谎。从他短短的几句话，便可猜到，他的童年应该不曾有过，他要把它找回来。

嗯，小荆，不要难过，有什么困难，直接跟我说好了，我会帮你的。康校长只能用这样的话来安慰他了。还有另外一句他没说，他想说，好好努力，我会培养你，让你出人头地给家里争光的。

既然这样，那你要尽量得到其他人的认可，尤其是米教导。这至关重要的第一节课为何会突发奇想这样上呢？见荆世骇不语，康校长继续问。

我只是想让孩子们喜欢语文，不要学死，做任何事，开心是很重要的，开心了才会有兴趣，有了学语文的兴趣才会把语文学好。荆世骇直言不讳。

是啊，我上课时也是这么想的，可是你这么教，考试怎么考？康校问。

不是不许考试了吗？荆世骇反问道。

康校长没想到荆世骇会这么问，的确，上面早就出台了相关规定，小学生最多一学期测验两次，期中和期末，而且成绩不可排名，更不可公开。问题是，这只是规定，不是法律。有哪所学校不考？单元测试、月考、调研、期中、期末，还有老师不定期的小考，整个学期都在考。有的老师为了表示重视教学工作，开学第一天就考，说是摸摸学生的底。考完不但要报分数，还要奖惩学生，以此激励考得好的以后考得更好，考得不好的以后考好。家长们也养成了习惯，如果这个老师一个月没考试，好说话的埋怨几句老师，不好说话的打电话问，发火的直接向校长投诉。在同事们中间也是如此，要问来问去，你这个单元平均考了多少呀？你考得怎么这么好呀？有什么考卷拿来做做？教导处还安排了备课组长提倡资源共享，要备课组长统一考卷，共同考试，共同考好……如果是统考，区里还要排名，哪个学校一直第一，哪个学校一直垫底。

你说的是不错，可是不考如何对老师进行考核，数据是最有话语权的。这点你不会不懂吧。康校长说。

可也不能成为唯一标准呀。再说，分数的高低并不能说明老师工作的优劣，一个词语，某个老师只让学生抄了三遍，结果45人中有40人默写对了，另一个老师让学生抄了十遍，结果44人默对了，那请问谁做的工作好？

按数据来说，第二位教师的工作做得好。康校长回道。

那学生呢？抄三遍和抄十遍哪个劳动量大？换成生产成本，哪个投入和产出的效率比高？荆世骇反驳道。

可是有谁在管学生抄了三遍还是十遍呢？康校道。

按理该你管！这上面也有规定的！荆世骇有点失控了。

康校长无言以对。荆世骇说得没错，但也不全对，这真正该管的是教育督导室。

荆世骇见康校无语，没再乘胜追击，他转身离开校长室，带着余愤回办公室去了。

康校长静静地站在窗前，他内心也在犹豫，他知道荆世骇是对的，但在这样的教育环境中显得太幼稚。他是一匹烈马，又是一头独狼，该怎样驯服他陪伴他呢？康校长觉得出台新的考核条例是不可再拖了，他原本想按老条例执行一个学期，慢慢过渡，让老师们能够适应，现在看来事不宜迟啊。

这次荆老师要受表扬了吧。公开课刚上完，查鑫欣在班里说。

为啥呢？阙无言问。

我们回答问题这么积极，我手都快举酸了。查鑫欣说。

是啊是啊，其他同学也凑过来说道，我也举手了……我也举了……我还看到新来的校长咧，他听得很认真很认真。不知谁又补了一句。

嗯，我也看见了，应该不会错，在第一次升旗仪式上讲话的那个。不知谁在说。

那肯定表扬了，荆老师上得那么有劲，放的录像都是真拍的吧，那桃子看了就让人流口水，真想去采一只尝尝。一个小胖墩说。

你就知道吃，猪。阙无言回了他一句。

你不吃怎么也长这么胖呀，你头大猪。谁知小胖墩毫不示弱。

阙无言还想回击，被金霸王给吼住了，别吵了！荆老师不会被表扬的。

为什么？班里一下静了下来。

我听后面的米教导他们在说什么瞎上，反正是说不好。金霸王说。

学生们一下蒙了，荆老师的课好不好他们怎么懂呢？他们只知道荆老师上得很起劲很有趣，他们听得也很起劲也很有趣。要说不好哪，肯定是荆老师讲错了什么，他到底讲错了什么呢？这他们也不懂哪。

第二天，鱼翅果然带来了荆老师又被批的消息。他添油加醋地说荆老师被批评得差点钻到桌子底下去。

阙无言他们都很不服，非要逼鱼翅说出消息的来源。可鱼翅软硬不吃，就是闭嘴。这弄得他们是火呀，恨不得一口把鱼翅给吞了。

荆世骇工作日记十二：全世界所有的国家，如果有国语课，大概只有我们是规定该怎么怎么上的。还煞有介事地研究出了什么“情景教学法”“思路教学法”“剥笋法”等等，现在加上即将出炉的全国著名特级教师薛法根的“组块教学法”，真是“有法可依”呀。幸亏我国出了那么多的语文教学专家，否则我们的国语课真不知会上成啥样了，说不定是猪八戒的样子。我倒想问问亲爱的学生们，你们有几个是真正喜欢语文的，你们有几个在选择专业时选择的是“语文”，你们平时看的书中有多少是和“语文”相关的（如果看的话），据统计，我们国家每人每年看的书是3本左右（包括学生教材和电器说明书在内）。全他妈在扯淡。

16.开花　是脑神经和电的触碰

荆世骇想不到卞青青会在“飞秋”上问他“在吗”，他甚至以为是她发错了。

在呀。他还贴了个微笑。

有时间帮我改个课件吗？卞青青也加了个痛苦的表情。

哪有时间呀。荆世骇正在补班主任工作手册，他已经有一周没记了，也不知道什么时候查。但他想起了鲁迅先生的一句话：时间就像海绵，用力挤，总归能挤出来的。于是他慷慨地回道，有啊。

你会不会截屏？卞青青问。

这很简单呀，她怎么不会呢。荆世骇觉得她是不是无话找话呀。自从发现她的眼神里也有电流以来，他一直没去靠近过，这主要是没有时间，她这是不是在主动给他接触的机会呢？

会！他毫不谦虚干脆直接地回道。

是截取视频里的几个画面，不是QQ上的那种。卞青青补充道。

原来如此，看来多想了。荆世骇暗笑自己过度解读卞青青这本教材了，不过，这样也好呀，实际上也就是创造了一个接触的机会呀。

也会。荆世骇回道。那比QQ截屏复杂不少。

那我把课件发给你。卞青青说。

不用，传起来慢的，我过来吧。荆世骇说。

卞青青没有马上回复，过了不到一分钟才说“好吧，谢谢”。

卞青青的办公室就在荆世骇的下面，他敲门进去时发现办公室就她一个人在，其他老师估计都有课。

怎么截法？荆世骇直奔主题，没有借机扯聊。

卞青青放了一段视频，内容是田野草丛间各种昆虫蹦跳鸣叫的样子。

你是上《装满昆虫的衣袋》？荆世骇问。

《装满昆虫的衣袋》是荆世骇上的《去打开大自然绿色的课本》下一课，他记得卞青青是这周四上。

是的，本来已经做好了，可是……卞青青没有说下去，她意识到“口误”了，评荆世骇的课时她也在，其中一条“罪状”是荆世骇的课“视频喧宾夺主”，把语文课上成了科学课。她原本的教学环节中有一段“展示昆虫生活情景”的视频，她怕也被说成“喧宾夺主”，所以想把它改成几个简单的画面。在改之前，她也请教过荀老师，指导老师的意见也是“最好改掉”，米教导不喜欢语文课太花哨。

荆世骇当然明白卞青青欲言又止的原因，就问，你要截取哪几个画面？

卞青青没有回答，她还没完全从“口误”中回过神来，她红着脸站了起来，把座位让给了荆世骇。

不用，你坐好了。荆世骇也红着脸说。

卞青青的头刚碰到荆世骇的肩头又坐了下去，两个年轻的教师靠得很近，加上天还未真正下凉，穿得都很单薄，免不了隔着薄薄的衣衫肌肤触碰。在咚咚咚的心跳声中，荆世骇在卞青青的要求下截取了几幅昆虫活动的画面。

最后一个操作完成时，卞青青大松了一口气，因为没有办公室的人进来，否则看到他们凑得这么近，不知会怎么想。

荆世骇很可笑，心里想多待会儿，脚却往门口移。卞青青呢，也是心里想留他会儿，嘴上就是不说。就这样，荆世骇开门走出了卞青青的办公室。回到电脑前，他好不容易恢复正常，在“飞秋”上说，有问题再跟我说。

好的，谢谢。卞青青也恢复了正常。

周四，卞青青的公开课也上完了。用米教导的话说，首先，卞老师的课体现出了知识、技能、情感的三维目标，课件做得也恰到好处，课堂纪律也不错。只是卞老师在课上有点拘谨，气氛有点沉闷，以后要多上公开课，锻炼多了就没问题了。

康校长和是副校长也去听评了，他们没有发表对于课的意见，只是鼓励了在座所有青年教师一番。荆世骇也在，他同样也没发表意见，如果要说，他或许会说“这是一堂昆虫死了的课”。但这没有改变他对卞青青的好感，爱情和语文课没有直接的关系。

在这周的最后两天，荆世骇用“飞秋”培养了不少话题，最多的是工作感受，那就是一个字“忙”，那么多的作业要批，还有手写备课，班主任工作手册，早锻炼，晨会，黑板报，监督学生吃饭，督促值日生值日，语文组活动……

有人抄备课，你阿知道？卞青青在“飞秋”上问荆世骇。

不知道哇，谁呀？荆世骇故意用吃惊的表情问。实际上，他早就观察到了，从褚老师到荀老师，都是“复制粘贴后”改改，褚老师改得多一点，荀老师几乎没怎么改。还老师是更厉害，三个星期了，就没见他备过课。

就是我对面的。卞青青说。

她对面的也是个新教师，不过不是教五年级，是四年级。她们的办公室是四、五年级混搭的。

就是那个胖妞吗？荆世骇故意问。

不要这样说，人家要生气的。卞青青这么说，其实心里高兴着呢，她想自己那么苗条，荆世骇肯定很喜欢。

那怎么说呢，总不能说“就是那个长得很富态的”。荆世骇抬杠道。

呵呵呵，你再说我告诉她啦。卞青青“威胁”道。

好啊，你要敢说，我任你处置。荆世骇继续不服软。

真的？卞青青赶忙转移话题。

不假。荆世骇说。

那……饶你这一回，我可不想做奸细。卞青青找台阶撤退。

谁要你饶我？你再不告诉她我就说你啦。谁知荆世骇竟乘胜追击，得寸进尺。

说我？说呀。你说啥？卞青青再次撤退。

白马王女！

什么？

我说你是我的白马王女。荆世骇打完这四个字手都抖了，他不知道那边的反应是什么。屏幕上静了足足有一分钟，才出现了一杯咖啡。意思可以这样理解，她等着荆世骇的表白，也可以这样理解，她在等他说下一句话。

荆世骇发了一朵玫瑰过去。卞青青没有任何回应。

荆世骇不知所措，心想是不是惹她生气了。而其实，卞青青正等着他的正式约会呢。

荆世骇工作日记十三：如果没有她，我不知道如何熬过这一周。爱情真是神奇，竟然可以治伤，好多人说它只会致伤。我又找回了校园里的感觉，不知寇蓝找到没有，我不知是否该问候她一声，情人分手，受伤的总归女人多一些。如果老师们都在恋爱多好啊，这样紧张的神经就会得到放松，学生们也可以少看到几张板着的脸。一个轻松甜美的工作环境，可以造就一百个幸福的人生。一个沉闷压抑的工作环境，可以摧毁一千个人正常的心理。

17.流星的光　是死亡的舞蹈

在校长室，康校长正和是副校长、蔺副校长、米教导商讨新考核条例的事。他分别要他们将各自分管的教学、文体和德育方面的工作做个评估，说说老条例中合理和有待改进的地方。是副校长认为以往的教学考核条例奖惩都不够力度，尤其是对于期末考试和区抽测的考核，力度太小。譬如非统考的期末考试，超校平均分的只奖 400 元，而且每超平均分一分只有 100 元，一分以内只有 50 元，像语文，能超平均四分是已经了不得了，那考第一名的也就只有奖 800 元，这区区 800 块，看如今的物价能买啥？就算区考，超区平均分虽然有 800 元的奖励，可是有几人能超区平均分，超的人又能超多少？谁也拿不了 1000 元。是副校长的意思是教学奖励应该翻倍。

蔺副校长却有不同看法，他认为文体方面平时奖励太少，学生得个校级奖，指导老师拿不满 100 块钱。而即使区里得了奖，500 块就打发了。可是有谁知道，要在区里得个奖是多么不容易，体育老师和艺术老师付出的不比主课老师少，平时他们上的课又比主课老师多好几节。

是副校长马上反驳道，有多少艺体老师是按课表足额上的？他们批多少作业？多少考卷？几乎不要批的。他们没有分数的压力，家长不要求，上面不重视，不比主课，家长要分数，学校要比较，区里市里还要暗地里排名，时不时评出个四星五星的学校，以什么为标准？绝大部分就是以分数为标准。

蔺副校长刚想回驳，被康校长制止了。

樊书记最后发表意见，德育的考核主要体现在出勤率，是否准时进教室，有无违法等几个较虚的方面，几乎每个老师都能拿满分的，除非让学生和家长来考核，才能分出个子丑寅卯来。

康校长的表态似乎很官腔，他说所有的考核都是对事不对人的，考核的目的就是为了把工作做好，学校的考核，目的就是为学生服务好，为国家输送有用的人才。当一个考核条例不能最大限度地激发老师的积极性时，就可以考虑修改它。而且，从老的考核条例中似乎看不到学校的发展方向和目标，它只是对一些奖惩的量化，缺少活力。

三位领导看着康校长的表情，似乎在听一个奇谈怪论。

考核条例不但要把一些工作量化处理，更要表明学校的发展方向和办学理念，要让教师把条例当座右铭一样，激发他们的工作热情，让他们想着条例做事，拿着条例衡量自己的工作。

所以条例制定的既要有人情味，又要有警示作用。康校长接着说，就教学考核条例来说吧，分数考得高的老师当然希望奖励力度大一些，分数考不高的老师则希望奖励力度小一些，而大部分中间的老师就是随它去的态度。

我觉得考得实在不好的老师要罚，光奖不行。是副校长插话说。

康校长没有表态，他虽然觉得是副校长的话有道理，可总隐隐觉得似有不妥，这不但涉及老师自身，还涉及生源问题。他也管过教学工作，有几年分班，教导处的人明显的有选班的情况，他本人也“得过他们的好处”。后来改成抓阄分班，安排好年级组后，谁摸到哪个班就教哪个班。这样似乎很公平，实则也不公平，那几个班是怎么分的？如果是按语数英三门总分分的，那么拿到分数相对低的那门课的老师不就吃亏了吗？

我想请大家先寻找一下，我们学校的特点是什么？康校长问几位行政领导。

外来子女和农村孩子多，家长们只知道要成绩，却不知道这成绩怎么来。是副校长一下就切中了要害。

不，不是的，我们学校的特点是环境依山傍水，学生率真淳朴，家长朴实勤劳，老师各怀心思。

三人互看了一眼，没想到康校长才来不满一个月，就有如此精辟的概括，不免对他更尊敬了几分。

最后，康校长要三人在一个星期内各拿出一套自己所管条线的考核条例来。

荆世骇好不容易手头有个十分钟空闲，正想找卞青青搭讪几句，不料还老师凑了过来。

小荆，在不在补课呀？他小声地问。其实，褚老师和荀老师都不在，他没必要这么小声。

补课？荆世骇一愣，这词似乎第一次进他耳朵。不是说他没听说过补课这回事，而是根本就没想过这回事。

不在哇！荆世骇放大声回道。

想不想补？我有几个学生想补，就是不给她们。还老师朝褚老师和荀老师的座位看看。

荆世骇就不解了，心想，你的学生为何不自己补呢？

你自己补么就行了哇。荆世骇敷衍道。

还老师苦笑笑，哪有家长找他补课呀，他们在送小孩补课前，早就打听好了哪个老师补有效，那个老师是白补的。而他还老师，声名在外，谁愿意找他补呀。他班那几个学生要补课，他是听小区里的人说的，说他们止找老师呢。

我见你是个好人才介绍给你的，说了你不要动气，我看你也正需要钱。还老师说。

他说得没错，荆世骇心想，他在实习期，能拿到手的两千多块，光房租就要八百块，还要吃穿，家里还等着钱用，他沉默了。

不过，他并没有接受还老师的好意。在他看来，补课对不补课的孩子来说是不公平的，补得起课的学生在别人的有偿帮助下多考了分数，这实际上就是一种不公平竞争，因为补课生和未补课生考试时做的考卷是一样的。我们承认补课的成绩，实际上就是承认有钱人就是可以欺负穷人，抢夺本该属于穷人的社会资源。

还老师对于荆世骇的拒绝呆呆地愣了几秒。他可以确定的是，眼前的这个小伙子是个好人，但不知道他好在哪，心里在想啥。他悠悠地点起一根烟，眯视着荆世骇。

荆世骇翻开作业本，拿起红笔，心不在焉地批了起来。他机械地打着√或×，他在作业本上发现，孩子们的字似乎越来越差了，而他的作业不多，这是为何呢？

我妈叫我下个礼拜去褚老师那里补语文了？田螺一脸阴天地对查鑫欣说。

干吗不去荆老师那儿补？查鑫欣问。

我妈说他是新来的，不会补。田螺有气无力地回道。

褚老师收钱很贵的，我听他们班同学说，一个钟头要50块。查鑫欣说。

可我妈非要我去，她说她和褚老师认识的，可以便宜点的。田螺继续说。

我妈知道了肯定也会叫我去，她老说我烦，恨不得礼拜六礼拜天把我寄出去。查鑫欣说。

你妈真狠心，要不你和我一起去补吧？田螺说。

不去，你去搭胖哑子吧，他肯定去。查鑫欣说着跑开了。

她说得没错，阙无言只要一考试，他老爸肯定叫他去补课。他呢，总有本事把补课老师搞定，准他随便玩，看电视上网，时间一到回家。如果补课老师非要告状，他就会说，我明天不来了，补课老师一听，就不响了。反正每个给他补过课的老师都知道，只要他不出事，补得有没有效果，他爸才不在乎呢。

荆世骇工作日记十四：补课可能是中国人的首创，它似乎又回到了封建社会的私塾授课模式。那时，读得起私塾的人不多，今天补得起课的人似乎很多，补不起的也很多，是谁造就了这种不公平竞争？不准有偿家教，其实是一纸空文。

18.恶魔　有时会在白天出现

国庆节（包含中秋节）的前一周，根据安排，是金软做班长。她一接手，就发现班里有不少问题。第一是纪律，除了数学和英语课，其他课都有人乱说话甚至吃东西。荆老师的语文课讲话的情况和其他课又不同，大家讲的都是跟语文有关的东西，像音乐、美术、体育、电脑、科学课，有些人简直就是捣乱。第二是抄作业问题，有人把做好的回家作业拍了照微信群里一挂，好多人不动脑筋，抄下来，有些不能上网的，早上来得早点，死劲抄作业，写的字是一塌糊涂。尤其是语文作业，因为少，一会会就抄好了，抄的人特别多。斯老师和席老师的作业抄的人就少点。第三是打游戏的问题，好多人去小区的黑网吧打游戏，打到天黑才回家。还有吃饭，有的人根本就不吃的，去围墙边买零食。

她不知道要不要告诉荆老师，虽然大家都很听荆老师的话，可这样下去，这个班就完了。如果告诉，大家肯定会说我是奸细，心里不会服我。

还是先不告诉的好，啊呜也知道这事的，她屁也没放一个。我先吓吓他们再说。

在星期二语文早读课荆老师还没来之前，她突然走上讲台，对正起劲抄作业的人说，你们再抄作业我就告诉荆老师了。她不知从哪儿掏出一部手机，对准他们就要拍，吓得几个人当场就把作业本塞进了课桌里。阙无言有点火，他昨晚在微信里没抄到，正赶抄，没想到金霸王会来这么一招。

关你啥事？你才当一天班长就事多得了。阙无言说。

金软见胖哑子挑衅，对准他就是咔一张。然后说，我让荆老师告诉你爸去。说着就要往荆老师办公室跑。阙无言人虽大，胆却小，一下服软了，当着全班同学的面把作业收了起来。心里火得不得了，却只能一声不吭。其他人见状，也乖乖收了起来。结果当天，荆世骇只收到一半的回家作业。语文课上，他问了半天，也没问出个实情来，说是要去问家长。最后，金软帮大家解了围，说从明天开始，如果有人再不交，直接通知家长。荆世骇也觉得有理，没再追查下去。

底下的人以为金霸王要告他们一状，没想到她会帮他们说情，心里都有点感激。有几个甚至想叫她声妈，你想啊，这事要是让他真妈知道，轻则几天的零用钱没了，重则一顿生活。

在放假前的一周里，所有人都乖了不少，他们都听从金霸王的差遣，谁谁谁去搬桶水，谁谁谁去擦黑板，谁谁谁不乱扔垃圾了……荆世骇也发现班里的变化。于是，找到金霸王，问她卸任后愿不愿当以后每任班长的助理。她犹豫了几秒，一口答应了下来。不过，当班里的其他人知道这个消息后，就像遭雷劈了一样，翻起了白眼。

放假的前一天，金霸王的老妈问她，假期里愿不愿去补补课？说真的，有几个学生是自己愿意去补课的。她知道如果说不愿意，老妈不会逼她。问题是，她怕自己的语文也考不好，她也觉得，荆老师的课虽然有劲，可是不适合考试，他讲的，大多数是考卷上不会考的内容。譬如说上第七课《金蝉脱壳》时，荆老师讲了楚平王追杀伍子胥的故事，这个故事很刺激很惊险，可谁会考它呢？即使有的题目讲到了，好多人考试时都忘得一干二净了。

要不我去问问荆老师，他补不补课？金软说。

好吧，不要忘了啊。金软妈说。看得出她也很担心女儿的成绩。

谁知道第二天荆老师告诉她，假期里他要回老家盐城，没空补。

那国庆节后呢？金霸王继续问。

荆世骇没想到会有这么主动要求补课的学生，不免感到意外。他隐隐觉得，眼前的这个女学生比他想象的要成熟。

你能告诉我为什么要补课吗？荆世骇问。

金软很想说是担心你的语文考不好。可是不能啊，这么一说，荆老师会不好受的。他还是个新老师，不能打击他，得给他勇气。

我……我是觉得你课上得好，想多听听你上课……我妈也是这么说的。金软的声音很低。

听了这话，荆世骇很想答应下来。如果米教导在评他课时能听听学生的意见该多好啊。

我的课好听，语文课上听认真点不就行了吗。何必还要另外花时间去听呢，记住，课后的时间是你们自己的，你们得想点更有意义的事做。

结果，金霸王要在荆老师那补课的愿望没有实现。倒是啊呜、田螺，还有山楂片、胖哑子他们都去补课了。前两人去了褚老师那里，后两人去了荀老师那儿。班里还有不少人去了什么“永超”“行知”补习班。

国庆说到就到，在一片欢呼声中一张张考卷也发了下来。斯老师数学发了五张，席老师英语发了七张，只有荆老师只发了一张考卷和要求写一则国庆趣闻。好多学生的国庆节变成了试卷节，一天做一张不够，得做两张。有的学生若要随父母去出游几天，就得在一两天里加班加点地做考卷，至于效果，那就别论了。

荆世骇问下青青要不要回老家，她告诉他不回了，说是有几个学生要补课。这让他大大地失望，本想凑得近点培养培养感情，如今只得一个人去火车站了。

他突然想起了寇蓝，不知她在做啥？这个假期会怎么过？在火车上，他再也忍不住了，掏出手机，很熟练地按下她的号码。

还好吗？在干吗？似乎没有分手，荆世骇还是用熟悉的语气问道。他发了短信。

他心跳加速地盯着屏幕，他猜想她看到了会很意外，然后是生气，再然后是不回。不会的，他又否定了这个想法。他想她会很激动，幸福地噙着泪水，然后给他回信，然后问他在干吗，然后说要不要见个面。

屏幕很快暗了下来，他开始着急和失望。她还是在恨他，不愿理他，或者她不方便回他，也或者她根本没看到。

正当他准备把手机插进口袋时，屏幕亮了。

我正和男朋友逛街。她的号码回道。

荆世骇整个人凉了下来，他举起手机差点摔下去。用得着那么急吗？他在心里问寇蓝。

19.蒺藜　就当做针灸

国庆节，天依然是热烘烘的。

有的孩子很幸运，一觉醒来发现自己到了另外一个好玩的地方。有的孩子就很郁闷了，爸妈不出去，当然自己也不能出去。老师通过家校路路通布置的作业他们一清二楚，他们除了问孩子“作业做了没有”，其他要么问“你要不要去补课”。其实孩子最怕的就是这样的爸妈。好像除了做作业补课，小孩子没啥可做了。这哪儿对呀？想想看，你们小时候也是整天做作业补课吗？你们大人除了打麻将，哪有定性坐一个两个小时不走走呢？

最悲催的就是那些既要完成作业又要补课的孩子了。这次，阙无言也没逃过一劫，以往的国庆节，他老爸总要变着花样带他去玩几天，什么自驾游，短程游，一日游，吃海鲜，逛农场，看电影……今年却一点动静也没有。老妈也是的，也不出出主意，反而是给他安排了补课，也不知哪根筋搭错了。

还有田回、查鑫欣，欧吴，没一个有好下场，最惨的是田回，除了补语文，还要补英语和数学。他老妈老是说，你看人家欧吴，成绩那么好还在补，你没她好就更要补啦，说得像化疗过的癌症病人，急需补身体一样。

尉迟迟补的课和他们都不同，他补的是书法，据说在一个小有名气的书法家那里。查鑫欣发现，怪不得他的字怪怪的，总觉得和别人不同，原来是去书法了。

虽然如此，孩子们还是有机会在一起聚玩的，因为老师们一般补两个小时，有的还一天隔一天补，就算像田螺那样补三门，还是有一个半天空出来的。再说，一般的老师，在国庆那天是不补的，第二天才开工。

微信一亮，节目就炫。金软首先召集了几个人，准备去爬镇南面不远的大丘山，如果运气好的话，还能采到野栗子和野柿子，山下有的人家种的黄桃说不定还有。

结果招到了十多个伙伴，除了阙无言、田回、查鑫欣，还有小胖墩他们，都是五（1）班的。他们约好十二点半碰头出发。

吃好饭不久，孩子们在三区南大门口汇合了。十几个十一二岁的孩子，有男有女，蹦蹦跳跳地向大丘山出发了。

阙无言带的东西最多，大家见到他时他正吮着一块巧克力雪糕，手里还拿着一个马甲袋，袋里有冰橙汁，矿泉水，面包和大橘子。不过，这些东西一见到金霸王，一下就没了，被她你一个我一样地分了个精光。

没事，你们吃好了。山脚下有小店，我还带了一百块。阙无言的大方，让大家不得不喜欢他。

去的路上，有人忍不住问，你们做了几张考卷了？我已经做了四张了。问的人是田螺。

切！死田螺。你能不能不说考卷啦。金霸王说。

是呀！其他人附和道。田螺只好闭嘴。

一群小孩，说着笑着来到了大丘山脚下。有的人已经出汗了，像阙无言。

上山的人还真不少，大多是比金霸王他们大的年轻人，从他们说话的口音判断，应该是在本镇打工的外地人。他们也放假，他们也无聊哪，来接触接触大自然，爬爬山，也不错。

小胖墩平时山上来的次数多，很熟悉路。他对金软说，要不要走一条新路？大家一听，当然好啦。小胖墩一下来了精神，有这么多人跟着他，他当然起劲了。

在走到山脚前的大路口时，突然向左拐去，走了一百多米，来到水沟前的一条长满青苔的“小石桥”前，“桥”对面是一条通向竹林的小路，看上去没啥人走，路不清楚，两边都是草。

小胖墩杂耍似地窜了进去，完全不像一个胖子的样子。其他人见状，一个个跟了进去。竹林一下静了起来，开头的草路走过后，是一条落满竹叶的软泥路。他们一行人跟着小胖墩，在软泥路上走着，谁也不出声。走了一段，感觉阴了起来，只有脚下的竹叶声，沙沙地响着。

突然，“扑扑扑”地一长声。在小胖墩前面不远处，一只大鸟飞了起来，吓人一跳。这个人当然是查鑫欣啦，她天生就胆小。

嘘——小胖墩做了个闭嘴的手势。

想不想抓野鸡？他轻声问大家。

野鸡？菜市场里见过，彩色的头，长长的尾巴，羽毛很好看。难道这里有野鸡？谁也不信，可都又很兴奋。

在哪里？怎么抓？阙无言问。他一下想到了鲜滋滋的野鸡肉。

就在这竹林里。小胖墩说，有时它们很呆的，只要我们十几个人围住它，说不定能抓着。

好啊好啊。不知是谁鼓起了掌，

嘘——小胖墩又做了个闭嘴的手势，他示意大家蹲下。他指了指前面，在一个小竹墩的凹坑里，隐约有个东西在动。此时，大家的心怦怦直跳，激动万分，都想一睹野鸡的风采。

小胖墩完全蹲了下来，他示意大家不要动，自己慢慢地摸了过去。等他看清真是一只野鸡时，立即回过头来，招了招手。十几个人在金霸王的带领下，悄悄地靠近小胖墩。小胖墩又做了个闭嘴的手势，然后他又做了个包围的动作，伙伴们立即会意，兵分两路，向在凹坑里的野鸡包抄过去。

看清了看清了！还真是只野鸡！彩色的头，眼睛一圈是红的，尾巴上一根彩色的羽毛甩出去一大截。它似乎在专注地啄着什么，并未发现十几个小孩正向它靠近。

孩子们的心跳越来越快，脚下的声音越来越轻，他们离野鸡也越来越近了……

这时，野鸡突然抬起头来，扭动脖子，四处张望。小胖墩一个手势，大伙立即停脚，蹲下不动，屏住呼吸。等野鸡的头再次低下时，小胖墩又做了个前进的手势。

快了快了，野鸡即将进入他们的包围圈……

阿嚏——不知是谁打了个喷嚏。大伙和野鸡一起吃了一惊，然后又一起动了起来。野鸡先是朝小胖墩那边低头奔过来，发现不对头，又换了个方向。

谁知那边也不对头，又换了个方向。十几人索性一起喊了起来——喔喔喔……

眼看野鸡快被金霸王抓住时，它却一蹲一窜，又换了个方向，从阙无言的裆里钻了出去。大伙儿再回头追，哪还追得着，野鸡一下就钻进了草丛里。

就在大家准备责怪胖哑子时，小胖墩突然叫了起来，野鸡蛋！

大伙一起围了过去，果然有几个灰亮的蛋，看上去比一般的鸡蛋要小些。野鸡没抓着，抓了一窝野鸡蛋，也不错。大伙终于在一阵欢呼声中走出了竹林。

可是野鸡蛋才五个，不够分哪！最后，金霸王决定，由小胖墩去卖掉，用卖来的钱买零食吃。听人说，真正的野鸡蛋至少要5块钱一个。这里有五个，说不定能卖25块呢。

有了抓野鸡的快乐，那天下午，大伙玩得都很开心，有人甚至还采到了野柿子，据说可以浸酒治咳嗽。

快乐过后，是受罪，这话不假。回到家后，只有阙无言的奶奶问玩得是不是很累，要不要吃点啥。其他人有的被催做作业，有的被骂了几句。

20.瑶池天庭　圣意是跪在天上

国庆假第二天，康校长接到关局长的电话，说是有个饭局，有没有空参加？

当然有啦。关老师心里有我这个学生，就算天大的事也得推了不是？康校长这点官场规矩还是懂的，上司邀约，怎能有半点犹豫？况且关局真是他的老师。

出乎康校的意料，饭局就三人，除他和关局外，还有一个陌生人，而且地点竟是一家不起眼的小餐馆。从他热情伸过来的手和脸上变形的笑容可以猜出，是个生意人。

这是陶老板。关局介绍说，是我的光屁股弟兄。

康校长不敢怠慢，连忙握手问好。眼睛忍不住把包厢扫了一遍，他发现，这地方表面上看着不起眼，内部装饰却很精致。尤其是这个包厢，诗书画样样有，古色古香的味道，没有一点餐馆的烟熏火燎和油腻味。

怎么样？康校长，这个“表里不一”很意外吧。关局说。

的确很意外，这说明这家餐馆是专门做低调贵人生意的。

陶老板按了下桌上的按钮，不一会一个衣着露腿旗袍的服务员就进来了，再一看脸蛋和身材，绝不比某些个所谓清纯美女大明星逊色。

康校长喜欢吃啥开胃菜？陶老板示意服务员把菜单给康校长。康校长很想说不用了，他进餐没有先吃开胃菜的习惯，于是说了声随便。

那就来三份酸奶鱼翅羹吧，陶老板说道。服务员莞尔一笑，半鞠着躬后退了出去。

小康啊，你是我学生，我就不拐弯了。关局等服务员出去后对康校说，陶老板呢之前开公司出了点意外，失败了，最近处境有点困难，转行开了个小农场，刚营业不久，想请你促成点生意。

惭愧惭愧。陶老板一边说一边掏出烟给康校，是极品黄金叶。康校长连连摆手说不抽不抽。

老师有何吩咐，学生一定照办。他说。

你看你，什么时候也变得这么滑头了。关局说，我想这一学期你们学校的综合实践活动去陶老板的农场开展，回归自然也符合活动的宗旨，再说去农场总比去游乐园的安全系数要高吧。

康校长一听，完全明白了。好在他上周没有答应蔺副校长推荐上来的一个单位，否则这事还真不好办了。

见康校长没有马上回应，关局忙说，是不是有难处啊？小康。

不是不是，我是在想如何操作这事。关老师你是知道的，如今这3000元以上的购物或活动花费，是要通过镇里的，学校的财政毕竟还是他们在管。康校忙解释说。

这个好办，我给镇里负责文教的周镇长打个电话，只要你同意就行了。关局说。

那我们就这么定了。康校长连忙顺水推舟答应了下来。

陶老板见状忙说谢谢。正好服务员端着三碗酸奶鱼翅羹上来。

说实话，如今要做个好人也不容易。我本想把陶老板介绍给我们区所有学校的，可是怕哪。怕有人以为我以权谋私，举报我呀。陶兄呢，公司本来开得好好的，就因为经营得太老实倒闭了，如今还落下一屁股债，办这农场也是最后一条路了，不容易啊。关局点燃一根烟，同情地看着陶老板。

陶老板很是感动，眼圈一下红了起来。他经商失败，要东山再起谈何容易，如今只能一步一步小打小闹做起，好在有关局这个弟兄。希望做好康校长这一票，起个广告作用，让全区乃至全市都知道他的农场，以此吸引更多的学校去光顾。

一桌菜不多，不算冷盘是六个，很是精致，有什么蛇肉，娃娃鱼，鹿肉等，陶老板也算是真心表达了感谢之意。三人推杯换盏，称兄道弟，很是投缘，直聚到下午近三点。陶老板问要不要换个节目，被关局拒绝了。他知道自己的身份，得适可而止。

傍晚，康校长刚回到家，又有人邀他赴饭局，是学校的食堂承包商。他拒绝了，说是有约了，谁知晚上对方突然来访，弄得他很尴尬，躲了起来。对方临走时欲放下一袋东西，康校夫人硬是没收，这也真难为她了，一个女人推过了一个大男人。看来，对方是非要攻下康校长不可呀，原因很简单，食堂每年都要招投标的，加上A状元这所小学有2000多学生，一所抵两所，做生意的人怎会放过？万一第二年不中标，岂不是失去了一只大大的金元宝。所以，对方必须拿下康校长，以使明年继续承包没有后顾之忧。

康校很是感谢老婆，这样的老婆难找啊，有的官太太积极受贿，他的老婆却是积极拒贿。

其实，康校长还只能算是个雏官，他不该在不了解对方背景的情况下拒人于千里之外，他以为自己行得端坐得正就不会有麻烦，谁知道这位食堂老板和镇里的领导有啥瓜葛呢。他虽然现在可以“做得端行得正”，可他忘了一个最简单的道理，他是学校的法人代表，学校的一切事务均与他有关，食堂若是出了问题，他是第一责任人。

人总算走了，对方的电话却没走，继续打来。说以后等他在家了会再登门拜访，康校长连说不必不必。他真的怕和这类人走得太近，他的事业重心不在真正的官场，他希望实现自己的教育理想，那就是在这所农村小学里实施上面提了好多年的素质教育，至少是有自己特色的教育。这种特色不同于有些挂羊头卖狗肉的“特色学校”，特色只是他们装点门面的花瓶，而本质仍然是分数教育，他要搞的是具有农村特色的“绿色教育”。当然，如某些专家所说，搞素质教育不是不要分数，而是更要分数，结果是学生既要把分数考出来，又要把歌唱好，把画画好，把舞跳好，把书法练好，把围棋下好，尤其是还要把身体锻炼好……稍有常识的人都知道，一天的时间是有限的，一个人的精力是有限的，一个小孩的注意力集中时间更是有限的。结果呢，只能挑几个出来做做样子，说是我们学校的素质教育搞得轰轰烈烈卓有成效，学校成了造假公司。

康校长的教育理想是学生的分数和技能以及情感协调发展。三者的教育所花的时间尽量做到均衡合理。如今的情况是，学生的绝大部分时间花在了获取分数上，而效果却很差。其他两方面被大大忽略甚至空白。虽然上面对教育教学的评价正在发生改变，例如；明确提出不能完全以分数来衡量师生的优劣，问题是，不用分数，其他方面如何来检测？如何来区分师德的好坏？区分教育教学工作除考试分数外的优劣？如何来测量学生卷子以外的能力？如何对学生学习过程进行评价和考核？等等一系列的问题，摆在康校长的面前。最大的困难是，我们的老师和家长对于新的评价方式有思想准备吗？尤其是家长，你能认同一个使你孩子分数考得不是太高，你孩子却是很喜欢的老师吗？

21.小巷地府　民思为吃在人间

田回妈对田回身上的变化感到有些担心，在新老师接班后，她发现自己的儿子似乎不那么专注学习了，总是见缝插针地偷着玩。一会儿要去买什么课外书看，一会儿要去调查街上的店面和广告，一会儿要去观察大自然，一会儿要和同学去学轮滑，一会儿又要去爬山。总之想法是一个接一个，理由是“荆老师说的”。在这些要求中，她只答应了两个，一个是买了本《世界上的一百个神秘事件》，另一个就是国庆节去爬山。

自从第一单元的成绩出来后，她就对这个荆老师产生了怀疑，通过和其他家长沟通后得出的结论是“新老师经验不足”。她一度有换班的想法，她知道以自己儿子的成绩，别班老师是愿意接收的。有一回她去学校送伞，在教导处问过米教导，说能不能换个班。米教导回绝了，中途换班会引起一系列的问题，首先是对原班老师的不尊重，会引起误解；其次是接班老师也未必愿意，毕竟增加工作量的，即使接了也极有可能和原班老师闹矛盾；还有就是会引起班容量的不均衡和其他相关资料的调整，尤其是现在每班的学额都上报到局里了，变动也不大方便。

无奈之下，田回妈选择了补课，她知道只有用补课的方式才能使儿子没有闲暇时间胡思乱想，才能使他不得不把心思放在学习上。补的三门课，除了语文，其他两门她都选择了儿子的任课老师，她不大相信什么培训机构，补课最有效的还是自己班儿子的老师。至于补课的代价，她也计算过，虽然补三门，可农村的收费毕竟比城市低不少，斯老师和席老师都是一次两个小时 80 块，褚老师贵点，100 块。算下来，一个周末的补课费是 180 块，一个月四周的话是 720 块，包括寒暑假算下来，一年一万块左右，这点开销还是承受得起的。

田回呢，似乎也很懂事，从一年级起就很听话，学习成绩也很出色，每次考试，在班里不会低于前五，绝大多数是在前三，除了那个欧吴，他谁也不服，因为死啊呜总是第一，胜她的那次也算是运气。从二年级开始，他就补课，从一门到两门再到现在的三门。也因为这样，他对老师的看法与一般孩子不同，他认为老师都是骗人的，都是一样的，他们在课上讲的和他做的是不一样的，譬如老师在课上说，人要有奉献精神，自己却补课收钱，有时还要拿妈妈送的礼物，一盒葡萄一条猪腿，最不好的就是购物卡。有一次，他妈叫他把一张购物卡放在教师节送的贺卡里，易老师、斯老师、席老师每人一张。慢慢的，时间久了，他也习惯了，他认为老师就是这样的，和其他上班的人一样，都是为了钱。开始时，他对给他补课的老师还有抵触心理，现在觉得也很正常，大家都是为了挣钱。爸爸有时为了挣钱还去拍领导的马屁呢，请他们吃饭不算，还要送香烟老酒。

只有荆老师，让他觉得怪怪的，自己虽然跟金霸王他们说过老师都一样的，但是这个荆老师似乎与他们不一样，座位可以乱坐，作业可以乱写，有的作业还可以不写。就拿《练习与测试》来说吧，他一次也没让他们做过。开始时，他还以为荆老师偷懒怕批，后来他发现不是，每次经过办公室，他看到其他老师都要看看电影打打游戏，只有荆老师，一直在写啊看啊的，他是忙得没工夫布置作业了。

也不知怎的，才一个多月，他心里面那种小孩的野性又有点回来了，他开始有点信荆老师了，荆老师要他们做事多动脑，要想想为什么这样做，要走出书本多出去见识体验，他想去这么做，唉，可是老妈不理解我呀，一个男人要女人理解是多么难哪！她要他补课，他只好去，他不能让老妈伤心，好在一周还有半天可以不补课，如果老师作业少一点，还有时间玩个一两个小时。

假期很快到了第六天，田回的作业写完了，课也补完了，斯老师他们说也要休息休息了。只要老妈检查下来我的作业没问题，就可以玩啦！不知金霸王他们做得怎么样了？他把作业交给老妈的同时要了电脑使用权，老妈同意了。他迅速打开电脑，启动还没完全完成，他就双击了QQ图标，难得呀！他难得主动去呼朋引伴，喊“有人吗”。几分钟后，一个一个的小鱼泡就冒了出来，金霸王、胖哑子、山楂片还有鱼翅咧，还有一堆人，都是无聊得快发臭了。

田螺，你妈让你出来放风啦？说这话的是金霸王，毒舌。

呵呵呵、哈哈哈、嘻嘻嘻……后面跟帖似的一串笑。

放风就一会儿，他是被判了无期徒刑的。阙无言跟毒了一句。

无期还不如死刑了。山楂片忍不住了。

你们才是罪犯咧。田螺回击道，我看你们今天是不想让我挂了。

别误会，挂了不是死了，是指把作业拍成照片后挂在群里，叫资源共享。

死田螺真小气，我们是跟你开玩笑的，你不肯挂拉倒。嘴硬的是阙无言。

没关系，他不挂我挂。大伙愣了一下，谁也没想到，说这话的竟是啊呜！在平时，谁要能抄到“全班第一”的作业，那可是烧了高香的。所以，一时间竟冷场，无人应答。

本来嘛，我们都是一条船上的蝴蝶，谁也别自顾自啦。还是金霸王反应快。

嗯，之前我是小气了点，向各位兄弟姐妹道个歉。啊呜居然说出这自残的话，大伙又愣了。

很快，啊呜一张张做好的卷子就出现在了“群共享”里，其他人像饿坏的鲤鱼见到死猪，一口口啃了上去。

田螺见状，有点尴尬。他马上回到老妈那，抽出一张张卷子，和屏幕上的“电子版”一一对照起来。你还别说，这死啊呜就是厉害，卷子做得清清楚楚不说，还真找不到错的地方。

把作文也拿出来亮亮吧。说这话的是鱼翅。

是啊是啊……后面又跟了一大堆。

别得寸进尺呀，鱼翅你为何不亮亮你的作文啦。啊呜回击了。

要亮一起亮。金霸王说。

班长助理说得对，要亮一起亮。查鑫欣说。

我还没做好……我还没想好……我没啥印象深刻的事……我准备网上搜一篇了，你们不许说呀……

结果亮作文的事不了了之。群里一下又沉默了，大伙儿正忙着抄啊呜的答案哩。

22.忘了明月 中秋该离散

在国庆假期里的中秋节很少，荆世骇第一年工作就遇上了。不过对他而言，这样的假期的意义就是可以多陪母亲和奶奶几天，母亲见到儿子，行动似乎利索了些，奶奶却是抖得更厉害了。两位生病的亲人让荆世骇的人生注定要负重前行，内心的忧郁和思想的沉重导致他脸上的笑很难解读，苦笑、自嘲还是洒脱？其实都不是，他的笑是为了他爱的人，包括他的学生，他不能在他们面前痛苦。为了自己那一点点教育梦想，也为了多挣点薪水，他在母亲的极力劝怂下去了现在的地方工作，因为同样是教师，江南几个城市的收入要比他们那翻一番还不止，为了他喜爱的学生，他又拒绝了有偿家教，他不知道这样做是对还是错，只是他的内心觉得这样做问心无愧。在之前的一个多月里，他实在无暇顾及两位亲人，现在他可以尽情地表达自己的孝心了。

他回家时买了两盒月饼和一袋糖炒栗子。其实在离开学校前，就有家长打他电话，说是有几张月饼券有没有空出去拿一下，被他拒绝了。还老师还问过他有没有家长送月饼哪，他笑着摇了摇头。

他买糖炒栗子是因为妈妈和奶奶都喜欢吃。由于拿回家时栗子已凉，他就用一个铁罐头装起来，放在灶膛口烘，烘热了再一粒粒剥给她们吃。在中秋这一天，荆世骇一家人就着一桌小菜和几个月饼外加几粒栗子，在明月的抚慰下共同怀念着不同身份的同一个人——父亲，儿子，丈夫。在他们每个人的心里，这个人似乎依旧坐在他们边上，和他们一起接受月光的恩泽。

三个人都默默地吃着坐着哭着，只是谁也没有发出声来，或者说每个人的哭声只有自己听得到。荆世骇想着父亲的疼爱，他母亲想着丈夫的勤劳，奶奶想着儿子的坚强。这个人是他们最熟悉的人，所以怀念他不必要用言语，只要用心想，想他的音容笑貌，想他的喜怒哀乐。三个人的团聚变成了对一个人的思念。

寇蓝这几天很是懊恼，她没想到荆世骇竟会是这样小气的人。明明是一句故意气他的话也看不出来，既然想她，为何只放一个屁就死不出声了呢？她真不知是否要将自己的近况跟他说。她其实也选择了做教师，只不过她选择的是中学，在另外一个地方。她也因为工作繁忙，最近一直没联系他，至于男朋友，更是无从谈起也无暇去谈。她很想把这些告诉他，想从天上砸他个幸福，谁知他竟这样一副死腔。她觉得不能丢了这个面子，不能先软下来，还是继续保持分手的关系比较好。等工作踏实稳定后再理他，如果他能守住分手时“我用一年的时间忘记你”的承诺就行，到时再用幸福砸他也不迟，也算是考验考验他。

卞青青没想到补课的学生会凑成五个，而且课才补几天就有家长送他月饼了，看来这里的人生活条件还都不错，比她们那儿好多了，心想这次没回老家是对的，多打几个电话就行了。只是这几盒月饼，吃是吃不掉了。她想到了荆世骇，想送他一盒，心想他开学来应该还不会过期。她还想到是否要给搭班老师送一盒，一想，我有他们肯定也有。最后决定快递回去，这寄费就当作车费吧，家里人见到月饼就算见到了她。

她也是在毕业时和男友分手了。和寇蓝不同的是，她一点也没有重归于好的想法。她认为过去了就过去了，往前走才有新的希望。她直直地感觉到，荆世骇这个人长得挺帅，心地善良，仁爱情慈，是个可以信赖的人，只是看上去有点书卷气，家境似乎也不太好。貌德才财四点，有两点是优，一点是良，一点是不及格，总体还过得去。如今这男孩子，最最重要的第二点大多是及格线上下，能达优的难能可贵。至于第四点，她倒觉得可以接受，如果他们在一起就是双职工，基本的生活还是有保障的，她最担心的是他的书卷气，两个人沟通出了问题，那也不会幸福到哪儿去。所以，她打算不急着和荆世骇确立关系，先朋友似地接触接触再说。

正想着，荆世骇恰巧发来了短信：卞老师在干吗呢？不要忘了节日快乐。

她回道：在备课呢，你也不要忘了节日快乐。其实她正盯着补课的孩子做作业呢。

喔唷，认真得啦，康校要发奖金给你了。荆世骇回道。

卞青青心头一喜，看来这书呆子也蛮会调噱的嘛。于是回道：他不发，你发。

荆世骇是谈过恋爱的人，当然知道这是卞青青在调情，马上回答，我把自己也当奖金发给你要不要？

卞青青脸一红，没有立即回他。不过这心头是甜得一塌糊涂，看来自己的担心是多余的，这个书呆子还蛮会逗女孩子开心的嘛。只是想不通的是，他在工作上为何要做出那么多怪事来。让学生随意坐座位，抄词语本弄得像画画本，上课就像踩滑板，滑来滑去的，没一个定性。班里固定的班干部也不设。有机会得找他问问为啥。

过了一会儿，她才回他：不要，你留着发给你女朋友吧。其实是想探探他是否单身，这也是女孩子常用的伎俩。

荆世骇忍不住想起了寇蓝，心里一凉。所以迟延了回复的时间，被卞青青察觉出来。虽然荆世骇回的是：我的女朋友就离你的影子不到1厘米。

卞青青知道这指的就是她，心里的高兴劲却没刚才那么强烈了。原因是荆世骇思考了一会才回的，这说明他回答她的问题时在权衡，权衡说明他心里有隐瞒，隐瞒说明有鬼。

两人又打情骂俏了一会儿，才放下了手机。

23.蝉声一片　震落秋叶满地

告别时，荆世骇的母亲并没有表现出太多的伤心，她是个坚强的女人，虽没啥文化，也知道不让儿子担心的道理。只是嘱咐他要认真工作，如果有合适的对象，谈谈也没关系。

你爸临走时留下了一点钱，再加上赔到的一点，应该够你娶个普通人家的媳妇了，有合适的，下次领回来看看。这是他母亲送别时的话，大抵天下的母亲都一样。

小囡啊，来来来，走好啊。这是他奶奶的话，似乎比他母亲还要豁达。

荆世骇看着两位孤寡女亲人，一时无语。他不知道说什么才能使两位亲人真正快乐地送他离开。快到村边头的公交站时，他才说了一句：家里的钱你们放心地用好了，买点吃的穿的，不要舍不得，爸不会怪你们的，我有工资，你们放心好了。

之后是几个小时的火车，在火车上，他突然想起了小时候爸爸在河边叉黑鱼的情景。那几乎是每年的惯例，天还没完全热的时候，门前的小河水开始冒泡，偶尔会出现一群小鱼，它们像一个移动的灰球，在水面翻滚。在它们的下边，有一条大黑鱼跟着它们，每过一段时间，大黑鱼就要浮起来一会儿，不知是透气还是管教自己的孩子。爸爸就是在这个时候，举起五齿鱼叉，向那条大黑鱼奋力掷去，十次有八次将大黑鱼牢牢刺中，提上岸来，获得一顿野生美味。

那时候，老爸是多么厉害呀，每年总要抓个两三条三斤以上的大黑鱼，卖剩一条切片煮汤给我们喝。母亲端着碗，嗞嗞嗞地喝着黑鱼汤，奶奶也端着个婉，用勺子舀着吃白花花的黑鱼肉。而荆世骇自己呢，又是喝来又是嚼，时不时还要从母亲碗里抢一块，奶奶见他这德行，立马从自己碗里舀出几块鱼肉，瞒着老爸放到他碗里。

后来，意外发生了，爸爸走了，把他的童年也带走了，留下的，只是那碗黑鱼汤……

到租住地时，天已黑下，他发了条短信给卞青青，问她吃了没有？她很快回“没有”，他约她到镇上“涎水饭店”吃晚饭，她说好的。

这个客他还是请得起的，出门时奶奶抖着手塞给他一千元，说是“买点好吃的哦”。现在他急着见卞青青，也算是“买了好吃的吧”。同时，他还带了家里的草鸡蛋，也想分给卞青青一些。卞青青如约而至，和荆世骇面对而坐，两人看起来像是情侣了。

几乎是在同时，荆世骇那帮学生们，却在微信上热哄哄地闹了起来。有人没有抄到啊呜的答案，要她再挂一次，有人建议啊呜别理他，谁叫他出去玩得啦，自己玩得开心，回来作业一抄，多舒服啊，也得付出点代价才好呀。后来还是金霸王出来提议，今天要啊呜重挂作业的，明天带点东西给大家尝尝。其他人一见有吃的，立即赞同，啊呜一见老百姓呼声很高，只好同意，只是说她会在睡觉前撤下，免得被老师发现。

谁敢说出去我阉了他。这话只有阙无言说得出来，他抄得最起劲了。

第二天进教室时，荆世骇发现自己的学生个个像打了鸡血，眼亮身直。想必这七天他们休息得不错。

谁有什么稀奇事拿出来分享分享？他也迅速把自己融了进去，用小孩的口吻说。

学生们互相看看，才一会就举起了十来只手。有说看到了小区里有人赌博被抓，有说电视里看到堵车一条龙，有人在高速路上大小便，有说看到中秋那天街上好多兔子灯笼，还有不少人放了很多很多的孔明灯，有说新闻里看到有些月饼是过期食品，有说他和爸爸妈妈去旅游被偷了一个钱包……

这么多有趣的事啊，那你们赶快把作业本交上来，我倒要好好看看。看的结果是，发现写抓野鸡的人最多，有十一个，包括金软。从所写内容几乎一致来看，这事应该是真的。他马上叫了小胖墩去办公室，一问果然是真的。小胖墩告诉他，野鸡蛋还卖了25块钱咧，是他叫他妈妈去菜市场里卖掉的，他妈妈是卖蔬菜的。这钱还没用呢，要等金霸王想出了用的办法才可以用。

荆世骇听了就像自己也参与了似的，高兴得要死。跟小胖墩说以后再去叫上他，弄得小胖墩莫名其妙，说好也不是不好也不是。

褚老师也找到他，说教导处安排下周他们青年教师要上展示课，和上次不同，这次是在指导老师指导下上。她让荆世骇先确定上哪课，再一起备课，最终把教案确定下来。

任务紧急，荆世骇又被安排在了第一个。他思量再三，决定上习作三的“秋天的树叶”，这样可以最大限度地减少和褚老师的分歧。如果上一般课文，他怕自己忍不住还是会和之前的上法一样上。作文课，上法的分歧会少一些，容易和褚老师达成一致意见。

上作文课？这可是比一般课文难上哪。谁知褚老师却说。

试试吧，荆世骇有点意外，我先把我的想法跟你说，然后再商量怎么上，可以吗？

褚老师听他这么说，只好先答应。荆世骇看完教辅材料后，脑子里逐步形成了一个框架：先让学生去熟悉一种树叶，然后记录下有关发现，再发挥想象，写一个与这树叶有关的故事。褚老师听了后立即提出异议，第一，学生对树叶的描述肯定不会准确，因为有关植物学方面的术语他们几乎不懂。第二，这样指导，无法完成“培养学生热爱自然，热爱生活的思想感情”的教学目标。第三，没有写法的指导，不利于培养学生的写作能力。

荆世骇认为，学生写树叶的外形，不必那么精确，非得用植物学上的什么术语，用自己的语言能描述出来就行。至于教学目标，所有的习作课只需一个就行，那就是培养学生的习作兴趣，在此基础上再去谈写法也不迟。单单一节习作课，要让学生去热爱生活热爱大自然是办不到的。

那你认为让学生对着树叶瞎想就能提高他们的习作兴趣吗？褚老师有点较真起来。

至少比非得让他们写出“树叶的外形和颜色，和有关此树叶的知识”有劲。荆世骇毫不相让。

那你怎么引导他们去写？褚老师问。

我会让他们用自己的话先写树叶的外形和颜色。

要不要指导一下按什么顺序写？

不需要，颜色先吸引他们的先写颜色，外形先吸引的先写外形。

好，就算这样，假如先写外形，那写外形要不要按顺序呢？总不能一会儿写叶柄一会儿写它像什么吧？褚老师似乎抓住了荆世骇的要害。

如果这片树叶只是外形引起了他的注意，那就写外形，写时可以任意发挥想象。如果这片树叶只是叶柄引起了他的注意，那就写叶柄，其他的爱写不写。荆世骇似乎不可理喻。

……褚老师呆呆地望着眼前的这个新教师，一时竟不知如何和他沟通。

那米教导会赞同你的想法吗？褚老师最后说。

荆世骇不响了，他想起了他的第一节公开课，他知道褚老师是为他好，并且已经救过他一次了，还有康校长那边，也要给他点面子。这次从“报恩”的角度讲，也该接受她的建议。经过了一阵沉默后，他妥协了，按照褚老师的要求上。

办公室其他人总算松了口气，你们这对师徒，肯定是最佳搭档，业务钻研得这么认真。那边荀老师说，我和卞老师几乎没怎么商量，就定下了。

什么呀？那是你指导有方，一下就搞定。褚老师不痛不痒地说。

我哪指导有方呀，我是任务观点，完成任务么算了。你可是马上要评区带头人了，当然要卖力点啦。荀老师回道。

哎哟哟，两位师傅，都比我厉害，比我厉害，我活了一大把年纪，连个徒弟也收不到。你们夸来夸去，不是把我往地上按吗？还老师一插嘴，两边就停了下来。荆世骇也觉得好笑。他飞秋上问下青青上哪课？她告诉他上《在大海中永生》。

荆世骇工作日记十五：假、大、空是如今的作文通病。为何？因为如今的孩子不会体验生活了，他们也没时间去体验生活。所体验的无非就是作业、补课和考试。他们的情感世界完全被分数所占据。写作文为了分数，写什么样的作文才能得高分？就是写老师喜欢的作文，写老师课堂上要求的作文。甚至于怎样开头，怎样结尾都有规定。莫言把这种规定糟蹋了个遍，最终获得了诺贝尔奖。

24.夜　无需黑暗也是黑的

荆老师又要上课给其他老师看啦！查鑫欣在班里突然宣布，上的是作文课“秋天的树叶”。她经过办公室时正好听到了荆老师和褚老师的对话，就当爆炸新闻奔到教室发布了。

大伙儿正忙着利用下课的几分钟时间说着课上憋的话，一听是有关荆老师的消息都静了下来。他们最感兴趣的就是老师们的新闻了，尤其是荆老师的。

上次不是听过了吗？怎么还要听呀。阙无言说。

上次上得不好，重上呗。尉迟迟说。

你瞎说，上次我们举手那么积极，怎么会不好呢？阙无言回道。

你懂啥？上课不是举手人多就是好的。尉迟迟反驳道。

那你说怎样才算好呢？金软接道。

这个……反正他们老师懂。尉迟迟敷衍道。

切！课是给我们学生上的，我们觉得好就好。金软说。

是啊！其他同学附和道。

那……那我们觉得活动课最好，尉迟迟说，我们可以大玩特玩。

其他同学觉得鱼翅说得也有理，都不说话了。

活动课？你什么时候上过呀？田回的话让尉迟迟闭嘴了。

这学期好像有一节下雨天的“体健 2”上过自由活动课，其他副课要么正常上，要么被斯老太婆和席老师要去了。即使真的没人上，大家也是用它来做作业，真正的活动课其实是没有的。一旦大考临近，譬如期中期末考试，整个儿就是语数英和英数语，一天下来，学生们个个像打了三个对手的擂台，只剩半条命了。

山楂片，荆老师什么时候上？金软问。

哪天我不知道，反正快了。查鑫欣说。

那好，我们回去从网上多找几篇写树叶的文章，到时照样子写出来给他们看，这样总不会说荆老师上得不好了吧。金软号召道。

是啊是啊。当大家刚喊出“好”时，预备铃响了。

康校长在行政群里发了个通知，要求分管各条线的领导把各自的考核细则在周三行政会前发给他，以便他确定一个粗略的整体考核方案。

米教导接到通知后立即去了是副校长的办公室，他们都是负责教学工作一头的，有关教学工作的考核得意见一致。米教导认为，教学工作的考核还须加强，尤其是对教学成绩的奖罚要加大力度，原本每学期只对期末测试进行考核，新条例中对期中测试也要进行考核。

是副校长的看法基本和米教导的一致。他觉得不但要进行期中期末测试，还要学习其他学校进行月考和阶段性测试，要不然学校的教学质量不会得到提高。只是这考试的“罚”如何来操作比较合适呢？

光奖不罚肯定不行。米教导说。

是啊，问题是怎么罚。是副校长说。

低于平均分太多的罚。譬如，语文和英语不得低于 5 分，数学不得低于 8 分。米教导说。这样的话有些人会说我接的班不好，他们肯定会跳起来。是副校长说。

只要教代会通过，跳起来也没用。再说，我们在考核时根据他接班时的分数看，有进步的可以不罚，甚至奖。米教导说。

那好吧。我们再把细则梳理一遍，弄好了再发给康校长。是副校长说。

很快，康校长就接到了各条线的考核细则，他逐一认真地看起来。条例其实主要分四块，一块是教学，一块是教科研，一块是德育（主要包括班主任工作），还有一块是文体。他要做的，就是协调各条线的考核力度，突出学校的特色部分，尽量做到绩效要求的“多劳多得，优劳多得，少劳少得”。还有就是很难考核的“劣劳少得”。

他细细研读了各条线的考核细则，发现教科研和德育两块与老条例基本一致，教学和其他奖励两块加大了不小的力度。这两块分别是是副校长和蔺副校长提供的，按照他们的方案，教学工作和文体工作在某些方面会产生很大的冲突。譬如说校运动队的训练，需要占据学生不少的时间，而各科主课老师未必会让这些学生去参加训练，他们要教学成绩。还有兴趣组活动，美术、画画、书法等，主课老师会放学生去参加吗？家长们会让学生去参加吗？

另一个问题也出现在了康校长的面前，那就是学校的特色到底是什么？如果A状元小学也像枫红中心小学一样，能以出色的教学成绩闻名于区市，那么就以它为榜样。从历次区抽测的情况来看，A状元小学一直排在末几位，最好的名次没超过倒数第三，大多数是坐末把交椅。从他对这所学校的观察和了解得出的判断是，要想使A状元小学的教学成绩赶上其他学校，不是他这短短的三年交流期所能完成的任务，唯一能尽快使他拿出成绩的做法就是搞特色。

本镇依山傍水，周围自然环境优美，人文特色质朴，加上外来打工子女众多，农村特色是它甩不掉的本质。要使A状元小学摆脱目前的处境，唯一的办法就是发挥它的农村特色。那便是“人文绿色学校”。结合本地的刺绣、茶叶等特产，要打造这个“特色”应该是不太难的事，可以就地取材。

想到这，康校长终于眉头一展，在制定具体的考核条例时，他也有了一把尺子。那就是考核条例必须突出A状元小学的“人文绿色”特点，同时抓教学成绩。所以他否定了期中期末都要进行教学成绩考核的方案，改成期中测试后开全体教师的教学分析会，期末考试纳入考核，月考和阶段性考试学校不统一组织，由年级组根据各自情况自行组织，关于奖惩，他觉得以奖为主。

在行政会上，他把自己的想法说了出来。米教导一言不发，眼睛紧紧盯着是副校长。是副校长半眯半睁，一副弥勒佛的样子。

康校长，这样的话，教学这一块的考核和以前的就没啥区别了。米教导终于忍不住了。

有啊，虽然期中不纳入考核，可是要开全校教师分析会，老师们也是要面子的，同样可以提高他们的工作积极性。康校长似乎早就想到了说辞。

有些老师可能不在乎什么面子，他要的就是实际的奖励，这样的话他会直到期末考试时才认真点，临时抱佛脚，成绩怎么会上去呢。是副校长开口了，他得给米教导撑撑腰。

这个我也想过了，区里不是有抽测吗？事先又不告知抽哪个年级，这对每个老师来说也是一个警铃，相信他们会当回事的。康校长说。

我插一句，樊书记开口了，其实好多老师根本不在乎奖不奖，得个第一名才奖多少？1000块到顶了吧，就算是超区平均分，最多也就奖个2000块，有的人补补课一个周末就出来了，有的人一场麻将输赢就两三千块，老师们看重的其实还是面子。有的老师想在事业上有所建树的，即使没奖励教书也是很认真的。

那教学一块就不要考核了！米教导有点火了。

考当然要考。樊书记说，只是不要和其他几块拉得太大。

这样吧，教学这一块今年就按我说的考核。如果实行过程中有什么问题，明年再修正，到时教代会上一起讨论。康校长说。

是副校长和米教导都不作声了。蔺副校长一言不发，他知道今年要把各运动队抓一抓了。

25.阳光穿过风雨 哭泣的白天

荆世骇和褚老师把“秋天的树叶”磨了两个半天，总算把教案定了下来。从定目标，到教学环节的设计再到课件呈现，从开头导入到结尾小结，都进行了周密设计。这些设计以《新课程标准》为准绳，以学生的认知水平为基础，以米教导的教学喜好为参照，尽其所能地做到最好。

你最好把教案背出来。褚老师说。

不用，我上课从不看教案的。荆世骇实话实说。没想到褚老师吃了一惊，她工作了十多年，有时还得看着教案上课，这个工作还不满两个月的菜鸟，居然说出这样的话来。

那你有教案吗？褚老师问。

有啊，我都是一个字一个字写的。写完基本就记在心里了，所以不用看教案了。荆世骇的说明让褚老师松了一口气。她回想自己刚工作时，差不多也是这样的。

那你要借我班试上吗？褚老师问。

试上？荆世骇似乎是第一次听到。这课要是试上了不就等于学生考试作弊吗？

我反正还没教到，你今天下午用我的劳技课试上。褚老师似乎有命令的口气了。

荆世骇点点头答应了下来。这样也好，了解一下她们班的学生，同时就当是熟悉一下教案吧。

试上的情况让荆世骇很是别扭，褚老师班的学生乖得有点可怕，一个问题下去，学生答得就像是教参上写的。譬如他问道，你们准备怎样来写这片树叶呀？学生们回答说按照先写颜色再写形状的顺序来写。还有没有别的意见呢？等了快有一分钟，才有一个学生说还可以按照总分总的顺序写。根据教案上的安排，荆世骇接下来应该出示几片树叶，让学生们根据自己的观察，说说它们的颜色和样子。当他问到“由枫叶你想到了什么”时，几乎所有人都说想到了火。

你还能想到什么？荆世骇接着问。

红领巾。回答他的是不停举手的一个女生，可能是课代表。结果一节课下来，荆世骇很轻松，绝大多数问题学生们都能答得你挑不出错，不得不去表扬。有个别问题学生们的答案似乎很多，如由秋天的树叶你联想到了什么？有人说果实，有人说收获，有人说黄色，有人说橘子，有人说木材，有人说大闸蟹……其实这些答案都没有离开“收获”的意涵。没有人说想到了悲伤，想到了冬天，想到了种子，想到了美梦……而这些答案才是荆世骇最想要的。

开课那天，康校长、米教导、是副校长都来了，还有不少其他听课老师。除了平行班的语文老师，其他都是为了尽快完成“一学期至少听满20节课”的任务而来。

卞青青也来了，这让荆世骇这节课有了额外的动力。他讲得尤其卖力，结果不出所料，得到了包括米教导在内的默赞。在评课时，米教导首先肯定了荆世骇的进步，说他终于找到了上课的基本路子，康校长说听到了他招聘时的课，是副校长说这节课才有点像腔。所不同的是，褚老师一反上次的态度，对这节课的某些地方提出了“坦率的意见”，譬如“展开联想”那个环节，拓展得有点过了。总之，有待改正的地方还有不少。这当然是她的谦虚啦，毕竟这节课是在她的指导下上的嘛。

学生们很失望，认为荆老师这节课上得一点都不好。他们准备的“有关写树叶的文章”几乎没有用到，只是在回答荆老师“你们知道哪些树叶吗”时，才派了点小用场，网上有些树叶像柳杉什么的，很多人都不知道，知道的那个人多风光啊！这个人竟然是阙无言，他被荆老师当场表扬了。

而第二天鱼翅发布的消息是荆老师被表扬了，这让全班同学都大跌眼镜。

轮到卞青青上时，荆世骇才明白什么叫作“一堂好课”。荀老师虽然比褚老师年长不少，可指导得比她还细，包括上课开始学生们喊“老师您好”时鞠躬的角度几乎都一样。在分析《在大海中永生》的第3、4、5、6小节时，卞老师读得如赤面娇娃，学生们读得如引吭呆鹅。尤其是第3小节，卞老师的四个“也许”和“奔腾不息”讲得是鞭辟入里，滴水不漏。邓小平爷爷的骨灰随着她的讲解由祖国的海疆开始按顺序飘到了澳门、香港、台湾、太平洋、印度洋、大西洋……

卞青青的这堂课出乎了所有人的预料，没想到她不但人长得漂亮，课也上得漂亮。后来荆世骇才知道，卞青青试上了三个班。

褚老师心里也有不悦，她后悔同意了荆世骇上作文课。要是上一般的课文，荆世骇不会比卞青青差，这风头让荀老师抢去了。还有一点让她不高兴的是，荆世骇似乎对此一点也不在意，似乎还很高兴。她觉得荆世骇和卞青青的关系肯定已经超出了同事的范畴。

在是副校长和米教导的心中，卞青青留了个不错的印象，他们不约而同觉得卞青青比荆世骇更容易培养。

在荆世骇和卞青青的激励下，康校长心中的青年教师培训计划开始蠢蠢欲动了。他深知学校的发展要靠教师，有了一支实力雄厚的教师队伍，才能把他的教育理念落到实处，才能使每个有理想的青年教师实现自己的人生价值。才能使像荆世骇、卞青青这样的年轻人安心工作，奉献教育。而工欲善其事必先利其器，这器便是对青年教师的锤炼。所以，针对他们的各项举措也要开始实行了。

首先是基本功的锻炼，三字一话，说课上课，副科老师也要参加各种比赛。还有，学校每学期要开展能突显本校特色的几项活动。种种头绪，在康校长的心里缠绕起来。

荆世骇工作日记十六：我不知道有多少公开课是演戏演出来的。或许上课真的如演戏，一遍演不好可以“卡”，直到能演好为止。对于看的人来说，这是一种负责，你怀诚而来，总得让你看台好戏。对于演的人来说，尤其是学生，如果事先没有“剧透”也算负责，这样可以让老师这个导演提高指导效率，少费胶片或磁盘。但如果以此来衡量上课老师的优劣，就是一种对学生的戕害。原因很简单，这个老师没有时间节节课都这样上，那是不可能的，他的绝大部分课都是不会试上的。这就像工厂老板，在上面来检查时给员工吃了顿有肉有鱼的好饭，等领导一走，又是粗茶淡饭了。也许也可以这样想，领导不来，这一顿好的也吃不上的。

26.教堂的钟声　唤的是谁的主

最先把社团活动（包括兴趣活动）搞起来的是体育组，带队人是蔺副校长，他负责文体一块。11月底市里有个“拉手阳光”活动，就是由25个学生横排成一队，除两边两个学生外，其余相邻学生的腿都绑在一起，然后20个人手搭着肩快速地跑50米，哪个队花的时间最短，便是冠军，依次是亚军季军，成绩取前六名，得奖学校全市通报表扬，比赛分男女组。本次活动电视台还要跟踪报道，有关部门很重视。队伍先由各区在各校开始训练，然后在各区选拔，区前五名参加市赛。

A状元小学之前也有参加，但一直没啥好的名次，原因可能是训练不够。今年来了两位体育系本科生，蔺副校长想好好利用一下这些人才，所以很重视，亲自带队。首先是选拔队员，他让五六年级的体育老师从各班中选苗子，再男女各挑30人组成队伍，优胜劣汰。按照这个数字，每班参加人数男女分别应是2人。五（1）班被选到的是金软、查鑫欣、阙无言和田回。他们开始时都不太想去，但一听到体育老师说每天的最后一节放心班时间训练时，一起喊出了那个著名的字——耶。因为这放心班主要是用来做斯老师和席老师布置的作业的。

阙无言和金软的老爸老妈倒是不反对，小孩子么锻炼锻炼身体也好。倒是查鑫欣和田回的老妈，并不太赞同，怕影响孩子学习。最后在孩子的一哭二闹三上吊的威胁下，勉强同意了。田回妈还说，要是期中有一门考试考得不好就不准去。田回为了能去，当然答应啦。结果训练的第一天回来，他们就有点后悔了，斯老师在放心班上发的数学卷子叫他们带回去做，也就是说，他们不但没占到便宜还多付出了体力劳动。田回当场就有点后悔了，查鑫欣也是，嘴巴翘得可以掘洞，眼睛恶狠狠地盯着斯老太婆。只有金软和阙无言似乎早有心理准备，若无其事地将卷子收进了书包。但一想到最后一节像死田鸡一样趴着做作业的难受，查鑫欣和田回都选择了忍，反正回家网上群里可以抄。啊呜最近不知怎的，挂作业挂得起劲得要死。

在米教导带领下的“云泉文学社”也运转起来了，高年级每班报两人，活动放在每周四。五（1）班参加的是欧吴和尉迟迟，是同学们推荐荆老师同意的。还有小号队、合唱团、书法组都活动了起来。到最后，有的班级放心班只剩一半人了，这让主课老师们受不了了，一个个打电话给家长，说你小孩最近参加了什么什么活动，作业也不交了，成绩像石头一样落了下来。家长们一急，连夜找儿子女儿谈话，无论如何不准去参加这些活动。当各活动的上课老师发现人越来越少时就去班级找，找来找去找不来。然后报告教导、校长，是副校长决定将某些活动的时间改一改，放在了中午。这样，上午自习的主课老师又不干了，尤其是连着第一节考试的老师，更是火冒三丈，硬是不许学生去。后来发展到和上社团活动课的老师发生口角。最后让学生自己选，结果除了五(1)班，其他班没有一个学生愿意去上除了文学社的社团课，因为文学社是练写作文的，而作文在语文考试中占的分数比例相当大。

最惨的是蔺副校长负责的“拉手阳光”队伍，男女生加起来不满10个人了。最后事情放在了康校长的面前，这事如果他不出面是解决不了了。他为此不得不开了一个全体教师会，苦口婆心地跟各位主课老师讲，学生们学习主课知识固然重要，但身体和兴趣也要得到发展呀，所以要求主课老师“放人”。这下主课老师们炸开了锅，谁不知道原本那些活动只是摆摆样子的，上面来检查就造点材料应付过去，没想到康校长竟然来真的，都不理解。因为毕竟考的只有语数英三门课。

虽然后来主课老师们被康校长“说服”了，但明显地十分不愿意。康校长也在这次事件中下了个决心，即将颁布的考核中也要将其放进去。

最苦的是学生们，虽然社团活动恢复了，可是这回家作业是越来越多。午自习的作业带回去，放心班的作业带回去，不做吧，要罚。不怕罚吧又要被“通知家长”，回到家免不了又是一顿臭骂，甚至臭打。

荆世骇发现班里有几个学生的字快成日文了，就算是那本可以自由创作的抄写本，也是状不忍睹。他再也忍不住了，把他们叫到办公室，一一摊开他们的作业，问他们像什么。

我的作业多吗？他忍着怒火问。

不多，不多……几个胆大的支支吾吾回答道。

那为何写成这样？荆世骇又问。

来不及。难得做作业的阙无言回道。

来不及？就写一遍生字也来不及？荆世骇有点火了。

其他人一看苗头不对，都低着头不作声了。

是来不及。只有阙无言还在嘴硬。

荆世骇扬起手掌，差点落到阙无言的嘴上。但他忍住了。他让他们回了教室，深呼吸了足足有半分钟才坐下。然后一个个通知了他们的家长。

他把金软单独找到了办公室，问她到底是怎么回事。金软见办公室还有其他人，特别是对面的还老头，欲言又止，没有说话。她顿了顿，拿起荆世骇办公桌上的一支笔，在他的书上写了一行字：数学和英语作业太多。荆世骇看后恍然大悟，他错怪了学生们了。他的第一个想法是进教室去向学生道歉，又一想道歉也没用，不如向斯老师和席老师交涉一下。

荆世骇强迫自己冷静了下来，他没有马上去联系斯老师和席老师，而是去了师傅褚老师那里，他翻开他们班的作业本，惊奇地发现，学生们的字写得是整整齐齐，清清楚楚。

这是怎么回事？难道他们班的数学和英语作业少？荆世骇不得其解。

三门作业，只有你一门少，学生们的字反而写不好。这是为啥？还老师笑嘻嘻地问荆世骇。

为啥？荆世骇反问。

因为你好说话。还老师说。

可是学生们都说喜欢我呀。荆世骇又问。

喜欢有个屁用，只有怕才有用。还老师说。

什么意思？荆世骇更不解了。

你去问问你的学生就知道了。还老师神秘兮兮地说。

荆世骇想了会儿，不用去问也知道答案了。他不想再去为难学生，他暗暗下了个决心，考试中可能出现的内容，他要在课堂上解决。他的语文课，别的老师们再厉害，也不至于抢了去布置作业，就让他的语文作业成为学生们的发泄对象吧。

荆世骇工作日记十七：大概中国的学生，从小学开始，就可以去干一份工作了——抄写员，对，就是曾有篇课文《小小抄写员》中的抄写员。不知大人们有没有发现，你的孩子还是小小年纪，中指的第二个关节处已经有了厚厚的老茧。这老茧不是勤劳的勋章，是体罚虐忍的物证。你或许已经看到了这手指上的老茧，但孩子们心里的老茧你看到了吗？尤其是他们面对大量的机械书写已经麻木时，再也不能从作业中得到一点乐趣，更勿论从中得到智慧和创造力的种子了。

27.等待　未必是冲刺的蓄势

在康校长的强力要求下，各项社团活动算是“正常开展”，蔺副校长的运动队总算起死回生了。不仅如此，康校长还要求图书馆和阅览室必须准时开放。他认为，要看一个学校的软件硬不硬，只要看图书馆和阅览室的人多不多就行了。

结果呢？图书馆和阅览室依旧姓“悟”名“空”。只有荆世骇，趁中午难得有空时去坐坐，学生的呢？也差不多，实在难得才有学生去借本书看看。所以在A状元小学，图书馆和阅览室的工作是最轻松的，它能把一个俗人坐化成僧人。

期中考试临近，图书馆跟阅览室更是人迹罕至。

一天中午，荆世骇从阅览室回办公室的途中，好像听见自己班里有大人的争吵声。过去一看，竟然是斯老师和席老师当着学生的面在争吵。斯老师站在讲台前正拿着一把尺指着席老师，席老师呢，手上拿着一叠考卷对着斯老师。

你问问学生，明明是我先跟音乐老师讲好的，这节课我上，斯老师你怎么可以这样呢？说理的当然是席老师啦。

我也说好了，再说我比你先来，小席老师你好像有点不讲理吧。斯老师话中带刺。

斯老师你要不信我们去看电脑，我早上就在“飞秋”里跟音乐老师说好了。席老师据理力争。

说好怎么啦？又不是金口，法律还有漏洞哩。反正我先来，这节课我上。斯老师显然有点恼怒。

斯老师，你可不能倚老卖老呀！明明是我先讲好的，不信我们去问音乐老师。席老师也被激怒了。

是啊，我是比你老。席老师，你也会老的。斯老师毫不相让。

我当然会老，但是永远赶不上你了。席老师回敬道。

这可说不准，人嘛，今朝不晓得明朝。谁先死还不知道呢！斯老师手里的尺差点戳到了席老师的脸上。

是的啊，有的人就是老不死。席老师的话使得原本坐着静听的学生们忍不住笑出声来，阙无言还转过去做了个鬼脸。

学生的笑声使两位老师的争吵暂停了，她们不约而同把脸转向了正睁大眼睛看着她们的学生们，原本准备放声大笑的学生们一见这情形，把即将喷出来的声音又咽了下去。

这一切荆世骇看在眼里惊在心里，平时他就算是把屁股对着学生，他们也静不下来，想不到斯老师和席老师眼一瞪就能使他们立马成为哑巴，这帮小崽子可真是欺软怕硬哪！

这节课我来上吧，荆世骇趁她们停歇的空当走进教室，微笑着对两位搭班老师说。

斯老师看看荆世骇又看看席老师，说，也好，那我就布置点作业吧，没事做他们会吵的。

席老师没作声，走到英语课代表那儿，把卷子一仍，说，放学前交过来。说完大步走出了教室。

斯老师白了她一眼，又转过身对荆世骇笑了笑说，小荆老师不好意思，你帮我看着他们吧，《补充习题》39 页到 40 页做好，下课交上来。

荆世骇呆呆地站在那里，一动不动，脸上机械地堆着笑。还没等斯老师的脚步声远去，教室里忽然像打翻了一大锅水，哗——笑翻了。

你们这是欺负我好说话是吧，刚才为何屁也不敢放一个？荆世骇嗔怪道。

教室里笑得更欢了，阙无言在笑声中回答他，我们都怕灭绝师太的竹鞭炒肉丝呀。

还有席女人——席老师的酱爆栗子。金软也不客气。

底下的笑声更大了，使得整幢教学楼都像在颤动。

荆老师，我们怎么办呀？尉迟迟趁机想给他出个难题。

怎么办……做语文作业呗！荆世骇刚说完，底下不可思议地霎时静得一丝声音也没有，三秒钟后，雷劈般的笑声再次冲出了教室，冲向了对面的教学楼。

金软，去叫音乐老师来上音乐课。荆世骇收回笑脸，一脸严肃地说。下面的声音顿时小了不少。

还是不要叫了，我们做作业吧，放学回家，这些作业还不是照样要做的？田回说了句非常实际的话。

金软看着荆老师，人站着，脚没有动。

同意做作业的举手。荆世骇无奈地问。结果除了阙无言和小胖墩，其他人都举了手。

少数——服从——多数。荆世骇有点悲凉地说。他呆呆地站在讲台上，看着老老实实拿出作业本的学生们，鼻子一酸，眼角突地亮了一下。他迅速转过身，擦掉湿泪，叹了口气。

这一瞬，被金软看在眼里，她看着荆老师的背影，同样地鼻子一酸。不同的是，她不能背转身，只能趴在桌上，让眼泪浸湿薄薄的衣袖。

期中考试前，根据教导处的安排，还要进行一次作业和备课的检查。米教导很快让负责语数英各学科的副教导们安排了检查时间和检查人员。

五年级语文要检查的作业是抄写本、默写本、补充习题、小作文本、大作文本、习字册和摘记本。至于《时代学习报》《一课一练》和《练习与测试》可由老师自己决定是否要拿出来检查。拿出来一份加1分，不拿出来的不扣分。

荆世骇等新教师的作业由米教导他们亲自检查，这也是是副校长的意思，作为对他们严格要求的举措之一。

当米教导检查到荆世骇班的语文作业时，一下惊闷了。词语抄写本简直就是美术画画本，默写本上所默词语次数只有三次，而且每次才寥寥二十来个词语，是一个单元一默的。大作文本不堪入目，像是第二本画画本，有红圈有钢叉有波浪有云朵有卡通画……而写的内容大多与习作要求不相干，有写童话的，有写寓言的，有写漫画故事的，还有写乱七八糟诗的，甚至还有写歌词的，五花八门，无奇不有。像田回和尉迟迟他们这类“好学生”写的是书本上要求的，而且写得字迹端正，语句通顺，条理清楚，中心突出，详略得当，前后呼应。像阙无言和小胖墩这类学生，写的便是“诗和歌词”，因为字少，又可以乱编。查鑫欣和金软她们，写的就是自己喜欢的寓言和童话了，字数也符合要求。小作文本上全是羊屎一样的小堆，有时写点心里的牢骚话，有时写点听课时的感受，有时写点骂人的话，有时也写一点景和物，有时回答课后的问题……摘记本上也是乱涂乱画，什么都有。稍微像腔一点的就是《补充习题》本，字迹还算清楚。唯一一份拿得出手的作业就是习字册，一笔一画，一字一句，有点书法的味道。只是，做的次数少了点，才五次。

米教导工作二十来年，做教导也有五年了，检查的作业不计其数，像荆世骇这样的作业还是第一次见，他请是副校长过目，不知做何处理。

荆世骇工作日记十八：这个世上也许只有老师违法是不会被追究责任的。是谁，可以剥夺学生的受音乐教育的权利？是谁，可以违反《未成年人保护法》侵害学生的身体健康？是谁，可以让学生去面对两难的选择？又是谁，可以堂而皇之地在学生面前自毁教师的形象？这分明就是“暴力教育”，软暴力和硬暴力都有，祖国的花朵们是在受园丁的浇灌还是摧残？学生们脸上流露出的是笑，心里流出的是血和泪。他们在以爱的名义下施暴的老师面前毫无反抗之力。

28.秘密的花园　开着流脓的花

经过三天的辛勤劳动，所有班级的作业和相关老师的备课都由相关人员检查好了。荆世骇的作业和备课的检查情况记录被特别摆在了康校长的面前，一贬一褒，“天云之别”。作业被贬得一塌糊涂，备课被客观地褒扬。褒扬他书写端正，教案原创。至于原创得是否符合课程标准，是否彰显文本特点，还需另当别论，所以是稍加表扬。

康校长见此记录，也对荆世骇的作业和备课产生了极大的兴趣，他亲自去了趟荆世骇的办公室，使得毫无准备的褚老师、荀老师和荆世骇本人“慌不择举”，只有还老师，马上递上一支烟，笑嘻嘻地说，康校长大驾光临，关心基层，让人实在感动啊！弄得康校长有点尴尬。他推掉还老师的烟，有点变调地说，我是来看看荆老师的作业和备课的。

喔唷，真是真是，康校长对青年教师的关心更加让人感动哪。像我这种老头子的是没啥看头了。

这话让康校长很不舒服，他顿了顿，回敬说，你老还么是老革命老经验了，免检产品啦。

哪！康校长是你说的，我是免检产品，你叫教导处以后不要来检查了。谁知还老师脸一板，一本正经地说。

这下康校长无话可说了，僵在那里。褚老师和荀老师看着，一言不发。

荆世骇笑着接道，是啊，还老师的作业和备课是免检产品，以后可以作为样本让我参照参照。

康校长马上接道，是啊是啊，你们年轻教师要多向老教师学习学习。小荆，我听说你的作业和备课也很有特点，能不能拿出让我看看。

荆世骇已有心理准备，先给康校长看了自己的备课，之后马上进教室收了几本作业回到办公室。见办公室其他三位老师和康校长正在一起看他的备课。看完备课，他们又看了他拿过来的作业，情况和教导处所做的记录基本相符。

康校长的脸严肃了起来，他不知如何跟荆世骇说。以他的直觉，觉得荆世骇是个对教育有自己想法的人，而且这种想法隐隐约约与他的有些类似。

怎么办？在明天召开的检查反馈大会上是批评还是表扬他？在回办公室的路上，康校长终于有了决定。

大会如时举行，米教导先是反馈了本次作业和备课检查的总体情况，情况是“总体良好，个别有问题”。这问题作业他举的是荆世骇的例子，下面的老师听得是一愣一愣的，教书这么多年，从没见过那样的作业呀，真是稀奇。

米教导说，荆老师的作业体现了超前的课程整合的教学理念，可以将美术、数学、英语、语文、音乐甚至科学的因素，同时在一本作业本上体现出来。谁都听得出，这是在讥讽。接着他又举了备课的例子，同样有荆世骇，说他的手写备课是原创内容最多的，书写也是很端正的，这是最可贵的。还有就是卞青青老师，备课整齐清楚，不但有总目标还有单元计划课时目标，反思也很具体。其他的电子备课除褚老师等几位骨干教师外，复制粘贴的情况很严重，有的甚至把前几年的老备课往上一挂，连年度日期也没改，还有的从网上下载，看也不看，里面的学校名也没改。

荆世骇不由得环顾了一下周围，希望能看到卞青青。

卞青青也在找他，两人的目光一下就相遇了，只是都坐在靠背椅上，只能用眼神交流。两人相视一笑，这一笑把刚才米教导讥讽他作业的不快一下扫除了。

这次反馈大会的成果之一是从此荆世骇的名气大大地提升，原本传扬他的只是小范围，说他让学生乱坐，班级纪律差等。如今不同了，传的是他的“课程整合作业”和“原创备课”，同事们都向他投来了好奇的目光，有几个平时不太注意他的年青女教师，似乎有点崇拜他起来了，投的是带电的目光。

所有的这一切，荆世骇都笑纳了。他难办的是，是否要按照米教导的整改意见，以后按规定做作业？还有备课？

我还是尊重一下学生的意见吧。走出会场，他想。至于备课，他决定原创依旧。

结果学生们都不希望回到以前易老师做作业的样子，还是觉得现在这样好，有趣！

期中考试快到了，短暂的复习时间使学习很是紧张。

不知道今天的体育课要不要上了？阙无言在语文课下课时问金软。

你想得美吧。你说，会是灭绝师太来上还是席女人来上？金软突然在苦中发现一点乐趣来。

灭绝师太！有人说。席女人，有人说。

田螺，你说谁？金软特意问田回。

南海神尼。谁知田螺又赐斯老师一个大号。在笑声中，预备铃响了起来。所有人都回到了自己的座位，南窗边的几个把头探出窗外，盯着走廊那头的动静。

果不其然，斯老师圆滚的身影出现在了走廊上。

是灭绝师太。不知谁轻声嘀咕了起来。

喔——教师里一阵集体叹息之后，同学们都端正了坐姿，低下了头。靠北窗的几个男生大胆地朝窗外的大操场看了几眼，流露出无奈的表情。他们多么想去操场上哪怕只是奔几圈呀。

斯老师带来的还是一叠考卷，他们知道又要写一节课了。

上课！斯老师说。

起立！尉迟迟说。（这周轮到他做班长）

同学们好！斯老师说。

老师您好。同学们说。

这节课我们先做一张综合练习卷，请大家把数学书放好，做的时候不许讲话……随着斯老师的话声，一张崭新的数学试卷到了学生们的手中。他们写好自己的名字，投入了答题的状态中。

数学考卷刚收起来，席老师抱着一叠英语卷子也来了，同学们惊奇地发现，斯老师和她迎面走过时，谁也没看谁一眼。

让我再看你一眼……不知是谁吃了豹子胆，竟唱了起来。好在正式铃还没响，席老师没有计较。

上课！她说。

起立！尉迟迟说。

同学们好！席老师说。

老师您好！同学们说。

这节课我们先做一张练习卷，请大家把英语书放好，做的时候不要讲话……底下有人捂住嘴巴“扑哧”了一声。席老师耳朵很灵，马上叫他站起来，他是小胖墩。

等会儿你站着做考卷。席老师说。其他人就不敢大声喘气了。

29.交叉的心跳　笃笃　笃笃　笃笃

金霸王日记选一：我真担心，听说荆老师在大会上又被批评了，也不知道鱼翅的消息是从哪儿来的。我感觉这个人像奸细，好像什么都知道。我也真为荆老师担心，这次期中考试如果我们考不好，说不定他又要吃批评了。现在副课都被斯老师和席老师要去了，荆老师一节也没要，大家都在做数学、英语，语文是看都不在看，到时候说不定要考最后一名，荆老师你可怎么办？还是我让大家早点来，早读课读读语文吧。

期中考试的日子终于到了，8:30—9:50 考语文，10:10—11:20 考英语，下午 1:00—2:20 考数学，单人单桌，各班任课老师交换监考。监考老师提前 20 分钟到教导处领试卷，提前 15 分钟进考场，考前 5 分钟发卷，学生铃响答卷。教师监考过程中不得回答除考卷上看不清的问题，不得看报，手机必须开到静音，不得有意地去看学生答卷，中途离开必须在流动监考替换的情况下才可以。

监考五（1）班的恰巧是卞青青，由于是新手，所以特别卖力，她完全是按照监考守则来做的。荆世骇也正好监考她班，虽然是新手，但他试卷早发了 5 分钟，因为他判断下来，要学生在 80 分钟内做完可能太急促。底下的学生看看表看看荆世骇，有点犹豫，粗心胆大的已经在那唰唰唰地写了，谨慎一些的还在等铃声。荆世骇见状，说了句，班级姓名写好的同学可以答卷了。

这时米教导和是副校长正好巡考经过，见五（5）班已在答卷，非常恼火地停住了脚步。米教导把荆世骇招到了教室门口，问他有没有看监考守则，是副校长立即叫学生停答，说要到铃响才能动笔。学生们极不情愿地停住了手里的笔。

荆世骇吃了批评，本想反驳几句的，一想可能会影响学生们接下来的答题，就没有吱声。米教导和是副校长刚走，铃声就响了起来。学生们像憋足了劲的马匹，在卷子上飞驰。

荆世骇回到讲台前，看着孩子们在“地里”收获着两个多月来的成果，进入了冥想状态，他想到了自己念书生涯的无数次考试，每次考试就像是进入审判庭，有时被判无罪，有时被判有罪，有时刑期短点，有时刑期长点。而决定这一切的除了自己的努力程度外，还有就是这该死的考卷。考题难点，刑期长点，考题容易，刑期短点或无罪。

他记得有一次统考，因为肚子不舒服，数学没考好，结果被老师罚抄了 100 遍错题，回到家还被一向仁慈的父亲抽红了手。不知道这些孩子中，如果有人没考好会受怎样的罚？他不由得走下讲台，到走道里看看学生答卷，发现学生有疑难，恨不得自己帮他写。

时间在一分一秒过去，学生们也正在向试卷的终点冲刺……

铃响的时候，绝大多数学生已答毕，个别慢的也在写作文的结尾了。荆世骇松了一口气，就像自己考好了一样。

接下来是数学，监考还是荆世骇，下午的英语就不是他监考了。

教导处当天就把卷子密封，每班抽5张卷子放一起，免得批卷时受主观因素太多。

批卷放在第二天下午，原本的政治学习取消，各年级按各科组统一批卷，批卷组长由备课组长担任，任务也由他分配。

五年级语文组由褚老师组织批卷，地点就在她们班教室。各班语文老师到齐后批卷立即开始。荆世骇被安排和褚老师自己批作文，其他老师也各有任务。有人批看拼音写词语，有人批课文内容填空，有人批句子练习，也有人批课内阅读，还有人批课外阅读。荀老师被安排批课外阅读，还老师被安排批句子题。卷子答案由教导处统一提供。

批着批着，还老师不知为何与人吵了起来，大伙儿停下手里的活儿，看着那里。原来荀老师在批短文时发现还老师有一个题目批错了，可是还老师死不承认。题目是这样的：

请将下列词语按照一定顺序重新排列：

刷牙　起床　吃早饭　上学　洗脸

有学生按“起床　洗脸　刷牙　上学　吃早饭”排列，还老师批的是对，荀老师认为应该是“起床　刷牙　洗脸　吃早饭　上学”才对。

难道不可以先洗脸再刷牙吗？还老师说。

当然可以，不过正常情况下是先刷牙再洗脸。荀老师反驳说。

什么叫正常情况呀？现在这社会你说什么叫正常？还老师毫不示弱。

好，就算先洗脸再刷牙，那吃早饭总归是在上学前吧，你怎么还批对呢？荀老师转移阵地，继续进攻。

切！荀老师你真是……你没看到你们班有学生早上进教室后才吃面包牛奶吗？还老师用事实反问道。

那、那怎么算？大多数人是吃好了再来上学的。荀老师辩解道。

什么大多数少多数，我问你可不可以先上学再吃早饭的？还老师一鼓作气，据理力争。

那按你说，到了学校还可以刷牙洗脸了。荀老师讥诮道。

当然啦，先拉屎都没事。还老师回敬道。

哈哈哈……其他教师听了大笑起来。荆世骇捂住嘴巴，看看还老师又看看荀老师。从常理上来讲，他当然是支持荀老师的，可不知为何，他决定赞同还老师的意见。

我认为还老师是对的。他说，语文考题不应寻求单一答案，应允许从多角度去考虑问题。

还老师一听研究生都站在他一边，更加理直气壮地对荀老师说，就是啊，现在的男人都想要几个女人，女人也想多要几个男人，这个题目的答案怎么能只有一个呢？

这下办公室里发出了哄堂大笑。连正为难的褚老师也笑红了脸，是对是错还得她来拍板。

这样吧，除了起床必须放在第一，其他都算对。

那也不对啊，褚老师，谁知还老师还不买账，躺在床上也可以洗脸刷牙呀，我发寒热感冒就是在床上洗脸的。

这是特殊情况。褚老师当然不服气。

什么特殊不特殊，有人还在床上吃香肠炒饭哩。还老师莫名其妙地说。

这下褚老师不响了，恶狠狠地盯了还老师一眼。红着脸说，那就全批对吧。

这还差不多。得胜的还老师朝荆世骇做了个大鬼脸。

批着批着，还老师又和褚老师争了起来。这次是道“口语交际”题，内容如下：

李云家是卖酒的。一天，李云发现爸爸在酒中兑水，还把普通的酒灌到名酒的瓶中，以次充好，高价卖出。如果你是李云，你会怎么劝说爸爸？这题是 5 分，分值较大。

根据教导处提供的答案，说是学生只要往“诚信”上去靠。做到句子通顺，道理明晰就行了。还老师批到一个学生是这样答的：我会这样劝爸爸，爸爸你还是讲点信用的，良心也没完全坏掉。在酒里兑水，只是酒难吃点，喝不死人。把次酒灌进好酒里，也不会使人中毒死亡。比那些用工业酒精、井水兑茅台酒的人要好多了。（我希望爸爸在兑酒时心里好受些）

还老师认为，这个学生讲的是实话，应该给满分。

荀老师认为，这个学生思想不太健康，有故意捣乱的嫌疑，再说这也不像是劝，所以最多给 2 分。

荆世骇吃了一惊，他觉得应该给 6 分。他看看褚老师，又看看还老师，还有其他老师，欲言又止。

研究生，你说，到底给多少分？谁知还老师找他帮忙来了。

荆世骇看着还老师信任和不服输的目光，很想把真实的想法说出来。可转眼又看看自己的指导老师褚老师，似乎又不能使她难堪。

给 4 分比较合适。荆世骇说，我觉得这学生讲的可能是实话，但的确不像是在劝人，是在为他爸辩解。

经过一些事之后，荆世骇似乎变得圆滑了，他这个中庸的提议很快得到了争论双方的认同，最后这学生得了 4 分。

作文是最难批也是最好批的。荆世骇发现褚老师一会儿批得很快很快，一会儿又批得很慢很慢。他学着她的样子，尽量做到同速。

到四点半下班时，卷子全部批好。荆世骇也得到了自己班的成绩，平均 80.5 分，90 分以上才 4 人，不及格也有 4 人。他不知道这个成绩在整个年级组处在什么位置，很想去问其他老师，可是其他老师好像很神秘的样子，都不想说。最后他飞秋上问了卞青青，得到的分数是 84.6 分。

第二天，荆世骇就得到了确切的消息，五（2）班荀老师，平均 86.9 分，五（3）班褚老师，也就是他的指导老师，86.8 分，比荀老师低了 0.1 分。五（4）班还老师 79.6 分，最低。荆世骇倒数第二，好在数学和英语考得不错，一个第一，一个第二。

荆世骇工作日记十九： 成绩出来了，我感觉所有人的目光都像闷钟一样罩过来。我喘不过气来，连青青好像也带着异样的目光。我不知如何在我的学生面前公布成绩，他们以前可是第一呀。虽说分数不是全部，却是所有人关注的焦点。那个为爸爸行为辩解的孩子，怎么不是在劝解呢？他在用看似开脱的话，减轻着父亲做违法事时的心理压力。这么一个有爱心的孩子，这么一个有爱心的答案，却因为和“标准答案”有出入，只能给 2 分。最后我的 4 分表面上是帮他多得了 2 分，实际上掩盖了我的虚伪和卑劣。我想给 6 分，为何只说 4 分？

30.乌鸦与灰椋鸟　哪个更黑

五（1）班的语文成绩像地雷一样，被人踩爆了。之前遥不可及的第一，如今变成了触手可及的倒数第二。米教导不相信，康校长也不相信，学生的家长不相信，平行班的老师也不太相信，相信的只有荆世骇的学生。

在考试时，好多学生感觉有些题目的答案似乎知道，但就是想不起来了。班里考得最好虽然还是欧吴，分数却只有 91 分了。易老师教时，她的成绩不会低于 95 分，可想而知，其他同学的成绩会下降多少。

田回妈坐不住了，田回语文只有 82 分，之前可都是 90 分以上的。她对田回说，你要换个班级。

我不换。谁知一向听话的儿子居然反抗起来了。

跟着个懒老师，有啥出息？田回妈反问道。

荆老师不懒，我们都喜欢他。田回毫不示弱。

对啊，你们只要作业少，赤烂糊（不负责任）的老师。田回妈说道。

荆老师不懒，他备课要到半夜里得了。田回说。

你怎么知道？你看见啦？就算是，有个屁用，考那么差！田回妈的声音更响了。

田回一看形势不对，没再说下去。他知道，再不识相，老妈的肉烧饼等着他的屁股咧。

第二天，田回妈搭了几个小区里的家长，直接找到康校长，要求换班。康校长见一伙看似有知识的女人来势汹汹，只能用太极拳应付。先问清了情况，再准备跟她们讲道理，因为正常来说，换班是不太可能的，换了班会引起一连串的问题，况且，这个荆世骇是个极有自尊心的年轻人。康校长也没想到，他会考成这样。上次的作业如果可以说是有创新精神，那这次的分数也可说是有创新精神吗？他赞同荆世骇表露出来的教育理念，却不赞同他考倒数第二，至少也得中游吧。

荆老师绝对是个工作认真的好老师，这次期中考试应该是个意外，他毕竟是新老师嘛，他可是我们学校唯一的一个中文系研究生哪。各位家长不要紧，慢慢来，相信下次你的孩子一定会考好的。康校长交代道。

康校长，我们也不是非要换，我们也不知道换一个班还会有那么多事，我们也只是来反映反映情况，以前易老师在的时候，我家回回没有一次考 90 分以下的。田回妈说。

是啊是啊，易老师走了很可惜。但你们也要相信荆老师，相信他的水平，你们的孩子一定很喜欢他吧，他从没骂过你们孩子吧。康校长凭推测说着荆世骇的好话。

这倒是的，田回妈说，我家回回就是说他好，死活不肯换班。

你看你看，找一个你孩子喜欢的老师很难的，荆老师招孩子喜欢，说明他就是个好老师，康校长理直气壮地说。

最后，一伙女人散了。班虽没换到，心里却舒服了不少，他们的孩子也是一个劲说喜欢那个荆老师，看来这老师还不错。

哎呀呀，我还以为见不到你了。第二天一上学，尉迟迟看见田回就说，弄得田回愣傻了半天。

你咒我死啊，你自己当心点。似乎反应过来的田回回敬道。

谁咒你死了，你不是要换班了吗？还来五（1）班做啥？尉迟迟说。

田回真是服了他了，怎么家里的事他都知道呢？难不成是个幽灵？

你、你怎么知道？田回变着调说。

我当然知道啦，我爸也想叫我换班，后来不知怎么没换。尉迟迟说。

你爸？你爸是谁呀？田回问。

我爸就是我爸，不告诉你。尉迟迟得意地说。

你有爸我也有爸，啥稀奇。田回说。

废话，没爸不成野种啦。尉迟迟说。

教室里人越来越多，有的在抄作业，有的在瞎吹牛，听到这边田螺和鱼翅在说“野种”，他们的耳朵一下就竖了起来。

尉迟迟见状，意识到自己有点口误了。马上转换话题，交作业啦，田螺你交了没有？田回朝他翻一个白眼，回到座位上，从书包里找回家作业。

期中考试分析大会如期举行。各班各科的成绩被制成柱状图投射到了大屏幕上，荆世骇的语文成绩成了一个“小矮人”，和还老师的一样，缩在其他班的夹缝中，像两只营养不良的黑狗。

米教导当然要对每门课的成绩做个总结分析，分析到五年级语文时，他顿了顿，说，有些班级成绩退步比退潮还快。这让荆世骇像吃了个闷蛋黄，噎在了喉咙口。是副校长在后来的发言中又补充说，学历不能代表能力，这话说得真是不错。这又像给荆世骇一个耳光，倒是卞青青，谁都听得出被不记名地表扬了，说她同样是新来的教师，接的班基础也不是太好，成绩却考到了中游，真是不容易。而且，平时课也上得不错。

荆老师又被批评啦！尉迟迟在班里假装小声地说，其实谁都听到了。

为什么？查鑫欣忙问。

为什么？亏你还问得出，你期中考多少啦？尉迟迟说。

算你高啦。我考多少关你屁事。查鑫欣毫不客气地回道。

金钦看着他们吵，一声不响。本来按照她的脾气，是非要把鱼翅教训一顿的，今天她有心事。这次期中考试的情况她也知道了，她觉得自己没有帮上荆老师的忙。每次早读，总有一些人不认真或迟到，其他人假装在读，其实心里不知在想什么。说好要帮荆老师的，结果……帮了个倒忙，她心里很不舒服。

你说，鱼翅，你怎么知道荆老师又被批评啦？金钦改变话题，准备出出闷气。

反正他吃批评了，不信你可以去问他。尉迟迟说。

我问你是怎么知道荆老师吃批评的，你不要扯开话题。金钦抓住不放。

不告诉你。尉迟迟说。

奸——细。金软咬咬牙说。

阙无言以为有好戏看了，谁知鱼翅竟受了下来，一声不响地坐着。

31.下一个出口　地狱

金霸王日记选二：如果鱼翅说的是真的，那荆老师真可怜，一个大男人老是被批评，怎么受得了啊。听说有人还要换班级，真是没道德，落井下石。不过，只要我们不抛弃荆老师，他就不会太难过。我得好好跟这帮混球说说，以后荆老师要是遇到什么麻烦，我们就一起帮他。其实，考试的题目荆老师复习时大都讲到过，有的还讲了几遍，就是抄得少了点，要不然我们的语文也不会那么差。好在还有一个五（4）班垫背。嘿嘿。

期中测试过后，康校长立即做了两件事。一件是公布学校新的考核条例，广征意见，及时修改。另一件是马上向镇里打申请，组织学生去开展综合实践活动。前一件，他已让是副校长挂网上，供全体教师审论。第二件负责的是蔺副校长，康校长有意推荐了陶老板的农庄，蔺副校长心领神会，立即着手联系协调，很快定了活动时间，就是周五。

康校长没有想到，条例挂网后，得到的第一个反馈就是还老师的：既然学校领导的年终奖金是另算另拿的，那么此条例针对所有在校教职员工是不公平的，学校还要出台一些针对校领导考核的条例。

康校长仔细辨读了还老师的“反馈”，不仅为老头子的精明吃惊。是的，自从绩效工资实施以来，校行政和普通教师的年终奖金就拉大了，而这拉大的“合法性”却一直没有得到证实，上面没有文件，下面没有规定，只是一句“中层行政人员按上级部门要求发放。（资金另拨）”没有说服力。即使上级部门有“要求”，也只是要求而已，没有强制性，再说，这要求从未公开过。

也有老师问，听说期中考试成绩也要算入绩效的，怎么条例中没有呢？他们不是白忙乎了一场吗？

荆世骇工作日记二十：我不知道康校长之前的条例是怎样的，这个条例也没体现出他的什么办学理念，既像军规，又像工资分配方案。就我这两个来月的观察，有多少人是遵守这规定的？占课换课，还有拖课、罚抄、罚站、备课复制粘贴……所有这一切，他们都考虑学生了吗？这个条例中有多少是为学生考虑而制定的，无非就是“分钱”条例，如果每个老师都按照条例的最高值去做，那孩子们还受得了吗？

32.轨　谁的道

想想明天就要去秋游（就是老师嘴里的综合实践活动）啦，阙无言、查鑫欣他们哪有心思上课呢。阙无言问金软晚上到哪家超市去买东西，查鑫欣则传纸条给欧吴，问放学后去不去大润发，小胖墩和田回他们表面上看似在听课，心思也是早飞到超市里了。

好不容易熬到放学，一群小孩排着队，像鸭子一样甩着书包走出了校门。真是幸福呀，老师们似乎也格外开恩，这天很少有布置回家作业的。五（1）班只有斯老太婆死不放心布置了些抄概念的题目，席老师说“今天放你们一晚”，荆老师就更不用说了。

晚饭后，天还亮着，阙无言他们就出来了，他们讲好的，不叫大人陪，东西自己买。田回还背了个包，其他人准备拎马甲袋，反正几毛钱一个。

大润发是不是远了点？阙无言说。

东西多呀，反正有免费车的，你不去拉倒。查鑫欣抢白道。

我没说不去，我是担心你们女生拿不动东西。阙无言说。

你拿得动我也拿得动。查鑫欣毫不示弱。

要不要去近一点的欧特姆。田回说。

都是假货，我不去，要去你去。金软说。

那就去大润发吧。欧吴最后拍板。

几个小孩站在小区门口的马路边，等着大润发的免费车经过，叽叽喳喳说个不停。

你带了多少钱？查鑫欣突然问阙无言。

阙无言把手伸进口袋，抓出三张100块的，甩了甩说，不多就300块。

田回立即泄了气，因为他老妈只给了他30块，说是买几个面包几瓶水就够了。其他人也很羡慕阙无言，他们只带了100块。

放放好，小心小偷。查鑫欣对阙无言说。

没事，偷掉了我打电话叫我老爸送500块过来。阙无言另一只手又从口袋里掏出一只手机来。

其他小孩一阵沉默，哎，老天不公哪，胖哑子真有钱。

过了好一会，免费车才来。小孩们像蜜蜂一样挤了上去，一边说话一边随着车颠晃，约二十分钟，就到了大润发。人真多啊，老远就能看见大人带着小孩，一家一家的，大多是A状元小学的学生，有的还穿着校服呢。

金软他们也跟了进去，每人推着一辆购物车，像是个采购队。阙无言冲在最前面，一会儿看看这一会儿看看那，欧吴、金软、查鑫欣他们三个女生一起，不再和男生说话，她们怕被人看见说闲话。班里这种话已经有了，说谁谁谁在谈恋爱，谁谁谁喜欢谁。

到了购物区，田回才发现他的30块钱真是像没带一样，好一点的饮料就要五六块，买个两瓶就十几块了，奶油多闻着香的面包，一个就要十块。他觉得自己真是丢人死了，早知这样，就去欧特姆得了。

转了一圈，见到了不少同学，有同班的也有别班的，反正都是来买吃的，脸上都堆着笑。最最主要的是，好多人今天都不要做回家作业，他们都想着明天可以大玩一场啦。走出付款通道时，小孩们的一百、五十都变成了几块几角的零碎，他们手里面都拎着满满的一马甲袋零食，从薯片到巧克力，从口香糖到矿泉水，平时爸妈不准买的今天都买了。回去，有的父母还要给他们加上一点水果。

回家时最不高兴的就是田回了，他拎了一个不太满的马甲袋，抓得紧紧的，生怕别人问他买了啥。最风光的当然是阙无言了，拎了满满两马甲袋东西，而且在车上他就在吃买的巧克力了，接着又开了一袋薯片，还每人给了几片，田回也拿到了，一尝，咔嚓，脆脆的鲜鲜的，真好吃。在短短不到二十分钟的路上，阙无言就消灭掉了一盒巧克力和两袋薯片，当然，消灭的人里也有金软他们。

到家时，大人们都等急了，阙无言的奶奶是一边开门一边说，好囡啊，好囡啊，吃力煞哉，吃力煞哉。只有田回，不声不响，一个人把东西放下后回到了房间。他的《查理九世》还没看完呢。

第二天，天气大好，七点不到，学校里就有不少穿校服的学生在追逐打闹了，等累了，就打开随身带的饮料面包，大嚼起来，个个高兴的不像样。

只有尉迟迟，看起来没精打采的样子。查鑫欣问他怎么啦，他慢吞吞地说，那个农场他去过了。又说，你们真是傻瓜，交了100块钱，去一下农场就没了。

他去的时候门票只要30块，难道车费要70块？老师们就知道赚我们的钱。

你怎么知道这些？金软抓住机会问。

我、反正我没瞎说。尉迟迟说。

其他人一听他的话似乎也有点不高兴了，是啊，交了100块钱，难道去一下农场就没了？不过他们的不快只是一瞬，随着荆老师一声集合上车的命令，他们又像小鸟一样飞了起来。

一路上，孩子们没停歇过。他们请荆老师、席老师、斯老师吃带的好东西，又问荆老师农场里有什么？可不可以采的？当听说每人可以采3个番茄时，都叫了起来。有些小孩还拿出游戏机，一边打游戏一边听音乐，一副很享受的样子。

一个半个小时就这样在吵闹声中过去了，“绿光农场”很快就呈现在了师生们的眼前。里面有树有果，有红有绿，真是一派旖旎的自然风光哪！在入口处一一检完票后，孩子们和老师们都投入了这大自然的怀抱。

对荆世骇来说，这样的自然风光不觉为奇，他的老家有的是这样的绿树红花和黄果青橘。只是和这么一大群孩子一起沐浴这自然的赏赐，还是第一次，他感觉回到了童年，回到了无忧无虑的生活里。他的童心也被激发了起来，和孩子一起捞荷叶，一起采番茄，一起拍照。

农场其实挺大的，只是人多了，显得有些局促。有些孩子可能是因为来过，也可能是觉得不好玩，兜了一小圈就坐下吃起了零食，也有的在打游戏。

到了吃饭的时候，老师们被各自的年级组长叫了去，由旅游公司提供盒饭。

那学生吃什么？荆世骇忍不住问。

吃自己呗。还老师马上接道。

啥？荆世骇不解。

就吃自己带的东西。还老师说，你以为还有饭哪。

那怎么行？我们吃饭，他们看着，会怎么想？荆世骇说。

你倒真有良心，那你自己不要吃，给他们吃吧。还老师一边吃一边说。

荆世骇这个时候才回过神来。他开始和尉迟迟一样，算起了账了，学生这100块就这么用完了，饭也没有一顿？他有点吃不下，他觉得在孩子面前吃他们花钱买的饭有点无耻。他找到自己班里的孩子，问有没有人饿了，结果没人说饿。孩子们也很懂事，在老师们吃盒饭时故意走远，只是有几个眼睛盯着老师们饭盒里的大排和鱼块。

荆世骇终于找到了一个说饿的人，那就是阙无言，他可不管面子不面子。他饿了，结果把荆世骇的饭吃了个精光。

荆老师还没吃了，你把你的饼干给荆老师吃吧。在一旁的金软实在看不下去了。

阙无言此时才觉得不好意思，从背包里拿出一卷奶油饼干给荆老师，荆老师拿了几片，谢了之后，拿出学校发的矿泉水，咂吧咂吧地吃起来，惹得周围的学生咯咯咯地窃笑。金软是把嘴也捂上了。

荆世骇工作日记二十一：在孩子们鲜灵活跳的表面下，所谓的综合实践活动实际就是一趟由学校做中介的“短程游”，背后是每个学生100元的经济利益。后来据还老师讲，像这样的学生团体票，最多不会超过3折。也就是说这次活动“绿光农场”的门票不会超过30元。而孩子们其实也知道这100元他们没有足额消费到，在他们心里，隐藏着对老师不敢言说的鄙视，老师们就是利用秋游在赚他们的钱，而他们只要不上课不做作业，也乐然接受，实际受损失的是他们的父母。不过，在一些孩子眼里，老师早已成了“侏儒”，上课说假话，课外骗他们的钱。

33.魔术的眼里　谁在魔术

金霸王日记选三：荆老师真是幼稚，秋游春游这么多次，见哪个老师把自己的饭给学生吃过呀。他这么做，其他老师的面子往哪儿放呀。他是没看见，斯老师和席老师看见他把饭给胖哑子吃，转过身啪啦啪啦几下就把饭吃完了，他虽然在我们心里留下了好印象，可是在别的老师眼里分明就是出风头，以后人家都会排斥他的。不过没关系，我多去找他聊聊好了，只要我们说他好，就没人敢说他不好。

荆世骇没想到，还老师告诉他，参加综合实践活动的老师有50元辛苦费。这让荆世骇之前的猜测得到了证实，学生没有足额消费那100元综合实践活动费，既然每个老师可以拿50元，那旅游公司会不会给康校长……他不敢想下去了。他认为康校长不是那种人，况且目前正在反腐，他不至于那么不警觉吧。

除了这意外将得的50元，荆世骇还有了赚外快的机会。金软的老爸打了他电话，说金软要补作文，周六、周日都行，还没等他答复，田回妈也打他电话，问有没有空补语文。荆世骇没有立即答应，他知道有偿家教是违反规定的，不过这两个学生给他的印象不错，尤其是金软，现在是他管理班级的一只手，田回也不错，原本冷冷的一个学生，现在也变得活络起来了。既然有偿家教不行，那就无偿家教吧，只是陪青青的时间会少一点了。为此，他特意安排了周六早上 8 点到 10 点这段时间，因为青青有时会睡懒觉，不会影响到他们的约会，只是学生和他都要辛苦点。

荆老师总算答应补课啦。在微信上，金软对田回说。田回原本就是她搭去的，因为她知道他在学校外头的老师那里补，拉他一起有个伴。

是啊，我差点被我妈打一顿，我保证以后每次考 90 分以上她才答应去荆老师那儿补的。田回做了个悲催的鬼脸。

没事，不就是 90 分吗，凭你田螺的脑袋，那就不是事。金软怂夸道。

屁，到时候挨打的倒不是你。田回还是不太高兴。

怎么啦，你妈打你几下，你到我这里来打回，总可以了吧。金软一副豪气的样子。

男女授受不亲，我打你哪里呀？田螺坏坏地问。

金软不由得一摸自己的胸部，有点东西了，不免脸一红，回道，去你的，别做流氓。

呵呵呵，只要你不做女流氓我就不做男流氓。田回终于笑了。

米教导接到教研员武诗唐的通知，说是有个区语文优质课评比要放在 A 状元小学开展，希望他推荐一名 35 周岁以下的语文老师参加，这跟评区学科带头人有关系。米教导马上想到了褚老师，她缺的就是一堂一等奖的区级课，希望这次她能把握住机会。

褚老师接到通知后是既兴奋又害怕，机会来了，又怕上不好。时间就在两周后，上课内容可以自定，但需是教材上的内容。为了不和其他学校的选手撞车，内容需在三天内定下来，然后上报，有冲突再调整。

褚老师根据自己能煽情的特点，选了课文《厄运打不垮的信念》，希望能把谈迁不屈不挠的顽强意志力挖掘出来展示出来。问题是，她没有读过《国榷》,可能无法上得舒展。好在还有两周时间,她当即就从网上找到了这本史书,不求甚解地恶补起来。

《国榷》荆世骇倒是看过，主要讲的是元文宗天历元年（1328 年）九月朱元璋诞生，到顺治二年五月清兵入南京、福王政权灭亡为止的 317 年间的历史。他知道褚老师要开课，很想帮她，又觉得帮不上什么忙，最后褚老师让他帮做课件，算是师徒合作。

褚老师班的学生突然发现最近几天褚老师的作业好像少了不少，都觉得很奇怪，原本当天即批即发的作业隔了两天才发下来，《补充习题》和《练习与测试》根本就停止没留，《时代学习报》是提也没提，有几个拖拉作业的人也不去找他们了。有人猜测褚老师最近是不是身体不舒服，老是心事重重的。其实，褚老师除了在恶补《国榷》还在不停搜索有关《厄运打不垮的信念》一课的教案资料，她甚至还搜索了有关此课的别人上过的公开课的视频。这样一来，哪还有时间花在这段时间的普通课堂上。好不容易到了周五，她把教案基本定了下来，根据要求，她必须上第二课时，也就是阅读分析课。荆世骇根据她的教案，及时地完成了课件。在还老师他们眼里，办公室尽是荆世骇和褚老师的身影，一会儿她坐到他身边说这个那个，一会儿他坐到她身边说那个这个。

褚老师，不要上得太好的，一等奖总归是你的。对面的荀老师说着风凉话。

不知何时，惊世骇发现她们竟然“和好”了。

是啊，如果你是评委就好了。褚老师忙里偷闲回敬了一句。

是啊，褚老师，我们是东道主，那个武老太婆总归是要卖点面子的哇。还老师插上一句。

褚老师白了他一眼，没有回话。

荆世骇一边笑，一边敲打着键盘，他也真想看看这区一等奖的语文课到底是怎么上的。

忙碌了将近一周，总算到了周六，荆世骇刚刚吃好早饭，就响起了敲门声，他开门一看，两个学生各拎着个布袋站在门口。他突然想起来，金软和田回他们的补课就从今天开始了。

可是一点准备也没有啊，补什么呢？他一边迎他们进来，一边想着。

你们是自己来的吗？他问他们。

嗯。金软和田回同口回道。

你们坐，你们坐。荆世骇竟然有点慌乱，引得金软差点笑出来，她从没看到过这样天真的大男孩。

田回发现荆老师“家”真是有点乱，饭桌上还有榨菜袋，粥碗里还有米粒，一个课桌大小的茶几上翻卷的书、遥控器、笔、水果盘子、扑克牌摊的满是。地面瓷砖也有污点，肯定是好久没拖了。房间的门开着，隐约可以看见里面小山似的被毯，枕头还斜横着。

荆世骇忙乱着收拾了饭桌，抹布一擦，还有水渍。

你们觉得自己要补什么呢？荆世骇一边烧水一边问。

金软和田回互看了一眼，一笑，补了这么多次课，田回还是第一次听补课老师问要补什么的。

我们就补补短文和作文吧，考试时这两题失分最多了。金软回道。

是啊是啊，田回附和道。

那好办，要想看懂文章写好作文，多看书就行了，荆老师房间里有些书，你们随便挑，有看不懂的问我。荆世骇似乎找到了补课的内容。

金软和田回又互看了一眼，又是头一回碰到，补课老师要他们进房间挑书看。

见两人不站起来，荆世骇自己站了起来，拉着田回的手就往房间里拉。还一边说，金软，进来哪，没事的。

一进荆老师的房间，他们才知道自己的房间根本不算“乱七八糟”，床头、电视架、写字台、地上到处都有书。

荆世骇一边整理被毯一边指着身边的书说，随便看，随便看，没事的。

金软见状，蹲下身子，一边看有些啥书，一边把书整理起来。田回跟着捡，荆世骇立马反应过来，我来捡，我来捡。不一会儿书都到了写字台上，金软发现了荆世骇的工作日记本，很想去翻开看看，但是忍住了。她想起了自己的日记本。

金软挑了一本《蝇王》，名字很吸引她，翻开一看还真是写小孩的。田回挑了本《小不点儿狗》也是写小孩的。

于是，荆世骇继续收拾房间，两小孩出去看书了。直到接近十点，谁也没提出什么问题。从荆世骇住处出来后，田回忍不住对金软说，如果我妈知道荆老师这么给我补课，非打死我不可。

金软没有回答他的话，一脸春风地问他，你那本书讲点啥呀？好看吗？

不好看，比《查理九世》差远了，你呢？

我根本没看懂，不过我记住了作者的名字，叫威廉·戈尔丁，他还因为这本书得到了诺贝尔文学奖咧。

那可不得了啊，怪不得你看不懂。田回说。

我会看懂的。金软神秘兮兮地说。

切！你不会像莫言一样，也想得诺贝尔奖吧。田回说。

一切皆有可能。金软用一句广告词回道。

荆世骇工作日记二十二：陪褚老师忙了一星期，怪不得他们的公开课上得那么好看。如果每节课都这么上，我们的教材起码要砍去一半课文。学生们见了这么一节和平时不一样的课会有什么想法呢？一节在客观条件上不能成为日常课的公开课，对学生有什么意义呢？这些精彩的课上内容，学生的接受和掌握情况，能通过一张试卷反映出来吗？不能！我们的考核条例上没有对课堂的考核，仅仅是为了获得一个荣誉，而演一场劳民伤财的戏。对了，今天两个小鬼看书看得很认真，以后要让他们养成看书的习惯。

34.每一场戏　结局都是真的

金霸王日记选四：去荆老师家补课真是滑稽，就像那……像那女朋友突袭男朋友的宿舍，慌慌张张的，乱七八糟的。我……和田螺居然还帮他整理房间。都说男孩子懒，一点也不假，摆那么乱，他难道一点也不难受？哎，谁叫我摊上这么个老师呢。不知下个礼拜田螺要不要去，我反正要去的，在那看看书也好，不懂还可以问，对，下次我一定要问，否则闷死了。

周一一到校，褚老师就问荆世骇要课，说是试上，米教导和是副校长还有其他几个语文组长都要来听。荆世骇愣了愣，心想我还没教到《厄运打不垮的信念》哪，学生也没准备呀！

你不是上第二课时吗？我还没教到呢。荆世骇说。

没关系的，你今天不是有两节作文课吗？都给我，第一节我去把第一课时上掉，接着就上第二课时。褚老师说。

那……荆世骇想说怎么行，可是马上改口说，谢谢你了。

到时你也来压压阵，一起听，算是我们师徒活动的一个内容，做好记录。褚老师交代道。

五（1）班的学生很是纳闷，今天的作文课怎么换人上了呢？荆老师又没请假。

同学们，今天褚老师借我们班上课，希望大家认真配合。荆世骇在课前嘱咐道。

哦——底下一阵应答声。

那我们要不要把座位调调整齐？金软提醒说。

好啊，好的。荆世骇连忙指挥大家调整。刚排好，有几个学生还没来得及上厕所，褚老师他们就来了。大家一看这阵势，都不作声了，静静地等待接下来要发生的事。

阙无言有点急了，马上举手，老师可不可以去小便？有几个也举了手。

快点快点，荆世骇连忙同意。

差点和进来的老师撞上，阙无言和几个同学冲出教室直奔厕所，弄得米教导皱起了眉头。

预备铃响了，褚老师微笑着向大家打招呼，今天我借你们五（1）班上课，希望我们合作愉快。

好。金软起头回道。其他同学也回道，好！

荆世骇发现卞青青也来了，就坐在教室后门口。事先准备的座椅少了，有几个老师回办公室搬来了椅子。

这第一课时按照规定，主要任务是认识生字词，朗读课文，初步了解课文内容，理清文章层次，重点部分突出一下，如果课文短时间多，可以试着分析掉第一部分。《厄运打不垮的信念》不算长也不算短，上2课时3课时都行，从褚老师的进度来看，她是想上3课时，因为这节课上她没有把第一段讲掉，也就是说，下一节课她将重点分析第二段，也就是文章的第2、3自然段，这是文章的重点。

底下的孩子们见褚老师课上得这么慢，有点心不在焉了。有的开始偷看听课老师的表情，有的开始"灵魂出窍"，想别的事了。不过有一点他们控制得很好，就是谁也不讲话，怕影响五（1）班的声誉。也有同学觉得，褚老师上课比荆老师严格，就拿这回答问题来说吧，在讲答案前，褚老师一定要回答者重复一下问题的部分内容。譬如：她问"题目中的'厄运'是什么意思呀"，回答必须是"题目中的'厄运'指非常不好的命运"，而不能简单地说"非常不好的命运"。而荆老师就可以。这让大家很别扭，所以举手的人越来越少。

到第二节课时，精彩开始了，教室的电子白板上出现了精美的画面，这一下提升了同学们的劲头，他们盯着屏幕，就像看电影似的。随着屏幕内容的不断变换，课文的分析也越来越深入。褚老师按照教案步骤，比较顺利地进入了角色。

当讲到小偷无意间偷走《国榷》的初稿时，底下就有点走偏了，阙无言举手问：是不是做小偷这行有个规矩，就是无论什么都得偷点，否则会倒霉的？

有人发出了笑声，有人闭紧嘴巴，有人看了看荆老师。如果是他上，肯定会大谈特谈一番，还会举出不少小偷的例子。可是褚老师顿了顿后说，你这个问题很有创意，可是我们现在不谈论小偷的问题，以后有机会再谈。接着，她就开始讲她的了，这让大家很扫兴。

下课铃响时，褚老师还在讲有关《国榷》的知识，目的是引起学生对它的兴趣，这也是为了契合"语文课堂要适当拓展"的要求，但是不可避免地拖堂了，这可是公开课的大忌，拖堂两三分钟以内，还算是可以接受，否则算是失败，所以褚老师匆匆结课。看得出，她很不满意，或许是自己，或许是对五（1）班的学生。

在之后的研讨会上，米教导也指出了这个问题。褚老师的理由是，可能课堂内容多了些，也可能是不熟悉五（1）班的学生，有些地方花的时间多了。好在这只是试上，还有时间做调整。在米教导及其他语文组长的群策群力下，褚老师对教案作了修改。米教导再次提醒她：根据新的中高年级语文课堂要求，要留10分钟左右的时间让学生书写，这种书写可以是做笔记、批注、默写、抄写句子等形式。还有，武教研员的风格是喜欢“抠词”，对于文中的一些重点词句一定不能放过，要不厌其烦地朗读讲解，要让学生弄懂搞清。譬如文中的“一袭破衫、奋笔疾书”等词语，务必讲透。

褚老师接受大家的意见后，调整教案，又试上了卞青青、荀老师的班级，效果一次比一次好，她的脸上也渐渐露出了自信的神色。到了正式开课的前一天，她还有些不放心，决定借还老师的班级再上一次。

怎么最后才轮到我班呀？还老师不怀好意地问。

压轴不好吗？说明褚老师重视你班呀。回答他的是荀老师。

我怕我班拖累褚老师评区带头人。还老师回道。

还老师你到底借不借，不借拉倒。褚老师一听这话有点生气了。

当然借啦，你上课我拿钱，谢你还来不及呢。还老师说。

你老前辈就应该关心关心我们后辈嘛！等会儿你可要去压阵的呀，还老师。褚老师说。

还老师本想可以玩“空当接龙”了，不想被褚老师架去，有点不高兴。不过看在同事的面上，还是去了。

出乎褚老师意料的是，她发现还老师班的学生，比她班的学生还乖，坐得就像定桩，齐刷刷八排，前矮后高，毕恭毕敬。只是在讲课时才发现，这些学生真的像木桩，语言表达能力极差，回答问题只有两三个人，其他人似乎不存在。一堂课下来，她觉得自己快窒息了，任凭她怎么挑逗引导，他们就是不笑，不说，不举手。你叫他干啥就干啥，不会干就愣着，等你把答案说出来。她不明白还老师平时是怎么上课的，这样的课他怎么受得了？

这最后一节试上课又使褚老师失去了信心，如果明天她班的学生因为紧张而死不吭声，那就完了。思来想去，她决定稍微动点手脚。放学时，她把几个学生单独叫到办公室，趁其他老师都走后，把一些课的内容“剧透”给了他们，并提示该怎么回答有些难度的问题。

就这样，经过四次试上，个别“剧透”的课就展示在了武教研员和所有外来的、本校的老师面前。课进展得很顺利，可以说是流畅。在点评时，武教研员对这堂课做了很高的评价，说是准备充分，重难点突出，出彩地方多，字词抓得准，讲解透彻……如果说有什么不足，那就是少了一点新意，也就是对教材的解读还是停留在前人的定论上。其实，谈迁的做法还是有他的封建局限性的，他就是想“一本书成全一个人”，而后名垂青史。现代人是需要谈迁的这种执着精神，但是做事不能那么死板，谈迁完全可以在《国榷》初稿被偷后写一部小说，小说的内容就是他写《国榷》的过程，你想想近30年的时间，就写一本书，他的人生是多么枯燥呀。而且，《国榷》中有许多不足，叙事过于简略，有的事件前后记叙重复且说法不一，书中还透出浓重的封建宿命论……

听完武教研员的点评，米教导和其他老师都佩服得五体投地，教研员不愧是教研员。只有荆世骇，心里对课文和武教研员有另外的看法。

不出所料，褚老师得到了一等奖。

荆世骇工作日记二十三：要让学生懂得不屈不挠的顽强意志力在一个人的人生中的重要性。完全不必拿谈迁来做例子。只要带他们去跑3000米就行了，何必费那么大的周折呢？或许，我们该学的是谈迁收集史料的本领和方法，体会智力劳动的乐趣。褚老师的课上得再天花乱坠，也是逼太监同房。孩子们学到什么了呢？或许仅仅是那几个成语才是他们的“现实利益”。武教研员对《国榷》的“新解”其实是“旧解”，她只不过是“知道”而已，不读课外书的老师们以为是“专家”了。

35.死前一刻　你会想到谁

一等奖让褚老师忍不住喜形于色，就像憋尿的人上了趟厕所，如释大放后无尽舒服的感觉。接下来就是等评区学科带头人的通知了，评到了就意味着每月可多一百多块的绩效，干部提升优先考虑的对象，加上A状元小学市区带头人就稀缺，说不定明年就能进教导处或者教科室……

褚老师“知恩图报”，叫了份糖炒栗子的外卖，办公室每人桌上放了一把，飞秋上请了卞青青。卞老师一到，还老师就起哄，美女来了，荆老师怎么不让个座呢？弄得荆世骇耳根一热，卞青青脸颊一红。他们谈恋爱的事估计已有外传。

见荆世骇反应有点慢，荀老师马上抢道，卞美女坐我这边来吧。说着她转身拿过一张平时留学生补罚作业时坐的椅子。

你儿子才读高二，还是把表现机会留给小荆老师吧。还老师话里有话，他知道荀老师有个外甥，也知道她的小九九。卞青青人标致，工作又稳定，荀老师早就为外甥相中了，只等一有机会就跟卞青青当面提了。

卞青青反应很快，她从还老师的话里听出了点啥。原本迈向荀老师那边的脚转向了褚老师处，不是褚老师请吃糖炒栗子吗？那最对的方向就是她那儿。

谢谢师傅，我还是先吃栗子吧。卞青青微笑着对荀老师说，极其得体。

还老师看在眼里，觉得卞青青这个小姑娘不简单，反应快拎得清。他又看看荆世骇，感觉他书呆子气过重，两人处得好会是绝配，处不好会是冤家。

吃归吃聊归聊，做老师的事业心太强，没多会就聊到了学生身上。褚老师说最近忙着备课磨课，没有好好去管他们，不做回家作业的人都有了。荀老师实事求是，说自己班学生没有敢不做作业的，其实她还想说前几天她偷偷印考卷考了次试，平均分达到了 90 分。她忍住了，表面上大家资源共享，可有不少老师还是偷偷在印考卷，偷偷考试，他们把卷子腋窝下一夹，见缝插针进了教室，轻手轻脚发好卷子，让学生考试，考完又偷偷批掉讲掉，成绩保密。

谁叫你们布置那么多作业得啦，不布置不就没人不做作业了？还老师说完，握住鼠标，边吃栗子边玩起了“空当接龙”。

你不布置作业买那么多考卷干吗。荀老师马上回道。还老师白了她一眼，继续玩“空当接龙”。

只有荆世骇，不知道如何来评价自己的学生。他放下糖炒栗子，拿出《班主任工作手册》，补起了这周没来得及写的内容。在填“个别谈话”一栏时，他想起了金软和田回，把那天到他宿舍补课帮他整理书籍一事写了进去，当然也写了他们认真看一个多小时课外书的事。

卞青青斜了荆世骇一眼，见他埋头工作的样子，有点失望。难得来一次，正常讲讲话不好吗？

褚老师，还老师，师傅，我还有点作业没批，我走啦。卞青青又斜了荆世骇一眼，见他居然毫无反应。一赌气，脚步重了些，从荆世骇身边走出了办公室。

刚回到电脑上，发现惊世骇的电波也到了。

生气啦，小青青，我是不想和他们说话才不响的，有时间我们说上个三天三夜。

去，谁想和你说话啦，对着镜子自己说去。卞青青眉头一展，心跳加快。

于是两人打情骂俏起来，把刚才的“无话可说”都补了回来。

还没聊几分钟，教导处的网络通知就来了，是关于书法等级考试的，这时上课铃也响了。

你啊晓得这次书法考试鱼翅报了几级？放学路上，查鑫欣对田回说。

几级？最多十级。田回不屑一顾地说。

七级，他还说要不是八级以上要理论考试，他真准备报十级呢。查鑫欣翘着嘴说。

切！要是我妈也让我去书法补课，我的字肯定不会比他差。田回还是不服气。

当然是啦，我也不会比他差。查鑫欣接道，可是荆老师并没说八级以上要理论考试呀，他开始只叫我们报一到三级，说很难通过的，后来金霸王说我们两年级时就考过了，他才同意我们报到五级，可我看到鱼翅在纸上还是写了七级，他说他六级已经考过了。

管他呢，你报了几级？田回问。

三级，你呢？

我报了五级。

那你要交 65 块得了哇，我只要交 50 块。

我还得回去问我妈了，她不同意我就不报了。田回说。

荆老师又没强制你报，不报就不报呗。查鑫欣说。

小丫头你不懂，班里有几个人想报呀，每学期都有书法考试，这学期不报下学期报。

那你为何要报呀？

我是因为荆老师才……

我也是。一个熟悉响亮的声音出现在了查鑫欣和田回的耳边。两人回头一看，身后阙无言他们真跟着呢。

你……字写得狗都不要吃，还书法……反应过来的田回差点笑破肚皮。

你你你啥啦，荆老师没说不许我报。阙无言有点生气，手都举起来了。

胖哑子你做啥。发话的当然是金软啦。

他报名会把我们五（1）班的脸丢光的。不识相的查鑫欣加了一句。

你懂个屁，山楂片，我们多报一个，荆老师就可以多赚 15 块钱。阙无言说。

你轻点，金软说，荆老师刚来教书，可能还不知道有回扣了。

不会吧。田回说。

怎么不会？他刚来，又没有考过。金软说。

对了，他说他自己也报了五级，他应该知道有回扣吧。田回说。

我猜他不知道，否则他不会为了鼓励我们报自己也报了。金软说。

那样就可以多拿回扣啦。阙无言脱口而出。

你们觉得荆老师是那样的人吗？金软反问道。

不是。

那就对了，他肯定不知道有回扣。

嗯。这下大家都信了，他们觉得金霸王好像大人似的，什么都懂。

可是……我还是不明白，鱼翅怎么知道考八级要理论考试的。田回又把问题问回去了。

是啊，荆老师又没说。阙无言看着金软，希望她给出个答案来。

可能他之前的老师说过吧，不是每学期都有书法考试的吗？金软说。其实这也是她的猜测，鱼翅字那么好，如果知道要理论考试，早复习去报十级、八级了，为什么知道又没报呢？这事得弄清楚。金软想。

荆世骇工作日记二十四：听还老师他们说，书法等级考试每年有两次，1—3级收费每人50元，4—7级65元，8—10级105元，语文老师足额向学生收，每报一个有5元辛苦费，我开始不知，为了鼓励学生把字练好，鼓励他们报名，自己也报了，学生要是知道这里的蹊跷，不知会怎么看我，我不知该如何向他们解释？他们会信我吗？如果真有辛苦费，我只能拿它作为班费了，希望我的学生们能懂我。

36.也许恐怖在童话里还是净土

金霸王日记选五：其实我也不能确定，荆老师真不知道书法考试有回扣的事。他平时换来换去就那么几件衣服，脏不拉几的，开学以来好像还没理过发呢，家里肯定也没多少钱，新老师工资又少，见了钱能不动心吗？可我还是相信你，荆老师，你和他们不一样，就算拿了回扣，肯定也不是自愿的。要不，我多搭几个人到你那补课吧，反正补课赚钱，天经地义。

下午第一节课的铃声刚响，蔺副校长就接到还老师的紧急电话，说他班有几个学生上吐下泻，像是食物中毒了。这事关人民群众的生命安全，也是他的工作范围，他不敢怠慢，边问情况，边往五（4）班赶，赶到时，正见几个学生从厕所赶回教室，一边捂着肚子，一边撸着湿湿的嘴。而还老师，竟然在教室门口笑嘻嘻地抽着烟，他真想一脚踹上去。

五（4）班教室难得乱哄哄，学生们正不知所措，去厕所的学生来来回回，再看边上几个班，也有学生往厕所赶。

快带他们去医务室！蔺副校长对着还老师喊道。

要么你带去，我去了教室里再出事怎么办？还老师一副欠揍的样子。

蔺副校长有点忍不住了，两眼发红，准备动粗。不料还老师把烟一掐，说："你带去，我来通知家长。"

蔺副校长的粗没动出来，还老师的话不无道理，学校方面在处理这件事上不能让家长抓到把柄。他手一挥，喊道："肚子不舒服的同学快跟我走。""快点跑，小节生。"还老师也跟了一句。

在奔去医务室的路上，蔺副校长给康校长拨了个电话，电话响了半分钟才被接，他心急火燎地把情况说了一遍。弄得康校长也是顿时手足无措，既然是食物中毒，就不会是只有五（4）哪？他刚想在"飞秋"上向全校发通知：请班主任马上去班级调查一下，班里有没有上吐下泻的学生。在按下"发送"键的一瞬，他停手了，这样的话势必闹得全校皆知，人心惶惶，还是等老师们自己报上来吧，报一个处理一个。

医务室沙医生哪见过这场景，十几个学生捂着肚子冲进来，后面还跟着蔺副校长。在蔺副校长的快速说明中，她也慌了神，这万一给他们吃错药，出了人命怎么办？还是马上通知镇卫生院吧。蔺副校长觉得有理，立即通知了樊书记等行政人员，叫他们马上放下手头的事，立即贡献自己的人和车送上吐下泻的学生去镇卫生院。临走时他还拐了下康校长的办公室，叫他先别向局里汇报，等医院检查出病情后再说。

几辆车装着十来个学生，奔丧似的冲到卫生院，卫生院的同志很是配合，一听说情况后马上动手检查，作出的决断是立即挂水。

在挂水室，五（4）班的学生表现得比以往都勇敢，在针扎进静脉时没一个发出哭声。要是在平时父母带他们进医院打针，十有八九是眼泪汪汪。

不到一个小时，陆陆续续有家长赶到医院。看见自己的心肝宝贝不在教室读书在这里受罪，火气顿生，质问蔺副校长，学堂里到底给他们吃了什么？

蔺副校长毕竟是处理这类事的老手，只说一句话：各位家长，先消消气，先消消气，等我慢慢讲。等家长们冷静下来后，他才把事避重就轻地说了一遍。以他的判断，问题肯定出在食堂，可是他不能说出来，只能说，等等看医生怎么说。

蔺副校长认识卫生院的负责人，他趁"上厕所"的时机找到了他，暗示不要说是食物中毒。负责人心领神会，每年给A状元小学的学生接种疫苗，组织工作就是由蔺副校长来做的。一针十五元，两千针也有三万元的，看在这三万元的分上，他也得帮这个忙。

幸运的是，孩子们在挂了不到一瓶水后，情况明显好转，脸上有了红色，肚子也不痛了。卫生院给家长们的说法是，可能饭菜凉了，这些小孩肚皮不适应，如果是食物中毒，不会好这么快，还有可能发烧。家长们信了，怨气也没之前大了，尤其是在听蔺副校长说医药费可以报销之后，更是变得毫无怨气甚至感激学校对他们的孩子这么关心了。

只要小囡没事，就是福气。蔺副校长说，开学时有些家长还不要买医疗保险咧，现在派上用场了吧。

一些家长连声说“是的，是的，还好我儿子买了”。

事情处理得蛮顺利，令人意外的幸运是，学校其他班竟没上报有中毒的学生。这让康校长大舒了一口气，他暗自表扬自己刚才没有着急，将消息向全校发送，否则事情可能搞大了。现在要搞清的是，为何只有还老师班的学生出现了这种情况呢？人心隔肚皮，难道有人背后搞鬼？

他先给蔺副校长压了压惊，一边称赞他这事处理得对，一边说出了自己的疑惑。蔺副校长也觉得奇怪，全校那么多学生，为何偏偏还老师班会食物中毒呢？

虽然做了保密措施，五（4）班学生食物中毒的事还是不胫而走，不过变成了私下议论，和官方公布就不同了，私下议论的事可有可无，可真可假，不会引起有关部门的正式介入。而官方的就不同了，有关部门知道后必定正式介入调查。

在荆世骇办公室，还老师却不依不饶。

这明明就是食物中毒，食堂里的问题，如果有人举报，康校长肯定立不直，真不知道这个包食堂的给了他多少回扣？

其他人谁也不敢接他的话，背后诋毁攻击一把手，万一传到了他耳朵里，肯定没啥好。

经过调查，蔺副校长很快找到了答案，原来是五（4）班的汤桶没有洗，食堂里的人漏掉了，这种不冷不热的天，正是滋生细菌的“温床”。应该说，此次事件，学校是有责任的，至少是对食堂的管理不到位，而作为法人代表的康校长，应该是第一责任人，还老师没有说错。只是他说康校长拿了承包商的好处，这不是事实。

荆世骇工作日记二十五：还老师的视生命如草芥让我心寒，蔺副校长对他一忍再忍让我无语，康校的“临危不乱”让我吃惊。都说学生是祖国的花朵，可这花朵还未开放，就遭受着如山的作业的摧残，遭受着父母的“爱戮”，遭受着所谓的工作认真的老师的“诱杀”，遭受着不良商人的“毒身”。他们真的是一朵花吗？是一朵罂粟花吗？谁种植了他们？

37.壁虎　断尾求生

其实昨天我也肚子痛的，只是没有吐出来。查鑫欣一进教室就悄悄对金软说。

那你为啥不说出来？金软说。

我不敢说，一说荆老师可能又要吃批评了。查鑫欣说。

毛病，这关荆老师什么事？又不是他做饭给你吃的。金软有点不屑。

谁说的？四年级的时候胖哑子下课时钻围墙出去买辣条被校长抓牢，丁老师（查鑫欣他们四年级时的班主任）不是吃批评了吗？这也不关丁老师的事呀？她有点不服气。

那不一样，哎呀，不跟你说了。金软有点想敲开她的脑袋。

怎么不一样？难道下课要老师一个一个盯着我们？查鑫欣难得这样“固执”，少见。

好好好，你对你对。金软想治不好查鑫欣的病反而好，反正她也是在为荆老师着想，于是换了个话题，你有没有觉得鱼翅有点怪？

嗯……啊，有点啊，他是老百晓，老师的事都知道。查鑫欣反应过来说。

交给你个任务，今天盯他一天梢，上厕所也不要放过。金软神秘兮兮地说。

做特务啊。查鑫欣有点不情愿。

是间谍，高档职业。

为啥不叫田螺、胖哑子去？查鑫欣还是不情愿。

少啰嗦，他来了。金软刚说完。尉迟迟就走进了教室。

学校“食物中毒”的事还是被人举报了，还好是匿名的方式，举报信一封发到了市长信箱，一封发在了“千言万语”论坛上。从写信人的自称上来看，应该是一名学生家长。从举报的详细程度上来看，又不像是家长，因为信中提到的汤桶问题、学生呕吐几次、医院隐瞒真相等，只有事件的参与者才了解得那么清楚。

第一个进入康校长脑子里的人是还老师，冒充家长，发泄不满，他做得出来。可一想医院隐瞒一事他不应该会知道，于是出现了第二个怀疑对象，蔺副校长。应该说，他是事件的全程参与者，对事件的前前后后最清楚，问题是动机呢？接下来他就找不出第三个怀疑人来了。也许真的是某位消息灵通的家长举报的。好在关局力挺他，向镇里打了招呼，把事因归结为“诺如病毒”，因为最近正好有此类传染病的报道，祸事总算压了下去。

晚上，应付了一天检查、询问、调查的康校长反而睡不着了。冷静下来的他隐隐觉得，这次事件是有人针对他，幸亏没有插手食堂招标的事，否则可能要被弄脏了。

到底是谁会针对他呢？初来乍到，与谁也没结怨立仇，唯一的可能是利益因素。他突然想起开学时关局曾打给他一个电话，就是有关食堂招标的事，不是还有人去他家收买他吗？想到这，康校长脑子里清亮了许多。

一切照旧，除了还老师，谁也没再公开提起“食物中毒”一事，大家的注意力又回到了工作上。有的教师在拼凑论文；有的老师在批作业赶课；有的老师在补备课、补班主任工作手册；有的老师在准备教研课，拼凑教案，做课件，试上。轮到执勤的老师下课后还要在走廊里兜，任务是不准学生奔跑推搡，不准学生大声叫唤，不准学生破坏公物，不准学生乱扔垃圾等，尽管这样，还是有学生趁老师一个闪眼，把零食袋橘子皮扔在了过道上。

最忙的是教导处，米教导的QQ里挂了9个群：区小学语数英文中心组各一个，新教师培训管理，书法考级工作，品德教研，教育资助，德才兼备工作。有时还要收到教研室的通知。好在手下有几个副手，否则光是通知某某老师去开会去听课去学习去培训去比赛去批卷就够他整天憋着尿上班的。

还有校内其他活动，粉笔字评比每周一次，一人一课每周都有，课题活动周周要开，时不时还要来次“法制知识竞赛”，蔺副校长先把答案发给大家，再叫大家到网上去做，然后搜集登记资料，说是“A状元小学开展卓有成效的法制教育活动”；叫办公室或教科室写篇报道，校园网上一挂，完成任务；等上面来检查工作时，在德育一块里可以写一笔了，而且有过程有材料，检查的人满意，学校也没被扣分，皆大欢喜。诸如此类的活动还有不少，“学生爱国主义教育”叫人来放部电影，像《小英雄雨来》之类的，然后从综合实践活动费中每生拿出十元给放电影的人，然后报道一写、网上一挂，资料又有了；“师德教育讲座”，请市、区或者兄弟学校中有点名气的老师来做讲座，从马克思讲到奥巴马，从孔子讲到魏书生，从自己也快要退休的学生讲到自己刚进幼儿园的孙子，讲得宏大精深，理据充实，令人信服，总结起来就是冰心奶奶的那句话——“有了爱，就有了一切”，然后拿着学校给他的辛苦费，500元或者1000元或者1500元或者1800元……具体给多少要看做讲座老师的声望和级别或和校长的关系，然后专家老师又去别的学校做讲座了，然后学校照片一拍，报道一写，材料一做，等着上面来检查。

米教导现在接到一个任务，做创建“平安学校”材料的B3到B34，内容包括：安全人员名单，安全制度，会议记录，国旗下讲话，小学生活动资料，校外法制副校长和法制辅导员聘书及活动，教师法制教育，普法工作，学生法制教育讲稿等。每一项又要分出许多条，譬如安全制度就包括“安全保卫工作制度，安全工作责任追究制度，安全管理制度，学校安全检查制度，学校安全教育工作制度，防范和处置突发事件应急处理预案，机动车管理措施，节假日值班制度，门卫管理制度，配电房管理制度，事故上报制度，特大安全事故应急处理预案，体育器材、场地安全检查制度，校园网管理条例，学生在校内外活动安全制度，校园网安全管理制度，学生参加劳动、安全教育制度，防震减灾安全教育和地震应急演练预案，矛盾纠纷排查调处工作制度，校园巡逻制度，责任追究制度”。这些制度有些他见过，有些挂在墙上的，大部分是没见过的，更别说参与制定了。现在要他拿出这些制度来，只能是从“百度”上去找了，或者问问兄弟学校有没有创建通过的，拿份电子材料过来，只需在“替换”中将对方的校名替换成“A状元小学”即可，当然日期也要动一下。

也只能这么做了，米教导想，自己做的话弄到年底也弄不好的，况且有些活动根本就没开展，材料还都要造起来。

康校长给他的时间是一周。其他行政人员也相应地拿到了做材料的任务，并且比他还要多，因为他教导处事多，康校还算是照顾他。

荆世骇工作日记二十六：明天又要给金软和田回补课了，想想有点怕，懒觉又没的睡了。真不知道给他们补点啥，听青青说是去买点考卷做做讲讲就行了，听说荀老师和褚老师还在学校文印室印了考卷拿回家让学生做。真是就地取材，充分利用。补课不该是做题目，应该是将学生在学校里丢失的东西补回来，快乐、自由、天真、理想、斗志，创造力。我又该如何让金软和田回找回来呢？

38.意外　在预料中

金霸王日记选六：想不到啊，想不到。鱼翅竟然是是副校长的儿子，一个姓是，一个姓尉迟，谁能想到呢？是副校长肯定是招女婿，鱼翅才随他妈姓尉迟。这下全想通了，荆老师被批评，田回妈要换班级，还有褚老师被表扬，全是他从他爸那儿听来的。这可是个做情报工作的好料啊，只要鱼翅肯为我们所用，那老师们那点小屁事，我们就全知道啦。对呀，他肯定还知道老师们的不少事，我得从他嘴里挖出来。

荆世骇没想到，今天来补课的变成了四个人——金软和田回，外加小胖墩和欧吴。

荆老师，他们也要来补课，你不会不同意吧？金软先开口了，荆世骇才反应过来，他一边迎他们进来，一边想着该怎么办。

欧吴，你成绩已经是班里第一了，还要补啥呢？荆世骇说了句客套话。

我不是来补成绩的，金软说你这里有许多好看的书，我想来看看。欧吴说出了来补课的理由。其实她本也不想来，因为语文成绩有所下降，她爸同意来补补，再加上金软的游说，她就来了。

至于小胖墩，完全是被金软“挟持”来的，说不定他父母还不知道呢。你别看在山里他活蹦乱跳的，到了荆老师家里，就成了只死蛤蟆。他哪看得进书呀，更别说做啥补课作业了，就是多写一个字，他都觉得吃了大亏。他有句名言：老师叫我做啥就做啥，老师不叫我做啥就不做啥，老师要我全部做，我就请假家里坐，老师叫我全不做，除了读书我全做。

四双小眼睛盯着荆世骇，等他布置补课任务。

金软发现，荆老师家比上次来时干净多了。她本来还想把胖哑子和山楂片动员来的，只是上次发现荆老师家包括吃饭椅子在内总共才四张，所以把一个学习最好的和一个学习最差的弄了来。这样就算荆老师不会补课，对他们也没啥影响，总算没有害他们。

这样吧，今天你们最想玩什么，我陪你们一起玩。荆世骇终于想出了个好办法。

噗——金软差点喷出来，见妖见怪，见傻见戆，就没见过荆老师这么呆的。要是他们的老爸老妈知道他这么补课，非上教育局不可。

不过，其余三人的反应大大出乎金软的意料，小胖墩是侧着头盯着荆老师，简直不敢相信自己的眼睛，欧吴是半张着嘴巴，欲言又止，田回还算镇定，忍着笑，没发出声来。

这骗钱也没这么骗法的哇。欧吴脑子里闪过一个念头，她真想转身就走，一想又觉不妥，我倒想看看荆老师到底耍啥花样。

我们还是看你的书吧。金软打算给荆老师救场。

书你们可以借回去看，谁知荆老师竟然拎不清。

是啊，荆老师说得对，那我们玩什么呢？欧吴说，她同时向金软眨了下眼。

田回和小胖墩也伸长了脖子，等着荆老师玩什么。

我们来玩个说真话比赛吧。荆世骇突然想起了大学时玩过的“说谎比赛”。是这样的，由我先提出一个问题，问题是我心里真实想问的问题，然后下一个同学回答，答案当然要是真实想法，接下去一个同学也可以回答这个问题，答案当然也要是真实想法，如果答案和前面同学一样，那就可以提一个问题，由下一位同学回答，不知道的就回答不知道，以此类推。但有一点必须注意，那就是必须说真话。

如果说了假话，能看出来吗？田回问。

是啊，谁知道谁说的是真的假的？其他人发出了同样的疑问。

只要我们互相抓住对方的手腕，按在脉搏处，发现谁的脉搏突然跳得快了，那他就是在说谎。荆世骇胡乱说了个看似有科学依据的理由，实际上他是想通过观察他们的表情变化来判断真假。所以这个游戏一开始，他就说了谎。

好吧。金软说完，大方地把手伸了出来。她见其他人反应有点慢，左手抓住了欧吴，右手抓住了荆老师，开始“号脉”。其他人也跟着抓起了手，围成了一个小圈。

好，开始啦，请问，你们喜欢荆老师吗？荆世骇抛出了第一个问题。

喜欢。金软脱口而出，说的是真话，可感觉心跳还是加快了，她瞥了眼荆世骇，生怕他作出错误的判断。

喜欢……喜欢……喜——欢……欧吴、田回、小胖墩接连回道。

为什么喜欢？荆世骇接着问。

因为荆老师站在我们一边。金软本想说“荆老师也是个小孩”的，出口时改了。

荆老师也喜欢我们吗？欧吴没有回答，反而提了个问题，显然是给荆世骇提的。谁知后面的田回和小胖墩接连回到了“不知道”，算是遵守了比赛规则。

也喜欢，非常喜欢。荆世骇强调了一遍。四个学生听了高兴死了，尤其是金软，她发现荆老师的脉搏没有加快。

荆老师补课收多少钱？胆子大起来的小胖墩突然问了个最关心的问题。

还没轮到你了。金软马上说。

荆老师有没有女朋友呢？金软问，眼盯着荆世骇，心怦怦直跳，其他人都笑了出来。

不知道，欧吴低声说，我也不知道，田回说。其实他们都说了谎，在私底下，鱼翅早就跟他们说了，说荆老师在和卞老师拍拖。

荆老师补课收多少钱？轮到小胖墩了，他才不管荆老师在不在谈恋爱了。

不收钱。荆世骇回道。

所有人都静了下来，包括金软。她以为荆老师会收人家老师补课一半的钱，没想到他一分不收。

那收什么？欧吴接着问。

不知道……不知道……

收快乐。

可乐我家里有，一次收几瓶？违规发言的是小胖墩，他高兴得快要去撒尿了。

哈哈哈……哈哈哈……其他人把手一甩，大笑起来。

接下来我们做啥？荆老师问。

看你的书呗。欧吴带头说，其他人也跟着说，看你的书呗。

下个礼拜我们玩啥？金软拿书时悄悄问荆老师。

保密。荆老师做了个鬼脸。

荆世骇是在大课间活动结束时听还老师说尉迟迟被人打出血的。他赶到医务室时，校医正在给他手臂上包扎，看样子血还不少。

怎么样？痛吗？到底怎么回事？荆老师一连问了三个问题。

尉迟迟没有立即回答，他从椅子上站了起来，叫了声“荆老师”，接着又说了声“我没什么”。

谁打的你？荆世骇的声音有点响。

鱼翅沉默不语，等着校医给他包扎。到了办公室，他还是不肯说。谁知到了教室，有一半的人主动站起来说动过手，领头的竟然是金软。

金软，你把事说说清楚。荆世骇压住怒气。

是他一直骗我们，他是是校长的儿子，背后还说你坏话咧。金软说。

这倒是一个新闻，尉迟迟是是校长的儿子。荆世骇暗自怪自己后知后觉，不过这不是可以打他的理由呀。

是校长的儿子怎么啦？是校长的儿子你们就可以打啦？荆老师说。

金软想说："谁叫他不肯做我们的间课啦"，她忍住了，其他人也默不作声，等着荆老师的处罚。

荆老师，我不痛，你不要告诉我爸，我回去就说我自己摔了一跤。打破沉默的是尉迟迟本人。其他人用异样的目光看着他。

荆世骇见状，没有急着追查下去，他让大家坐下，对于动手的人，罚抄《天火之谜》一遍，他正在教那课。

荆世骇工作日记二十七：学生打架让我很意外，可事因竟然是尉迟迟把我前几次吃批评的事泄露了出来。真不知该感谢这群可爱的学生呢还是惩罚他们？打架事件表面上看是坏事，实际上让我看到了一股力量，一股爱的力量，一股对于真和善坚持的力量，一股真正由人的内心发出的力量，尽管他们的表达方式欠妥。

39.电话也许是午夜凶铃

金霸王日记选七：我们对鱼翅可能过分了，他是是校长的儿子不是他的错，都怪我做事太冲动了。如果荆老师不给他老爸一个交代，他老爸会不会对付荆老师呢？但愿他老爸不是一个小人。荆老师也真是的，罚抄一遍课文就了事，假装凶一点，让鱼翅回去报告，让他老爸心里舒服点，他自己就安全了。要是因此而连累了荆老师，那我该怎么办呢？

两天过去了，鱼翅和他爸，还有荆老师，一点动静也没有。这让金软他们反倒坐不住了。

你确定鱼翅是是校长的儿子吗？金软把查鑫欣拉出了教室，拉到了女厕所。

我那天明明看见他放学后先去体育馆打了会篮球，然后去了"副校长办公室"，他还叫是副校长爸，是副校长还给他削了个苹果吃，这应该是他儿子了吧。查鑫欣一口气把那天看到的又说了一遍。

和第一次对她说的一样，金软确定没错，鱼翅的爸爸就是是副校长。她让查鑫欣先出去，一个人在厕所里又沉思了会儿。

现在看来，鱼翅确实把自己被打的事瞒了，所以是副校长没有反应。荆老师呢，可能觉得不好对我们下手，毕竟我们是为他打的鱼翅，看来这件事就这样不了了之了。

为了迎接“安全学校”创建的验收，学校要展开一次“消防安全演练”，方案已由蔺副校长制定。康校长是演练小组组长，其余行政各有职责，蔺副校长是总指挥。为了学校的创建工作，为了增强师生们的安全意识，为了师生们掌握在危急情况下的逃生本领，演练说干就干。

作为班主任，荆世骇接到的任务是带领班级学生，用最快的速度，按照指定路线，在警铃响起后奔到操场指定位置。其他班级也是如此。在每个拐弯处，还有一名工作人员监督指挥，以免发生意外。

下午一点整，警铃响起，所有学生像蜜蜂一样从蜂窝般的教室里冲了出来。由于班级人数众多，没走多远就出现了磕碰，有学生故意走得慢，堵住后面的人，后面的人为了“逃生”，拼命往前推，也有个别学生从队伍里“脱颖而出”，独自跑出一条路，因为逃生嘛，当然要跑得快啦！好在有班主任压阵，否者真会出现踩踏事件。过了约五分钟，全校师生才算都到了操场上。

为了演练的真实有效，蔺副校长还请了镇上消防队的消防员，当场在一个废弃的柴油桶里点起了火，顿时，操场的一角浓烟滚滚，热浪阵阵。只见消防员头戴防火盔，手拿灭火器，对准燃烧的柴油桶一阵猛喷，烟火没一会就熄了。接着是蔺副校长讲话，并宣布消防演练圆满成功。

在回教室的路上，孩子们意犹未尽，谈论着见过的火灾或者自己放野火的事。他们看着嵌在墙上的玻璃窗里的灭火器，忍不住想去拿过来喷上一喷。

还有三天创建检查小组的人马上就要来，米教导的材料还有一些没做好，蔺副校长在催他，他心里有点火。形式主义搞得人没有空想其他事，他手头还有一堆事没做呢。区里有几个通知要落实，书法等级考试时间已经出来，要安排人员去开会，还要安排考场和监考老师，区语文说课比赛要进行选拔，“全国语文课堂教学大赛”要安排一个人去南京听课三天，还有思品课基本功大赛……一大堆事。

等最后一篇材料从“百度”下载完，米教导总算松了一口气。可事情还没完，他得把几份材料分类放置在统一的文件盒里，还要标明目录。他不知道其他人的目录纸用的是红色还是蓝色或者白色，以前一般用的是红色，因为材料纸是白色，好看一点。他来来回回又跑了几次，确定这次用蓝色后才打印出来。打到最后一份时油墨没了，他又得打总务处电话，要求换墨盒，总务主任告诉他再摇几下还能用，他照着做了，没打几张，又没了。总务处说现在没有墨盒，要么下午去买，米教导没有办法，想尽快完成材料，又不得不去蔺副校长办公室打印。总算打印完，又担心材料里面有没有“硬伤”，譬如出现人家的学校名，时间不对等，他想检查一遍。看看这么几大盒，又退缩了。

管他呢，那帮人也不一定会看的。他自我安慰说。

创建检查小组来的那天，A状元小学校园里比往日要干净不少，学生们都穿着校服。在班主任老师的关照下，他们见到一个陌生人就弯腰鞠躬：客人老师好。

检查的程序是这样的，上午看材料打分，下午反馈。总分200分，得分不得低于180，每个项目中A级指标不得低于60%。

还好，在全体师生的努力下，创建顺利通过，康校长也松了一口气。

谁知第二天，值班人员一放松，就有人向蔺副校长汇报，教学楼四楼的灭火器全被拿了出来，干粉喷了一地。有的玻璃窗被砸坏，有的原本就开着，在抢喷的过程中还有学生打架。经查，主要是高年级学生，他们学着消防员的样子，准备亲自动手体验灭火的乐趣。

荆世骇一看到这个广播消息，马上去教室询问，还好，他们班没人参与。

康校长的火没有降下来，他责令蔺副校长查出肇事者，要全校通报批评，班主任扣分，当月津贴全扣。学生家长原价赔偿被损坏的公物。

结果查来查去，没查出一个确切的人来，一听说要批评扣分，看见的说没看见，查到了说没查到。原本想说实话的学生也被班主任一吓，不敢说了。

我知道是哪些人干的。在斯老师的办公室里，阙无言对小胖墩说。

他们因为数学作业做得差，每天最后一节大课间活动都会被斯老师或者席老师叫去重做作业。今天斯老师下手早，先把他们俩给请来了。这会儿她去厕所，给了他俩说话的机会。

我也知道，稀奇啥。谁知小胖墩也知道。

切！谁呀？阙无言有点不信。

六年级几个班都有人。小胖墩得意地说。

六年级人多了，到底是谁呀？阙无言追问道。

你不是也知道吗？那你说谁呀？此时的小胖墩一点也不傻。

六（3）班的老寇，还有……阙无言此时却变傻了。他突然意识到上了小胖墩当了。

你是不是也去了？阙无言改口说。

谁……谁说我去……去了，我只是去看看。

嘿嘿嘿，还说没去，说漏嘴了吧。

你肯定也去了，要不怎么会知道老寇。小胖墩又恢复了聪明。

正当他们要争论下去的时候，听到了脚步声。不用说，这是斯老师的。

荆世骇工作日记二十八：生命是什么？当危险来临时人们才感觉到它的存在或可贵。消防演练，逃生技能，都是围绕生命展开的。可是我们的学生有多少生命意识呢？他们只觉得好玩，他们根本不知道生命是什么。一个人最安全的保障是知道生命是什么，并能珍惜生命，尊重生命。在大多数孩子的眼里，生命或许就是能吃能动，能玩能乐，考100分，得奖品。他们用猪的思维方式来认识生命，自己的生命怎么能安全呢？灭火器被喷光说明什么？生命对于这些学生来说，抵不过“好玩”两字。

40.拳套　护命还是杀生

这几天，荆世骇陆续接到家长的电话，话面上主要的意思是了解一下小孩的学习情况，问他补不补课。当荆世骇以家里坐不下为由拒绝时，有几个小孩参加兴趣班的家长就问他小孩兴趣班能不能不去上，理由是离期末考试不远了，怕影响成绩。荆世骇说了一大堆道理，音乐欣赏可以提高孩子对音乐的兴趣，有利于孩子高尚气质和情趣的培养；书法课可以训练一个人不心浮气躁，做事有耐心；写作课能提高孩子的文学鉴赏力，也有利于作文水平的提高；参加运动队那就更不用说了，既可以锻炼身体，又可以锻炼意志和团队意识；经典阅读可以提高人整体的文化修养，对一个人的成长大有益处。

最后，只有参加写作班孩子的家长接受了他的建议，暂时让孩子留在写作班里，因为他小孩语文考试时扣分最多的就是作文，其他家长对他的劝说似乎并不感冒。结果到了第二天，果真有几个孩子没去上兴趣课，留在教室在上斯老师的数学放心班。荆世骇二话没说，叫出学生，要求他去上兴趣课，这其中就有田回同学。

荆老师，还是让他们上数学吧，兴趣班也是玩玩。斯老师放下手里正在讲解的考卷说，声音显然是压了点，有点别扭。

荆世骇没想到斯老师会说这样的话，压住火气说，这样不好吧，兴趣班老师要找的，再说老是弄语数英，效果不一定会好。

哦，我已经跟兴趣班老师说过了，他们也同意了，最近他们数学成绩退步很大，不抓紧点怎么行呢？斯老师的话让荆世骇一时无语。他真想给眼前这个只知道“捞分”的数学老师上堂艺术课。

你们想不想去上？最后，荆世骇只好问那几个学生了。

田回他们哪敢说话呀，低着头，等着两位老师安置。

那——你们还是先上数学吧。说完，荆世骇尴尬地离开了教室，一脸怒气地回到了办公室。

办公室只有还老师在，他似乎知道荆世骇不快的缘由，说，我们班学生兴趣班早就不去上了，都在弄数学和英语，难道没有家长打你电话？

还老师，你说这些家长是怎么想的，把自己的小孩这样弄，懂不懂教育的呀！荆世骇话一说出口发觉不妥，还老师和这些家长有啥区别呢，他还不是个钻在钱眼里的假老师？

他们只要分数，告诉你吧，那些电话不是斯老师就是席老师叫家长打的，他们不好意思直接跟你说。还老师说。

放他娘屁！我去找康校长。荆世骇真的火了。

呵呵呵，小伙子不要发火，你去找校长只会让学生更吃力。还老师说。

为什么？

他们参加兴趣班回来那些作业还得做，英语单词背不出默不出还要罚抄。斯老太婆手还要辣，数学作业做错一道罚 10 遍两道 20 遍，有学生抄过 150 遍，他们的作业都要做到晚上十点，手脚慢的要到十一点。还老师淡悠悠地说。

荆世骇有点傻了，这些事他怎么不知道？孩子们怎么一个都不吭声呢？怪不得斯老师、席老师有时会在他面前唠叨，某某某回家作业没做。

当荆世骇愤怒的眼神告诉还老师他要去做傻事时，还老师一把抓住了他。

你想做啥？小伙子，现在哪个老师不这样弄呀，我有个亲戚在米教导班里，作业也要做到十点得了。教书本来就是谁心狠手辣谁的成绩就好。还老师诚恳地对荆世骇说。

可是康校长肯定不知道这事，他上次还三令五申过，不许占课。荆世骇说。

他不知道是校长肯定知道，再说，哪个校长不要成绩呀，就算表面上规定不许占课，暗地里还不睁一只眼闭一只眼？还老师说。

不行，我要去跟康校长汇报。荆世骇并未妥协。

我也叫家长不要让他们的孩子去参加兴趣班的，你不要把我牵进去。还老师也有点火了。

你为啥……荆世骇想说，你本来就不在认真教书，为啥还要这样做呢？

让他们去兴趣班，我的语文成绩会更差。还老师讲了实话。接着他又说，你去问学生，他们其实也不想去上兴趣班。

荆世骇有点晕了，他不知道该说些啥。最后狠狠一拳砸到了手边的一堆作业本上，发出“砰”的一声闷响。还老师也愣了，他知道荆世骇有点书生气，没想到书到这个程度，主课占副课这是天经地义的事，多少年都这么做了，哪个学校没有？哪个名牌学校的成绩不是靠坑学生坑出来的？他隐约觉得，眼前的这个小伙要闯祸的。

回到家，荆世骇还是气愤难平，几经犹豫之后，他给康校打了个电话，只把自己班学生上兴趣班的事给说了。问康校他该怎么处理，家长们大多不愿孩子去上了。

什么愿不愿意的，学生上什么课是学校安排的，家长无权干涉，如果我们有什么违规或者故意伤害他们孩子的行为，他们有权去反映。这事你不能听他们的。康校长也是义正词严，给了荆世骇很大的勇气。

第二天，他先找到相关学生，要求他们去上兴趣课，谁知没一个学生心甘情愿的。理由都一样，作业来不及做，上放心班可以做作业。

不去不行，你们得听我的。荆世骇有点霸道起来了，这是他对学生第一次。

好、好吧，我去。田回起了个头，不过你能不能跟斯老师和席老师说一声，我上兴趣课那天的回家作业晚点交。

好，我肯定去说。荆世骇满口答应。

兴趣班的事算是以荆世骇的得胜暂时解决了，可他不知道，那些学生的作业还是那么多，有时甚至更多，上兴趣班的学生没上到放心班，做题的错误率自然高，错得多了，罚抄的自然也多。

康校长那头，在得知兴趣班一事后，找到是副校长，问他怎么处理。正如还老师所说，是副校长怎会不知，只是视而不见而已。老师们卖力抓教学质量，他作为管教学的领导，理应表扬，如果去责怪，积极性没了，到时搞得一塌糊涂，他脸上无光，康校长脸上也不光彩。这个利害关系，他应该知道。

老师们积极性高，我也不太好去说他们。是副校长说。

这是瞎积极，严格讲是剥夺了孩子接受其他教育的权利，与上面的精神也不符。康校长的话有点生硬，这让是副校长感到意外。

那你说怎么办？是副校长打起了太极拳。

查出一个通报批评一个，下次再犯，扣钱。康校长说。

这行吗？考核条例已经出来，没有哪条说兴趣班上放心班要扣钱哪？是副校长的话也是有理有据。

放在师德那块，扣师德分。康校长说。

师德？那罚抄呢，骂学生的呢，打麻将的呢，收家长礼物的呢？都去考核吗？是副校长来了劲了，准备顶一回。

那你说怎么办？康校长一时倒也拿不出注意。

网上发个通知，告诫老师不要占课，话可以说重一点。是副校长说。

看来也只能这么处理了。康校长叹了口气，自感肩上的压力够大，看来最最主要的是要转变教师的观念，提高课堂效率，从而达到教学质量真正提高的目的。他脑际一闪，想到了荆世骇。

荆世骇工作日记二十九：这么大的事，康校竟然发个广播告诫草草了事，他这是杀人犯的帮凶。孩子们的受教育权，孩子们善良的天性，孩子们健康的人格，孩子们自由的灵性，孩子们高尚的情操，孩子们艺术气质的养成……统统被扼杀。照此培养我们的后代，那是要断子绝孙的，这叫绝子孙教育。如果只要分数，那还不如只要钱，在课上只要传授孩子们如何把别人的钱变成自己的技能就行，还不如请小偷贪官老板总经理来上课好了，老师们可以统统滚出课堂了。

41.风吹来的沙　落在悲伤的眼里

金霸王日记选八：我不知道要不要退出运动队，跑步跑得腿都快断了，还要做那么多作业。斯老师真是没人性，说做作业又不是用脚做的。荆老师和她们说了有什么用呢，还不是老样子。老爸老妈倒是听我的，我也不想去了，反正就是一直跑，体育老师也不问问我们女孩子方不方便，就知道叫我们跑。听说我们比赛得奖了，他们有奖金的，而我们最多就是一张奖状几本本子，谁稀罕呀。

荆世骇没想到金软会带头不去上兴趣班。他把她叫到了办公室，准备问个清楚。

你应该比他们懂事，能告诉我为什么吗？荆世骇轻声问。

金软想说实话，见办公室里老师都在，犹豫起来。她低着头，第一次在荆老师面前保持沉默。

是不是你家长不让你去？荆老师试探着问。

还是沉默。金软的家长是少数比较开明的父母，他们给金软的感觉是还算讲理，有时甚至有点“好欺负”，所以金软对他们没有怨气。她知道，像田回的老妈那样表面上是一切为了田回，实际上是想把田回变成他们赚钱争面子的工具。自己有这样的爸妈，也算运气不错。

要不我给你爸爸打个电话？荆老师看来是不想放过她。

我、我身体吃不消……我是自己不想去，我没叫他们不去。金软支支吾吾开口了。

你活蹦乱跳的，老虎都追得上，哪里吃不消呀？

我……荆老师你不是女的不懂。金软红着脸低声说。

扑哧，在边上的褚老师笑了出来。她插嘴说，小荆老师你过来，你过来。

弄得荆世骇有点莫名其妙，等他过去听褚老师一说，也笑了起来，荀老师和还老师也笑了出来。

那也不是天天吃不消的呀。荆老师回来对金软说，到底是什么理由？

金软哪敢再看荆老师呀，头低得下巴碰到锁骨了。

荆老师，我去还不行吗？金软说着转身要走，顿了会儿又回来说，可是我有时候作业真的来不及做，你能不能和斯老师、席老师说一声。

好吧，我一定说。荆世骇露出了满意的笑容。他突然觉得金软竟有点像寇蓝。

金软没有想到鱼翅会主动找她。提高警觉看着他。

我、我可以给你提供老师的消息，但是你不可以说是我说的，我只对你一个人说。尉迟迟说。

好啊，那你说，最近有啥小道消息。金软在尉迟迟面前又变成了大人。

荆老师向康校长打了小报告。尉迟迟神秘兮兮地说。

什么小报告。一听跟荆老师有关，金软立即来了精神。

他把斯老师和席老师不准我们上兴趣班的事对康校长说了。尉迟迟边说边观察周围有没有人在来。

荆老师做得对，本来嘛，一天到晚数学英语都没劲。金软毫不犹豫地站到了荆老师一边。

可是我爸说荆老师在害我们，让我们不把精力放在学习上。

你爸才是害我们呢，那你为啥要参加书法班呀？金软反问道。

我是自己要去的。我爸没叫我去。尉迟迟回道。

那你觉得你被害了吗？金软说。

那倒没有，我也是觉得一天到晚坐在教室里没劲，换个地方坐坐蛮好。尉迟迟说。

谁不是这样啊，大家都是想着玩去的，反正写不好，画不好也不会罚抄，又不用考试。金软说。

可是作业还得做。尉迟迟伤心地说。

听说胖哑子又在花钱叫人做作业了是不是？金软问。

我怎么知道？尉迟迟脑子转得快，没有上金软的当。

米教导找到是副校长，问这次区里的语文新教师基本功比赛派谁去？

有名额规定只可以派一个吗？是副校长问。

名额倒是有两个，可是我们学校今年新来的语文教师有8个，我对他们的情况也不是太了解。米教导说。

那就先让他们自己报名，然后再选拔。是副校长说。

可是时间紧，放在哪天呢？以往我们都是指定的。米教导说。

我觉得还是选拔好，不然老师们会说我们不公平的。是副校长说。

今天你发个通知，布置任务，明天下午12点在会议室进行语文新教师的粉笔字、普通话和说课选拔赛。

米教导很快把通知发了出去。卞青青一看到就问荆世骇，怎么准备呀？荆世骇正好有课，等回来看到通知和卞青青的留言，也是愣了一下。要说粉笔字和普通话他倒是问题不大，只是这说课有点陌生。

百度一下就行。他灵机一动，回卞青青道。

对方马上回了一个大拇指过来。两人不约而同在百度里搜起了说课稿。

第二天选拔赛开始，荆世骇展示的粉笔字和普通话的确胜人一筹，只是这说课，他拿不准。再看卞青青，三者都很均衡，显然她昨晚开了夜工，说课内容在网上看到了。

最后的名额确定权在是副校长和米教导手里。米教导的观点是说课是最重要的，普通话和粉笔字只是点缀，所以他建议卞青青和另一位老师参加。

是副校长认为应该荆世骇和卞青青去，理由是荆世骇只要准备充分些，说得会很精彩。最后还是到了康校长那里，他建议让荆世骇去。

接到任务后，荆世骇取消了当周的“补课”计划，和卞青青一起加班加点练习说课。到了比赛那天，他们都有点紧张，坐在车上，连个像样的情人眼神也没有交流。到了比赛的时候，荆世骇才想起安慰卞青青，叫她放松，得不了奖也没关系，其实自己也蛮紧张的。粉笔字普通话自然不在话下，还是这说课实在没有把握。抽签时巧得了，他正好在卞青青的后面。

紧张的比赛随着一个个选手的进出进行着，终于轮到卞青青了。荆世骇向她做了个鬼脸，她带着稍微放松一点的心情走进了赛场。评委中有教研员武诗唐，还有其他两位不认识。

卞青青按照事先准备的，按部就班规规矩矩地说完了课，时间在规定的十分钟以内。接下来是荆世骇，他也是按照百度上说课稿的样子加上自己的一点想法，有条不紊地把课说完了。

当天晚上，教研员武师唐就在QQ群里公布了获奖名单，令人意外的是卞青青只得了个三等奖，荆世骇却得了个一等奖。米教导既喜又有点不悦，他看重的是卞青青，看来她发挥失常了。

第二天，全校老师都在“飞秋”上得知了荆世骇得一等奖的消息，不过没几人有时间祝贺，发“大拇指”的寥寥，康校长是其中一个，他在“大拇指”后还附了句话——感谢荆老师为我校争光，这说明他没看错人。当然也有嫉妒者，暗地里哼哼没啥了不起的，绝大多数是“视而不见”。

还老师对荆世骇说，你抢了我六块六毛七，弄得荆世骇云里雾里。原来按照考核条例，荆世骇这次得了区一等奖，奖金1000，这钱是在绩效里算的，全校150个老师，平摊下来是6.666666……元一个人，还老师还进行了四舍五入。

有点伤心的是卞青青，这会儿荆世骇正在QQ上安慰她呢。说到时拿了奖金请她客，或者索性将证书上的名字改成她的，再或者赶快去个没人的地方将他打一顿出出气。

卞青青总算发了笑脸过来。

荆世骇工作日记三十：得奖真的能让人欣喜，尽管我觉得这个奖毫无意义。假如课真的如我说的那样上，还不是把语文当成了数学，一板一眼，有条有理，层层推进……这些都是老师的设计，是我们根据文本硬要塞给学生的所谓知识点，并美其名曰：知识技能情感的三维目标。真能达到的话，倒也可以接受。请问所有语文老师，这最后一个情感目标，你们的教学都达到了吗？如果没有，前两个目标即使百分之百达到也是失败的教学。因为，没有情感体验的知识和技能传授，就像往腌菜缸里塞不加盐的雪里蕻。

42.最痛的哭是无声的

金软听到“间谍”鱼翅向她汇报说荆老师得了一等奖，兴奋得就像吃了“含笑半步颠”。上语文课的时候，她直勾勾地盯着荆老师看，嘴角还带着像是色眯眯的笑。

这一幕被阙无言看得清清楚楚，他又气又火，不停地咳嗽，一节课下来，成了个哮喘病人。连对课堂纪律要求不是很严的荆世骇也觉得超出了他能容忍的范围，不过他并未发火，只是连摸了阙无言三下头。

你是在对荆老师发花痴吧！一下课，阙无言不顾众目睽睽，劈头就问金软。

这下好了，整个班级下课的纪律比上课还要好，等着他俩把课讲下去。

放你的毒！金软立即变成金霸王，一脚踹了过去。胖哑子早有准备，一个后退，撞得后面的人差点倒葱。

你发火就是真的，你急啥？阙无言竟然会用“反证法”。

这话一出，火气再大，金软也只能忍着。她索性站了起来，像广播员那样把荆老师获得一等奖的喜讯宣了出来。

我盯着荆老师看是因为，荆世骇同志参加区“说不清比赛”获得了一等奖，我想我们该为他庆祝一下。

话音刚落，整个班级笑的笑，喊的喊，叫的叫，死人都快吓活了。

是区说课、写字、普通话比赛一等奖。鱼翅在嘈杂声中大声补充道。

班级里又掀起了一阵声浪，一只在天花板上爬的蚂蚁被吓瘫后掉了下来。

应该叫荆老师请客！这是小胖墩的声音。

对！对！……荆老师请客！荆老师请客！荆老师请客！……

原本就要提前来上课的席老师一见这阵势，以为班里正在打仗，吓得调转屁股就走，走了几步又返回，想一看究竟。出她意料的是，回来时教室里突然变得鸦雀无声了。只是所有人嘴里好像都含着一粒糖，嘴虽闭紧了，那喷薄欲出的样子真是憋死人哪。

席老师的一节英语课怎么上完的，她一上完就弄不清了，反正就像在说单口相声。下课铃刚响，底下毕毕剥剥的声音就响了起来，她桌子一拍，大骂一声：今朝你们都吃错药了！悻悻离开。

荆老师请客！荆老师请客！……班里的喊叫声又响了起来。

我们这么多人，要荆老师请客太难为他了，他刚工作，工资也不多。不如我们每人凑点钱给他买点贺礼吧。金软站在课桌上，像毛主席似的发话。

底下顿时没了声音，大家都在盘算这样合不合算，或者该出多少钱。

我先来。说着，金软从口袋里拿出五块钱。小苹果，给你！她在找今天的轮做班长筱果儿。

其他人见状也纷纷把手伸进口袋，准备掏钱。

你们做啥？楼房都快被你们吵塌了。不知何时，荆老师已经站在了后门口。他听了席老师的反映后，急着过来看看。

我们正为你凑钱买礼物呢。田回说。其实他有点不想出这个钱。

什么礼物？谁叫你们买啦？荆老师问。

大伙儿眼神都转向了金软。金软就把知道他获一等奖的事说了。

原来如此！荆世骇脸上似乎怒气未消，心灵深处却突地一震，炽热的“眼浆”差点从眼眶里溢出。

我得了奖，理应我请。快把钱放回去，不要丢了。现在我命令你们回到座位上，等着上课，明天有节品社课，我请大家吃好东西。他的话果然有用，学生们都回到了座位上。

他们交头接耳，猜论着明天荆老师会请他们吃什么。

第二天，品社课的铃声终于响了。五（1）班所有的学生都伸长了脖子等着荆老师的到来。等人的时间真慢呀，直到第二遍铃声响起，荆老师才提着两马甲袋的东西走进教室。

是栗子，糖炒栗子！坐在第一排的小子率先喊了出来。

糖炒栗子我吃过，很好吃的。小胖墩大声说道。只有阙无言，嘴一翘，哼一声，我吃得快不要吃了。

那你不要吃啊。谁知这话被边上的人听到了，回了他句。

要吃的，你想多吃哪，我才不会便宜你了。阙无言说。

荆老师请金软和筱果儿帮忙，给每人桌上放了一小把栗子。

下面我要你们边吃栗子边做两件事。荆老师说。

啥事？下面问。

（1）把栗子壳放在垃圾袋里。（学校规定，每个学生课桌边挂个垃圾袋）

（2）想想甜蜜的味道是什么？

甜蜜的味道就是甜哇！阙无言边剥栗子边说。

屎话。边上的人接道。

那你说是什么味道？阙无言有点不服。

荆老师这是在教我们写作文呢，笨蛋。边上的人说。

切！那荆老师为何不发作文本呀？贱骨头。阙无言回道。

边上的人一个白眼，不再理他。

荆世骇没想到这个周末会有这么多孩子来“补课”，带头的正是金软。

他一一把他们迎进家里，总共有15人，每人脸上都带着诡异的微笑。一时之间，他不知该如何招待他们。叫他们站也不是，坐也不是。正当他一筹莫展时，敲门声响了起来，金软先他一步开了门。只见阙无言和查鑫欣还有田回，抬着一个大蛋糕就进来了。

蛋糕上醒目地写着“说不清比赛一等奖”。

你们……哈哈哈，荆老师话不成句就笑了起来，其他人跟着笑开了怀。

哪来的钱？快说。荆老师脸一横，装作他们不回答不行的样子。

捡来的，偷来的，抢来的……说什么的都有，又是一阵笑声。金软偷偷地朝阙无言瞄了一眼。

到底哪里来的，快说。荆老师也笑了。

这你就不用管啦，荆老师，快切蛋糕吧，我们还没吃早饭咧。金软岔开话题。

无奈，荆世骇只好用盒子里的塑料刀叉和盘子，一个一个为孩子们分蛋糕。他分着分着“眼浆”流了出来，他很快地抹掉，不让孩子们看到。可没逃过金软的眼睛，她的眼睛也湿了起来。

今天的补课内容就是“吃蛋糕聊天”。荆老师分完蛋糕宣布。

荆世骇工作日记三十一：

我身上的每个突起
此时已是火山的喷口
赤流灼灼　青烟滚滚
在千万双迷眼里
烧得清楚　光得雄浑
父亲啊
在黑暗里我看不见你
你可曾看见我
那河里墨鱼的浅游
变成死亡的游戏
杀生的罪孽和童年
一起重演
我愿是那墨鱼
在没水的天河里
来一段《安魂曲》

43.罗洗河　千年劫

金霸王日记选九：荆老师聊了他小时候的事，真有劲。割草，抓鱼，骑牛，放野火，我们都没干过，小胖墩估计也没做过。要是能去荆老师老家玩玩多好啊，可是就算放假，估计也不会有空的，数学和英语卷子肯定是一张接一张，再说语文也总会有点作业，真是没时间了。下周“补课”，就让荆老师继续给我们讲吧。反正这辈子，我一定要去荆老师老家看看。

斯老师和席老师越来越觉得五（1）班的孩子是越来越不听话了，有几个竟然硬着脖子顶起嘴来了，甚至有人故意不交作业。

照这样下去，这个班级要散掉的。席老师在“飞秋”上对斯老师说。他们面对同一个问题，有了同一个目标，之前的不快暂时搁置在了一边。本来嘛，都是为了学生，闹不愉快不值得。

是啊，你英语哪几个人不做作业？斯老师问。

主要是袁方方（小胖墩），连德起他们几个。席老师说。

我数学也是呀，每人拉掉一分多，平均分就低了三四分，教了几十年的书，没见过脸皮这么厚的学生。斯老师说。

对了，你有没有发觉阙无言有点不对劲，作业每次都做的，可考试下来只有二三十分。席老师说。

是啊，我数学也是，得跟他家长联系联系了。斯老师说。

嗯，我看荆老师也有问题，整天跟他们嘻嘻哈哈，都快爬到他头发尖上去了。席老师说。

荆老师第一年教书，经验不足，这帮小节生，不能跟他们嬉皮笑脸的呀，给了他们好脸色就闹翻天了。斯老师说。

要不要跟荆老师说说，让他管严点。席老师说。

这怎么说，我只能管好我的数学课。斯老师说，谁不听话就拉他来办公室抄，抄得他服帖为止。

我不让他们抄的，让他们背到默得出为止。席老师说。

斯老师顿觉自己说漏嘴了，罚抄就是体罚呀，她马上回道，我也是难得叫人罚抄的，你英语背背就有效果了，数学不做不行的。

哪里呀，英语也有语法、阅读、小作文的。笨的学生也学不好的。席老师说。

英语只要肯背肯抄，总归比数学好一点，数学是不会真不会，有几个人搞来搞去搞不清楚的。斯老师说。

那就只有多做点作业，熟能生巧，听说有的班又买了考卷，你知道吗？席老师说。

不知道啊。斯老师说，其实她自己就买了一份《黄冈精练卷》，偷偷印了给学生做。

哦，我是从网上找了点，反正作业不做不行的，要做得他们没时间闹，成绩就会上去了。席老师说。

康校长打开办公室门的时候，发现地上有张红色的卡通纸，可爱的泰迪熊图案的纸上有几行绿字，字很整齐，一笔一画很端正，内容是：康校长我们要上体育课；康校长我们要上音乐课；康校长我们要上美术课；康校长能不能让我们少做点作业。没有署名，从字的稚气程度看，应该是学生写的。

他立即找来是副校长，给他看了纸条。是副校长笑了笑，说，肯定是那几个怕读书的学生写的，我以前在老校也遇到过。

可是康校长觉得未必如此，怕读书的人字不会写得这么端正，如果是闹着玩的，字也不会写得这么端正。从这一点来看，写的人应该是郑重其事的。

不管怎样，这事要调查一下，如果弄到局里，总归找点麻烦。康校长说。

这倒是的，是副校长说，我先在网上发个通知。

当荆世骇看到“请各班主任注意：调查一下所在班级有没有占课现象，如果有请直接向康校长汇报”的通知时，心里毛了起来，他知道斯老师和席老师一直在抢副课，弄得学生透气的时间也快没了。他冷静了一下，又冷静了一下，最后憋了口气向康校长发了三个字：我班有。

结果全校也只有他说他班有占课现象，他立即被康校长叫到了办公室，把所了解到的情况汇报了一遍。结果康校长又把斯老师和席老师以及体育、音乐、美术老师找来痛批了一顿。

有哪个班不占课！为啥只找我们？斯老师有点不服气，凭着老资格回了句。

是啊，我有个亲戚在读六年级，从早读到放学都是语数英，难道课程表上是这么排的吗？席老师毫不示弱。其他几个年轻的副课老师低头不语，心里也是很不服气。

康校长有火难发，前阵子还三令五申过，不要占课不要占课，想不到竟会是这种腔调。他让他们先回去，暂时不做处罚。他意识到问题的严重性，决定亲自暗查，查到一个处理一个。

肯定是那个小节生打的小报告，他自己不想好好教书，还要做白鼻头奸细，我要问他去。斯老师怒气冲冲地走向荆世骇办公室。席老师跟在后面，一声不吭。

荆世骇恰好去上课了，不在。斯老师于是在还老师和荀老师面前把荆世骇大骂了一通，最难听的是说他江北人到江南来讨饭，真不要脸。

还老师有点听不进去了，笑着脸说，江南江北都是中国人，再说你怎么确定是荆老师打的小报告呢？

“飞秋”上有记录的。席老师说着马上抓住荆世骇电脑的鼠标来回移了移，结果发现设置了密码。

做贼心虚，要不为啥要设密码呀？斯老师说。

人家小年轻总归有点秘密的。还老师说。

哼，要不是看他年纪轻不成熟，我现在就到班级里臭骂他一顿，弄得他“落场书”也没有。斯老师心里其实火小了些。她在荆世骇的座位上一坐，一边翻他的作业本一边唠叨五（1）班是如何如何差。差不多有半个小时，她才悻悻离开。

席老师早她一步走了，她还有两叠作业没批了。

小伙子，成熟点。荆世骇刚坐定，荀老师刚离开，还老师就意味深长地对他说。

怎么啦？荆世骇有点蒙。

还老师见褚老师回办公室了，没马上开口，而是向荆世骇使了个眼色。他带着荆世骇来到了操场上，一边抽烟一边把斯老师和席老师准备找他算账的事说了一遍。

我又不是瞎说，我不怕。荆世骇说。

话是对的，现在的社会谁怕谁呀，问题是你要不要在这里混了？还老师说。

我在这里上班关她们什么事？荆世骇说。

你班级搞不好，拿不出成绩，要有人在米教导那里说说坏话，你说会好吗？还老师难得这样一本正经地倾吐金玉良言，让荆世骇有点意外。

什么成绩？就是那些数字吗？上面早就有文件了，不准以考试成绩为衡量老师工作优劣的唯一标准。荆世骇说。

不是唯一，那说明是其中之一啦。还老师竟然也会分析了，他又说，那其他考核你什么呀？

只要学生喜欢我，我才不管呢。荆世骇说。

学生喜欢你有个屁用，我不叫他们做作业他们也会喜欢我，领导喜欢你才有用。还老师的话有点江湖味了。

荆世骇觉得再说下去也会说僵，就没再开口。两人走了一圈，回办公室时，荆世骇对还老师说了声“谢谢还老师”。这是发自他内心的，也改变了一些他对还老师的看法，这个人没有看上去那么坏。

荆世骇工作日记三十二：两个杀人犯到法官那儿去告救活受害人的医生，说医生妨碍了她们的工作，法官判她们无罪，判医生妨碍公务罪。

44.破了的天空　乌云也懒得飘去

金霸王日记选十：我是不是做了件傻事？我是不是在害荆老师？不知道康校长知不知道那张纸条是我写的。我一笔一画写会不会有人认出我的笔迹？斯老师和席老师好像更凶了，她们肯定吃批评了，可是其他班也占课的呀，要吃统统吃。老天保佑，不要查出来呀。

荆老师做了白鼻头奸细。“间谍”鱼翅悄悄对金软说。

你说啥呀？金软也悄悄地问。

他把斯老师、席老师占课的事报告给校长了。尉迟迟说。

是吗？那你喜欢上数学还是美术？金软说。

当然是美术啦。尉迟迟说。

那不就好了，你还不谢谢荆老师。金软说。

这倒是的。尉迟迟说，好像突然明白了的样子。

体育课的时间到了，金软和尉迟迟焦急地等待着老师的出现。其他同学都低着头，不约而同拿出了《数学补充习题》，按照进度，该做第45页了，有的人已经在做了。

当久违的体育老师出现在教室门口时，几乎所有人都发出了“咦”的一声。几秒钟后，几个反应快的学生大声喊出了“哦也”，其他人跟着叫了起来，整个班级闹腾了起来。

做啥！体育老师一声吼，教室里静了下来。

体育委员去走廊整队集合，排队去操场，不要大声说话，隔壁在上课呢。体育老师说。

教室里一静，体育委员是谁呀？过了一会儿才有人叫“胖哑子”你呀。阙无言一下动了起来，手一挥，第一个奔出教室，在叽里呱啦的说话声中，大伙一起挤出了出来。

也有几个不肯放下手头的《数学补充习题》，慢腾腾地最后出来。

康校长拿着全校班级的总课程表，把教学楼的上上下下兜了个遍，这些老师像连着预警机似的，都老老实实地在按照课程表上课，除了几个班纪律稍差外，没有发现占课现象。康校长心里一松，感觉老师们占课他也有责任，如果他天天兜，不至于会出现这种违规现象。

要杜绝占课现象的发生，关键是要改变老师们的教学观念。在回办公室的路上，康校长在想，这个星期三的下午，我得给全体教师上上课。

放学的铃声已经响了十分钟了，斯老师还在讲《数学补充习题》，又过了十分钟，她才讲完。讲完了席老师又进来了，她是来布置英语回家作业的，Unit6单词抄5遍，外加一张练习卷。

荆老师站在门外等席老师走了才进来，他刚站定，斯老师又回来了，她把阙无言、袁方方、连德起叫了去，其他人立即停止了讲话，生怕叫到自己。

斯老师，我还有事呢，能不能待会儿再让他们去你那。荆老师说，明显是要把他们救下来，因为他的回家作业已经在语文课上布置好了，有的人已经做好了。

就在我办公室，有事你班里弄好了来我办公室对他们说吧。斯老师说着，拉着阙无言就走，其他几个也只好乖乖地跟过去。

耶——斯老师的身影一消失，班级里立即发出一阵起哄声。金软盯着荆老师的脸，看着他尴尬的表情，摇了摇头。

值日生快动手，我们一起把卫生搞了，其他同学可以回家了，路上小心，今天有点晚了。说完，荆老师拿起拖把，去了洗手间。

金软见状，主动留了下来，田回、查鑫欣也留了下来。天发灰了，他们才匆匆离开学校。

第二天，席老师在放学后又把阙无言他们叫了去。第三天全体教师培训时，斯老师还把阙无言他们留在了办公室做考卷，并交代做好了考卷等她回来。

康校长给全体教师上课的题目是《教师的职业道德和学生的全面发展》。他先从教师法讲起，讲到教师这个职业的特殊性，这个特殊性就是我们从事的是塑造人的工作，是太阳底下最复杂的工作。接着他又讲到学生的全面发展，包括道德、知识、技能、情感、心理、人格、价值观、人文素养、意志力、交际能力、生存生活能力等等，总结出的观点是教师们在对学生进行教育教学时要渗透进这些方面，不要只注重知识的灌输。

老师们听得都很认真，年级组长做着点名登记工作。最后，康校长要求大家回去写份学习心得，明天交由年级组长接收整理，打包发给他。

第二天，康校长收齐了六个邮包，分别是一年级到六年级的，总共有150篇心得。他逐一打开，细细审阅起来。令他大感意外的是，这些心得大体雷同，主要可分三类，一类是明显百度上来的，诸如：1. 热爱教育事业是师德的核心；2. 热爱学生是师德的人格力量；3. 做好本职工作是师德的基本要求；4. 不断进取是师德的升华等等。第二类也是百度上来的，只不过复制时进行了适当选择，如：1. 树立事业心，增强责任感热爱教育事业；2. 用无限的师爱，开启每个学生的心灵；3. 用规范的言行，净化每个学生的心灵；4. 用奉献的人格，塑造每个学生的心灵等等。这两类根本没谈到学生全面发展的事，也就是康校长他给全体教师培训的初衷。第三类就是像荆世骇他们这批新教师，没有去百度，是自己的想法，不过大意和之前两类差别不大。只有荆世骇和卞青青，另有别论。

荆世骇的语气有点激越：……人和动物的最大区别在于，二十四小时里，人只有在极少的时间里表现出动物性、畜生性。教育不是种庄稼，不惜一切手段地让稻穗饱满，然后变成大米给人吃。学生不是稻秧，他们不是一年生草本植物，他们的寿命比稻子要长许多，他们是让我们这个社会有序运转的未来力量，他们有思想有感情，打了会痛，骂了会伤，坐久了抄久了肌肉会酸，他们不是我们教育工作者榨取名利的工具……

卞青青的语气显然要温和得多：……为了学生的全面发展，光靠分数肯定是不够的，但是老师们一门心思搞分数也是迫不得已，家长们看的就是分数，学校评价一个老师的优劣标准主要还是分数。所以关键是如何建立一套新的评价机制，并能执行，以确保学生的全面发展……

荆世骇工作日记三十三：我才不管呢，康校看了会怎样看我。斯老师和席老师明显地在联合起来对付我，我倒要看看她们能把我怎样。康校长是个明眼人，谁对谁错，谁君子谁小人，应该判断得出来。只要学生们认同我，就是天塌下来我也敢顶一顶。

45.燃烧的花朵　煮烂你的心

当几乎有半个班的孩子拥挤在荆世骇租房门口的楼道上时，左邻右舍们惊了，他也傻眼了。

荆老师啊，这么多学生补课，你可以叫他们分批来的呀。对门的邻居说。

老师么就会骗学生的钱。楼上的邻居轻声嘀咕完，砰一声关上了门。

你放屁，荆老师不收钱的。这话还是被金软听到了，她回了句。

快进来快进来。荆世骇发现孩子们的确影响了邻居，顾不得其他，招呼他们进去。

像群鸟归林，一下把六十平方米的房子给占满了。除了上次那些孩子，荆世骇发现连德起、筱果儿他们都来了，唯有尉迟迟不在其中。

荆世骇头一回遇到这样的事，真不知如何是好，用课外书安顿他们肯定是不行了，这么多人一起，看脸肯定比看书认真了。

荆老师，今天我们补啥呀？阙无言心痒先发言。其他孩子跟着咯咯咯地笑了出来，虽然这问其实很正规。

要不你还是讲你小时候的事给我们听吧。金软出了个主意。

就那点鸟事，没啥好讲的。荆世骇发觉自己竟然爆了粗，想改词，已经来不及了。

荆老师你说话不文明。被田回抓了个正着。

谁说不文明了？在古代，“鸟事”可是指伟大的事咧。荆世骇狡辩道。

什么伟大的事呀？田回追问道。其他孩子不作声了，都在等荆老师说出“伟大的事”是什么事。

就是——像鸟一样飞翔的事业。荆老师急中生智，胡诌道。

此话一出，包括田回在内都静了下来，是啊，这话看上去很有理，而且还饱含深意。什么理想啊，目标啊，毅力啊，高尚啊等等，都能和它扯上点边。

荆世骇“一不做二不休”，索性发挥下去，跟孩子们讲起了庄子、屈原、孔子、鲁迅、牛顿、爱因斯坦、张国荣、刘翔等“飞翔的事业”，听得孩子们是一愣一愣的。有几个甚至当时就暗下决心，将来也要成为他们一样的人。

时间过得真快，不知不觉两个小时过去了，孩子们就站了两个小时，谁也没觉得累。反倒是荆世骇，觉得腿发酸，口发干。

你家里有水吗？金软见缝插针，打断了荆老师。

查鑫欣觉得金软真没礼貌，叫荆老师“你你你”的，好像他们是一家人似的。

有有有，孩子们都渴了吧，可是杯子不够。荆老师说完赶忙去拿热水瓶。

我们就用一个杯子好了，用你那个。金软说，你先喝，我们一个个轮着喝。

这怎么行？要讲卫生呀。荆世骇说。

你有传染病吗？金软说。

查鑫欣听得快火起来了，金霸王还在说“你你你”。

那倒没有。荆世骇说。

那不得了，你先喝，我来倒，你不喝我们也不喝。金软说着拿掉瓶塞，倒了半杯，递到荆世骇手里。她在想一瓶水到底够不够。荆世骇见此情景，也不好再推辞，接过杯子，有点烫，不过还能吃得住。幸亏热水瓶保温功能差点，他想，不能让他们久等。先嘬着吸了一口，然后一饮而尽。他马上走到自来水龙头前，用冷水把杯子冲了一遍。

接下来谁喝了杯子就给我冲一下。他说。

金软又倒了半杯，后面的阙无言刚想抢去，被她身子一拱，水瓶一放，自己抓在了手里，然后学着荆世骇的样，半杯水下了肚。

切！自己先喝，一点公德心也没有。说话的是筱果儿，阙无言虽然碰了壁，却是说不出这样“文明”的话来的。

哈哈哈……一阵笑声中，荆世骇洗过杯子，金软接过倒水。二十几个学生，就这样把一水瓶水给分喝了。

孩子们，今天荆老师请你们吃面，好不好？此言一出，小小的套房里顿时爆出炮仗般的响声，把个前前后后左左右右的邻居吓得以为是地震了。

东吴面馆就在小区南边的马路对面，每人一碗鸡蛋面，共两百块左右。荆世骇摸了摸自己的口袋。

周一大早，刚进教室，荆世骇就感觉气氛不对，前天还小鸡小鸭似的孩子们，个个垂着头，低着眼。

你们怎么啦？没吃早饭吗？荆世骇说。

一点声音也没有。包括金软。

正当他要“引诱”孩子们说话时，手机响了，是康校长的电话，叫他马上去校长室一趟。他正想说早读没人看时，斯老师已经出现在了教室门口，荆世骇刚想说谢谢，发现斯老师那眼神，简直就是不共戴天的仇人相见。

听说你上个礼拜六在家开班补课，是真的吗？康校长的口气有点硬，显然心里有火。

哦……荆世骇顿悟，没有啊，孩子们到我家来玩，我没给他们上啥课哪。荆世骇说。

多少人来了？康校长问。

二十几个吧。荆世骇说。

家长知道没有？

……不清楚，可能有的知道有的不知道。

收钱没有？

没有。

东西呢？

就是他们上上周给我买了个蛋糕，不过我也请他们吃了面。荆世骇觉得事情好像很严重。

哦——蛋糕是谁买的？多少钱？康校长的语气软了下来。

不知道！荆世骇却有点火了，他没想到这种事也会是攻击他的武器。

小荆啊，我不是向你问罪。你想想，上面明文规定，不准搞有偿家教，你家里一下来了几十个学生，还光天化日之下一起去吃面。老百姓会怎么想，那个时间，从你家里出来，不是补课是做啥？康校长说。

放屁！烂他们的脓！学生到我家来就是补课，那他们给你打小报告就是特务啦！

康校长还是第一次听到这样的骂词，不但没有不快反而有点喜悦。

不要乱猜，是家长反映的情况。康校长说。

荆世骇这下有点蒙了，照此讲，这事他本人确有责任，孩子们来他家，家长应该知道，如果有的孩子没说，他应该提醒孩子们告知一下。

万一这路上出了什么事，怎么办？康校长说。

荆世骇不语。先前的怒火一下散去了。等会儿回去是该在班里说说，以后出来要先告知家长。

谁知刚进办公室，还老师就凑了过来。你抢了斯老太婆和席女人的生意啦？

荆世骇眨巴着两眼，无话可说。

听说原来去斯老太婆和席女人那里补课的学生都去你那里啦。还有荀老师和你师傅那里也有几个学生去了你那里。看不出嘛，小伙子，有一套，厉害厉害。还老师跷起了大拇指。

荆世骇彻底晕掉，无语。他把事情的来龙去脉想了一遍，脑际又想起刚才斯老师的眼神和康校长的话，全明白过来了。他想哭，也想喊，更想打人。

我们合开个补习班怎么样？反正我家房子大，全班去都没问题。还老师说出了真实想法。

荆世骇恶狠狠地几乎是咬着杯壁吸了口水，那是上周五喝剩的。喝完，他走出了办公室。

荆世骇工作日记三十四：我想起余秋雨的一句话：人世间最悲惨的事莫过于好人自杀。我不知道我是不是好人，可我想做个好人，哪怕冒着自杀的危险。孩子们不该为要配合我做好人而受到伤害，爱心和善心在利益面前有时会变成匕首，刺向自己也刺向别人，如果我可以变成盾牌，我愿挡在孩子们面前，任凭暗箭毒刺的袭击。

46.密码　上帝的死期

金霸王日记选十一：鱼翅说，荆老师又被批评了，都是我害了他，要是那天不让那么多人到他家去玩，就不会被校长知道了。可是这是我们的自由呀，你们大人去哪儿干自己喜欢的事，怎么没人来管呢？就算去干坏事被警察抓到了，也会偷偷把事摆平了。斯老师和席老师还骂查鑫欣他们好道不轧轧坏道，欺骗家长欺骗老师，难道你们没有骗过我们吗？你们一天到晚在骗我们背书写作业，考得好的说聪明，表扬。考得不好的说脑子不笨，只是不用功。说来说去，还是要我们背书写作业。去补课，还是背书写作业。你们不来看看，我们的手指都变形了。我才不管你们怎么说荆老师，反正我还要去。

又一个周六到了，荆世骇站在窗前，眼睛望着窗外的小区柏油路。如果孩子们不来，他决定约卞青青去爬山，也许恋人的轻语和满山的树石能给他一点抚慰。要是他们还来，他就还敢和他们一起聊天吃面，一起喊笑。毒眼和丑嘴是你们的，天空和自由是我们的。

接近九点时，他看到金软和田回出现在了视线里，两人脚步很慢，边说话边朝他这边望，应该是在判断荆老师在不在家。他俩看到了他，他朝他们挥挥手，他们也挥了挥手，加紧步伐，朝这边走来。

开门的一瞬，荆世骇还是笑脸相迎。俩孩子撇了撇嘴，强挤笑容，没说一句。他们长大了，荆世骇想，一切尽在不言中。他不想让不快来左右这短短的半个上午，直接问，今天我们补快乐吧？

原本以为他们会乐，谁知没半点反应。

荆老师对不起。开口的是金软。

对不起，荆老师。田回也说。

两人的声音有点颤，音调也有点变。荆世骇迅速从餐桌上拉出餐巾纸，递到他们面前。

是我对不起你们哪，我太嚣张了。荆世骇说。

一听说“嚣张”，两人忍不住把眉头舒展开来，接过餐巾纸，对着眼一抹，笑了出来。

荆老师，今天我们去爬山吧。金软说。

田回睁大了眼睛看着她，他有点怕。如果不是他老爸允许来的，他也会和别的同学一样，被强行送到原来补课的老师那里。

田螺，怕啥呀你，不去我和荆老师两个人去啦。金软说。

荆世骇被金软的突袭搞短路了，去吧，被他们家长知道肯定又是一场“大屠杀”，不去吧，似乎太“不是男人”了。

好，我们走。我这里正好有三个乐扣杯子，每人倒满水，等会儿要口渴的。荆世骇说。

还没等三人出门，就听见门外有窸窸窣窣的声音，金软跨步一开，阙无言像醉鬼一样跌撞进来，后面是小胖墩、欧吴、筱果儿、连德起、查鑫欣……几乎就是上周的原班人马。

哈哈哈……哈哈哈……这帮小子此时正笑得不成人样咧。

荆老师，我们也要去爬山。欧吴说。

对，我们也要去……哈哈哈……

你们，你们跟踪我们，还偷听。金软推开阙无言，又凶又笑地说。

大路朝天，各走一边，谁跟踪你们了，荆老师家是你们的呀。说这话的竟然是小胖墩。

喂喂喂，小子们别吵。荆世骇做了个“嘘”的动作，又指了指对面。

快进来快进来，你们家长知道吗？他问。

知道。回答竟然是同两个字。

真的？

真的。

小子们，原来你们都造反啦。

荆老师你又说粗话。查鑫欣说。

没有，我们就是学电影里绝食。筱果儿说。

这是谁的主意？快说。荆世骇说。

我的，我在微信群里发的。欧吴说。

其实，很大的原因是那帮小子为了以后能继续抄她的作业，不得不受她“胁迫”。另一个更重要的原因是，他们都在欧吴的授意下向自己的父母保证期末考试都考90分以上。

下不为例，出发！荆世骇手一挥，拿出一张一百元的人民币，对阙无言说，快去买点矿泉水，每人一瓶。

我带了钱，荆老师，这回我请。阙无言说着也从口袋里拿出一张一百元的人民币。荆世骇刚想阻止，被金软一把拉住。就让胖哑子请吧，他家钱多得可以当糙纸用嘞。她说。

荆世骇没有坚持，尴尬一笑。于是这群孩子又像鸭子一样，叽叽喳喳地又在众目睽睽之下走出了小区，向大丘山方向游去。

一晃又到了周一，荆世骇做好了再次面对康校长和斯老师他们的准备，出乎意料的是，不但康校长没再找他，连斯老师和席老师对他也变得和颜悦色了。还主动叫他小荆老师。

是不是太监生儿子啦？荆世骇自言道。管他娘呢，我做好我的事。他又想。

他一打开电脑，就接到教教导处通知，说是本周五省里要对五年级进行教学质量抽测，语数英合卷，每班按学号抽 5 名学生，集中笔试，由区里派老师来监考。

此时，是副校长和米教导正在康校长办公室商量此事。

成绩虽然不公布，但区里还是会传阅的，以此来参照各校的教学质量，所以要不要稍微协调一下。说话的是是副校长。

康校长当然知道是副校长所说的“协调”是怎么回事，就是各班无论抽到哪几个学生，都挑成绩最好的几人去考试，事先交代好考生写谁的考试号和名字。他犹豫起来，这种做法之前他也在上司的授意下用过，效果自然是好的，心里却要压上“作弊”这块石头。这次轮到他做决定了，他想光明正大一次。

好多学校都是这么做的。米教导见他犹豫，说。

我们还是实事求是吧，不要去弄虚作假了，万一查出来，反而比考最后一名还不好。康校长说。

米教导还想劝说，被是副校长使了个眼色。走出康校长办公室时，米教导窝着的牢骚终于发了出来。

他怎么这么胆小的，好像我们都是小人，他是君子，我们也是为学校着想呀。

他有他的考虑，我们照做就是。是副校长说。

到时候考最后一名，看他怎么办。米教导说。

他是法人，天塌下来先砸到他。是副校长说，你先去弄一份模拟卷，礼拜三试考一次。

试考五（1）班抽到的是查鑫欣、尉迟迟、连德起、田回和阙无言。荆世骇预先在网上搜改几张卷子，合成一张让他们做了一遍，情况不是很好，尤其是阙无言，150 分里只得了 75 分。为了不麻烦斯老师和席老师，语数英他一个人包批了。

那边的斯老师和席老师也在商量，要不要和以前一样确定几个学生去考。她们也觉得怪，米教导发完通知后没再私底下让她们“协调一下”。

要不要去问一下？席老师说。

问啥？领导没有指示我们不要多事。斯老师说。

试考的成绩当天就批了出来，五（1）班倒数第二，五人的平均成绩只有115.5分。还老师班垫底，平均只有111.5分，荀老师班最好，平均达到了125分。褚老师班124.5分，卞青青班122.5分。

米教导拿到成绩，直奔是副校长办公室。

是校长你看，这种成绩怎么跟人家比？他有点火。

说不定人家还要差呢？是副校长笑着说。

屁！反正不关我事。米教导说着，眼睛朝康校长办公室那边看了看。要不要再去说说。他说。

说啥？你把成绩给他就行了。是副校长说。

康校长拿到成绩，真有点意外。想了会儿后，还是决定不进行“协调”。

周五很快到来，区里连卷带人派了下来，和以往不同的是，这次要求卷子由所在学校在监考老师的监督下派老师当场批掉，誊好分数，监考老师将分数带走。

米教导喜出望外，立即叫了褚老师、斯老师和席老师三人，暗示她们批松一点。接到任务的三人也是不知所以，搞不清里面到底有啥利害关系，反正按领导说的做就行。结果批出来还可以，除了数学，语文和英语是像松了裤腰带那样批的，像作文，大多扣1—2分。

康校长一看平均有125.5分，也是十分高兴。

荆世骇工作日记三十五：抽测真好，如果不用百分制更好。分数对于老师来说是“成果”，对于学生来说却是“痛苦”。所以永远不要公布小学生的考试成绩是天大的善举，在分数面前，有些学生变得一无是处，有些学生被一遮百丑。我不想知道这次抽到的学生考了多少分，我只想告诉他们代表五（1）班去考试，哪怕一分未得，我也感谢你们。

47.淤泥　未必能成就莲花

卞青青发觉这段时间里荆世骇变了，开始时，刚到周五，他就会“骚扰”

她。青青啊，今晚一起吃饭吧；青青啊，明天去太湖边看美人鱼吧。后来听说她周六上午要补课，但也会发消息逗引她，青青啊，什么时候你给我单独补补课哪？青青啊，我要你手把手口对口地补。现在可好，就算有消息，也是敷衍地问一声“在干吗”，要不就是“我和孩子们在钓鱼呢”。

她知道荆世骇“补课”的事，以为和她一样，只为增加点收入。慢慢觉得，这成了借口。她问起过“一个班到他家补课”的事，他说不是补课，是陪学生玩，由于时间也是周六上午，和她补课的时间一样，她没多想，也没多问。随着他越来越冷落她，她心里多了点疑问。有时就算见面，他谈的也大多是“那些孩子们”，而且看上去兴奋带着累。

他曾向她谈起过一个叫寇蓝的女孩，尽管他极力掩饰，仍没逃过她的眼睛，他们余情未了。当所有的解释都不通时，她就把他的变化归结到了这个叫寇蓝的女人身上。他不言其累地和孩子们玩闹，目的就是为了以此麻醉自己，使她和寇蓝之间挣扎的痛苦得以减轻。她对自己的性格和外貌很自信，觉得对男人的吸引力不至于只有开头，再说，他们之间还只是停留在有限的肌肤接触阶段。

想到这，她又突然脸一红，推翻了上面所有的猜测，是不是因为我对他太保持距离了，没能由精神愉悦跨越到肉体交流，从而慢慢成了他的心理矛盾，见我又不能尽情，不如不见。

我得试试他。卞青青做了个决定。这个圣诞节正好是周五，下班前，她发了条短信给他：今晚我想去市里通宵看圣诞老人，能陪我吗？

荆世骇兴奋异常，这么明显的暗示，语文老师怎能看不出来？他立马回道，我愿意在任何地方扮演圣诞老人给你看。

卞青青脸一热，匆匆收拾好桌面上的书本，等着监狱里放风铃声似的下班铃声响起。短短的十来分钟，像是等了一辈子，铃一响，她就又发了一条：我在公交车站等你。

公交站台就在学校大门右边不远，荆世骇和卞青青一起等公交车的美景被许多路经此处的同事看了个正着。学校里本来就有传，他俩在恋爱，今天总算是眼见了，美事一桩，好啊。

316路车等了好久才来，可能是周末，车里已没有座位。荆世骇把卞青青的包拿了过去挂在了脖子上，像个长命锁似的挂到了胸前，让人觉得有点可笑。他两手各拉住一个吊把，形成一个半圆，把卞青青圈在了里面。卞青青的后背贴着他的前胸，虽隔着衣衫，也觉一股股的热流涌进了心里。

到市里时天已灰暗，加上有点霾，使人觉得呼吸有点紧。不过这点不适，对于一对燃烧的恋人来说，就像滚油里的杂质，啪的一声就过去了，接着是继续沸腾。

卞青青知道荆世骇的家境，在选择用餐地时，挑了“亚马逊自助”，150块就可以吃到不想吃。果然，餐厅里像他们这样的年轻人还不少，当他们进入时，立即引来不少看似正经实则含妒带色的眼神。原因当然是卞青青的身材和美貌与荆世骇的帅气精练啦，唯一美中不足的是，两人看上去有点简朴，一看便知是拿薪族，而且拿的还是低薪。细心的人甚至还能闻到一股粉笔味和书本气。

随着两人的座位选定，那些目光也定了下来，有的收回原处，有的继续瞄着。

食物的种类很多，荤的素的，糕点冰激凌，粥汤肉水，烧的烤的，不下百种。可像牛排之类的高成本食物很少。秋刀鱼算好点，一上来就被抢了个精光，咸水鹅也是，酸菜鱼前美女们就没断过。

卞青青让荆世骇看好包，迫不及待地加入了抢食的队伍。细白的手抓着瓷亮的盘子，不像是一人一皿，倒像是一塑，浑然一体，跳动的艺术品。荆世骇有点看傻了，卞青青上身穿的是淡咖啡色毛线内衣加白色半身小外套，脖子上的围巾和紧身裤一样，也是咖啡色，一双黑色中跟皮鞋恰到好处。

等卞青青端着满满一盘美食回来时，荆世骇的脸上已经可见因荷尔蒙激增而出现的精亮色。

干吗你，这样看着我，我要去趟厕所，给我拿张餐巾纸。卞青青甜蜜地命令道。

荆世骇从自己口袋里拿出一包“清风”递了过去，目送着卞青青的细腰和荷臀移动渐远。

你怎么偷吃我的菜？卞青青回来时发现荆世骇竟然不劳而获，嗔怪道，自己不会拿去啊。荆世骇刚想辩解，不是为你看包吗。卞青青又说，好吃吗？

好吃，你真会挑。荆世骇趁机说了句好话，然后自己走到食台边挑菜去了。

两人边吃边聊，温馨异常，不时还有带着厨帽穿着厨衣拿着烤鸡心烤香肠烤香蕉烤培根的铁钎来添菜。里面的人来来去去，去去来来，卞青青也是来来回回吃了去拿，拿了来吃好几趟。荆世骇反而吃得少，他更多的是欣赏卞青青优美的身姿。卞青青似乎忘了约荆世骇出来的目的，完全成了一个外表清纯的吃货。

两个小时很快就过去，外边的广场上开始热闹起来，一棵两层楼高的圣诞树光彩熠熠，拍照的人一茬接一茬。商场门口，活人扮的圣诞老人和电动的圣诞老人不停地招引着顾客。小朋友们还会得到一份不值钱的小礼物。

卞青青拿出手机，站在圣诞树前要荆世骇拍照。由于人多素质差，荆世骇几次说了对不起让一下，镜头里还是有陌生人影。

两人进了商场，挤来挤去全是人。卞青青后悔吃得太饱，差点被挤吐了。

她拉着荆世骇的手，热乎乎的，火辣辣的。她很想他买件衣服给她，嘴上却说，我们出去吧，没啥买的。

我还没送过你像样的东西呢，你挑一样吧。荆世骇横下心，想最多来次“光卡行动”。

卞青青呆呆地看了他几秒。心想真的错怪他了，这个书呆子把学生看得太重了。

以后吧，今天人太多了，好不好？卞青青说，声音有点嗲。

青青，这样好不好？你看中哪样，指给我看，我去买。荆世骇说。

我说不要就不要，你干吗那么烦啦。卞青青假装发火道。

那、那你说去哪里？荆世骇注意到周围已经有目光射过来了，觉得真没面子，只好妥协。当然，他心里甜滋滋的。

你、你想去哪里就去哪里呀？卞青青的声音又变得很轻。

两人挤到了外面，广场上的圣诞树周围仍旧是人山人海。

要不，我们回去吧。你明天还要上课，荆世骇故意把补课说成上课。

要回你回！这下卞青青真的火了，把手一甩，转身就走。

荆世骇傻站了几秒，似乎明白了过来。他追上卞青青，一把拉住她的手，说，那我们今天就不回了，现在去乘绕城观光船。

等会儿再收拾你。荆世骇在船上对卞青青说。

48.漏船渡客　光剑杀人

金霸王日记选十二：我们把荆老师带坏了，他居然那么听我们，我们说去哪儿玩就去哪儿玩，我们在他家看《查理九世》他也看，还问我们雷欧幻象写到第几本了，能不能多借几本来看看。一个语文老师，带头看乱七八糟的书，太不像话了。快要期末考试了，我看他怎么复习，胖哑子古诗还背不出呢，他倒好，一点也不急，还说慢慢来慢慢来，蛇游进屁眼里也不急。这个班级啊，语文要想考好，还得我来管管。

康校长最近发现下班时校门口的家长还有不少，有时他近六点走，还有几个家长在等。个别等不及的就唠叨起来，说是四点一刻放学的，现在都快六点了，我等了一个多小时了，家里夜饭还没烧，狗屁老师课堂上教不好留夜学有啥用。甚至有人破口大骂，娘个 ×，我儿子读不会关你啥事，为了自己多拿奖金，拿我们不当人。懂点道理的，就劝说道，老师也是为了我们的小孩好，他们自己饿着肚子也没回家。也有一个劲抽烟的，一根接一根，弄得校门口都是烟头。

康校长忍不住问了几个家长，是哪几个老师一直在留学生。结果从低到高，几乎个个年级都有，早一点的到五点，晚一点的到七点。有的学生在办公室被老师折腾得快成傻子了，出来了还要成为积了一肚子气的家长的出气筒。会做工作一点的老师预先和家长通好气，叫他们不要早来。

康校长万万没想到，占课情况少了，占命的情况却多了。他在行政会上通报了这类情况，要求蔺副校长放学铃声一响，各班必须清场，不得留学生在办公室或者教室里。

留的这些学生大多是差生，老师们也是为了提高教学质量，这样做会不会打消他们的积极性？蔺副校长说。

是副校长和米教导换了个眼色，低头不语。

那你们其他人说说该怎么办，要是这些小孩中有人回家时出了意外，这个责任谁负？康校长说。

没人回答，因为没人负得起这个责任。

那要不要让学生早点来？课表上规定八点到校，提前半个小时，七点半。你们看啊行？米教导忍不住说出了自己的想法，其实他早就发现有几个班级的学生早早就来齐了。

有些家长上班也早的，正好把小孩带过来，路远的就按原时间，我觉得可以试试。一向不大说话的樊书记开了口。

我觉得这可行。是副校长说，不能占课，也不可以放学留学生，光靠课堂上那点时间，成绩肯定是不会好的。

有的学校早上七点就上课了，傍晚还要加课，留得晚的老师学校还提供点心咧。米教导补充说。

那学生呢？他们受得了吗？康校长问。

有什么受不了的，他们回去也是玩呀。米教导说。

小孩当然要玩啦，他们的知识、技能、心理、情感等的发展，本就应该在玩中和社会实践中形成的呀。康校长坚持己见。

结果谁也不说话了，是副校长和米教导在窃笑。他们真没见过这样的校长，一个书呆子。

和周边的学校相比，A 状元小学此时成了最遵守有关规定开展教育教学工作的学校。康校长顶着压力，第一步的构想就是想办一所“最遵守教育教学法规和科学规律办学”的学校。不管怎样，先把法规遵了，再去寻求科学规律。其实这规律比法规还早出现，只是有些老师没能掌握和运用罢了。下一步，他就是想让老师们掌握这些科学规律，科学地开展工作。

不准让学生早到，不准占课，不准留学生。这“三不”让老师们傻眼了。

以后这书还怎么教呀？有的老师叹道。

拍手称快的只有少数，大多是平时工作比较“懒”的那些。当然，荆世骇也是赞同的。另一个最赞同的是还老师，他简直可以说是欣喜万分。这下你们的成绩比我也好不到哪里去了，他想。

是副校长和米教导在沉默中发出了本学期第二次检查备课和作业的通知，这事他们本也不想做，无奈上面来常规检查要有这方面的资料的，到时拿不出，责任在他们。

检查下来，全校最奇葩最不像样的作业是五（1）班的语文作业，也就是说荆世骇根本没接受上次检查后米教导他们提出的整改意见。七份作业，他只做了四份，抄写本、习字册、补充习题和大作文本，而且作业要求也没统一，画的画涂的涂，作文本上还有卡通漫画，他竟然毫无责任心地打了“优 +”，更让人哭笑不得的是，作文的篇数也不一样，有人做了十几篇，有人只做了一篇。最最可气的是，对学生的作文没有统一的要求，想写啥就写啥。有写童话样的，有写小说样的，有写记叙文的，有写半记半叙的，甚至写古诗现代诗的都有。

全校备课最认真的可能也是荆世骇。纸质备课的老师中，备课内容似曾相识甚至雷同的很多，只有荆世骇，每篇课文备得像写小说似的，有各种各样的开头，有悬念迭生的情节，还有出人意料的结尾。

譬如他在备《黄山奇松》时，竟然先让学生们准备画笔和画纸，用半节课的时间让他们根据文本内容把“迎客松”“陪客松”“送客松”画下来，画不像的就让人做人体模特，扮演这三棵松，姿势摆得不对的，领读第二小节，读到摆对为止。摆对后还让一女生给“迎客松”化妆，化成一个“饱经风霜”的老人，接着让学生把书收起来，在画松纸的背面用自己的话来写这三棵松，如果是用课文中句子写的，则扮演文章最后一节中所写的其他松，“黄山松千姿百态。他们或屹立，或斜出，或弯曲；或仰，或附，或卧；有的状如黑虎，有的形似孔雀，……”最后让学生挑一段最喜欢的文字当作歌词，填入自己最喜欢的一首歌曲里，唱出来。

这分明是耍猴戏嘛！米教导又气又笑，对是副校长说，好端端的名胜美景，被他糟蹋成戏台了。

你有没有去听过他的随堂课？是副校长说，我儿子说他很喜欢他的课。

听过一次，不知道他在上什么。米教导说。

那他说课不是得了一等奖吗？怎么会这样呢？是副校长也是第一次遇到这样的老师。

不清楚，你说他这是要干吗？你儿子还是换个班吧。米教导说。

我们把他的作业和备课给康校长看，看他怎么说。是副校长说。

没多久，康校长就找来了他俩。先总体问了一下作业和备课的检查情况，接着就提到了荆世骇，问要不要请他本人来说明情况。

荆世骇被叫到了校长室，在他面前的除了三位领导外还有他的作业本和备课本。

小荆啊，你的作业好像少了三份，这是怎么回事？康校长说。

孩子们来不及做。荆世骇说。

我家迟迟回家后确实一直在做作业，只是很少见过他做语文作业，每次他都说在学校做好了，我太粗心了。是副校长说。

别的班怎么来得及做的呢？如果上面来检查，你说怎么办？米教导说。

该怎么办怎么办吧，我反正就这么教。荆世骇盯着米教导，眼里透着杀气。

你这是在误人子弟，你懂吗？米教导也提高了嗓门。

小荆是新老师，慢慢来，错了改就行。我就是因为信任你才把儿子放你班里的。是副校长说。其实他是接受了康校长的推荐才叫儿子进的他班。

这样吧，小荆啊，这学期就算了，你最后的复习工作做好，下学期必须按照教导处发的“七认真”要求做。康校长说。

结果在周三的作业备课反馈大会上，米教导还是狠狠地批评了“某位新来的教五年级语文的老师”。

荆世骇工作日记三十六：我不知道青青是怎么完成“七认真”工作和班主任工作的，我感觉自己从未偷懒，有时憋着尿在批作文。还要回家备课。孩子们又是如何完成那么多作业的？米教导报复心太重，作为领导，心胸太狭窄，成不了大器，更成不了语文教学的专家。如果下学期非要按他的要求做，我宁愿去教副科。

49.新日历　旧生活

金霸王日记选十三：七张考卷，还要背单词，这个元旦又泡汤了。荆老师他活该，以为只叫我们看看书我们就轻松了，做了七张考卷，谁还会去看书？他这样笨，期末考试语文一定考不好，期中考试也是我逼着他们才没考最后一名，这次我也管不了了，斯老师和席老师轮流布置作业，真的一点空也没有了。虽然现在副科老师来上课了，可就讲台前一坐，叫我们做作业。

阳历的新年，鞭炮还未正式登场，零零落落的炸天声是有人家在办喜事。

元旦假期，学生们或许很忙，老师们却是难得的空。大多补课的老师也会在这几天放松一下，一年补到头，说起来不好听，多布置点作业就是了。再说自己也有小孩，期末考试前也该好好陪陪他（她）。实际上，很少有人想到自己矛盾的做法。

荆世骇本想回家一趟，看看两位相依为命的亲人。青青说不要回家了，陪她。他只好用一个十多分钟的电话来表达对她们的想念。令他略感安慰的是，母亲和奶奶都说很好，不用他担心。

青青从他脸上还是发现了些不快，她以为他可能想起了那个叫寇蓝的大学恋人。她又何尝不是，那个长得像文章的男人也会偶尔出现在她脑边。再加上街头、商场里全是人，假期的快乐没享受到多少。好在恋爱中的男女就算看堵墙，也能看出不少话题来。记得有篇著名的意识流小说，名字就叫《墙上的黑点》。况且，他们还有荷尔蒙带来的最原始的愉悦。

啊呜，作业好了没？有人在群里催欧吴了。

是啊，好了没有？

我等你出来，一里之外……

亲爱的啊呜，我快想死你了。说这话的是阙无言。

我也是。跟风的是小胖墩袁方方。

为什么老盯着我，田螺鱼翅也可以晒晒的呀。欧吴发话了，她在做最后一张卷子。

没多久，田回不声不响把数学的两张卷子挂了上去。尉迟迟那边没有反应。还好，查鑫欣自告奋勇，晒了两张英语卷子，尽管有些错误，抄的人才不会管。最后三张是欧吴挂上去的，群里的“小偷”们一个个冒了出来，拼命抄使劲抄。

只剩半天假的时候，有人忍不住提议出不出去玩。响应的人当然多啦。只是去哪里呢？周围的山啊水啊，和荆老师都玩过了。

要不我们去荆老师家听他讲故事吧。查鑫欣说。

我不去！之前一直不发声的金软突然冒了出来。

为啥？以前不是一直你领头的吗？查鑫欣说。

以前是以前，现在是现在。金霸王像进入更年期了，火发得无边无际。

群里没有人发声了。有人通过私聊问金霸王到底怎么啦？只有尉迟迟知道原因，可他对谁也没说。

荆老师最近一直陪着那个卞老师，有点冷落了这帮小鬼。最敏感最有气的当然是金霸王啦。她对欧吴说了四个字——重色轻友。在她心里，荆老师就是他们的朋友，不管怎样，朋友是不能因为有了另一个朋友而忘记原来的朋友的。

除了荆世骇，五年级其他老师都把课文教完了，接下来就是紧张的复习阶段。米教导也在“飞秋”上通知副科要在一月十号前结束并完成相关测试，意思很明白要给主科让路。这也是得到了康校长同意的，他再怎么变革，想到最后，这考试成绩还是要的。老师们的工作也变得单一起来，就是复习和填几张表，《年度考核表》基本就是自我表扬，无事说点事，有事加点事，马上要评职称的写认真点。《加分表》填得可是认真多了，这就是钱哪，一分一百块，十分一千块，谁都会算。结果是有人加了四五十分，有人加了半分。也有人随意乱写，弄得米教导他们核实时不得不一一查证，大费周折。还有一张《自我评估表》，要从德能勤绩等几个方面吹嘘自己一番。荆世骇第一次填这样的表，虚心请教还老师。只见还老师写道：本人热爱教育事业，热爱学生、热爱学校，拥护并执行上级部门的教育教学方针，为人师表，团结同事，不迟到不早退，认真备课上课，认真批改作业，班级语文成绩稳定，并注重对学生的德育教育，取得了较大的成绩，我一定会再接再厉，百尺竿头更进一步。当然，我工作中也有不足的地方，希望上级领导批评指正。

荆世骇看了有点肉麻，本想如实写下自己工作中处理不当的几个问题，现在犹豫起来。于是问还老师，这张表要紧吗？

要紧啥？要不是要靠它拿十三个月的工资，我填也不会填的。还老师说。

哦，这样啊。荆世骇好像明白了其中的意义。

你就算报纸上抄一段，他们也不会看的，我就抄过，鬼也没发现。还老师补充道。

明白了。荆世骇决定先表扬自己，再列出自己的问题，内心做到“如实填写”。

班主任除了以上两表，还有《班主任工作手册》和全班学生的《素质报告书》推选“三好生”等工作，担任教研组长的有《教研手册》，备课组长的要汇总作业备课检查记录，年级组长要整理出勤情况和扣分情况。

行政一块倒是忙了起来，各种结尾工作，各条线的计划总结，材料的收集整理，教导处德育处办公室轮流发通知。一会儿通知要交这材料，一会儿又要交那材料。

教导处最忙点，不仅要准备好各年级各学科的期末考卷，还要保证试卷没有差错，再交代文印室印好，并做好保密工作。考完还要封印考卷，组织阅卷誊分工作，汇总上报校长室，排出名次，配合几位校长做好年终绩效考核工作等等。

办公室也忙的，诸如全校老师的《继续教育手册》要去区里核实学时，各条线的总结要汇总，各种数据要向区里汇报，年终每位老师的绩效要一一核查，确认无误后上报。

直到考试前三天，荆世骇才把《练习七》教完，而其他班级早把课文一单元一单元来回复习了两遍。手脚麻利的班级，考卷都做了有二十来张了。就连还老师，也让学生把《时代学习报》和配套考卷做完了。

最后三天，荆世骇没讲啥，只是让学生们自己根据自己的情况组织复习。像阙无言他们几个连古诗也背不出的就专门背古诗；课文段落背不出的，就挑了几段让他们背。至于考卷，只象征性地做了一张综合卷。学生们心里没底，他心里也没底。

考试的日子终于到来，首先考的就是语文。荆世骇关照学生，不要紧张，把字写好，遵守规则，自由发挥。

语文考试刚结束，好多人迫不及待拿出了语文书，对照对照这个词语有没有写对，课文填空有没有写错字，古诗作者写对了没有。一对下来，有人欢喜有人优。至于分值最大的短文分析和作文，谁也不知道标准答案，只能是“听天由命”，能得多少分就得多少分了。

考了一天，语数英三门总算考完了。孩子们像从牢里放出来一样，奔着跑着离开了学校。

荆世骇工作日记三十七：看到好多人都在百度里找“寄语”，填在学生报告书上，真是佩服。还老师本事还要大，打印了剪成一块块贴上去。想想自己小时候，班主任也就是写写“你上课认真听讲，按时完成作业，成绩优秀，如果再用功点，会更好”之类的话。学生们肯定也看腻了，还不如不写，省点时间出来做点别的事。

50.死了的种子　依旧发芽

金霸王日记选十四：只有荆老师，考完试也不来对一下答案。考卷上有几个题目好多人不会，谁会去查秦始皇是不是叫嬴政呀，徐霞客死都死了几百年了，还要来问我们他是在“静听”还是“谛听”黄果树瀑布。作文的题目竟然是“我的爸爸”，班里有几个人爸妈早就离婚了，还要去伤人家心，有没有公德心哪，胖哑子的爸爸整天搓麻将打牌，喝酒洗澡，这能写吗？有几个会写真话呢？还不是乱编的，我们说谎就是从写作文开始的。

批卷是一学期来老师们最后一件繁忙的事。忙归忙，心里还是蛮期待的，辛苦了半年，收成到底怎样呢？全在这最后一次考试成绩上，考得好不但有加分（也就是奖金），还有名气，再有额外收入（家长慕名来补课）。考得不好，三者皆无。所以，为了公平起见，各年级交换批卷，五年级和六年级换，三年级和四年级换，一年级和二年级换。

五年级语文老师和部分副课老师由褚老师负责安排批六年级的语文卷，她安排还老师批第一题抄写题和第二题看拼音写词语，荆世骇和她一起批作文。这个安排表面上看是照顾还老师，自己和徒弟挑重担，实际上谁都明白，是为了前者少批错少找麻烦，让自己轻松点。荆老师第一次批作文，肯定会认真负责，把好关。其他老师也各有任务，卞青青和荀老师实际上任务最重，批短文，其他题类由剩下的老师批。

领到任务后，流水线批卷就开始了。还老师一手拿着烟，一手捏着红笔，唰唰唰地批了起来。批着批着，正好一根烟抽完，他就有问题了。

褚老师阿，这个“杰出”的“杰”有人把“木”的一竖写成了竖钩，算不算对呀？

褚老师拿过卷子一看，那个学生可能是习惯了，写一竖时连带钩了起来，不是很明显。这个算他对吧，他写得还是很端正的。她压着火说。还老师分明是没事找事。

这怎么行呢？你褚老师我又不能读粗点读成“朱”（猪）老师的。还老师说，再说对写对的人也是不公平的呀。

还老师你批得太严了吧，有些书法家还把“木”里的一竖写成竖钩呢。褚老师不甘被辱。

那可不对啊，草书里还把老师的老写成一个“七”下面两点咧。还老师不甘示弱。

那你决定吧。褚老师实在不想跟他烦了。

那这可是你褚组长说的啊。还老师说，我就做做好人了。

还没说完，还老师的笔就像机器摇臂一样摇起来，只要写，他就全批√。只有见空着没写的，他才不情愿地批×。

这边褚老师还在和荆世骇学习评分标准：语句基本通顺，能把事写完整，书写较端正，为第三档次，得分在24—28之间；语句通顺，叙事完整，条理清晰，思想健康，书写端正，为第二档次，得分在29—32之间；叙事流畅，语句优美，有文采，书写端正，为第一档次，得分在33—40之间。字数不达标，语句不通顺，词不达意，书写马虎的在24分以下，酌情给分。

其他题也有相应对照答案，譬如短文，问答题的参考答案中有这么一句，“只要意思对即可，答案不唯一”，批卷老师为了公平，可能也为了提高效率，基本是按照所给答案来批阅的。

阅卷工作在紧张地进行着，老教师们都知道，先好先吃饭，手脚慢了，下午还要批。最先批好的是英语，接着是数学，语文最后。

还老师第一个完成批卷任务，他点了支烟，倒满茶杯，悠闲起来。抽了几口喝了几口后，他开始找人说话。

不要批得这么认真的，校长又不会发奖金给你们的。

一会儿又说，瞎批批么好了，不要批得那么严的，又不是自己班，让人家老师、小孩高兴高兴。一会又说，不对啊，这次分数要进入考核的哇，奖一个我就少几块钱，我真是太憨了，你们批严点。说着，他看了看自己批的卷子，真想重批。

想到奖金，还老师马上走了出去，五年级卷子就在隔壁批，他很想知道自己班考得咋样，就去探探。结果卷子都封着，他只能从批好的几本卷子里认笔迹，希望看到自己班的卷子。可是那么多卷子，学生写的字大同小异，就算平时看熟了，一下也不能确认，只好作罢。六年级的阅卷组长见还老师走了，松了口气。

约十一点时，语文老师们陆陆续续有人完成了批卷任务，但只要有一类题没批好，就不能结分，拖累整个进程。

褚老师见荆世骇一篇作文要批五六分钟，一边自己手里加了加紧，一边对他说，不要批那么细，来不及的，开头结尾看一看，字数看一看就行了。荆世骇看了看褚老师，嗯了一声，手里并没有加快速度。

结果，褚老师一组最后完成批卷任务，人家已经从食堂里吃好饭出来了，他们还在誊分数。不过，还老师已经去吃饭了，他走之前还结掉了两个班的分数，表现已经算积极了。

所有年级、学科考试的分数都汇总到了教导处，米教导让手下几个人一一输入电脑，任课老师们都拿到了一份原始分数表的复印件，正在心急火燎地输入电脑算平均分。

还老师第一个算好，他班级这次不错，平均80.6分，比期中考试多了几分。问题是他不知道其他班级的分数，所以不知道名次。他从褚老师问起，问到荀老师，问到卞老师，谁也没告诉他，最后想问荆世骇，见他不在，估计还在食堂。

褚老师望望荀老师，荀老师看看褚老师，实际上她们的分数都算出来了，就是谁也不肯先说。还老师当然明白，走过去一把把荀老师班的分数表抢了过来。荀老师哪肯给他看，去回抢，结果一撕为二，还老师只见自己手里拿到的分数，大多是九十几分，少数是九十分以下的，大叫一声，你个死老太婆，还给不给我们口饭吃了，考这么好。

褚老师也坐不住了，冲到还老师那里，看起那半张分数表。

哎呀，还老师手上的是上半张，好学生都在上面，所以看看分数蛮好，不好的在我这里。荀老师说着把手伸过去将半张分数表拿了回来。褚老师没看清。

荀老师你不要谦虚了，平均多少呀？褚老师忍不住问了。

你多少呀？荀老师问。

八十八点几呀，考得不好。褚老师勉强说了出来。

八十八点几呀？荀老师又问。

八十八点七，考得不好呀，你多少啦？褚老师有点急了。

我八十九，和你差不多。荀老师说。

八十九点几呀？不会正好吧。褚老师问。

八十九点三。荀老师说。

你班好你班好。褚老师说，我班那群小节生懒呀，作业也不肯认认真真做的。褚老师说。

我班那群小节生也是笨得要死，有几个好学生没考好，九十分也没考到。荀老师说。

还老师一言不发，听她们说。他坐到座位上，点了根烟，心想超平均是不可能了，奖金是没得戏了，于是又玩起了“空当接龙”。

荆世骇一进办公室，三位语文老师就盯着他看，谁都想知道他班考了多少，却谁也没有问出口。他们只能从他的脸上猜测他班考得可能不错。

荆世骇带着微笑，移动鼠标，输入密码，上起了网，并没有拿出分数表来。这是难得的空闲哪，平日里和青青调情几句也是一手两用，现在总算可以专心闲一会啦。

小荆，你班考多少？过了会儿，还老师停下“空当接龙”问。

还没算呢。荆世骇回道。

要不要我来帮你算算？还老师一想他算也不算，肯定考得不好哇，自己有希望摆脱“坐躺椅”的位置了。

分数表弄掉了。荆世骇说着，继续上网。

其他人也不再追问了，反正教师大会上米教导要公布的。

荆世骇工作日记三十八：欧吴和尉迟迟好样的，考了96分和95.5分，青青班最高只有93分。他们如果和我们这样批卷，这分数也不能说明什么，褚老师最后一本作文卷总共批了不到五分钟，太不负责任了。如果里面有一个学生的作文构思精巧，独出心裁，一棵作家苗子可能被掩埋了。我批到的作文里，没几个是用真话在写，胡编乱造、无病呻吟、口号加煽情，了无生趣，更无创意，结构几乎都是总分总，悲哀！

51.一脚跨月　一脚入渊

金霸王日记选十五：总算考完了，总算放假了。听说其他班都知道成绩了，只有我们班，荆老师这个班主任真懒，家校路路通上一发不就成了？年轻人真的是比年纪大的人懒。听鱼翅说他语文考了95.5分，哇塞，要人命呐。谁知道他有没有作弊，他老爸是副校长，说不定事先弄到了考卷咧。

难得呀，学生闲着老师做作业。

期末考试后的四五天时间，学生最空，啥作业也没有，班主任最忙，啥表都得填。耗时最大的是《素质报告书》，不但要将各科包括副科期末考试的成绩填上去，还要将平时成绩填上去，还要给搭班老师去写寄语。此外，还要将《班主任工作手册》《个别辅导记载表》《兴趣活动备课》《安全教育记录》《听课本》等填好交上去，中间还要按8%的比例推选出三好学生名额。

荆世骇忙了两天，终于将《素质报告书》和《个别辅导记载表》弄好。兴趣活动课上倒是上的，不过备课却没有，都是临时想起临时去上。他负责的是“经典阅读”，一学期下来，也得有二十来次备课，他没有。安全教育肯定也讲过，不过没有记录，听课本由于听课节数不够，所以也没填好。他无奈问卞青青，该怎么办？

我也是没做好，现在在补。卞青青在微信上说。

怎么补？荆世骇不解。

抄呗，网上再弄点。卞青青还发了个无奈的表情。

我不弄了，这不是浪费时间吗？有啥意思？荆世骇说。

他们说不交要扣分的，对了，你“师徒结对活动记录表”弄好没有？卞青青问。

没有啊。褚老师没跟我说。荆世骇说。

她肯定忘记了，你叫她发给你，填好了交给教导处，否则我们实习期间就得不到优秀了。卞青青说。

荆世骇一问褚老师，她果然忘记了，好在表格上内容不多，就是填“活动了几次，活动内容，指导意见，受指导心得”等几项内容。

褚老师，这“指导意见”也是我填吗？荆世骇没有叫她师傅。

你代我填一下吧，反正是电子稿。褚老师说，谢谢啊。

荆世骇有点不舒服，他又是师傅又是徒弟的，纯粹是胡来。所以匆匆填了点东西就发给了米教导。

还有几张表他真的不想交了。

褚老师，备课本交了教导处要还给我们吗？荆世骇突然问。

还？你要了做啥？褚老师说。

我自己写的，原创啊，版权是我的。荆世骇说。

哦——这样啊，反正我交了备课本一本也没还我过。褚老师说。

那、那我不交可以吗？荆世骇说。

不交要扣分的。褚老师觉得自己这个徒弟真是有点书呆。

30日上午，飞出校园的孩子们又回来了，只有这一次，他们是迈着轻松的步伐走进校园的，好多人只是拎了个袋子，即使是背书包的，书包里也是空空的，谁都知道，只要装一本《报告书》和一本《寒假作业》就行了，有几个评到三好生的，还会多几样东西：三好生证书和奖品。

可是令孩子们傻掉的是，五（1）班一个三好生也没有，班主任荆老师说他一个也没报，他觉得大家这学期表现都很好，没有必要评出个一好二好三好来。

有几个“三好生”的常客一下泄了气，原本准备继续三好下去的，这下可好，没了，三好变成了“不好”。原本从没三好过的大多数学生，一下乐了起来，幸灾乐祸地喊道：啊呜真可怜！啊呜真可怜！荆老师万岁！荆老师万岁！把欧吴平时在微信里给他们共享作业的恩典一下给忘到了脚底。

欧吴强带笑脸，心想回去怎么说呢？比她更着急的是田回，他这次语文虽然有所退步，其他还可以，按总成绩排名的话，得三好生也没问题。关键是，从一年级到五年级，三好生的名号他从未丢过，这次没了，他那个老娘不知会怎么发神经，她还等着它“加分”读重点中学呢。

金软一言不发，看着荆老师怎么折腾。因为她从荆老师的话里隐约猜到，这次语文考试的成绩是一塌糊涂。

孩子们，这《寒假作业》我的语文你们有空就做没空就别做了，我只有一个要求，就是开学时每人带一本寒假里看过的书来，书上要写些看时的想法。荆世骇在最后说。

金软有点坐不住了，她突地站了起来，对着荆老师问：今天教室里地谁扫？

对啊，一学期的最后一天最后一次在教室里了，总得把教室打扫干净了再走吧。

荆世骇很想说你扫，一想不能这样说，金软是提醒他的失误，不能用侮辱性的要求“恩将仇报”。于是说了句，谁愿意和我一起留下来做值日的请留下，谢谢。

看上去谁也没留下的意思，荆世骇看着孩子们蹦跳的身影一个个离开教室，无奈地笑了笑，然后弯下腰，打开讲台肚，拿出扫帚畚箕，做起值日来。还没扫完一组，听见走廊里响起了哗哗啦啦的声音。

刚出去的原班人马又都回来了。

荆老师，我们也来扫吧。带头的是金软。

只有四把扫帚，再来三个就够了。荆世骇有点兴奋，心想你们这帮小子，还是有点良心的嘛。

这样吧，我们把教室的墙和窗都擦一遍吧，它也要过年的。金软说。

嗯。后排的窗我来擦，你们赶快分工，完成任务回家。荆世骇得意起来。

没多会儿，金软把任务分配好了，没有抹布，孩子们就用随身带的餐巾纸，哈着气，里里外外上上下下地把教室擦了个遍。

康校长正好在巡校，见五（1）班的学生在大扫除，忍不住站了会儿。结果被金软他们认出来，金软灵机一动，大喊一声：同学们！全体立正！几个人过了几秒才反应过来。

康校长好！金软第一个喊。

康校长好！其他人跟着一起喊道。

荆世骇傻傻地站着，对着康校长笑，手里还拿着教室里唯一的那块粗抹布。

同学们好，注意安全哪。康校长也是笑着回道，然后乐滋滋地离开了。

教师大会开始了，会议由蔺副校长主持，先由教导处将本学期的教学工作做了个回顾，最后自然讲到了期末考试。从一年级语文开始，接着是数学、英语，一个班一个班分数报下来。当报到五（1）班时，底下不约而同发出了哦的一声。

五（1）班语文79.5，年级最后一名。米教导故意补充道，接着他又说，短短一学期，从年级第一到年级垫底，我希望任课老师好好反思一下。

……

五（5）班，语文88.1。米教导又补充道，同样是新教师，而且接的还不是好班，卞老师班的语文成绩是年级第三了。

荆世骇隔着一排座位看了看青青，发现她正低头含笑，悦纳米教导的表扬呢。

荆世骇没再听下去，提前离开了会场。他漫无目的地去了趟厕所，结果什么也没做就从厕所出来了。会场的喇叭声里，米教导的声音不时传到楼下。他又走下一层，走过行政楼大厅，来到操场。

他想起了寇蓝，酸涩的泪水溢出眼眶，湿了脸颊，滴到手机屏上。接着他喉咙里发出咯咯咯的哽咽声，像是咽喉被命运卡住时的绝哼。同事们都在会议室，周围空无一人，他突地又笑了出来，吻掉手机上的泪水，再用手背抹了抹，拨通了她的电话。

我想死在你怀里。说完立即挂掉电话。

荆世骇工作日记三十九：也许每个人都有想死的时候，这说明我们还活着。欧吴和尉迟迟得了个人成绩的年级最高，全班却成了全年级最低。米教导只报了平均分，却对这两个全年级语文分数最高的学生只字未提，选择性地向全体教师通报信息是他的拿手好戏，我也会选择性地评价他的为人。

52.走或留　都是离开的一种方式

荆世骇没想到金软他们会来看他，尉迟迟也在。从他们的表情看，似乎是来送终的。

不会吧，大冷天还想来补课？荆世骇调皮地挑起了话题。

荆老师你就别装了，你在操场上哭我和山楂片都看到了。金软突然让荆世骇尴尬起来。

男人也有哭的时候。荆世骇说，很正常。

我们班考了最后一名，你在大会上被批了，我们都知道。金软说着声音里像加了水，是我们害了你。

不，不是这样的，是你们给了我饭碗，给了我快乐，是我害了你们。荆世骇说。

荆老师你别说了，我们课后也用功的，你讲的我们都记住了，你说的比考的有用，我们不在乎考多少分。金软说，再说啊呜和鱼翅还考了年级第一第二呢。

谢谢你们，老师也不在乎考多少分，我只是怕连累你们，怕你们回家被责罚。荆世骇说。

荆老师，我爸爸说我们班的作文就像是上海滩，什么样的垃圾都有，所以扣了很多分。尉迟迟开口了。

那你写了啥？金软问。

我和啊呜都写了关心我们、热爱工作、无私奉献的好爸爸。尉迟迟说，其实有一大半都是瞎编的。

切！假的反而值钱。金软说。

好了好了，我们把考试忘了吧。你们说说，今天去哪儿玩，明天我就要回老家了。荆世骇笑着问。

今天不玩了，你快去和卞老师道别吧。金软说完，一蹦一跳地带着伙伴们离开了。

其实，别已经道过了，青青决定留下补课。有几个家长要她给他们的孩子加强加强，她不好推脱，反正闲着也是闲着，赚点外快也好。她很想荆世骇留下陪她，等过年再回，荆世骇却归心似箭，忙着要回去守护两位亲人，只得暂时分别。

康校长办公室里家长聚了不少，都是五（1）班的，田回妈也在。他们来访的目的很明确，就是下学期要换语文老师。短短一学期，成绩从九十几分滑到七十几分，哪个家长不着急？

可是最高分也在五（1）班呀？康校长说，这说明荆老师教书没问题呀。

他们是补课补出来的，我儿子也去荆老师那儿补的，他还保证考九十分了，结果呢？谁说荆老师会教书啦。田回妈说得有理有据。

田回妈，话可不能这么说哪，荆老师那叫课外辅导，不收钱的。康校长说，他这是做好事哎。

钱是没收，可是我们总归过意不去的呀，到时候东西总归要送点的哇。另一个女人插嘴说。田回妈向她白了个眼，考这分数，还去送礼，傻不傻呀。

我敢肯定，小荆老师是不会收你们的东西的，再说若是真送，你们也是在害他，他接受的话是违规的，是要受处分的，所以，你们绝对不要去送啥东西。康校长说。

哼！田回妈鼻子里出了口气，她想说，补课老师哪个不收钱不拿东西呀。不过她反应很快，马上又堆着笑脸说，康校长，你就换个语文老师吧，大家都是为小孩。

这恐怕不能，你想想，假如你的儿子在做老师，吃了批评还被换来换去，你会怎样想。康校长说。

不会教就换，这很合理呀，难道叫他把我们的小孩都毁了呀。刚才那个家长说。

谁说小荆老师不会教书了，你们回去再问问你们的小孩。康校长说。

不让他们做作业，还带他们去爬山，整天带着他们玩，小孩子又不懂，当然觉得他好啦。田回妈说。

整天带他们玩，那语文课谁去上的呀？康校长说，小荆老师这是按课表上课。

课表又不能变分数的，如果他有斯老师和席老师她们一半认真，我小孩就不会考这么差了。另一个家长说。

是啊，他就是赤烂糊。其他家长附和道。

好了好了，各位家长，我也希望你们小孩成绩好，荆老师更希望他们成绩好。下学期我再来找他谈谈，让他注意方法，再认真点，好不好？康校长说。

他今天是值班，校办邮箱里又来了份通知，他得及时打开，有时局里会突然来视察，没准备好会出洋相的。他第一年来主持学校工作，也经不起吃批评。

家长们见说不动康校长，心有不甘地走了。有几个在嘀咕，真是倒霉，碰到一个坏老师，看来不得不花点钱去补课了。

胖哑子，你有没有被你爸打？离开荆老师家的路上，金软走在阙无言的边上。

打倒是没打，就是骂了几句。阙无言说。

田螺你被打了吧。阙无言又对着田回说。

田回摸摸屁股，还真疼。又想哭又想笑，说，被打的又不是我一个。

周围筱果儿连德起他们一声不吭，屁也不敢放，怕屁吹疼了被打的屁股。

明年我们怎么过呀？查鑫欣说。

照常过哇。你以为他们能把我们怎样？我们有《未成年人保护法》保护我们，他们总不敢杀了我们吧。金软说。

是啊，他们其实也不敢打重的，要不怎么就打屁股和大腿呢？阙无言说。

你反正没打到，老爸有的是钱，不读书也没事。田回说。

谁说的？我爸说他把钱活着时都要花光的，我要自己赚钱。阙无言说。

切！他是骗你的，胖哑子。筱果儿说。

骗我干啥？阙无言说。

让你好好读书呗，笨蛋。筱果儿说。

嘿嘿嘿，可能是吧，那我不用急了，他的钱反正都会给我的。阙无言露出了满意的笑容。

哈哈哈，啃老族！田回突然想到了一个词，指着阙无言说了出来。

啃你妈的头。阙无言以为啃老族就是啃老爸头的人，所以回骂了一句。

好了好了，别唧唧歪歪了，想想下学期怎么把语文成绩搞搞好吧。金软说。

怎么搞？要么偷看哇。阙无言说。

哎，无语。查鑫欣叹气道。

这倒是个好办法，要看一起看。一直在听的连德起表示赞同。

我有办法。小胖墩袁方方插嘴道。

什么办法？其他人停住脚步，同时找到人群中的他。

偷考卷，叫我阿姐去做，做好了再把答案复印出来。袁方方说。

阙无言瞪大了眼睛，像发现了一只酱鹅腿似的。多少钱一张？我买。他说。其他人对他一个白眼，当他是叫花子。

谁去偷考卷呀？办公室里都有人。查鑫欣说。

有时没人的，老师都有课的话就没人了。袁方方说，我们轮流去偷，怎么样？

金软一直沉默着，她想看看这帮混蛋到底贱到什么程度，居然想做起贼来了，还轮流做。荆老师要是知道，非吐血不可。

好了，你们谁敢去，我就踢得他变瘫子。金软加大音量说道，荆老师原本只是在操场上哭哭，你们这样，他要到祖坟上去哭了。

哈哈哈……一帮人笑着各自回了家。

53.逝者如人流　命休矣

金霸王日记选十六： 寒假来了，荆老师心里一定很寒冷。真想去他老家看看，听说南京还要过去咧。他说他老爸在做地下工作，我现在知道了，就是死了。也就是说他家里只有老妈和爷爷（其实荆世骇的爷爷早过世了）、奶奶了。我说不定还有一个师母，要不他为何不留下来陪卞老师补课呢？卞老师也真好说话，换了我，肯定赖着他不许走。一个男人，一点责任心也没有。下学期我真得帮帮他，再这样下去，这帮混蛋不知会考成啥样。寒假寒假，快点过去吧。

康校长接到局里通知，说有个绿色生态学校理念的培训，上海，四天。他本想推脱不去的，之前他任副职时，已经培训过，内容大同小异。但在学期结束时的民主评议校长中，他才得86分，看上去不错，但在“树立以人为本思想，热情关心师生的思想、工作、学习和生活，为教职工多办实事和好事”“校长有较强的创新意识，锐意改革的精神，能针对学校自身特点，提出切合实际的近、中、远期办学特色思路，并努力实践”“校长熟悉教学理论和课堂教学模式，具有较强的听课、评课能力，能指导并推动学校的课程改革和教师的课堂教学改革”“学校班子团结，学校整体工作成绩显著，教育教学质量逐年提高”四条中的得分不多，也就是说有部分老师在这四方面对他不太满意。

而他自认为，做得最好的就是这四条。不解哪，他想出去散散心，反思反思。兄弟同行都是九十几分甚至满分，出师不利哪。而且经济上也有损失，他这个分只能得良好，局里的红包自然会薄一点。

关局知道这个爱徒是有点书呆气的，听了他关于“严格按照课表上课”

和“严格遵守作息时间”的介绍后，更能确定了。作为从基层上来的局级教育领导，关局怎会不知下面那些“挂羊头，卖狗肉”的事？所谓办学理念、文化特色、校本研究统统是羊头，卖的都是“分数”这块狗肉。民间有云：狗肉滚一滚，神仙也站不稳。既然爱徒要做站得稳的神仙，就没有理由去阻止他。再说，以A状元小学的实际情况，就算全力以赴和别的学校争分数，也是井里钓鱼——白下水，倒不如做个“依法治校，照章办学，按规教学”的典型，也算一个特色。

嗯，小康啊，我支持你这么做。只要不出恶性事件，只要你不违法乱纪，我永远力挺你。关局说。

康校长如见第二爹娘，信心倍增，散心之行变成励志之旅。绿色生态，先把自己的脑子变绿色了再说。

荆世骇刚拐进村头的小路，就见折脚的娘扶着痴呆的阿婆在候望他了。两位亲人看上去笑容满面，再看上去是愁容满面。同样枯涩灰白的两鬓，同样水沟似的皱纹，同样挺不直的背脊，只是阿婆的要更深些弯些。

荆荆回来啦。娘拨开臂弯里的阿婆，走上前接过荆世骇手里的黑布大包，里面有他孝敬两位老人家的江南特产：黄天源糕点，玫瑰腐乳，丝绸围巾，糖水黄桃等。天冷了，他还带了瓶农家自酿的白酒。东西不贵，孝心可嘉呀。

过年杀猪的习俗没变，自荆世骇爹走后，每年杀猪都是由他和娘来做，今年也不例外。一头百多斤的黑猪，生命走到了尽头，白刀子进，红刀子出，号叫声压过了哗哗的喷血声，血留到准备好的清水桶里，放点盐，搅一搅，再烧到沸点，立即舀出，就是一块块血豆腐啦。捞出几块，和猪下水一起炖一锅热汤，漂上那么一撮细蒜叶，那味道，如来也得侧目摇身。

两位老人唯一不满意的，就是荆世骇的亲事，听他说没有的时候，恨不得马上去马路边拽一个。

要不我托戆娘去说一个。荆世骇娘在饭桌上对他说。她说的戆娘，就是村上戆大的老娘，由于说话直来直去，不管好说不好说都要说，大家都叫他戆娘。正因为她说话直，可信度高，所以做起媒人来信誉很好。她呢图个快活，再加上那么一点媒人喜钿，成就感不错。

对啊，对啊。荆荆是要找个对象了，阿囡去得早，呜呜……阿婆说的阿囡就是她的儿子，荆世骇的老爸。这会儿她好像不是老年痴呆了。

荆世骇不想扫两位亲人的兴，更不想让她们担啥心，就把和青青的事如实说了。

那你戆得了，为啥不带回来让我看看呀。眉开眼笑的娘一下年轻了十几岁。痴呆的阿婆好像也听懂了，咯咯咯地笑了出来。

荆荆有老婆啦，在哪呢？她又不痴呆了。

她在补课，没空来。荆世骇说。

没空来你回来啥，去陪她呀。他娘脚折脑不折，一下点中了荆世骇的要害。

她叫我回来的，她不来。荆世骇说，她忙。

你不叫怎么知道她不来，打她电话，我来说。他娘有点迫不及待了。

我有她照片，看照片吧。荆世骇想到了脱身之计。说着把和卞青青的自拍合影从手机里调了出来，奉到两位老人家面前。

真好看，美女哎！你小子比你爸还厉害。他娘一下又年轻了十岁，快成少妇了。

她爸妈做啥的？他娘马上问。

好像是上班的吧。荆世骇隐约记得她说过，只是没细问。

上班好啊，有退休工资，老板的女儿我们配不上，娶不起，儿子你真有眼光。他娘一下又小了十岁，成少女了。

而荆世骇此时想的却是寇蓝。他不能明白她为何不回电话，那天的话即使没听到，手机上也会有通话记录呀。或许，他已被她清除干净了。

同学还是有的，小学的，初中的，大多在一个村。荆世骇利用年前的空闲，聚了几个吃了顿饭，他们中大多完成义务教育后都走上了社会，一股世俗习气扑面而来。荆世骇在他们面前显得反而不太协调，他是他们村的光荣，也是他们村的另类。读了那么多书，最终也只做了个老师，而且还去了别的远地方做。同学们心里不解之余，也有点自卑，脑力劳动者和体力劳动者一下就能分辨出来，光看那手，荆世骇的白而亮，他们的黑而暗，并且明显要粗糙不少。

农村人永远改不掉的性子就是有点“土豪”，带土的豪气，看似邋遢，实际无公害天然。尽管有几个同学赚得也不比荆世骇少，对他这个知识分子还是流露出了敬慕之情，叫他荆哥，兄弟。小学初中一直是死党的骆成辉，和他连碰了三杯，算是兄弟情谊不一般。而他，平时也要去荆家看看，有事没事帮着两位老人做点事，带点菜买点货什么的。有时挑个啥重东西，他也会搭个伙伴去帮忙，所以荆世骇对他是很感激的。聚会结束后，他还单发了条短信给他，邀他去家里坐坐，实际是想给点东西，江南的特产，表点心意。

去的路上，骆成辉告诉他，他快结婚了，可能就在明年五月一日。

而荆世骇告诉他，还没女朋友呢。

54.年是你杀死的一只动物

只有心能从新春的喧嚣中走出来，荆世骇从置年货到蒸烧煮炸到走亲访友，把个身体动得热热乎乎的，心却停留在旧年，停留在五(1)班那帮小子身上，还有一点点在青青身上。他不知开学后如何去引导他们学习，如何跟青青相处。暂时的抛之脑后，换来亲人朋友的欢乐，善莫大焉。除了娘和阿婆，其他老亲近亲，见荆世骇这么懂事，这么孝顺，还这么识礼，无不称赞。荆世骇明白，他们说他好，还有一半是同情。

应酬完亲戚，捋顺完两位亲人的心情，荆世骇就会待在光溜溜寒碜碜的房间里看看书。康校长给35周岁以下的老师们布置了寒假作业，就是去读读《窗边的小豆豆》，写篇3000字左右的心得，目的很明确，就是要让老师们从黑柳彻子的教育故事中去反思自己的教育教学行为。

荆世骇细细地看了两遍，翻第三遍时由心底激起的热情再也控制不住了，他跑到曾和父亲一起叉黑鱼的河边，看着薄薄的冰面，大喊起来：我……要……做……小……林……校……长！

想做校长的人一定会是个好老师。

当新春的余味渐渐淡去时，荆世骇回到了A镇的住处。隔年的住处弥漫着一股缩甏味，地上一层薄尘，桌子、椅子、写字台上全是。看来，动了一新春的身体还得动一下。在来之前他和青青通了电话，她要比他晚到一天，估计搞卫生还得叫他去帮忙。

教师大会的前一天傍晚，荆世骇才见到青青。她看上去又白了些，衣服穿得也不累赘，细脚裤加咖啡色大衣依旧衬托出她迷人的身材，真是个美人。他想既然是美人总归有缺陷的，何必那么计较呢？这样一想，帮她打扫卫生也起劲了不少。

当晚他们又去市里逛了一圈，反正明天还不正式上课，力气可以睡个懒觉补回来。

和去年八月三十日一样，A状元小学的老师们又聚在了大报告厅里，所不同的是炎夏变成了寒冬，冷空调变成了热空调，单衣汗衫变成了皮袄羽绒。

大会也还是那个流程，教导、副校长、书记、大校长轮流发言，总结上学期，展望这学期。

经过一个寒假的沉淀思索，康校长对自己的办学目标越发明晰起来，和之前关局长对他们学校的定位——依法治校、照章办学、按规教学相差无多。稍有差异的是，康校长还想把文化那块弄起来。要搞好文化，不能只靠写几句标语、挂几幅书画，更要有文化的内容和形式。他想到了荆世骇。会一结束，他就把教科室的费主任叫了来，和他商讨关于本学期申报课题的一事。康校长推荐了荆世骇，希望荆世骇在费主任的帮助下完成申报一个校园文化方面的课题，最好是省级的，至少得市级。

费主任一口答应，等区教研会议一结束，他就根据会议精神，找荆老师共同完成课题申报。康校长让他尽快去找荆世骇，先有个准备，去了解一下有关校园文化课题方面的资料。

荆世骇接到任务后也是喜出望外，这是他乐于投入精力的事，只是当他提出能不能不对他进行“七认真”检查时，费主任为难了，他还从没听说谁申报了课题就可以成“免检产品”的事，荆老师以为学校是养老院了？

那我哪有时间研究啊？荆世骇说，光备课填表做记录批作文就让人憋着去小便了，再加个课题研究，不得憋出膀胱炎来啊。

哪有那么夸张呀，课题研究我们一个月搞次活动，那会那么忙呢？再说，能不能申报成还是一回事呢，你先准备一下吧。费主任说完，低头做起了事来。

荆世骇识相地离开了教科室，盘算着怎么去确定这个文化主题呢？

在五（1）班的微信群里，欧吴、尉迟迟、田回还有筱果儿他们几个的作业轮流上阵，抄得其他人不亦乐乎。明天就要交啦，斯老太婆和席女人要是查到谁没做，准会跳得八尺高。等抄得差不多了，金软在群里问，语文有谁没做好？

我准备晚上做好。阙无言第一个跳出来做了笨蛋。

胖成屎了啊你，一晚上你能看一本书还批注好，写读后感？金软质问道。其他人一声不响，等着看好戏呢。

我不睡总行了吧。阙无言撒了个更笨的谎。

有不睡觉的猪吗？金软问。

阙无言知道他是在骂自己，不吭声了。倒是小胖墩袁方方忍不住了，接了句，有。

什么猪？连德起和查鑫欣同时问道。

死猪。袁方方回道。

一瞬间，各种表情都出来了，大笑的，捂嘴的，鼓掌的，晕掉的……

阙无言此时不傻了，发了堆屎出去，附上一句话：以后给你们吃这个，猪！

这下群里笑得更欢了！

你们看了什么书呀？欧吴问道。

《查理九世》《小不点儿狗》《格林童话》《一千零一夜》《神秘岛》《地心历险记》《青铜葵花》《猫武士》《想做人的猴子》《蓝熊船长的十三条半命》……

《喜洋洋与灰太狼》这是袁方方看的书，《熊出没》这是连德起看的，《植物大战僵尸》这是阙无言说的。

只有金软报的《蝇王》大家都很陌生，田回知道那是在荆老师家看到过的一本书，他看不懂。

苍蝇也有王？我没听说过，只有蜜蜂才有吧。查鑫欣说。

是啊是啊，写这本书的人肯定有毛病。又有人接了句。

写这本书的人和莫言一样，得了诺贝尔文学奖。金软发道，其他人不敢再胡说下去了，等着金软说下去。

作者叫威廉·戈尔丁，英国人。书里讲的是像我们一样的小孩如何变成杀人吃人的野兽的故事。金软本想用“畜生”一词的，觉得太毒，就用了“野兽”。

后来呢？……后来呢？……接着说呀……好多人想听她说下去。金软却发了一句：自己看去。

耶——又是一片欢腾。

荆世骇工作日记四十：我就像个胆小的贼再次来到上次偷过的人家，害怕，惊喜，自责，矛盾，挣扎，种种心理杂陈，我想从这里找回童年，她却在骗走我的青春。课题啊，我来了，时间啊，请多给我一点。

55.霍金的秘密　黑洞的蒸发性

和上学期一样，领教材、教参、备课本、作业本、发票本，发征订教辅材料“告家长书”，收综合实践活动等费，开班主任会，拿“青蓝工程”材料等等事。

康校长从局里开会回校，也是倍感压力。从关局的讲话中可以得到如下信息：本学期将对A状元小学进行常规检查，要A状元小学创建“教育现代化学校”。区还要对语数英进行教学质量调研，也就是之前的区统考，现在变成抽测。当然还有教科研一块的课题申报。

康校长有泰山压顶的感觉，想让创建缓一缓，被关局顶回。管局长说A状元小学在全区本就处在下游，还不加把劲，就要搁浅了。康校长只好硬着头皮接下了创建任务。“教育现代化学校”验收暂时放在四月份，也就是说，从开学第一天起，就得安排各条线去做材料了，并落实到个人。

是副校长和米教导的会议也很多，主管校长教学工作会议、教导主任会议、语数英分管教导主任会议，还有办公室主任会议、教科室主任会议、继续教育会议、大队辅导员会议、艺术组会议等等，有时几个会议一起开，弄得专门接送开会人员的驾驶员师傅晕头转向，一会儿在这个学校，一会儿在那个学校，有人三点散会，有人五点散会。那几个钱不好赚哪！

开会主要是行政人员的事，上课、培训、听课主要是普通老师们的事。上学期的“一人一课”“粉笔字展示”“师徒结对”等工作做得很好，这学期继续。

为了点亮学校的文化特色，除了课题，学校还准备开展各种文化活动。蔺副校长和樊书记共同商定，准备举办“艺术”和“阅读”两个节，分别放在三月份和五月份，六月份可能就要进行区抽测了。

第一堂语文课上下来，荆世骇发现孩子们好像变了，他想去引逗他们，结果好多人不解他的风情，忍着不笑。

怎么啦？我的笑话臭呀？荆世骇说。

咯咯咯……噗——有人终于发出声了。

寒假里看了啥书？明天都给我带来，对了，还有读后感。荆世骇一脸严肃，准备给他们点“颜色”看看。结果话刚说完，小子们就你一本我一本地把书拿了出来，他们好像知道他会用这一招似的。

我说的是明天，现在你们拿出来干吗？荆世骇故意为难道。

小子们又你一个我一个把书收了回去。谁也不讲话，不发火，不生气。

你们这是在耍赖嘛！当我是不正常人类，故意避着我是不是？荆世骇说。

那帮小子就是不响，你说啥就是啥，你说他们是植物他们也乐于接受。荆世骇一时还真是没辙了。经过观察，他发现这帮小子都在根据一个人的眼色行事，那就是金软。

金软一脸严肃，雕像一样坐着，无论荆老师如何“使奸弄诈”，她就是不动声色。她不动声色，其他小子就不吭声。

原来如此！荆世骇大悟，灵机一动。说，上学期我们轮流做了班长，这学期你们还要轮流做吗？

还是没人吭声。

那我推荐一个人，你们看行不行？

谁呀？终于有人忍不住了。

是不是我？金软突然站了起来。

是、是的。荆世骇真是低估了小孩的智力了，只得老老实实说是。

要我做也可以，但得答应我两个条件。金软谈起了价钱，这分明是要挟嘛。

好，你说。荆老师说。

第一，我们要和其他班一样坐法，由高到低，不要随意坐。第二，语文作业的格式也和其他班一样，作业量不要多也不要少。

荆世骇没想到一个学生会提这样的条件，愣了几秒，马上又反应过来，眼前的这个女学生全是在为他着想，为了座位和作业的事，他没少麻烦，而这一切，他们肯定都知道。

好，好，我答应你。孩子们都发现荆老师的声音有点异样。过了一两秒才发出“耶”的欢腾声。

你说荆老师会不会和斯老师席老师一样，布置很多作业给我们做的？回去的路上，查鑫欣不放心地问金软。

是啊，如果和斯老师席老师一样，那我们不要做死的啊。阙无言说。

你不正好减肥吗？田回说。

去你的，死田螺。阙无言回敬道。

荆老师不会的，你们放心好了。金软说。

要是会呢？查鑫欣说。

会我就杀了他。金软正色道。吓得边上的人一个也不敢吭声。

荆世骇特意在教室角落里放了张课桌，桌上就是孩子们寒假里看的书，有些他也没看过，有些还是新买的。金软的《蝇王》尤其醒目，是精装本，书页松了，明显是反复翻了几遍。里面还有她做的记号和批注。其他书也是，多多少少都有点原书外的内容。就是阙无言、袁方方、连德起的动画小人书上，也是勾勾画画弄了点意思上去。

荆世骇也把自己的寒假作业拿了出来，就是读《窗边的小豆豆》有感。孩子们要他读出来听听，他以“你们听不懂”为由拒绝。

你没读怎么知道我们听不懂？金软说。

是啊，荆老师你还是读读吧。其他人附和道。

好吧。荆世骇故意挑了最没趣的一段读了起来：

……教育是蹲下来的事业，不仅要身体蹲下来，心更要蹲下来。小林校长是躺着在教育孩子，在他眼里，所有的孩子都是那么高大，无论他是腿残疾的还是心残疾的。黑柳彻子是了不起的，她只用几节废旧的车厢就道出了教育的真谛，那就是对每个同类的生命负责，让他们能够健康美好地衍承下去。在衍承的过程中，内容会发生变化，工具会发生变化，环境也千差万别。作为人类的教育，如果只是为了教育相关者获取生活的物质资料，那何异于母狮教幼狮捕猎，何异于在猪圈里养猪……

呵呵呵……读到这，小子们忍不住笑了出来。还说听不懂？养猪谁不懂呀？

荆老师说我们是猪咧，田回喊了出来。其他人一愣，仔细回味着荆老师刚才的话。

对啊，他不是说养猪吗？那他不是养猪大户？我们就是小猪啰啰啦。小子们骚动了起来，荆老师这不是在侮辱我们吗？

你是大猪，有人喊了一句。谁都听得出是阙无言的声音。

是啊，我就是一头比人还笨的猪，荆老师不但没生气，而且还说自己是猪。让人不懂的是人为何比猪笨呢？

猪人，人猪……有人起哄了。

金软听不下去了，站起来高喊一声：安静！荆老师不在说我们是猪，是说总有一天，猪会统治我们的地球。

哈哈哈……这怎么可能呢？除了欧吴和尉迟迟，其他人都大笑起来。

荆世骇工作日记四十一：有这样一个班长真是幸运，好多老师可能都在追求一种活而不乱的课堂氛围，或许这就是吧。没有刻意去营造，自然生成。因为我们交流的内容不是猪，是有意义的猪的哲学问题，孩子们似懂非懂，需要引导，所以情绪智力才会出现积极的运动，他们在不断的变化的自我判断中形成自己的想法。而金软是孩子们这种活动的控制器。

56.沙漠里有水　渴死得更快

金霸王日记选十七：又开学了，一切都是新的，书是新的，本子是新的，考卷是新的,课文是新的;一切又都是旧的,同学还是那几个,老师还是那几个,黑板课桌还是以前的。我不知道荆老师的想法有没有变化,看他那长不大的样子,看来是没变。你以为按课表上课了,少布置作业了,我们就轻松了。就算斯老师和席老师和你一样,我们也轻松不了。老爸老妈们会放过我们?还不叫我们天天去补课培训?还好,我老爸老妈不大逼我。

一听说今年要进行区抽测,老师们个个像只上紧发条的闹钟,嘀嘀嗒嗒忙碌地转着。除了还老师和荆世骇。

到底抽哪个年级呢?老师们用排除法使劲猜着,一年级不大可能,孩子太小,各种学习习惯还没养成。六年级肯定是要的,最后一次名义上的质量检测年年搞,实际上是为区里的初中选拔"人才",不可能取消。那么,只有二、三、四、五四个年级了,去年抽测的是三年级,前年抽测的是四年级,如果正常安排的话,二年级和五年级可能性最大。而五年级和六年级一样属于高年级段,测了六年级五年级按理是不会再测了,那么只有二年级了。可是,历来二年级就没抽测过,武教研员这次会不会来个出人意料呢?

米教导的推测基本也是在二五年级,他向是副校长请示,要不要把他的想法在"飞秋"上广播一下,让二五年级的老师们提高警惕,时时把"区抽测"放在心上。

如果不是抽测二年级或五年级呢?是副校长说。

这倒也是,米教导说,武老师(武教研员也是老师出身)的心思很难猜。

所以我们只能让所有老师一开始就不要放松。是副校长说。

可是他们哪知道,老师们不比他们笨,也猜到二五年级是重点。二五年级的老师更是心知肚明,对有些老师来说,区抽测就意味着捡钱包的机会来了,而且还能出名。像荀老师、斯老师她们,经常是有超区平均的战绩。对有些老师来说,却是个名利双失的局面。像还老师,超区平均是不可能的,所以奖金是不可能的,而超的人,学校还要从绩效总金额里拿出钱来奖励,这样还老师他们的绩效就相对少了。而每次区抽测,有几个老师能超区平均?

为了面子或职位升迁,也可能是为了抢补课生源,同年级的老师们也是"明争暗斗",你早上要求学生七点半到校,我要求七点一刻,你七点一刻进班级,我七点零五就在门口等。有时教导处安排了早读,譬如星期一是语文,也会有英语或数学老师在语文老师没进教室之前先进去"布置点作业",或"讲掉点作业",或"订正点作业",好说话的语文老师就说没事没事,不好说话一点的就当面开销——这是我的早读课!

眼见抢早读抢早进教室越来越困难了,有的老师就又开始动副科的脑经了,暗地里要了一节音乐,一节美术,一节体育。另外的老师也想到了,马上去问劳技老师思品老师，你们的课给调了吗？康校长上学期三令五申不准占课的规定，不到一个礼拜就再次成了一纸空文。

是副校长和米教导也担任主科教学，当然发现了这个现象。

你说怎么办？老师们这么积极，总不好去打消他们的积极性吧。米教导说。

就当没看见，等老大发现了再说。是副校长说。

康校长很快就发现占课死灰复燃了，很是生气，立即在“飞秋”上严令禁止，并责令是副校长和米教导做好监督工作。老师们见领导们又在兜教室了，立即改变策略，让副科老师进教室，然后关照副科老师带点考卷进去，让学生们做。大多数副科老师本来就嫌副科没事做，正好有主科作业给学生，只要监督他们课堂上不出事，何乐而不为呢？

可是这也难逃过康校长的眼睛，他毕竟也是科班出身，老师们的这点小伎俩还是识得破的。怎么办呢？有的老师知难而退，不再去占课了，改成“个别辅导”。每逢下课，铃一响就在教室门口守那几个学生，叫进办公室，就算让他们读上五分钟课文或者默写五个词语也是好的，放学后再叫他们留下来补差。有的老师则随机应变，康校长不是不许占课、不许晚放学吗？他就把他兼的那门副科每节讲五分钟，剩下来的时间再用在主科上，为了应付康校长的突然袭击，斯老师还让学生把劳技书放在课桌上，随时拿起“上劳技课”。

而最聪明的老师却是把学生叫到家里或者小区里的培训机构。周一到周五放学后，有的家长还没到家，自己又没时间或水平指导学生做回家作业，就非常愿意花点钱把自己的孩子寄托在老师或培训机构那里。到了周六周日，有条件的家长让自己的孩子去补课更是天经地义的事了。

周六很快就来了，荆世骇不知道会不会有学生去他那里“补课”，所以早上七点就起床了。洗刷吃好等到八点半，仍然没听见敲门声。其实他不知道，就是去年回老家前拒绝了几个家长的“好意”才让人家不放自己的孩子上门的，其中就包括金软的父母。人家为何要白白受你好处呀？人都有自尊的吧。

荆老师不是那种人。金软对他老妈说。

那他为何免费给你补课呀？他不好在家睡大觉呀。她妈说。

荆老师这个人和别人不一样，他真的就是因为喜欢我们才给我们补课的？金软说。

这就更可怕了，不图钱图人。她妈做了个吓人的动作。

妈你说啥呀，喂，姓金的，你怎么不说话呀？金软转移目标，对着老爸说。

还是让软软去吧，不过去年的补课费他没拿，东西也不要，你把这盒茶叶带去给荆老师，如果他再不要，就别去了。金软爸说。

金软一看老爸准备的“大红袍”，喜上心头。拎起来就跑，砰的一声关上门就出去了。她还要去搭一个人，田回是不行了，他老妈逼他去褚老师那补课了。剩下的就是筱果儿、连德起、袁方方他们几个了。胖哑子和山楂片又回到荀老师那里去了。

她拿出手机，迅速上了微信，在群里拉壮丁：有谁去荆老师那里补课？

结果等了好几分钟，也没人回一条。荆老师上学期的名出得实在是太臭了，易老师的时候是年级第一，他一学期下来弄了个倒数第一，哪个家长还敢把孩子放他那儿去呀。

正当她鼓足勇气准备一个人去时，手机发出了“嘀嘀嘀”的声音。她迅速抄起一看，有人回了条“我去”，竟然是欧吴。

两人约好在荆老师家楼下碰头，然后一起上去。欧吴来的时候，金软还在想她去的原因。

喂。等久了吧。欧吴见金软手里还拿了东西，忙问，啥东西？

给荆老师的茶叶。金软说。

那我可没带，你不早说。欧吴说，我多尴尬呀，我不去了。

什么呀？去年补课荆老师没拿钱也没拿东西，我爸非要把这茶叶给他，要不然就不让我去荆老师那补课了。金软忙解释说。

可我还是觉得我挺尴尬的。欧吴说。

那就说这是我们一起买的，用来泡茶喝的。金软说。说完就拉着欧吴上了楼。

荆世骇开门时愣了一愣，其中一个人他想到了，另一个完全没想到。

荆老师好。欧吴说。

荆老师好。金软马上跟叫。

你们快进来吧。荆世骇发现金软手里还有东西，立即意识到了什么。还没等他开口，金软就先说话了，这是我和啊呜买的茶叶，放你这里的，不是送你的哦，我们要泡茶就用这。

哦——是这样啊。那我一定帮你们保管好，现在就要泡吗？荆世骇问。

好啊好啊。金软忙说。欧吴朝她使了个眼色，意思是你在老师家怎么这么放肆呀。

茶泡出来时大家都吃了一惊，这分明是一张大树叶嘛。荆世骇凑上前一闻，还真是香。欧吴和金软也闻到了。只是有点烫，三人各自拿了一杯，一边吹一边嘬。等稍冷点了，就迫不及待地喝了起来。

荆世骇乘机跟她们讲起了茶，他家里正好有本陆羽的《茶经》，一边翻一边讲有关茶的故事。

你们知不知道，我们现在喝的是什么茶？荆世骇突然想到一个关于秀才和“大红袍”的故事。

话说有个秀才上京赶考，路过武夷山时得了一种鼓胀病，被一方丈用一种茶治好了。秀才后来高中状元，回武夷山答谢，还带了这种茶叶进京，正好皇后也得了他当时的病，被秀才用此茶治好，皇帝为了封赏武夷山的这课茶树，特让状元带一红袍披在茶树上，据说从此此茶树叶便红光熠熠，故而取名“大红袍”。

真的假的？茶树现在还活着吗？在哪里？欧吴问。

在武夷山九龙窠，据说还在。荆世骇说。

57.咬碎时间的牙齿

金霸王日记选十八：斯老师和席老师一个下课了还赖着不走，一个上课铃没响就来了，老虎斗狮子，又凶又狠。真不拿我们当人，你们老是说，我备课批作业老坐着，肩周炎，颈椎炎，腰椎间盘突出，你们还不认真点？那你们可知道，三个主课老师轮流上，我们要坐多久？我们要写多少？幸亏荆老师只上课表上的语文课，如果和你们一样，我们非瘫掉不可。荆老师也真是好说话，语文课上还要让我们休息五分钟，有的人巴不得语文课变成活动课，这样语文怎么会好呢？

开学第二周，就有人在“千言万语”论坛上反映，A状元小学的食堂饭食太差，学生每日8块钱的餐费，吃些什么呢？最好的是周四，一块薄大排，一份韭芽炒肉丝，一小份青菜，外加几乎找不到料的汤；最差的是周三，一份咸肉菜饭，加一份大白菜汤。为了证明自己是如实举报，还配有照片。从照片的背景分析，是去学生餐桌上拍的。他还算了笔账，大排算它两块，韭芽炒肉丝一块五，青菜加汤五毛，总共四块，咸肉菜饭加汤最多值三块钱，加上水电、人工、油盐酱醋费，食堂在学生身上每人每顿至少要赚三块到三块五，比外卖的利润还要大。

蔺副校长是负责后勤食堂一块的，看到了帖子后立即向康校长做了汇报。康校长打开网页一看，原帖后还有不少跟帖。有骂学校黑心的，也有骂食堂承包商是奸商的，甚至有骂老师的，说老师就像杂草抢庄稼的营养。

到底是谁在举报呢？蔺副校长嘀咕起来，说不定是老师，要不然怎么会拍到学生吃的场面呢？

康校长的脑子飞快地转着，他是法人代表，负有责任。他又想起了关局开学初的电话，还有食堂里的人去他家的情形，他没有被拉下水。食堂承包商不会自己举报自己，如果是老师举报，动机是什么？为学生鸣不平？还是为了报复？来A状元小学才半年，有点龃龉的只有还老师，他会吗？再者就是镇里的那位周镇长，康校长似曾记得他也提起过食堂的事，难道是他？

你只当作不知道，不要去回帖，你快去把食堂负责人叫到我办公室来。康校长说。

食堂负责人长得像个厨子，只是身上没有那股油腻味，五十来岁，大家都叫他戚师傅。

康校长，戚师傅递上一支极品黄金叶，叫我有啥事？看来他还不知道食堂被举报的事。

康校长没有接烟，让蔺副校长把事说了，同时又把网页打开，让戚师傅看。戚师傅眯了足足有两分钟，才算知道了些大概，再经蔺副校长一说，顿时火冒三丈。

康校长，这哪个 × 样做的，我们还算吃得好的了，你去看看周边的学校，一荤两素的也不少。戚师傅说。

说这个没用，你现在马上向你们老板去汇报一下，让他这几天把食堂里的卫生搞搞好，还有各种规章制度贴出来，每周的菜单公示出来。康校长接着说，菜如果能好点的，弄好点。

戚师傅连声说好的好的，走了一步回过头来还想说啥，被蔺副校长一个白眼闭了回去。

在荆世骇办公室里，还老师也看到了这则举报，正白沫飞扬地大骂食堂黑心。

奸商奸商一点不错，吃死人不吐骨头。他说，要是我的孙子交了8块钱天天吃这些东西，我就砸到康校长的面孔上去。

其他人一个也不敢接他的话。过了会，他又放低声音说，一个学生就算一天拿一角洋钿回扣，2000个人一天200块，哼哼哼，我们做死也不如他的。

除了荆世骇，其他人都知道还老师说的他指谁。只是不接他的下言罢了。

哎呀，票子多有啥用场，到棺材里也不会带去的。说这话的是荀老师。

没用场你这么起劲啥？还老师说，礼拜六礼拜日么好休息休息的哇。

荀老师一听这老节生在揭她的短，也来了气，回击说，对呀，你买那么多教辅材料做啥啦？

褚老师始终不插话，荆世骇有点听懂了，也不响。

还老师朝荀老师闭了个白眼，拿起课本上课去了。其实预备铃还没响了，他这么积极难得。

第二天，康校长接到了关局的电话，质询的正是食堂饭菜的事。康校长如实汇报了情况，并强调已关照食堂加强卫生和公示工作。

这可是大事，关系到几千学生的健康问题，千万不能出岔子。估计工商所和卫生局马上会派人来了解情况，你要汇报好招待好，万一有啥事，我也帮不了你。关局的语气很硬，康校哪敢大意，马上又叫了藺副校长，询问有关食堂卫生和公示的事，听藺副校长汇报了还不放心，又亲自去食堂巡视了一圈，才算放些心。

到了下午，他还是不放心，利用下班前的一点点时间，开了个班主任会议，把食堂被举报的事简略地说了一下，要求他们务必维持好学生的就餐纪律，并注意学生的用餐习惯，不要插队抢吃，不要浪费，有序撤倒剩菜剩饭。

食堂里的菜也马上做了调整，改成一大荤两小荤外加一素一汤，并公示了出来。等有关部门的人员来检查了解情况时，已是焕然一新，卫生、营养等关系学生健康的问题完全得到了解决。

检查人员一走，戚师傅找到藺副校长，问两小荤能不能换回一小荤，这样下去食堂亏本的。藺副校长不敢做主，马上请示康校长，被康校长严词拒绝，说如果觉得亏本，学校可以马上换家承包商。

戚师傅掂量着康校长的话，不声不响地走回了食堂办公室。他看着成桶的剩菜剩饭，灵机一动，既然种类不能少，量可以少些，反正也是浪费。

食堂风波总算过去，康校长的心却不能安定下来。他百思不解，谁会这么关心食堂的事呢？在行政会上，他很想把这个想法说出来，又觉得不妥，最后还是请关局帮忙，请有关技术人员查了举报材料的 IP 地址，发现竟然是一个网吧，看来是有备而来呀。

阙无言带的零食越来越多，引起了金软的不满。他吃便吃了，还要在人前炫耀，什么新西兰饼干，法国巧克力，还有意大利香肠之类的。炫耀不成，还要乱扔垃圾，有时荆老师在上课，他嘴里含着巧克力，手里攥着锡纸，一团一扔就到了查鑫欣的脚下。金软看在眼里，火在心里，真想跑过去踹他一脚，又不想打断荆老师讲课。

胖哑子，你上课再吃东西，我要告诉校长去了。金软不说荆老师，说校长，因为她知道阙无言见荆老师不怕。

我肚子饿，不吃不要饿死的啊。阙无言说。

那你不会多吃点饭的？饭又不规定你吃多少的。金软说。

没菜我吃不下饭，怎么啦？阙无言有点不服气。

真是嘴刁，炸鱼排和鸡腿我不要吃的，以后给你吃，行了吧。金软说。

那你吃啥？阙无言觉得很奇怪，问道。

我减肥。金软说，但是你以后不准再带那么多零食来。

阙无言虽然不愿意，可还是答应了。他还在想，金软是真的不要吃鸡腿呢还是故意让给他吃的？如果是那样，多不好意思呀，倒不如多吃点饭吧。该死的金霸王，就喜欢多管闲事。

谁知荆老师在接下来的课上宣布，五（1）班的学生可以带着牛奶和饼干来上学。

荆世骇工作日记四十二：我一直以为是因为学生食量有限，饭菜才那么单调和少的，现在看来不是。还老师的话虽然过分，却也道出了其中的一点秘密。商人的法则用到学校，像是一把剪刀掉进了花芽里，哪个不伤，哪个不残？学生们在繁重的脑力劳动后还不能得到营养的及时补充，加上缺少锻炼，怪不得中国男人的平均身高比日本男人还要矮两厘米。

58.宇宙是个寓言　没有寓意

金霸王日记选十九：妈妈要叫奶奶送饭，因为我说漏嘴了，说学校里的饭菜实在是难吃，饭粒是酥的，菜又少又没味道。妈妈就心疼了，我也想吃家里的呀，可是奶奶弯着个背，年纪又大，还是算了吧，再说，我还答应把鸡腿炸鱼排给胖哑子吃了，说话不能不算数哪，要不，他以后怎么会听我的话呢。荆老师让我们带牛奶饼干，真是个好主意，只是有时候我们吃的时间也没有，中午饭还在嘴里，斯老师或席老师就要来上课了。她们自己倒在我们吃饭前早吃好了。

开学第二周，区教科研会议就开了，比以往要早些。据教研室古主任讲，这学期是课题申报学期，各学校要积极申报课题，尤其是还没有市级或省级课题的学校。因为学校的发展、教师的成长，都离不开课题引领，有了课题，一个学校的教育教学工作才算是上档次有品位的，一个老师的教育教学工作才是科学的高效的。再说，对学校的评级、申报、检查离不开课题，老师的职称、学科带头人评选、升职等，课题都能帮上很大的忙。当然，课题的研究要建立在务实有效的基础上，脱离教育教学实际的课题研究，都是伪研究。除了课题，老师们也要积极撰写论文，以提高自己的教育教学理论水平。负责教科研一块的教科室主任要向一把手校长声明教科研的重要性，要让一把手校长亲自参与到教科研的工作中来，尤其是课题研究。

费主任一回来就向是副校长回报了相关情况，是副校长立即又向康校长做了汇报。根据康校长的意思，要让荆世骇负责申报一个课题，内容要突出学校的文化建设。

荆世骇很快接到了费主任的通知，申报的相关要求也都明确了，申报方案空白表也得到了。关键是要挖掘出 A 状元小学的文化特色来，是什么呢？荆世骇刚来学校半年，如何去造出这所学校的文化来呢？

你们有没有觉得荆老师这两天上课好像心不在“马”（焉）？欧吴在放学时追上金软他们，说。

金软在前一天就看出来了，只是一时想不到原因，她唯一想到的原因是他和卞老师吵架了。可这事又不好问，自己毕竟是个学生。

没有啊，我觉得他可能没睡好吧。金软假装说道。

我怎么没看出来，他不还是那样上吗？阙无言说。

你是看粗的，就算荆老师变成个女的你也不会发现的。查鑫欣说。

你变成男的我保证看出来。阙无言这回变聪明了。

放你的屁，你才会变成女的呢。查鑫欣说。

别吵了，荆老师这几天写字潦草了不少，还有，他讲讲课文会突然断掉。那天讲《早》，说到鲁迅小时候家里很穷时，怎么个穷法突然说不下去了；还有，他说鲁迅当时在课桌上刻个“早”字，心里未必是像书上说的那样想，是为了要早到，可能是对寿镜吾老先生不问原因批评的一种发泄。我问他有何根据时，他又答不上来了。欧吴的记性可真好。

你想想你被冤枉受委屈了，心里难道一点火气也没有？金软问欧吴。

那肯定有，况且，那时鲁迅还小，怎么会没脾气呢？他写的文章我看过一些，脾气都很大的。欧吴接着说。

所以，书上都是骗人的，五（4）班的人告诉我，还老师说鲁迅家里有了个老婆，还和一个女学生好上了呢。金软说最后几个字时声音有点低，脸也有点热。

那是旧社会，可以娶两个老婆的，我爸说的。阙无言插嘴道。

你爸恨不得回到旧社会去了。金软说，你也去。

呵呵呵……阙无言笑了，其他人也笑了。

你们说荆老师在想啥？欧吴回到了正题上来。

这谁知道啊，金霸王你知道吗？田回开口了。

明天我问他去。金钦加紧步伐，赶快回家，还有一堆回家作业要做呢。

第二天一大早，金钦就在办公室门口等荆老师了。她见荀老师也来了，开始犹豫起来，到底要不要问呢？这样是不是很不礼貌，一个学生去问老师的心事干吗？

金钦，你来，我正好有事要问你们。荆世骇先开了口。

问我们？金钦很意外，原本就想别问了，没想到荆老师会主动问，可是他问的不是我，是“我们”。她定在那里，飞快地犹豫着，足足有十秒钟，才把扭转一半的身体又回了过来。

什么事？荆老师。她好奇地问。

我想问你们，作为学生，你们最想要一个什么样的学校？荆世骇问道。

金钦有点不大相信，难道荆老师这几天魂不守舍的，就是在考虑这么个问题。这还用问吗？当然是没有作业的学校啦。一想，荆老师要的肯定不是这个答案，那他想得到什么样的答案呢？这不是上课提问，可以猜到老师要什么样的答案。

我们喜欢小孩子喜欢的东西多一点的学校。金钦想了想说，她说的是心里话。

那你们喜欢什么东西呢？荆世骇眼睛一亮接着问。

当然是玩具多一点，好吃的多一点，最最重要的是像小孩子一样的老师多一点，这样我们说话做事就轻松啦。金钦说。

最后一句让荆世骇如获至宝，对呀，学校的任何文化建设，都不能脱离学生哪！儿童文化应该是每个小学的文化特色，只是每所学校应该根据地域和学生特点，打造自己的校园文化。

荆世骇真想去抱一下金钦，小孩的话往往就是最具创造力的，而我们，却只顾着按照大人的死板标准去审视他们，审视的结果把创造力审没了。

金钦走后，他立即构思起课题的研究内容来。A 镇是个农村特色很浓的乡镇，在这块土地上滋生的儿童文化，离不开农业和土地，虽说学校有不少外来学生，他们也应该大多来自农村。共同点就是农村特色，农村特色如何与儿童文化联系起来呢？

那就是原生态的大自然，原生态的儿童活动，原生态的儿童心理。所以课题名称不如就叫“原生态环境下儿童健康心理的形成研究”。他很快查阅了相关资料，了解到最近几年，对儿童的心理问题的研究开始重视起来，有的学校已经开始研究，但都是在城市的背景下，农村孩子有着得天独厚的自然优势，都说人性回归自然，何不从小时候就别让他们脱离自然。

他连夜赶工，填好了“课题申报方案”表格，从“研究背景、概念界定、研究价值、理论依据、目标内容重点、思路过程方法、预期成果”等几个方面做阐述。第二天就给了费主任，费主任觉得有点新鲜，没有否决，发给了康校长看。康校长觉得也行，这课题先申报省级再说，申报材料很快送到了区教研室。

接下来就是等立项证书了。

荆世骇工作日记四十三：我们做老师的都忽略了教育的一个最重要的问题，那就是学生健康心理的形成和发展。我们一味（包括我自己）不厌其烦地在课上课后讲来讲去，有多少是学生自愿接受的，有多少是我们诱骗或强迫他们接受的，我们很少坐下来听他们说出自己的心声。我们自大地以为我们是大人，什么都比他们懂，其实不然，他们比我们更接近于生存的本真，他们的想法正是我们成年后失去老年后又极力想找回的东西。人假如一直处在儿童期，那我们这些地球人说不定早就变成火星人了。

59.温柔的不是春风　是美杜莎

在办公室，教室，食堂转了十多个来回后，一星期又过去了。金钦和欧吴名义上仍然是到荆老师那里去补课，实际上是和他交流读书心得去了。可惜的是每次做完作业后真有点累了，想休息会儿，一休息时间就过去了，看书的时间就少了。她们基本上是一星期正好看一本书，礼拜六就和荆老师讨论去了。有的书荆老师没看过，就她们主讲，譬如《鼹鼠的月亮河》，王一梅写的，诗意童话，很美，荆老师没看过，就只有听的份了。

师徒结对汇报课也开始了，荆世骇仍然是第一个上，褚老师指定他上第六课《火星——地球的孪生兄弟》，科普文，想必这个爱徒不会再出什么状况了。谁知课上，他全不顾事先讨论商定的教学内容和流程，当着康校长、是副校长和米教导及其他老师的面，把节语文课上成了科学课，丝毫没有体现出语文学科的“人文性”特点。还不厌其烦地介绍美国的“勇气号”和“机遇号”火星探测器，学生听得是一愣一愣的，结果是字词教学没有渗透，阅读教学可说是毫无章法，像脚踩西瓜皮，滑到哪讲到哪，原本一篇条理清晰的文章，被他一教，变得乱七八糟了。如果对学生当堂笔试，估计有大一半的人会在六十分以下。

评课时，褚老师也不知道说什么了。米教导依旧言辞犀利，把荆世骇的课说成是“A状元小学有史以来整合得最有特色的一堂综合课”，有点像麋鹿，正面看像马，后面看像驴，看角像鹿，看蹄像牛。康校长和是副校长一言不发，两人沉默的原因却不同，康校长是在揣度荆世骇的上课意图，是副校长是不想给活跃的讨论氛围增压，其他老师忍着笑，听米教导的精彩点评。

轮到教师发言时，气氛一下冷了下来。说什么呢？你米教导忍不住先说了，还叫我们说啥呢？

卞青青瞄了荆世骇几眼，发现他还真是一副“死猪不怕开水烫”的样子，若无其事地剥着指甲。

我们是不是听一下小荆老师自己的想法？康校长发话了。

荆世骇没想到自己还有说话的机会，按照正常的评课流程，原本就要他先说说自己的设计意图，后来被米教导一顿抢评，以为不用说了。他正了正身体，欲言又止。他内心是不想说啥，你们爱怎么评就怎么评去，与我无关。

康校长用诚恳和信任的眼神看着他，其他老师也用期待的眼神看着他，特别是卞青青的眼神，就像是他劈腿后想听他解释一样的眼神。

我是这样想的，荆世骇开口了，不是每篇课文都要去强调它的人文性和工具性的统一，以前，我们读的课文，有“思想教育”过头的瑕疵，归纳中心思想时，只要抓住“旧社会黑暗，新中国光明”之类的话，准没错，老师会表扬，考试会得分。现在的教材正在纠正这种偏颇，可我们老师的思维还停留在那个时候，总结课文时，把“旧社会黑暗，新中国光明”换成了“无私奉献，热爱大自然，热爱祖国的大好河山”等口号。有专家也提出要淡化口号式的思想教育，要将思想教育渗透进课堂教学活动中。这话我赞同，可是我们要培养学生的什么思想呢？仅仅是舍己为人，无私奉献，热爱大自然吗？不是，更重要的是生命意识和科学思想。《火星——地球的孪生兄弟》这一课，正好是可以培养学生科学思想的文本，怎样能让学生有科学思想呢？那就是对科学感兴趣，感兴趣了才会去探究，才会在探究中形成思想。至于其中的人文元素，我说的是米教导所说的人文元素，我的确没有重点去挖掘，因为一堂课只有四十分钟。但是我想，当一个人产生了愿意为科学事业献身的思想时，他的“人文性”比我们要浓得多。所以，我不管我的课上成什么样，只要对学生的心智发展有利就行。

会议室里一阵沉默，这哪是一个新教师的口气呀，分明是专家的口气嘛。所有人没说话，所有人的脑筋都在飞快地运转着。尤其是米教导，构思着如何去反驳他，总不能让一个语文课也上不像的小子出风头吧。

荆老师的大道理讲得很好，米教导开始反击了，只是我想问你，你能确定上了这节课你的学生就能形成你说的科学思想吗？如果他们听了你的课连好一点的初中也上不了，那就可能连探索科学的机会也没啦。所以，语文课还是要上成语文课，语文课堂就是要培养学生的语文素养，听说读写能力，你这节课训练了他们啥？米教导的反击很犀利，刺中了荆世骇的要害。

我训练了他们人性。荆世骇反唇相讥，话中也带刺。

你误人子弟还讲人性？米教导火了，反问道。

荆世骇站了起来，眼中喷火，眼看就要失控。褚老师和康校长同时站了起来，准备去拉住他。

很好呀，我们好久没有这样热烈的科研氛围了。是副校长说，有争论说明有分歧，有分歧说明我们是在进行真探讨真研究，有了真探讨真研究我们才能进步。小荆老师敢于发表自己的看法，难能可贵；米教导不敷衍塞责，有啥说啥，是真心指导啊。我们只动口不动手，要动手动脚回去跟老婆或者女朋友动去。

一席话，紧张的气氛顿消，除了当事人，都不约而同朝荆世骇和卞青青看去。荆世骇坐了下来，低着头，卞青青低着头红着脸。

最后，康校长对评课活动进行了总结，肯定了这种“真探究真教研”的好氛围。

你们信不信，荆老师和米教导差点打起来。尉迟迟这次直接向全班同学汇报情报了。

为啥呀？阙无言瞪大了眼睛问。

你们猜？尉迟迟卖着关子。

荆老师和我们一样，是个调皮的孩子不服管呗。筱果儿说。和欧吴相比，她其实也很聪明，只不过嘴快了些。

为啥呀？荆老师没备课还是没批作业被米教导抓出来了。查鑫欣说。

都不是，告诉你们吧，荆老师给我们上的那节课一塌糊涂，上也没上像。尉迟迟说。

哪节课呀？我怎么不知道？阙无言不解地问。

哈哈哈……听懂的人都笑了出来，除了连德起和阙无言本人。

金软也笑了，只不过她的笑多了一层内容。她不明白这个荆老师怎么那么笨，没人听课的时候就上我们喜欢的课，有人听课时就上听课老师喜欢的课呀。哎，真是朽木不可雕也。

荆世骇工作日记四十四：一个任务总算完成了，冲动真是魔鬼，我为何要去顶撞米教导呢？他也身中剧毒，我还要去把毒吸出来，感染其他人。那帮小子肯定知道我又出丑了，出丑就出丑吧，反正我还穿着衣服，不怕。倒是青青，我给了她不少压力，和我这样一个怪胎恋爱，不容易啊，以后我要注意，不要让青青难堪。

60.归燕无巢　笑脸有毒

金霸王日记选二十：我们班最不懂事的就是荆老师了，说什么“用我一人的疼痛换你们全班人的舒服太值得了”，简直就是阿Q的孙子。我们也是舒服一时啊，难道我们愿意把舒服建立在你的疼痛之上？再说，考试的考卷又不是你出的，题目没做到，考成烤鸭，外焦里嫩的，还不被老爸老妈吃掉。有的班级已经在单元测试了，我们考下来看会成什么样？

为了迎接常规检查，更为了创建，米教导和是副校长商定立即对老师们的备课和作业做突袭性的全面检查。通知一出，一片哗然。为了赶备课，有的老师赶紧找同学搜百度，看看有没有现成的电子备课，最好是修改和反思都有的那种。像荆世骇他们要手写备课的老师，只能马不停蹄，连夜赶工，好在这“突然袭击”还是给了一天的余地的。有人在课上让学生自习，自己抄备课，有人来不及，带回去写，抄到了半夜。这其中就有卞青青，她也没想到才开学两周就要检查备课和作业了。

荆世骇倒是多多少少弄了点，为了要研究课题，他不得不将“完全原创备课”改成“部分原创备课”，他补到九点半就好了。他发了条微信给青青，得到的回复是“本人正在练字”。

第二天九点开始，所有老师的备课和作业按批搬进了大会议室，检查人员多为教导处的副职和各年级的备课组长们。傍晚汇总时，米教导特意细看了五年级语文组的备课和作业，还好，最让他担心的两个人荆世骇和还老师没有出现大的问题。荆世骇的备课和作业回到“正道”让米教导松了口气，如果检查下来有问题，他也难逃“监督不力”的责任。不过，还有一点小小的问题是，荆世骇的语文作业量少了点，譬如词语默写，人家一课一默，他一单元一默，一单元也没人家一课默的词语多；还有还老师的备课，复制粘贴的痕迹太清晰，连硬回车也没去掉。他通知褚老师转达了他的修改意见，荆世骇和还老师都表示接受。于是一个特意挑了节语文课换了本本子重默，一个请人把硬回车去掉了。

孩子们倒还算配合，愿意重默，没多少怨言。只是这默写时间得统一重造，订正的三遍也得预先空好行。阙无言和连德起没搞清，默完后只画了一个计分格，订正格子也没空，错得又多，只得重弄。荆世骇把欧吴和尉迟迟的本子给了他们，叫他们回去抄好。而他，又得加班加点把这些作业批好，弄了几乎一个下午。

检查完后，米教导在第一时间群发了检查情况汇总，对出现的诸如“备课复制粘贴痕迹太重，备课雷同，备课反思没有针对性，作业红√、等地、批改时间大小位置不对，订正批改时间不及时，大作文错别字没改出来，小作文写得不认真，《摘记本》摘得太少，《时代学习报》没批，《练习与测试》批改不认真”等情况，一一作了披露，并要求全体老师及时修正，等待第二次“突然检查”。

都是你，硬要荆老师让我们和别的班做一样的作业。阙无言难得这么大胆地对金软说，害得我多抄了30个词语。

放屁，自己笨，默不出来，还怪我。金软哪肯吃亏，说，人家怎么没抄那么多呢？

人都一样吗？猪还有大小呢？阙无言竟然打起了比方，惹得金软差点笑出声来。她没笑出来，是因为此时他们毕竟在吵架。

既然知道猪有大小，就不应该嫌抄多抄少。金软话里的意思被欧吴听出来了，她怎么忍得住，哈哈哈地大笑起来。

哼！我不抄了，看荆老师拿我怎样？阙无言竟然耍起无赖来了，大大的新闻哪！

你有种数学作业也别做。金软讽刺道。她知道胖哑子不敢的，因为斯老师一打他老爸的电话，他就屁也不敢放一个了。

数学归数学，语文归语文。反正词语我以前已经默过了，凭什么叫我重默。阙无言狡辩道。

金软发现这个一直花钱叫人做作业的死胖子，真的是条懒虫。看来不来点辣的不行了，她凑过去对他说，你说荆老师会不会打你老爸电话的？

他、他没有号码的。阙无言话有点结巴了。

可是斯老师有啊，假如荆老师问斯老师要的话，怎么办呢？金软屌里屌气地说。

荆老师是好人，不会做这种事的。阙无言说。

好人也有发火的时候，而且发起来比坏人还要猛。金软继续威胁道。

切！不跟你烦了，默写本我明天给他。阙无言说着假装上厕所去了。

班级里最终还是出现了不做作业的情况，主要是阙无言、袁方方、连德起三个人，女生也有一个。先是语文作业，后来是英语作业，偶尔数学也有。

荆老师，阙无言昨天的语文回家作业做了没有？斯老师在早读后特意拐到班主任荆世骇的办公室来了解学生学习情况。

做了呀。荆世骇故意放大声音说，字还写得很认真。实际情况是，他就让阙无言回去抄了一首《游园不值》一遍。

是吗？这个小节生，数学不想学了，我马上问他爸去，是不是数学不想学了，以后学一门就够了。斯老师的火气让荆世骇没想到。他本想把阙无言说说好，给斯老师一点信心的，不料事与愿违。

他数学一个字也没写吗？荆世骇问。

是啊，一张考卷就写了个名字，不知道他家长怎么监督他的？斯老师说。

他可能是不会吧。荆世骇说。

题目又不难，关键是懒，一天到晚就知道白相。斯老师说。

这样，我来找他谈谈，让他补起来，电话你先不要打。荆世骇说。

好吧。斯老师想起以前打过好几次，开始几天有用，后来又没用了。

他们的谈话被进来拿《习字册》的金软听得清清楚楚，她白了斯老师一眼，又眼对眼地看了荆世骇几秒。然后走出了老师办公室，来到教室一声不吭地发着《习字册》，发到阙无言时狠狠地砸到了他的课桌上。她想把胖哑子训一顿，想想又算了，自己也是个学生，不过她知道其他班级里像胖哑子这样的差生老师都会给他们找个师傅的，作业不会啊什么的，师傅都会去教的，荆老师为什么不给他找个师傅呢？

在教《习字册》时，她夹了张小纸条，把自己的想法说了。荆世骇看到后很是高兴，一个有学生为了另一个学生给老师提建议的班级，一定是个有集体荣誉感的班级，他很欣慰。

这作业的确是个问题，可是每个学生不做作业的原因可能是不一样的。有的是懒，有的是真不会做，有的是见作业多做不完索性不做了，也有的认为不做的代价不大就不做了，还有的就是跟风，人家不做我也不做了。从他对阙无言的了解，觉得这个学生人大心小，以斯老师的威严，还敢不做？可能是真不会做，可以找“师傅”。问题是对于那个“师傅”来说，自己学习那么紧张，还要带个“徒弟”，别说主观上喜不喜欢这个“徒弟”，客观上也是不合理的，一是他（她）没有义务去带这个“徒弟”，放在培训机构，那是要收钱的；二是如果老师去安排，嘴上同意心里不同意，强人所难，不好。

想来想去，荆世骇最终没有采纳金软的建议，而是找了阙无言他们谈了一次话。了解下情况和他估计的差不多，主要原因是不会做和怕做。他把情况反馈给了斯老师，斯老师也没办法，最好的办法就是补课。

荆世骇工作日记四十五：我不知道全国的小学生中不做回家作业的人有多少，我也不知道做回家作业的学生中有多少是真乐意做的，如果老师真是园丁，那么在修剪这些花、树的时候有没有想过什么花适合剪成什么样，什么树适合修成什么型。就算是因材施教，各剪各型，各修各样吧，那么你这个园丁本身的艺术造诣怎样呢？或许，园丁本不该存在，因为园丁只会把花、树加工成没有广阔天空的盆景。

61.剿首或砍头　都是死

金霸王日记选二十一：荆老师这个人实在是越来越没弄头了，好心好意给他提建议，全当耳边风。我也是为他们好呀，还可以减轻你的工作负担，真是好人做不得，不识好人心。以后我要是再给你放一个屁，我就不是金霸王。

只有五（1）班还没进行语文单元测试，还老师也考了，不过谁也没有透露自己班考了多少分。

我妈问我语文考了多少分？我说还没考，她不信，说我考砸了不敢说。田回呆呆地对查鑫欣说。

我妈也是，就是不信。谁知查鑫欣居然和他同病相怜。

那你说荆老师为什么不考呢？考了么算了，我们也好向父母大人有个交代。田回说。

你说荆老师是不是怕批考卷？怕批的话我们可以帮他批呀，四班就是组长和班长批的。查鑫欣说。

我看不像，他是不想考。我妈其实想知道我补课后有没有效果，她最怕钱白花了，老是在我面前唠叨，好好读书，不要没知没觉，补课费也多少得了。田回沮丧地说。

那你数学和英语不是考得蛮好嘛，你妈还不满意？查鑫欣说。

满意个屁，她说两门好一门不好就像跷脚，是残疾人，只有三门全好才是好。田回气愤地说。

还没考，你妈怎么知道不好呢？查鑫欣说，我妈只要我都考90分以上就行了。

我妈最好我全部考100分，语文也考100分，她才没话说。田回说，不对，她还会说，这次考100分不等于下次也考100分，简直和斯老师一个样。

那你打算怎么办？查鑫欣说。

我妈说要打电话问荆老师，我最好她问，没考就是没考哇。田回说。

嗯，我也最好我妈打电话。查鑫欣说。

荆世骇果然接到了田回妈的电话，说明情况后，田回妈似乎相信了自己的儿子。可是这让她更不放心啦，你这个语文老师怎么考试都不考呢？电话里不好说，只能客客气气地说随便问问，望荆老师多关心关心他们家田回。

打电话来问的还有其他家长，他们也知道这学期要统考，有的家长不知是从哪里听来的，说这次统考关系到明年读初中的。作为老师的荆世骇自己也没得到这方面的消息呀，一时不好回答。挂了电话后又去问卞青青，她也说不知道。再去问褚老师，褚老师也说不知情。白忙了一场。

呵呵呵，这些家长真是笨，升初中不是有最后一次统考吗？不知是谁又在造谣了。还老师插话道。

谁说的，明年初中招生可能要看两年的统考成绩了。荀老师说。

你怎么知道？看两年？他们才懒得烦了。还老师说。

你个老节生么，一直这样。荀老师说。

你个老太婆倒最好一直统考，既好补课又能超区平均，双进账了嘿。还老师说。

不要瞎说，不和你个老节生烦了。荀老师怕补课的事从他嘴里传出去，毕竟是不允许的，其实谁不知道呀。

荆世骇听出来了，这学期的区抽测与明年的升学有无关系并未明确，如果确有关系，米教导第一个会发全校通知。再者，有关方面早就明确规定，小学阶段不准组织大范围的考试，并且已取消了小学升学考试。自己还去问这么个愚蠢的问题，真是太愚蠢了。他于是一一给打他电话的家长回了电话，把相关情况作了说明。家长们好像听进去了，也好像没听进去。几十年了，哪有不考试的学校，以前还有留级咧。所以大部分家长认为荆世骇是为自己的懒惰找说辞。知道归知道，也不能点穿哪，自己的小孩在他手里，假装“晓得”么就好了哇。

田回回到家里，见妈妈没有再问语文考试的事，很是意外。原本想了一天的“理由”看来派不上用场了。他故意先把语文书拿出来，大声读着今天教的《二泉映月》中要求背诵的4、5自然段：

又是一个中秋夜，阿炳在邻家少年的搀扶下，来到了二泉。月光似水，静影沉璧，但阿炳再也看不见了。只有那淙淙的流水声萦绕在他的耳畔。他想起了师父说过的话，想到了自己坎坷的经历。渐渐地，渐渐地，他似乎听到了深沉的叹息，伤心的哭泣，激愤的倾诉，倔强的呐喊……

听着，听着，阿炳的心颤抖起来。他禁不住拿起二胡，他要通过琴声把积淀已久的情怀倾吐给这茫茫月夜。他的手指在琴弦上不停地滑动着，流水月光都变成了一个个动人的音符，从琴弦上流泻出来。起初，琴声委婉连绵，有如山泉从幽谷中蜿蜒而来，缓缓流淌。这似乎是阿炳在赞叹惠山二泉的优美景色，在怀念对他恩重如山的师父，在思索自己走过的人生道路。随着旋律的升腾跌宕，步步高昂，乐曲进入了高潮。它以势不可当的力量，表达出对命运的抗争，抒发了对美好未来的无限向往。月光照水，水波映月，乐曲久久地在二泉池畔回响，舒缓而又起伏，恬静而又激荡。阿炳用这动人心弦的琴声告诉人们，他爱那支撑他度过苦难一生的音乐，他爱那美丽富饶的家乡，他爱那惠山的清泉，他爱那照耀清泉的月光……

读着读着田回的眼睛湿了，他想起了荆老师课上讲的关于阿炳的遭遇，想起了荆老师给他们听的《二泉映月》这首曲子。

妈，我想用一下电脑。田回大着胆子问。

做啥，作业做好了吗？田回妈一听要用电脑，立即警觉起来，本来她就在猜疑，自己的儿子语文成绩下降跟电脑是不是有关系，虽然她只是周末放假才允许他用一会儿。

我想听《二泉映月》，今天语文课上我们学了这课，荆老师叫我们回来听的。田回说。

老师的话什么都是对的，我的话你一句也听不进。你想想你的语文成绩为什么那么差。田回妈说。

田回上学期期末考了 86.5 分，在班里不算差了。可是他妈去打听了别班的成绩，听说二班三班平均都比他高，所以非常恼火。

我想听《二泉映月》，荆老师说这也是重要的回家作业。田回抹掉眼角的泪水，再次请求。

做好了作业再听，田回妈心一软，说，等你把作业写好了，我去给你开电脑。

田回没有办法，只得放下语文书，拿出数学和英语作业，哗哗哗地做了起来。刚做好数学，天已经黑了，吃晚饭的时间到了。吃好再做英语，做完英语已经不太想听《二泉映月》了，休息会把 4、5 两段背出来，明天早读金霸王要检查的。

荆世骇工作日记四十六：自从“考试”被改称“质量检测”后，考试似乎就不存在了。学生们成了一年一结果的果树，果农就是老师和家长，修枝施肥打农药，一旦发现果结小了，果农们想尽办法想让它变大，疏果、打膨化剂。果大了，一尝不甜，马上又注射甜蜜素。大了甜了，果农的收成就好。那食客们是谁呢？谁在消费这些水果呢？如果是我们的国家和民族，那么常年吃化学药剂的水果，就有得病的危险。

62.踩踏缪斯　艺术死得光荣

金霸王日记选二十二：搞什么艺术节呀，不就是交几幅画写几幅字吗？年年搞，贴到墙上去的老是那几个人，叫他们画画写写么好了哇。荆老师叫我们每人交一件自己创作的艺术品，交什么呀？有几个人知道艺术品是什么呀？我看明天他们交些什么出来，做回家作业还来不及。

荆世骇没有想到，有学生把玉观音也交来了，谁会这么“大方”呢，当然是阙无言了。他在家翻箱倒柜了一个多小时，终于在老爸老妈回来前找到了这件“艺术品”。

这是你雕的吗？荆世骇当着全班学生的面问阙无言。他本来想单独叫他的，这样不至于伤他自尊，又怕这玉观音是真的，当着学生的面有个见证。

不是，我从我妈房间里拿的。阙无言实话实说。

如果是真玉，你妈知道了会怎样？荆世骇问。

她会叫我老爸再去买一个。阙无言的话引得满堂大笑。

可是我觉得你还是自己动手做一个吧。荆世骇说。

我不会做，会做早做了。阙无言说。

橡皮泥玩过吗？荆世骇问。

小时候玩过。阙无言说。

那就行，等吃好饭到我办公室来拿橡皮泥。荆世骇还没说完，小子们马上叫了起来，我也要，我也要。荆世骇懒得理他们，转身就走，后面是一阵爽朗的笑声。

饭还在嘴里，阙无言就来到了荆老师的办公室。荆世骇拿出一盒从美术老师那里借来的橡皮泥递给了阙无言。

你准备怎么用它呀？荆世骇问。

我又不会捏啥的，阙无言看着盒子里一条条圆柱形的彩色橡皮泥说，要么搓个圆球。

这也不错呀。荆世骇说，但是我要提个要求，你要搓一个和别的球都不一样的球出来。

阙无言闷了，球都是圆的，还有和圆的球不一样的球吗？他想来想去，一向没心没肺的他突然变得心事重重了。弄得金软她们也吃不准他干吗了。

从荆老师那里回来就成了这副样子。查鑫欣说。

不就一盒橡皮泥嘛，看来看去的，像看金子似的。袁方方说。

说不定真是金子。尉迟迟也说话了，用他老妈的玉观音换的。

他们就在他边上吹风凉话，他好像聋了似的，一点反应也没有。这可不像鲜灵活跳的胖哑子呀。

荆老师是不是给他吃了哑药？金软忍不住了，胖哑子，你倒是放个屁呀。说着就去抢他的橡皮泥，其他人一起起哄，跟着去抢。

谁知闷了半天的胖哑子一下蹿了起来，身体猛力一甩，把伸过去的手弹了回去。

你们要死啊！那声音真大，而且那恶狠狠的眼神把号称金霸王的金软也吓了一跳，她从没见过胖哑子这架势。其他人见胖哑子发威了，也不敢再闹了。

所有人更觉得奇怪了，都静静地瞪着他。

神气个球，不就是盒橡皮泥吗？在教室的另一边，不知谁嘀咕了一句。

气球？阙无言好像听到了气球俩字，一下来了灵感，他仔细数起了盒子里的橡皮泥条数，1、2、3……9、10、11 条。数玩他又用手指对着空气画了起来，嘴里还念念有词，1、2、3……9、10、11。正好也是十一哎。他大叫起来，我想到了，我想到了，艺术品就是一个球形的“球”字。“球”正好十一画，和橡皮泥的条数一样，我要先吹个气球，用橡皮泥在气球上贴个“球”字，每一画的颜色都不一样，等橡皮泥有点硬了，再把气球扎破，从“球”字的缝隙里拿出来，这样就可以得到一个球形的“球”字了。

结果，其他人的“荷画、隶书，花篮、可乐烟缸、贴画、纸马、纸花、贝壳袋、刺绣、瓜雕等等”都没得到最佳创意奖。

阙无言得到了！最佳创意奖！他拿着打印机里打出的证书，看了又看，上面写着“阙无言同学在第六届艺术节活动中，获得了‘最佳创意奖’，特此祝贺，以资鼓励”，虽然他不知道“以资鼓励”是啥意思，猜想上去肯定是好话。

所有获奖的同学都奖到了一本蓝色封面的笔记本，上面写着“A状元小学”六个白字。阙无言拿着奖品，甩来甩去。嘴里还说着，以后语文课记笔记就可以记在这本上了。引得那些没得奖的人又气又恨，那个羡慕呀，那几嫉妒呀。

神气啥呀？你知道荆老师奖到了什么吗？尉迟迟没有得奖，哼着鼻子说。

什么呀？他做了什么呀？查鑫欣问。

什么也没做，因为我们班得了团体一等奖，他拿到两百元奖金。尉迟迟的话像镇静剂一样，让原本热闹的教室一下鸦雀无声。

这不是不劳而获吗？我们做了大半天，就得了本本子，老师就是收收我们的艺术品，就得了200块得了，可以买多少本笔记本呀。筱果儿也得奖了，她看着手里的原本觉得珍贵的笔记本，一下没了精气神，一扔，扔到了课桌洞里。

正当大家议论纷纷时，荆老师拎着个大马甲袋匆匆来到了教室。他把门一关，做了个嘘的动作，轻声宣布：这——节——课——我们——开——庆——功——会。然后把一马甲袋东西讲台上一放，接着说，这是你们最爱吃的肯德基……

哇——小子们一下爆炸了。

荆世骇马上脸一板，做了个嘘的动作，接着说，你们别高兴得太早，因为只有200块奖金，所以只买了薯条和鸡米花，大家小声点，组长上来领，每组三袋薯片三袋鸡米花。

金软一算，薯片和爆米花各要24份，200块怎么够？荆老师又贴钱了。她看了看尉迟迟，露出了得意的神色。

尉迟迟低着头，一声不吭，一动不动，他觉得这肯德基味道肯定好，但对他来说很难吃。

荆世骇工作日记四十七：真好，小子们争气，得了团体一等奖。可又不好，那些没有得奖的班级的孩子肯定很伤心，我听说他们都是班主任指定学生交画呀什么的。有的学生因为要赶作业，也是匆匆画完写完，没有表现出真水平。有的班级也得奖了，我怕他们的学生知道班主任有奖金，所以要我班孩子们对吃肯德基一事保密，我也关照了“情报员”尉迟迟不要说出去，免得其他班孩子对他们的班主任有看法。

63.药引是人　治谁病

突然接到武教研员的安排，要在A状元小学开展一个全区性的思品课研讨活动。总共安排了四节课，A状元小学作为东道主，也要拿出一节来。其他三节由武教研员安排其他学校的老师上，其中就包括问鼎小学的一节。

米教导接到任务后立即和是副校长进行了沟通，虽说这上公开课是一个压力，但同时也是一次机会，在区里开过课的老师，将来评教坛新秀或学科带头人都有优势，最直接的好处是可以加分。因此，米教导不敢直接委派某人上，免得人家说他不公平。

你说让谁去上好呢？只有一个星期的准备。米教导说，要不要全校发个通知？

不要，还是去问问康校长吧，让他指定。是副校长说。

也好。米教导勉强同意，其实他猜到康校长可能会让荆世骇去上。作为新教师，荆世骇在康校长心目中还是个可造之才，再者，康校长往往有出人意料之举，工作大胆心细；还有，听说荆世骇和班里的学生没大没小，上思品这类的公开课正需要这样的班级，看上去热络，场面好看。

康校长的决定和米教导想的一样。荆世骇正好兼着思品课。接到任务后，他一时不知所措，手头的事情正忙得很，抄改备课、构思上课、批作业、写班主任工作手册、个别辅导记载，特别是正构思课题研究的问题。他想推脱，被师傅褚老师阻止了。

小荆啊，这可是个机会呀，品德学科也可评学科带头人的，而且评起来还容易些。她在“飞秋”上对他说。她觉得，荆世骇人不错，只是这语文课上得实在不行，倒不如向思品方面发展。她也是为他着想。

可我不知道怎么上呀。荆世骇说。

都是瞎上上的，你先确定上哪课，再下载些视频看看，看人家怎么上的，拼拼凑凑么就行了哇。褚老师鼓励他说，我相信你，一定行的。她还发了朵火红的玫瑰给他，意思不明，可不能想歪了。

荆世骇心一软，再者，上次让她那么难堪她也没生气，现在看得出还真是为我在着想。于是发了“好吧”两字过去。

好是好了，可无从着手呀。他翻了翻进度表，反复衡量之后决定上第三课《爸爸妈妈我想对你说》，内容主要分三个板块：我们之间有一条沟吗？我的心事要告诉爸爸妈妈吗？我和爸爸妈妈怎么沟通呢？后面还有三个实践活动的安排：家长学校，沟通无极限，诗歌朗诵。条理清晰，内容简单，让荆世骇松了一口气。

这样的话，只能暂时把其他事放一放了。荆世骇先在网上阅读了大量有关这课的教材分析和教案，觉得大同小异，无非就是设计一些环节，加上相应课件，将三个板块串联起来，最后让学生根据后面三个活动安排，试着去和家长沟通，最后那首诗是起点缀和渲染作用的。荆世骇觉得老师出身的郭枫这首诗的技法、营造的意境虽然一般，内容却不错，备课时背了下来：

一窗明亮的灯火，
一身温柔的宠爱，
曾是我少年的梦想。
任凭月黑风高，
霜雪遍野，
甜蜜的家是最安全的堡垒。
闩起厚重的大门，
就把阴暗和危险关在门外，
有父亲的肩膀，
来扛起灾难；
有母亲细微的关怀，
抚平心灵忧患的波纹，
这样，就拥有完美的世界了。
父母的关照是永不熄灭的灯火！

可是，阅历尚浅少不更事的孩子们未必会买它的账，它的作用是建立在之前的教学环节都有效的基础上的，否则就是尾赘了。品德课要的效果就是要使学生形成良好的品格，促成其身心的健康发展。

那么又何必这样麻烦呢？只要能使学生在课上由衷地谈出自己的想法，大胆地交流和父母生活的状况，再让和父母之间关系特好的学生介绍一下相处经验不就得了。效果就体现在孩子们是否愿意坦诚交流，真心接受，并受到熏染，内化为行动。

问题是父母那一头呢？因为沟通不是孩子一方面的事，更重要的是父母那方面。怎样能让这节品社课有效呢？荆世骇觉得要把孩子的父母请进课堂，和孩子们一起互动才行。他把想法跟师傅褚老师讲了，因为褚老师也兼品社课，他对她说最恰当。

褚老师一愣，还从没见过上公开课把家长请进教室的先例，她一时倒还给不出好的建议。不过感觉上觉得徒弟的这想法不错。

你想叫几个家长？褚老师问。

最好全来，这样孩子和父母对于沟通的认识会更深刻合理，有利于孩子的成长和家庭的和睦。荆世骇说。

好多家长都要上班的，即使来的，也不一定会是父母，可能就是爷爷奶奶充个数。褚老师说，我看还是算了吧。

荆世骇陷入沉默，他知道光凭课上他三寸不烂之舌，是很难有实际效果的。平时他对品社课不是太重视，也没时间重视，这次不如用上公开课的机会，重视一次，试着按自己想法上一次。他马上利用“家校路路通”给全班孩子的父母发了条短信，邀请他们参加他的公开课。开始时没有一条回信，直到康校长打他电话，才知道原因。

家长们不知道事因，大多数人会想你荆老师开课跟他们有什么关系呢？谨慎起见，不少家长打了康校长的电话问缘由，康校长也不知情呀，只能马上询问荆世骇。等荆世骇把自己的想法告诉他时，他也犹豫起来，是啊，除了一些家校互动的活动，没见过老师开课把家长请来的呀。

小荆老师你确定要这么上吗？康校长问道。

荆世骇没有犹豫，既然这么想了，就这么做吧。

是的。他肯定地回答道。

那好，我就让家长们尽量配合。康校长挂了电话，马上再和家长们联系。这样没过多久，就有十几个家长给荆世骇回了信息，表示愿意参加。其中就包括田回和查欣鑫的老妈，还有金软的老爸。为了配合荆世骇把课上好，康校长建议是副校长也参加。

荆世骇关照金软他们本周六暂停“补课”，他要准备一些东西。

开课的那天，武教研员在听了荆世骇介绍了来参加上课的十一个家长后，和其他听课老师一样很意外，听了那么多课，没见过这样上的。

报告厅里上课的人和听课的人济济一堂，包括A状元小学本校的空课老师和康校长等行政领导，都期待着荆世骇接下来精彩的表现。让人大跌眼镜的是，荆老师根本没用教材，而是以谈话的形式先让孩子们说说对父母有何怨言？再让边上的父母说说对孩子有何不满意的地方？开始时，孩子们不敢说话，在荆世骇再三鼓励下，金软举手了，她当着所有人的面表达了对也在现场的父亲老是在外面不大回家的不满。报告厅里立即引起了一阵骚动，因为有好多人记得这个父亲就在现场，就是荆老师刚才介绍的家长里面的一个。

金软爸显然没想到宝贝女儿会来这么一招，有点猝不及防，一脸尴尬。而那个荆老师正把所有人的目光引向他，等着他的发言。

我是做生意的，应酬多，这大家都懂的。金软爸爸也是个聪明人，反应很快，还幽了一默，引起不少笑声。

不是的，你有时就是在和一群女人打麻将唱歌。谁知金软不依不饶，爆出如此猛料。报告厅里的笑声更大了。

再老练的人也经不住当众出丑呀，金软爸脸唰地红了起来，不知所措，他总不能解释说那些女人是谁吧，跟他关系很正常吧。

荆世骇却依然笑容满面地站在讲台前，他打开媒体，屏幕上出现了一段父子访谈节目，讲的也是父亲因很少在家而引起的一段家庭风波。

笑声顿时变成凝视。十几分钟的访谈很感人，使所有人陷入了沉思，包括金软的老爸。

我相信，我们的父母为了孩子可以牺牲一切，包括生命，金软爸今天能来这里配合我上这节课，充分说明他是一个对孩子负责任的父亲，我要对您鞠个躬。荆世骇深深地鞠躬让报告厅里响起了热烈的掌声。

就在掌声渐渐冷下来时，田回也地站了起来，他对着讲台，侧身看了看离他不远的妈妈，战战兢兢说，我、我对我妈最不满的是她老是叫我补课，不让我玩，老是对我的成绩不满意，即使有时我考了九十几分还要骂我，只要有人比我考得好她就不满意。田回最后越说越快，声音却越来越响，所有人都听见了。

这下引起了骚动，大伙在交头接耳声中把目光投到了田回妈的身上。和金软爸相比，她的机智和修养就差了不少。只见她倏地站了起来，脸色铁青，拨开人群，跨步向自己的儿子走去，嘴里还骂骂咧咧道，小节生，我什么时候不许你玩啦，上个礼拜还给你白相了电脑。

眼看她要抓到田回的脸时，荆世骇一个箭步，挡在了她的面前。她的一只手抓在了荆世骇的脸上，立即爆出两道血杠。这时，查欣鑫妈也站了起来，一把抱住了田回妈。

你个小节生，我要你认真读书难道错了吗？不认真读书你能像人家那样靠爷娘去好的单位吗？你爸又不是当官的，又不是老板，你只能靠你自己，你懂吗？田回妈见身体动不了，动起了嘴。一番话把在场所有人都HOLD住了。

荆世骇脸上挂着红印，默默回到讲台前，播放了另一段视频，也是一段访谈，访谈人有家长、教育专家和孩子，讲的就是田回妈刚才的话题。

在一阵静默中，所有人，包括田回妈，都认真地看完了视频。直到下课铃响，报告厅里还是沉默，谁也没有再多讲一句。

64.AK47　卡拉什尼科夫

金霸王日记选二十三：荆老师脸上的血杠像两个疯子，是我们疯了还是大人疯了。田螺妈真不是个女人，丢了面子就动手，我们被你们训得像王八狗的时候找谁动手去？我们打架的时候你们一本正经跟我们说，要讲道理，你们讲了吗？你们讲的是你们自创的道理。荆老师只是想叫你们跟我们讲道理，看你们虚假的表情。我老爸也是，我还不如，回到家又滚出去了，大人都是骗子，却要我们小孩去做诚实的人。

武教研员当天没有对荆世骇的思品课进行实质性的点评，只是说了三个想不到，一是想不到刚踏上岗位的荆老师会这么上；二是想不到课上会出现母亲想动手打人的一幕；三是想不到这样的课在磨课时会被通过拿出来展示。这第三点就像三记耳光，分别打在了康校长、米教导和褚老师的脸上。

米教导忍无可忍，在武教研员刚发言完，立即接上去：谢谢武教研员给我们留了面子，下面我来说说这堂课，其实凭我的水平也说不像了，用四个字来概括就是“狗也不吃”，我想请荆老师把教案拿出来，让我们学习一下他的设计，学习一下他硕士生先进的理念。

荆世骇似乎料到了这样的场面，他静静地坐着，强迫自己做了两个深呼吸。说到教学设计，他这一个星期干的就是这事，形成笔书的就一页不到。他摸了摸口袋，把手伸了进去，捏了捏那张呱呱脆的活页芯，终于没有掏出来。

我只有腹稿。荆世骇淡淡地说，声音有点异样。

没备就是没备，还找什么借口！米教导抢白道。

是副校长意识到问题越来越严重了，全区开课，竟然敢不备课，普天之下恐怕没有。这名声要是传出去，丢的不仅是荆世骇一个人的脸，更是A状元小学全体教师的脸。

那你把你的教学设想说说，一样的。是副校长插话道。

所有人的目光都聚集在荆世骇的脸上，他感觉这目光化成了一只只蚂蚁，正在朝他眼里爬。

我没有什么设想，只是想让孩子们和父母们真对真、心对心地进行交流。

荆世骇没有拎清是副校长的话，依然淡淡地说道。

扑哧——米教导第一个喷了出来。他略带讥诮道，是啊，可惜有的家长没有领会你的好意，差点在课上把自己的儿子现开销。

这时，在场的人才注意到荆世骇脸上还有两道深深的血印。

卞青青低着头，长长的头发遮住了大半个脸，谁也不知道她在想什么。荆世骇可以不在意任何人的讽刺挖苦，却不能不顾及卞青青的感受。他瞥见她这样的神态，意识到自己食言了，前不久刚对自己说在学校要给青青一点面子。他有点后悔。

后来时间怎么熬过去的，荆世骇已经不记得了。他只是一直希望青青把脸抬起来，看他一眼，哪怕就那么一瞄。直到散会，他也没看到那张他期待的脸。

请五（1）班的田回同学赶快回家，知其下落者速与其家人联系，联系电话为××××××××××××。

这条所有家长和老师都能看见的消息是荆世骇开课后，晚上八点时，康校长亲自在电脑上发的。因为田回妈在五分钟前给他打了电话，说自己的儿子还没回家。

荆世骇放下手头的备课笔，立即给康校长回了电话，问清原因后直接去了学校传达室，他让保安把当天放学的监控回放了一遍，再一遍，直到第三遍也没看到田回出校门的身影。他懊悔万分，没想到自己的一节课会招来这么多麻烦。

他又立即来到办公室，从《班主任工作手册》上查到田回家长的联系方式，电话拨过去，对方正在通话中。直到拨了第五遍才有人接话，一听就知道是田回妈，她连哭带喊，荆老师你听着！我儿子如果有什么三长两短，我不会放过你的！说完就挂了，任凭荆世骇怎么打就是不接。

情急之下，荆世骇只能打卞青青的电话，希望她能和自己一起去找，结果电话响停了三次也没人接。最后他只好一个人沿着马路朝田回家那个小区找过去。

柏油马路上人车混进，烟灰共扬。荆世骇像条真正的狗，朝着路灯照不到的地方摸进摸出。一路上，去上夜班的民工小年轻，以为他是尾随打劫的，纷纷绕他而走。

在不到一公里的路上，荆世骇整整搜了一个半小时，毫无结果。他继续拨打康校长的电话，电话里告诉他还没找到，他再拨田回妈和青青的电话，依然没人接。

此时，熟悉的电话铃声响了起来。他以为是过路人的手机，开始时没有接，直到一分钟的最后几秒，他才恍然大悟意识到是自己的电话，他猛地抄起手机，按下接听键，出乎他意料的是，对方竟是还老师。

小荆老师啊，你班那个小孩找到没有啊？他问。

没有啊，快急死我了。荆世骇总算找到一个说话的人了。

你急啥，又不是在学校里弄丢的，你一点责任也没有的，别怕。还老师说，我刚才散步时看到一个影子像你，真是你啊，我就在你后面不远。

荆世骇一回头，发现二十米左右的地方还老师正朝他走来呢。

你不要急，就算在学校里弄丢的，校长是第一责任人，天塌下来先要压到他再压到你班主任的了。还老师看来身体不错，快走了几步，一点也不喘，说话很平静。

可是，毕竟是我班上的小孩呀。荆世骇说。

屁，又不是自己的儿子，你以为那些家长拿我们老师当人看的啊。小孩在你班里，叫你一声老师，等不在你班里了，就算劈面碰见，也不会打个招呼的。还老师说，好像体会很深。

小孩作孽的，出了什么事总归不好的。荆世骇说。

小荆老师你真是好心，那帮小节生才不会管你了，你班那个学生，十有八九在电玩城，不少小孩放学后就去那里白相的。还老师说。

电玩城在哪里？荆世骇忙问。

就在商业街对面，叫"康龙电玩城"。还老师还没说完，荆世骇就三步并作两步朝电玩城走去。

电玩城里灯光忽明忽暗，闪个不停，同时伴随着各种怪叫声。在一个角落里，荆世骇吃惊地发现他们班的三个小孩正围着一台机器扭动着身体，嘴里还发出"冲冲冲，杀杀杀"的喊声，喊声不是很大，可能怕被听见。边上是一只书包。

胖的那个是阙无言，矮小的那个就是田回，还有一个他没想到，竟是尉迟迟。等荆世骇静静地站到他们身后，过了足足有三分钟，他们才发现身后有人，并且是荆老师。和所有正在犯错的小孩一样，三人立即停止了手里的"工作"，低头等着荆老师的发落。

足足又过了有半分钟。

你们别走，等我会儿，我也要学打游戏机，荆老师小时候没得玩，现在想补点回来。荆世骇淡淡地说。然后快步走到外面，拨通了田回妈的电话，可还是没人接。他不得不发了条短信过去：田回在电玩城，已找到。而后他又打了个电话给康校长，说田回找到了。汇报完后，他回到三个孩子那里。

谁来教我？他脸带微笑，显得很兴奋。

三人面面相觑，不知道荆老师葫芦里装的什么药。

我是真心想学，怎么不肯教？荆世骇说。

教就教。阙无言站了出来，煞有介事地跟荆世骇讲起了“创世兵魂”的玩法。另外两个人在窃窃地笑，心情一下放松了起来。

阙师傅，你们晚饭吃了没有啊？没有的话，教会我后我请你们吃汉堡包。荆世骇边玩边说。

我和鱼翅已经回过家了，他爸今天陪几个听课老师去吃晚饭了，他去的我们家吃。阙无言说。

那你呢？荆世骇回头问田回。

他低着头，红着脸，知道荆老师葫芦里的药了，还好药性不强。

是我带给他吃的，他不好意思去我家。阙无言说。

这下荆世骇全明白了，田回怕发生了课上那一幕后回去被他妈打，不敢回家，又怕违反了他妈或者他爸的家教，不许无缘无故到别人家吃饭，所以就在电玩城等阙无言来陪他玩。阙无言给了他游戏钱，还带了饭给他吃。果然在边上还有一个“乐扣”的盒子。

如果我就这样把田回放到他妈手里，回去可能还是免不了一顿打。荆世骇边玩游戏边想，不如和他一起回去。

没多久，田回妈和爸就找到了这里。

你个小节生，读书读不像，到这里来寻死啊。大骂的是田回妈。她见荆老师也在这里，第二句没有骂出来，想打人的手也放了下去。

荆老师，谢谢你。田回爸倒还是挺有礼貌，摸出了一包烟，找了一圈才找到撕口，看来平时是不大抽的。他好不容易拔出一支“金南京”，递了过来。

荆世骇连连摆手，摆完搭在田回肩上，说，田回妈，白天课上真是不好意思，小孩嘛，心直口快，说明你儿子是个诚实小囡，好品德难得呀。

田回妈一听这话，火气顿时消了不少，马上说，这倒是的，我家回回从不说谎的。

吃了没有？小节生。田回妈看着脸色已经好转的儿子，问。

吃过了，是阙无言同学送的饭。荆世骇又摸摸身边的阙无言。

阙无言这下倒脸红了，没啥的，反正我们家每天都把菜倒掉的。

他真是不会讲话，尉迟迟心里想，果然，田回妈的脸色又有点难看了。不过马上又翻了过来。

谢谢你。她生冷地说。

看来没必要去田回家了，荆世骇想，一桩心事落了地，轻松了许多。他突然想起要给还老师打个电话，告诉他谢谢他，田回找到了。

荆世骇工作日记四十八：可怜的父母，可怜的家长，是谁害了他们？在所有的社会关系中，家庭和社会的关系其实最重要，它是一个国家健康发展的基础，家和国关系搞砸了，国也将不国，家也将不家。我们有权指责社会某些方面的不合理，但更有权摆正自己和社会的关系。没有一个国家会让自己的民众去唯利是图，不是吗？

65.气太足　投篮不进

金霸王日记选二十四：鱼翅说，荆老师上了一节“狗都不吃”的课，我问他是谁说的，他就是不肯告诉我。难道是他爸说的？不管是谁说的，能听出“狗都不吃”的人肯定也是狗，否则怎么会知道狗都不吃呢？荆老师就是比“狗”聪明的人，至少不上假课。不像上次3班上语文课一样，褚老师把答案先给了“狼狗”（一个叫郎厚的学生的雅号），再在课上问他的。我们宁愿喜欢真的狗，也不愿接近假的人。

荆世骇课上课下“大出洋相”的事很快被老师们淡忘了，因为繁忙的时刻马上就要来了。先是教导处布置的第二次备课和作业检查，为了检查得细致一些，这次分了工，年级组长和教导处两个副职检查备课，备课组长和另两个副职检查作业，米教导和是副校长全面负责。

经过一天的繁忙工作，所有老师的备课和作业都检查了一遍。问题还是老问题，电子备课雷同甚至一样的很多，不同的只是“备课人的姓名”。即使不一样的，网上淘来的痕迹也很明显，有人甚至原教案中的学生姓名也没改过来，就算是“原创”的，也是东拼西凑，这儿弄点那儿弄点，只要将相关文字百度里一搜，总会出现相关的“原文”。作业的最大问题是：数学，作业面不清楚，有的班级错题太多，影响总体美观。语文，最大的问题是作文的批改，有的老师只是打了个等第，或者再加寥寥几句评语，没有眉批，有的错别字也没改出来。《习字册》的问题是太随意，学生根本不像在练字，而是在抄作业。还有，罚抄在本子上超过三遍的，等第没按指定位置打的等。英语作业问题最少，就是抄抄，翻译翻译，外加默写。只有个别班太潦草。

五（1）班语文作业存在的问题是量不够，譬如《补充习题》人家都做到

第十课了，他才第七课。还有就是作文，学生写得随意，老师批得也随意，没有完全按照教材上的要求来做，篇数倒是最多，可学生写得有长有短，长的有七八页，短的才七八行，而且还是诗句的形式。批语呢？不是全部都有眉批和总批，像金软和田回他们的作文，就是“写得真棒，我快成你的‘金丝’了”，或者“你这则童话可以和郑渊洁的PK一下了”，再或者“你的打油诗差点将我滑倒了”，等等。完全没有具体的说明棒在哪、好在哪？所以荆世骇被通知“作文补批”。

荆世骇把作文本拿到课堂，心里是一千一万个不乐意。思前想后，他最后想到了卞青青。自从上次上了节“狗都不吃”的课后，他发现青青对他冷了许多，包括上次找田回时的电话，他几乎可以确定是她故意不接。她没提出分手，也没赴他约会，也许正在冷静期。他理解她，也得为她想，尽量不要再出什么新闻。

他突然想到高年级学生的作文可以自批了，而且以前很少尝试，不如这次用一下，偷个懒，学生们肯定还很新奇，很乐意呢。

果然如此，只用了一节课，孩子们就把手里的作文补批完了，而且有的还煞有介事地用了很多眉批，学着他的样或者之前易老师的样，写上“比喻巧妙，此处写出了月亮的特点”，或者“此句通吗？请再读读，字写错啦”等批语，只是这字太稚嫩，一看便知是学生写的。

最后是褚老师复查了荆世骇的补批，她一眼就发现了作文本上的“蹊跷”，只是没说啥。再改的话，就变成美术本了。他的其他作业问题不大，应该可以充数过关。

接下来就是磨课，领导和专家来常规检查，肯定是抽课听，至于听谁的，谜底只能是当天揭晓了，也就是说，人人都得准备检查那天的所有的课，上一门的准备一门，两门的准备两门……最多的准备四门。

荆世骇那天不巧，有三门课：班队、思品、语文。思品和语文反正都开过课了，有点数了，只要自己头脑不发热，按规矩上，问题不会大。只是这班队课，他平时虽然上，就是没一节是按规定上的，无非就是和孩子们谈谈心聊聊天，有特长的表演表演节目。

他不得不再次请教褚老师，褚老师看了他几秒，回绝了。

班队课我也不大会上，你还是去问大队辅导员吧。她说。

大队辅导员就是上次来拿班委名单和期末发“三好生”奖状的老师，荆世骇记得姓焦。他找了一圈没找到，后来和他同办公室的人说焦老师正在辅导低年级班主任上班队课。他马上找去，作为旁听生虚心学了起来。

焦老师正在教低年级班主任们“列队整队出旗辅导员讲话”等流程。荆世骇一一记了下来，回到自己班，依葫芦画瓢，让孩子们训练。

至于其他副课，相关老师们也正积极做着准备，尽管这准备可能白做，但是也得做，万一被抽到，不至于出洋相。

唯一笃悠悠的只有还老师，全校的紧张气氛好像跟他一点关系也没有，他仍然玩着他的“空当接龙”，逍遥得很。

卞青青运气不错，那天只有语文课，所以一门心思准备着语文。从内容选定到教案设计，再到各个环节的打磨，她反复思量了好几次，最终定案。可她还是不放心，亲自来问荀老师，见到人影晃晃的荆世骇，双方打个招呼的时间也没抽出来。荀老师不上卞青青的那课，叫她拿她班试上一次，卞青青欣然接受，按照荀老师的意思，准备课件去了。

这边褚老师看在眼里，急在心里，她觉得像荆世骇这样的“徒弟”，自己已无法指导，要不是看在有指导加分，她肯定马上辞掉这个“师傅”的头衔。

整整一个星期，A状元小学的部分老师们，即使到了六点，还在办公室或者教室里准备课。他们都知道，检查中出丑是最难堪的事，谁也不愿意踩上这堆泥。

除了还老师。

荆世骇总算把班队课的型定了下来，孩子们很配合，都想卖点力。所以有些小品表演，游戏串联，都是踊跃报名。主持人大家一致推选金软同学，天不怕地不怕的金霸王，这次倒有点缩了，她怕给荆老师丢脸，再吃批评，也怕到时紧张，主持砸了。

最后她盛情难却，勉强接受。

荆世骇工作日记四十九：一场大戏即将开幕，就像造假公司迎接工商所的检查，无论表面做得多好，内行一眼就能看出端倪来。但愿检查我们的内行网开一面，放人一条生路。

66.绿草如茵　近看却无

这一阶段，比老师们还忙的可能就是行政了。各条线各个负责人，就像吃了迷幻药的老鼠，四处乱串，一会儿去办公室，一会儿去文印室。首先是各个部门的管理制度全不全，没有公示出来的要公示，大制度下还有小制度，譬如教科室，在教科室工作制度下，还要有课题管理制度，论文奖励制度，教科研活动制度等。接着是一年来的各种计划总结，各部门都要清清楚楚列出来，纸质的电子的都要。再接着就是各部门根据计划所开展的各项活动资料，譬如课题研究活动资料，要将每次活动的方案，过程性资料，总结及相关成果一一列出。还有，各种材料都准备好以后，要开目录，按序放在统一的文件盒内。最多的是教导处，足足用了十一个文件盒，每个盒子里几乎都装满了纸张，平均每份不少于 80 张。

比行政还要忙的，就是打印机了，文印室那台已经打印得冒出了白烟，校长室、校办的也打得纸头发热发烫了，估计离冒白烟不远了；油墨一盒用掉再用一盒。

检查的日子终于到来。康校长六点就来到了学校，他先在校园里转了一圈，发现尽管隔天布置了大扫除任务，可有些角落，有些班级里还有小纸屑，他立即打电话给相关班主任，要求立即将垃圾清除。清洁工们忙得也不亦乐乎，走道拖了一遍又一遍。

七点不到，除了还老师，其他老师们都提前来上班了。平时里先要喝口水顿一顿的习惯一下改掉了，有第一节课的老师迅速来到教室，组织学生自习或早读。学生们也很乖，知道今天有领导来检查，个个坐得笔笔直，等着老师的指示。老师叫下课就下课，老师叫坐在教室别讲话就别讲话。还有，他们都记得，如果遇到陌生老师，一定要说“老师您好”。

紧张的气氛还在继续着，天也似乎变得阴沉了不少。终于熬到了八点，有人看见几辆陌生的车子进了学校，从车里出来了七八个人，有男有女，其中就有武教研员。还有数学和英语教研员，及兄弟学校被局里请来的有一定知名度的校长，他们都是某方面的专家。譬如有校园文化搞得不错的学校的校长，有体育特色学校的校长。

有几个人马不停蹄来到了教导处，米教导立马迎了上去，同时还递上本校的一张教师任课的总课程表。原本他和是副校长想把课表“艺术处理”一下的，就是把有些老师的课去掉，如还老师的课，或者换掉，移花接木。就是同一个年级，无论抽到谁的课，都是由学校早就安排好的那几个老师去上，反正检查的领导专家又不认识他们，有学校就这么做过，效果不错。后来被康校长否决了。

老师们焦急地等着抽签的结果，几个迷信的嘴里念念有词，“阿弥陀佛，不要抽到我”。也有人很笃定，反正我就这么上，随你们听去。

有时事情就是那么巧，怕啥来啥。五年级还老师和卞老师被抽到了语文课，荆世骇和褚老师抽到了思品课，荀老师抽到了劳技课。

其他各年级的老师们也相应地抽到了一节或者两节课，抽到最多的是三节课。也有一节也没抽到的，他们高兴死了。

对于其他老师，米教导心想也就算了。只是这还老师和荆世骇最不让人放心。老头子没有任何准备这是肯定的，他一向这样，荆世骇虽说这次不会叫家长来参与思品课，不知道他课上会弄出什么花样经来。好在都不是第一节，他迅速找到康校长，希望“艺术处理”一下，还老师的课索性说特殊情况不上了，改成褚老师上，荆世骇的思品课改上班队课，反正他也准备了。结果还是被康校长否决了。

顺其自然吧，我们尽量不去弄虚作假。他对米教导说。

米教导悻悻离开校长室，一肚子委屈，好像他要做小人似的，不都是为了学校吗？

领导、专家们的安排是上午听课，下午看抽到课老师的备课和作业及各部门的材料。结果，准备下午课的老师们欢欣不已，比起不被听到课，白忙活一场算啥。

武教研员觉得自己的姓氏已经很少有了，想不到还有姓还的，怀着好奇的心理，走进了还老师的班级。一开始她就纳闷，这至少也算是公开课，而且是正规的检查，这还老师上语文课怎么不去媒体室呢？一进教室才发现，原来班级里已经装了电子白板，条件不错。上次听褚老师的课在媒体室，没发现。

还老师几乎是和武教研员一起进教室的，他很有礼貌地向武教研员点头示意，武教研员报以同礼。

第二遍铃声响起，随后还老师一声“上课”。

起立！随着班长一声口令，全班四十五个学生齐刷刷地站了起来，这样式就给人一种舒服整齐的感觉。

同学们好！还老师边说边弯腰向学生们鞠躬。

老师好！同学们同样弯腰向还老师鞠躬。

请坐。还老师说完，同学们又齐刷刷地坐了下去。

今天这节课我们考试，请大家把语文书合起来。还老师说完，从讲台桌洞里拿出一叠考卷，按组发了下去。

孩子们愣了一下，有的回头看了看后面的武教研员，有的差点笑出来。

武教研员简直不相信自己的耳眼，这分明是侮辱她弱智嘛！不过她没有马上离开教室，等还老师把考卷发完，才走上去要了一张，然后离开了。

她径直来到教导处，见米教导不在，又去找分管是副校长，他也不在。两人都去陪相关领导专家听课了。最后她只得来到康校长办公室，康校长在。

康校长，你们学校的老师难道不知道今天要来检查吗？我去听课竟然考试。武教研员声音有点大。

康校长吃惊地站了起来，他怎么也不会想到会有这样的老师。

谁？

五（4）班那个还老师。武教研员说。

一听是他，康校长被提起的心又掉了下来。他给武教研员倒了杯水，心平气和地将半年多来对这位老教师的了解一一说了出来。武教研员耐心地听着，在以前的调研活动中，她也遇到过类似的教师，年纪大，思想旧，摆架子。可以理解，只是这开课考试，太难让人接受了，有点侮辱她的意思。

是啊，一个学校如果有了几个这样的老师，管理起来就难了。武教研员最后说，接下来我还有课去听，这事先这样吧。

忙碌的一个上午很快过去，老师们也有如释重负的感觉，脸上纷纷露出了阳光般的色泽，白而亮。可是领导、专家们的忙碌才刚开始，他们还要检查上课老师的备课和作业，以及令人头疼的各种资料。检查完还要写反馈，等下午三点在会上还要对A状元小学的全体行政人员“汇报”。

三点也很快来到，检查下来总体情况良好，上课得到优的有5人，得到良好和及格有18人，一人不及格。只是个别情况太离谱，譬如上课考试，武教研员还是忍不住指了出来。备的课和上的课不是一码事，学生作业有错误的没找出来。所做的材料中也有点小问题，有的活动学期计划里有，却没在相关的材料里看到活动的过程性资料，就是一个方案和一个总结。反馈总结的是检查组的组长、区教育局魏副局长。他充分肯定了康校长半年多来所付出的努力，肯定了A状元小学所取得的进步。

还有老师和学生的调查问卷分别十份和三十五份，由于时间关系，魏副局长决定回到局里看完后再给反馈。

最后是康校长总结发言，他首先感谢了各位领导专家的辛勤工作，感谢了区教育局对A状元小学的关心。接着阐述了自己的办学理念和管理方式，然后总结了工作中的一些不足，最后希望在领导和专家们的关心下，A状元小学能取得更大的进步。

荆世骇工作日记五十：难熬的一天终于过去了，我的品社课听说还得到了表扬，因为小子们卖力啊。把个听课老师逗得一阵笑一阵呆。只是听说还老师标新立异，上了节“考试课”，原来他不准备是早有准备，老姜哪！只是这常规检查过后，会怎样呢？康校会拿出后续管理方案吗？对于还老师，难道就这样不了了之？以后轮到我，我就去上自习课。

67.向恒星祈愿　流星不靠谱

金霸王日记选二十五：荆老师学乖了，品社课像语文课那么上了。那帮小子也真聪明，胡编些假话糊弄听课老师，小苹果说自己是独生女，家里明明还有一个刚出生的弟弟。胖哑子说在家里会烧饭洗碗，一派胡言，他奶奶听见了肯定要笑死。还有小胖墩，居然说自己是个爱护环境爱护公物的人；班级里的门锁修了三次，都是他弄坏的，平时扔垃圾像呼吸一样随便，还大言不惭说爱护环境，他平时课桌洞里那些烂皮瓜子壳废纸，要是荆老师不叫他扔掉，听课老师看到了不知会怎么想？阿弥陀佛，上帝保佑，荆老师这次总算被表扬了，不过鱼翅说好像没点名，还不一定是他。

可是，金软高兴得太早了，她忘了自己所填的调查问卷，认为不需署名就可以“乱写”了。那天魏副局长就是看到了她和几位老师的问卷后才临时决定带回局里“看完后再给反馈”的，这在以往是没有的。他知道康校长和关局的关系，如果将这些不利他的问卷内容当众公布，肯定会被传出去，也相当于在关局的脸上抹了点灰，因为当时就是他保举自己的爱徒来A状元小学的。

学生问卷内容的形式主要是选择题，如你最喜欢上的课、最喜欢的老师、几点到校等。这些都好选，问题是以下几题：有没有被罚抄过作业；有没有被老师体罚过；回家作业多不多等，金软的回答都是肯定。其他班的学生在被叫去答卷时，班主任老师都做了交代，包括还老师，荆世骇没有领会米教导的意思，也就没给金软提示。更不好的是，金软在回答最后“你有何建议”的问题时，是这样写的：我衷心希望康校长每天都来我们课堂听课，每天都来看我们做课堂作业，每天都来检查我们的回家作业。我还希望所有老师按照课程表上课，准时上课准时下课准时放学。我更希望所有老师真心对我们学生，不说谎不骗人。

在魏副局长给关局的教师调查问卷中，也有类似不统一的回答。有一个老师在问卷中明确表达了对校行政的不满，说行政做得少，拿得多，对老师只看分数不看师德，“康校新政”只有三天热度，食堂饭菜太差，严重影响老师工作热情和学生身体健康，学校经费使用要公开明细，等等。

康校长看到这两份问卷时，现场只有他和关局两个人。关局明白，魏副局长这么处理，表面上是为他着想，实际上是给他出了个难题，如果情况属实，那就要对A状元小学进行调查，并将调查结果进行通报。如果不了了之，说不定魏副局长那里还有问卷的复印件，到时是一颗炸弹，不知道会炸到谁。好在绝大多数问卷的答案都是对A状元小学和康校长有利的，美玉也有瑕疵，何况是个这么大的单位。

你知道这两份问卷是谁的吗？关局问。

没署名，怎会知道？康校长心里嘀咕，关局这一问是不是太弱智了。

不清楚，不好乱说。康校长如实回道。

小康啊，你真是工作经验不足哪。一般来说，无论去哪个学校，问卷不会出现这样的问题，虽然是不需署名，可那些学校的工作就做得很细致，学生和老师的口径是一致的。出现不同声音说明对领导或学校不满，虽然这很正常，可人家没弄到台面上来，检查前都做了很好的处理，你怎么不注意呢？关局的话有训诫的意味，康校长心里有数。

他开始分析起问卷的来处了，要说学生，肯定是有啥说啥，肯定不会有意为之。这只能说明其班主任没有事先关照或者故意没关照。教师一头，肯定是故意为之，他们不会这点常识也没有，所以问题还是出在教师身上。

会是谁呢？康校长自然想到了还老师，那份教师问卷的笔迹，他有印象，再加上他一贯的表现。那这学生会不会是他班的呢？肯定不会，因为对他还老师本人不利。他突然想到了荆世骇，这个有点像他的小年轻。

我看还是你回去做份材料，将自己调查的结果汇报给魏副局长。关局说完，又补了一句，想想办法，把同事关系搞搞和谐。

康校长知道这话里有话，连连说好的好的。

第二天他把任务交给了是副校长和蔺副校长，让他们去调查一下有没有问卷上反映的问题。结果两位校长调查下来没有这样的问题，康校长立即将他们的调查材料送到了魏副局长处。材料上有不少学生和老师的保证和签名，很有说服力。

一事刚平一事又来，这回不是本校的，是外校的。全区招牌初中——桂冠中学有一名初三学生跳楼自杀，因抢救无效，该生跳楼成功！局里召开了紧急会议，首要任务是将家长稳住，然后是秘密上报，信息不向社会公布。

各校一把手校长夜里九点被叫到局里紧急开会，领会了保密任务后还要立即彻查自己学校的情况，看看是否有类似危险的苗头，要各校立即启动心理咨询室，全校彻查学生的心理是否健康。虽然操作起来有点难度，各校长哪敢推诿，一一领命，第二天就召开了三个会议。先是行政会议，接着是班主任会议，最后是全体教师和学生会议。弄得那天的课也没法正常上。

老师们也不是傻瓜，学校这样兴师动众，必定出了什么事。消息灵通人士已经知道发生了什么，一传出来，一会儿全校皆知，全区皆知。但都被校长要求保密，也不敢公开议论，只好私下说说。

其实所有人都想知道的是那个学生跳楼的原因。一把手校长们已经知道了，关局三令五申不得外泄，所以一般老师只能猜测。俗话说得好，世上没有不透风的墙，民间传说的跳楼原因是不堪补课压力。问题是补课的人那么多，为何偏偏这个学生会做这么极端的事出来呢？所以人们的好奇心还是没有得到满足。

有老师吃好晚饭就守在电视机前，以为“今日传真”栏目会播报相关信息，结果屁也没见一个。

平时一向漠不关心的还老师不知从哪里得来的消息，一上班就说网上有消息。褚老师和荆世骇立即百度起来，打入“桂冠中学学生跳楼”的字条，不一会果真出现了相关信息。一向不大上网的荀老师也握起了鼠标。

他们只是看到了一条帖子，说是桂冠中学有一初三学生因为嫌补课费太贵，跳楼自杀了。

荆世骇发现，除了这个帖子，下面还有一个博客网址。他打开一看，竟然是那个学生的一封遗书，遗书还有题目，叫“给桂冠中学老师的一封信”。

68.我要飞到无尽的夜空　摘颗星星做你的玩具

亲爱的老师们：

你们好。我本想在这“好”字后面用“！”的，可是因为我写这封信的目的是想给一切画个句号，所以用了“。”。请原谅我的不礼貌，我要走了，去一个不需要讲礼貌的地方。

我是个外地人，前年随父母移居到这个城市，多兴奋呐，住下来的第一天，我整整一夜没合眼。睡不着呀，窗外那一辆辆半夜开过的车，那一盏盏半夜还亮着的灯，那一幢幢半夜还透光的高楼，就像梦一样吸引着我。当时我就想，我一定要留在这里，我再也不想回家去踏那黄泥小路，看那秃山老鸹。留下来的办法，对我来说只有一个，那就是好好念书。

靠着爸妈的“死皮赖脸”和好心人的帮忙，我终于进了离租住地最近的“桂冠中学”，我听说它是这里最好的中学。心想，我真幸运哪！我一定要努力，一定要拼命。可是，后来我知道，我进的是普通班，当时我就有一种低人一等的感觉，原先的兴奋一下变成了气愤。可是爸爸跟我说，进哪个班是次要的，只要自己争气，在普通班也能考出不普通的成绩来。我冷静下来后觉得爸爸的话是对的，我只要肯吃苦，同样不会差。

在我们老家，我算是好学生，没想到到了这里，尽管我没有浪费一分一秒，可我的成绩还是比不过人家，尤其是每次阶段测试成绩公布，我发现在我前面的密密麻麻的名字像针一样刺着我。尤其是他们说的好班的成绩，更是让人望而却步。“桂冠中学”真是名副其实的名校哪！我有点灰心了，想随便读读算了，多点时间帮爸妈摆摆摊，打理打理家务。谁知他们知道了我的想法后，狠骂了我一顿。有一段时间，他们一直唉声叹气，拼命干活，回来得也更晚了。

有一天，爸爸对我说“孩子，你还是去补补课吧”。我一听，当然好啦，但我知道补课要钱，钱从哪儿来，又有点犹豫了。可是爸爸不知从哪儿捧出一沓钱，说补课的钱已经准备好了。就这样，我就和班上的几个同学一起走进了补课老师的家里，周六周日各一门。果然，一个月下来，我这两门的成绩有了明显的进步，我总算没有辜负爸妈的一片苦心。第一个学期结束了，我爸要我到老师那里去给补课费，没想到的是，爸爸给我的五千块钱一分没剩，正正好好。我算了一下，平均要近 120 块钱一次。你们知道吗？我爸爸给人做一天工才 50 块钱，我妈菜场摆摊，一天也就有 30 多块，我们还要交房租水电费，还要买菜买米。

你们知道吗？为了能让我吃好点，我妈一个礼拜给我烧一次土豆炖鸡，可是她自己从没碰过一块鸡肉，土豆也是要等我吃剩后才肯下筷，我爸只是喝喝我喝剩的汤。看着碗里漂着油花的鸡肉，你们知道我心里是什么感受吗？我的心在滴血。

更让我想不通的是，老师们为什么不在课上把知识的重点讲给我们，而是蜻蜓点水似的拎一下，到了补课时才煞有介事地跟我们讲清楚。慢慢我就知道，班上绝大多数人都在补课，明明可以让我们的父母少一点支出的，你们为何要这样做？你们没有看到一个体力劳动者赚一块钱要付出多少汗水吗？你们于心何忍？你们天良何在？你们凭什么要我父母每月多出 1000 块钱的血汗钱？让他们晚一个小时回家？你们没有父母吗？你们不是父母吗？你们没有孩子吗？

几次我都想不补了，成绩差就差点吧，但我可怜的爸妈不同意，他们说“我们还挺得住，只要你读书读出头就值得”。有一次，我故意没去补课老师那里，想省下一次补课费，给爸爸妈妈买点好吃的，谁知回家后却招来爸爸的一顿打，我知道补课老师肯定打电话了，他以关心我路上安全为名，在我爸爸面前说了很多补课的重要性，让我爸这个老实人心甘情愿地把血汗钱拿出来。

以后的一段日子，我赶补课的时间比赶上学的时间还准，因为我不想我爸再生气，再伤心。可是今年的中秋节过后，我发现补课老师对我的态度和以前不一样了，补课时总让我坐在最边上，给我讲题目时也是怪声怪气，没个好脸色。我开始百思不解，每次遇到他总是比平时叫得响——某老师（我在这里没有写出您的姓，是不想害你，无论您对我怎样，始终是我的老师，"一日为师，终身为父"，我懂这句话）。后来我在和同学的聊天中了解到，中秋节前，和我一起补课的同学的家长都给他送了礼，而我爸没有。为了给我多挣点补课费，他们已经好久没回老家了，否则一定会给他带点土特产的。记得第一次上门时，我爸就给了他一袋野生山蘑菇和一条腊猪腿。我爸也想买点东西送哪，可他实在是没钱了。

我在老师家补课的感受越来越差，人在那里，心在门外，补课的效果也越来越差。每次考试后我都不敢把成绩说给我爸妈听，怕他们伤心。谁知我爸会主动去问老师们，当听说我的成绩和排名后，对我又是打骂。我真的受不了了，我真的受不了了，我成了老师挣钱的工具，成了父母的出气筒，我活在这个世上仅仅是为了满足他们的欲望！

我呢？我也是个有思想有感情的人哪！我不是家畜宠物，养我的人和管我的人想把我怎样就怎样。你们考虑过我的感受吗？你们换位思考过吗？有多少次，我对我妈说，我不读书也能养活你们，你们就别再让我去补课好不好？可是每次得到的回答都是"读不好书，你怎么养我们"。我很想当时就辍学去打工，证明给他们看我真的能挣钱养活他们。可我知道，这只能是瞎想想。他们绝对不会同意我这么做。

也许是上天有眼，我们学校老师补课的事被人捅到了网上，学校发了"禁补令"，我以为这次可以名正言顺地不补课了。谁知被老师通知这阵子不要补课时成了举报的怀疑对象。特别是您那句"补不起就不要补"，就像蘸了盐水的刀子一样刺进我的心里。我家本来就补不起，可是你们为何要在课堂上藏着掖着，让我父母多花那么多血汗钱？你们知道吗？就算那些家里有钱的学生，也不想补课，你们剥夺了我们的自由，剥夺了我们干自己想干的事的自由。你们真的是不想给我们活路呀！

死，是现在唯一吸引我的东西。我对世间其他所有的东西都已失去兴趣，如果说还有什么留恋，可能只有那些真正关心过我的人了。我要走了，我知道我的离去只能溅起一抔尘土，该上课的还在上课，该下班的还在下班，该补课的还在补课。

爸爸，妈妈，恕孩儿不孝，我真的不能养你们了，我让你们失望了，我只想我走后，你们能过得轻松点，不要那么拼命了。

我走了，我认识的人们……

看完后，荆世骇呆呆地愣在了座位上，忘记了让办公室里的人一同“分享”。他不相信这是事实，或许是有人故意为之，想造成对桂冠中学的不利。

下午，兴趣活动课刚下，广播里就传出了开全体教师会的通知，马上放学，不得留学生在教室或办公室。会议由康校长亲自主持，内容就是桂冠中学学生跳楼一事，令所有人没想到的是，康校长宣布的那个孩子跳楼的原因竟然是“为情所困”。

“现在布置紧急任务，要每个老师，特别是班主任，尽快去了解班里每个学生的家庭状况，注意班里学生的心理情况，发现异常，马上汇报。这也是局里布置的紧急任务，必须完成。从明天开始，班主任和搭班老师必须利用空闲时间去家访，并做好记录，做到全班一个不漏。”康校长命令道。

晚上，荆世骇想叫卞青青去看一下那份遗书，不料已被删。他又搜了一下有关在校生自杀的新闻，还真不少，有的还是小学生。

荆世骇工作日记五十一：一个十五六岁的孩子，人生之路才刚刚起步，竟用自杀的方式来解除自己的痛苦，是多么悲惨的事哪！不管他的“遗书”是真是假，不管他是不是真的“为情所困”，这都是我们的失败，家庭教育、学校教育，值得反思。需要怎样的改进，才能使这类孩子“回家”。

69.一生的错误　就是想顺利走完

金霸王日记选二十六：荆老师讲了那个学生跳楼的事，胖哑子说挺好玩的，真是没人性。不过也是，我们喜欢玩的家长老师大都反对（除了荆老师），带把塑料枪来学校吧，老师说要打瞎人眼的；带副棋吧，老师说要影响学习的；带副牌吧，老师说不能从小养成赌博的习惯；带条绳子吧，老师说想上吊啊。在家看电视吧，老爸老妈都说会把眼睛看坏的；约同学去玩吧，说不安全；打打游戏吧，又说不但会坏眼睛更会坏了学习；上网聊聊天吧，又说网上都是骗子。除非我们去学围棋、学跆拳道，学弹钢琴、学画画、学书法之类的，否则都是不走正道，不务正业。哎哟喂，亲爱的老师大人们，你们怎么什么都不会呢？除了打牌麻将喝酒 KTV 自驾游，你们怎么不做点正道上的事呢？看看名著，拉拉二胡，写点文章，下下围棋什么的呢？告诉你们，我们现在最感兴趣的可能就只有死了。

那个中学生跳楼的事就像在长江里扔块小石头溅起的水花，很快被如滚滚长江水般轰轰烈烈的学校教育教学工作所淹没。至于事后的处理，非内部人员一律不知，康校长也只是耳闻桂冠中学赔了些钱，具体数字不得而知。

只不过，从此后班主任多了件事情，就是随时记录班里表现反常的学生情况。再有，学校再次重申不得搞有偿家教，胆小的老师停了几次，胆大的照常营业，谨慎的要家长默契配合，一个说没给，一个说没拿。而无论何种情况，孩子们依然在放学后、周六、周日拎了个包，在街道上、小区里急急奔走，从这个培训机构到那个培训机构，从这个老师家里到那个老师家里。

你说，如果天天有人跳楼，我们是不是就不用补了？说话的是查鑫欣，她正和田回去荀老师家的路上。

那肯定是的啊，你去不去跳啦？田回觉得好笑，反问道。

我不去，死呀，我才没那么傻呢。查鑫欣说。

那你说的不是废话吗？田回说，只有真正的傻子才会去跳楼，我们的命又不是老师的。

哎，可是我们的命差不多也快没了。查鑫欣说。

切！有本事你到老师家里也这么说。田回说。

查鑫欣白了他一眼，不再说话了，荀老师家到了。

补课越补越快乐的可能只有金软和筱果儿了，两个小女孩在荆老师家里一会儿笑一会儿闹，把个荆世骇逗得成了她们的同伙。可是她们都知道，这样的快乐是偷来的，要是她们的父母知道她们是这样补课的，就算再通情达理，也会有意见的。所以，她们回去后还得把功课补回来，虽然荆老师几乎是不考试了，可学校统一的考试不能不考呀，万一考成一缸糨糊，就会连这样的快乐也没有了。

荆老师，我们什么时候去春游呀？金软问。

按理说快了，春游春游绝不会夏天去啦。荆世骇说。

不会又去农场吧。筱果儿说。

换个农场。金软说。

我不去，我爸都带我去过几回农场了。筱果儿说。

每个农场都不一样的嘛，哦，荆老师。金软说。

那你们想去哪里呢？荆世骇说。

当然是迪士尼啦。筱果儿说。

你才交 100 块，连车费也不够。金软说。

交1000块也没用，校长又不听我们的，他说去哪就只能去哪儿。筱果儿说。

苹果乐园去过吗？荆世骇问。他记得有一次和卞青青路过，从宣传海报上看是很好玩的。

我去过三次了。金软说，不过总比去农场好玩。

那好，我就去给康校长提建议，就说去苹果乐园。荆世骇说。

两个小女哈肆无忌惮地叫了起来，哇！耶！让对门的人以为里面在杀猪咧。

第二天，荆世骇居然真向康校长提了综合实践活动去苹果乐园的建议，理由是通过调查，孩子们大多乐于去那里。这让康校长有点意外，他本来就在犯难，上次陶老板的农场已经去过，再去的话肯定不行了。这次换个地方，理所当然。可这门票，苹果乐园一向是不肯屈就的，如果按照平时的价格，学生交的这 100 肯定是不够的。作为团体票，他们肯打多少折呢？

康校长把想法给了藺副校长，藺副校长很快露出了不快。他知道，如果去苹果乐园，这综合实践活动费就几乎没有结余了，到时老师们的辛苦费什么的就落空了。他也把自己的想法说了出来。

没有肯定是不行的，老师们会有想法的。藺副校长说。

这本来就不应该有，带孩子们参加综合实践活动本来就是老师们的工作内容之一，再说我们又不是利用他们的休息时间去。康校长说。

说是这么说，可原来有的突然没了，他们会不会有想法？藺副校长说。

有什么想法？到时我们把账单公布出来，清清楚楚，谁还能说什么。康校长说。

藺副校长听罢笑了笑，既然康校长认为这么做没事，那就照他的意思做吧。他瞟了一眼康校长转身离去的背影，心里发出一阵冷笑。原本属于自己的一笔额外收入没了。

春游说来就来，而且是破天荒地去苹果乐园，这让全校的孩子们乐坏了。其实好多孩子都随父母去过了，只是这玩过的好玩的地方也比没玩过的不好玩的地方有劲呀！于是，超市小店的老板们也乐了，近三千个孩子，每人算他花五十元，总共也有十五万元的了，就那么短短的一天。而实际有好多学生每去综合实践一次，都要买上百元甚至几百元的东西，像阙无言，光巧克力就要花一两百元。所以说，这综合实践活动在很大程度上对当地的经济发展，也是做出了一定贡献的。

活动回来，苦日子就来了。深度调研即将开始，全校上下，从校长到清洁工，都在准备一场即将打响的战役。领导们要准备各种各样的材料，老师们也要准备好各种各样的材料，而且，通知上明确告知，这次调研，每个老师都要听课，每个老师的备课、作业都要检查，每个老师都要熟背学校的“三风”（校风、教风、学风）和课题名称。还有就是学生，也要熟背《小学生日常行为规范》，为保险起见，班风也要背熟。

总务处通知在调研前的那个周六周日须把学校的教学楼、行政楼，门窗玻璃等地方清理一遍。由于时间紧，人手又不够，须请保洁公司的专业人员来做。蔺副校长一问，人家开口4块钱一个平方，算下来，得两万多块，后来压到3块。康校长心一横，答应了，为了不给A状元小学丢脸，为了不让关局失望，花点钱很正常。

荆世骇工作日记五十二：深度调研真够深的，调得有些老师弄到深夜还在弄备课、弄课件。这些东西对孩子们有啥好处呢？为了补备课，有的老师在课堂上就是让孩子做作业，为了磨课，你上我的班我上你的班，学生们喜欢吗？为了调查问卷上的答案符合要求，让学生去说谎，这和法庭上做伪证有何差别？听说为了打印资料，文印室的打印机也坏了，这不是劳民伤财吗？对学生何益？我现在终于明白了，我们的老师为何在教育教学上没有真正的创意，尽搞些应付的东西，是因为他们没有思考的时间和热情了，只能疲于奔命。

70.犯孤平　此诗难韵

金霸王日记选二十七：老师们真可怜，像被打折腿的狗，一边忙得团团转一边还忘不了吠我们几声。斯老师活该，平时只知道叫我们做考卷，讲课讲得我们都想睡觉，现在领导要来听她课了，神气不起来了。骂我们笨，说我们懒，你聪明为何上课上得我们听也不想听呢？你勤快为何考卷还要组长批呢？这次听课，我让他们一个字也不回答你，让你唱独角戏。

阙无言、连德起和袁方方背《小学生日常行为规范》已经背了三天了，还是背不出。二十条，阙无言只能背到十一条：课前准备好学习用品，上课专心听讲，积极思考，大胆提问，回答问题声音清楚，不随意打断他人发言。课间活动有秩序。连德起能背到十三条：坚持锻炼身体，认真做广播体操和眼保健操，坐、立、行、读书、写字姿势正确。积极参加有益的文体活动。袁方方最差，背来背去卡在了第九条上：衣着整洁，经常洗澡，勤剪指甲，勤洗头，早晚刷牙，饭前便后要洗手。自己能做的事自己做，衣物用品摆放整齐，学会收拾房间、洗衣服、洗餐具等家务劳动。

金软请示了荆老师，问要不要让他们抄几遍？谁知荆老师呵呵一笑，对金软说，随他们便吧，背出来能做到吗？

又来了，真是不识好人心，金软小嘴一嘟，说，到时候万一抽到他们怎么办？

抽到就抽到，背不出就背不出，你以为他们背出来了就能做到呀。荆老师说。

金软简直不相信自己的耳朵，完全乱了，好像她变成了老师。

背不出来吃批评的可是你！金软说，差点哭出来了，其他班没背出来的都罚抄了十遍，你知道吗？

荆世骇此时才感觉到金软的声音有点异样，心想女孩子真的成熟得早，懂得体谅老师了，心里一激荡，幸福得不得了。

那你说怎么办呢？荆老师说。

告诉他们今天放学前不背出来就罚抄十遍。金软说。

罚抄就算了，我保证他们今天放学前背出来，怎么样？荆老师说。

他们哪有时间背呀？副课都在做数学和英语作业，中午饭还在嘴里，斯老师就来教室了，除非放学后，他们才有一点时间。连德起他阿婆接不到人要骂的。金软说。

荆世骇没想到，副科居然还在被占用，只是这占用的形式更隐蔽了，副科老师在教室，上的内容却是主科老师的作业题。

只有让他们下课背。金软说。有时候，斯老师和席老师也要到铃响才来的了。

不，下课让他们照常休息，还是让他们在我的语文课上来我办公室背吧。荆老师说。

金软还想说什么，一想也只有这样了，先把眼前的事遮过去，他们语文反正也考不好。

全校进入了大检查大磨课的准备阶段，检查作业和备课的任务照旧落实到了备课组长身上。为了杜绝走后门，米教导明令告知，如果哪个年级哪个组哪个人的备课和作业出现了问题，检查人员将和当事人一同通报批评，并和经济考核挂钩。

在所有的检查人员中，褚老师最难做，她组内的还老师和荆世骇，始终没有完全按照“七认真”的相关规定做。荆世骇主要问题在作业量和作文上，还老师的问题则是全面的：备课拿来主义，只换了个名，作业一个个大√，好多错处也没改出来。她把情况私下跟米教导做了汇报，得到的答复是“去跟康校长说”。褚老师知道，米教导顾忌的是还老师，他怕他烦不清，所以不敢亲自去告这个状。

褚老师考虑再三，决定采取“零责任处理”的方式，也就是说她通过“飞秋”把两人的问题反馈给他们本人，并要求改正，这样，在电脑上留下了她工作的证据，若他们视若无睹，责任也不在她那儿了，至少主要责任不在她那儿了。

还老师看到“反馈”后就像没看到，继续乐悠悠地玩“空当接龙”。荆世骇很想去据理力争一番，发现师傅好像没那意思，也就作罢了。

磨课就麻烦多了，媒体室从早到晚都有人在试上课，不但有语数英也有音品美。原来从不用课件上课的斯老师和荀老师这回也现代化了一回，各请电脑老师下载了一份课件，稍作改动，变成了她们上课的内容。哪知在试上时，由于不熟悉操作，几次挂机出洋相，弄得从不敢笑她们的学生们忍不住笑出声来。

按那个蓝色的，斯老师。欧吴实在看不下去了，帮忙道。

斯老师一按，发现大屏幕还是没反应，嘴里嘀咕起来，死机器，是不是坏了？

你要按投影仪上面的那个，欧吴走了上去，亲自按下。果然屏幕发生了变化，原来的电脑桌面变成了白乎乎的一片，斯老师把手往投影仪玻璃面上一撩，大屏幕上立即出现了她那饱经风霜皱不拉几的大手。

哈哈哈，孩子们抓住难得的机会，笑了起来。

上课继续，斯老师难得地没有发火，手忙脚乱地继续上课。

那几天，没有几个班好好地上过课，都在换课磨课，孩子们也难得真正体会了一下轻松课堂。不过回到家里，原本课堂上要做的作业还得补起来。由于作业多，不做的人自然又出现了，阙无言本来花钱还找得到“枪手”，这次人家自己的事也来不及做了，没时间赚他的外快啦。还有袁方方和连德起，索性一字不写，随你们老师便吧。他们知道，这阵子老师们忙得很，没工夫对付他们，乘机偷偷懒问题不大。

你说领导检查完了，斯老师和席老师会不会让我们罚抄？阙无言问袁方方。

管那干吗？说不定她们早忘了。袁方方说。

你的理想很美好，现实却是很骨感。斯老太婆记性那么好，怎么会忘记我们呢？连德起居然能说出这么有水平的话，大出人意料。

那怎么办？不如现在先去抄好。阙无言说。

我不去，让她们罚好了。袁方方说。

你老爸老妈不会骂你打你的当然行啦，可是我老爸老妈知道了不会放过我的。阙无言说。

那所以你去抄好了呀，反正我不去。袁方方说。

连德起你去不去？阙无言见搭不到小胖墩，转过来问。

连德起想了想，慢吞吞地说，除非你请我们吃个汉堡包，要不我也不去。

阙无言知道这分明是敲竹杠嘛！你们抄自己的作业，凭啥要我请客呀。不过他也不笨。马上说，如果你们帮我抄，我就买。

袁方方和连德起互相对望了一眼，心领神会，知道胖哑子上钩了。

再加一盒巧克力就帮你抄。连德起说。

好！人说人话，狗说狗话。阙无言一口答应。

荆世骇工作日记五十三：我终于发现深度调研对孩子们的好处了，斯老师和席老师不拖课也不早上课了，不过苦了小组长和金软他们，回家作业批得下课时间也没有。我得想个办法解救他们，既然没时间批，就不要布置。如果出于对他们某种能力锻炼的目的，那么也得有对于他们批作业后情况的反馈，也得有批改后的批改或评价。

71.天雨路滑　春雷还是夏雷

金霸王日记选二十八：荆老师说，明天领导们就要来调研了，我们要穿校服戴红领巾，遇见他们要站定鞠躬说“老师好”。可是，如果他们像木乃伊一样冷冰冰地理也不理我们呢？凭什么我们必须先向他们打招呼呢？我们也是人。至少我们打了招呼你们得应一声，要不然我就不打，我叫我们班的人一个也不打，反正他们又不认识我们。

春末夏初之际，这天气老是弄得人心痒痒。想发点神经，怕被人笑话。想宁静致远，又难受得要死。估计“发春”一词就是指在这种季节里把神经从某个点发出来。如果下点雨呢？不大不小，落在身上很着实，能感觉到凉，却不是冷。说不上喜欢，也谈不上讨厌。

第一批领导和专家来时就是下着这种雨的这种时节。A状元小学几千号人的声音就像被这雨声吃掉了一样，不仔细听几乎没有，仔细听才发现如同上万只老鼠挤在阴水沟里奔窜的响声。

为了少找麻烦，有的班主任要求孩子们没事不要走出教室。连一向天不怕地不怕的还老师，也让他的小兵们老老实实留在了教室里。只有五（1）班的学生们一如往常，对领导们的到来当作没来，照常下课玩闹。

根据来的专家老师的业务精通状况，相应班级的相应老师的课已经开始听。因为人人都要听到，第一天听到的老师们没有“就我倒霉”的叹息，反而有种“晚死不如早死”的快感，那么煎熬着，实在难受。伸头一刀，缩头也是一刀。有的老师已经开始感觉身体不适，主要原因是失眠导致的体乏，加上原本体弱，发起了烧来，又不敢请假，只是希望早一点抽到自己的课，早点解放。

没有抽到的，就把那节课留着，等着抽到时再上。至于在没有领导专家听课的课堂上，有的老师教新内容，把准备的那节内容留着，有的索性就是胡乱上些内容，或者做做作业，把时间打发过去。孩子们呢？有喜有忧，做作业的就是忧，不做作业的就是喜，上新内容的就是又喜又优。

五年级语文褚老师和卞老师第一天就抽到了，听课的就是武教研员，上次检查她俩给她的印象不错，所以先点了她们。还老师第二天抽到了，这次他没有上“考试”课，改成上“练习四”，也是教材上的内容。不过听他课的不是武教研员，而是兄弟学校的一位语文教学行家。他年纪跟还老师相仿，对于同龄人有着天生的好感，和还老师在走廊上的闲聊中，充分肯定了他的工作态度，说一个老教师，能上成这样已经不错了。这让还老师很受用，连忙掏出“红南京”表示感谢。专家抱拳，说我不抽烟的。这让还老师十分感动，想不到这世上还有在工作上肯定他的人，难得呀！

斯老师和席老师的英语课是在同一天抽到的，虽然教室里只有一个专家来听课，也让很少开课的斯老师感到有点紧张。她在讲分数的时候把“分子相同，分母越大分数值越小”说成了“分子相同，分母越大分数值越大”，弄得孩子们一愣一愣的，跟之前她举例说的现象正好相反，但是谁也不说话，任她讲。斯老师毕竟是老教师，很快意识到了自己的错误。不过，当着领导专家的面当场承认错误面子上很难堪，她马上回过去补充道，我刚说的是特殊情况，根据霍金的最新理论，在另一个维度空间，一加一也不一定等于二，所以有时候也会出现“分子相同，分母越大分数值越大”的情况，只是在绝大多数情况下是“分子相同，分母越大分数值越小”。斯老师急中生智，想起了不知哪天在网上看到的那则有关霍金的报道。

可是孩子们一点反应也没有，金软在课前布置了“谁也不许回答问题”的任务，他们很听话，一声不吭，死也不开口。眼看斯老师越上越上不像了，一把年纪脸涨得通红，既可笑又可怜。金软侧目看了看听课专家，发现他脸上挂着一丝不易察觉的怪笑，应该是肉笑皮不笑的那种。心里不免哼了一声，倒是同情起斯老师来。她一个人在讲台前演戏，不但无人喝彩，也无人喝倒彩。想想她也是教自己的老师，总不能让外来人太得意吧。到了课的后半段，金软把手举了起来。

斯老师如见亲娘，脸一笑，手一抬，说，好，金软，你说。

小子们又不理解起来，分明是你让我们死不吭声的，现在你又第一个起来说话，是不是把我们当猴耍呀？他们纷纷把目光投向她，她当着斯老师的面不能说什么，只能做了个鬼脸，左眼神秘地一眨。有人心领神会，在接下来的课上，把手高高地举了起来。

不料这一切被斯老师看在眼里，她虽然紧张，脑子还没停止转动哪！课后，她不知道找了谁，把今天课上孩子们的反常举动原因搞了个清楚。

荆老师，这个班我没法教了，全班学生和我作对，你不想和我搭班可以提出来的呀，斯老师以为是荆世骇指使金软做的，以报复上次她因为占课被他检举找他算账的事。

荆世骇本来对斯老师的大多数教学行为表示不认同，心理上对她也没啥好印象。这次不知道又是为了什么。所以没理她，转身离开了办公室。

见“理亏”的荆世骇溜走，斯老师火气更大了，背后骂了句“江北小节生你别跑”。褚老师、荀老师还有还老师忍不住异口问道，啥事呀？斯老师于是绘声绘色添油加醋地将事情说了出来。

小荆老师不是那样的人。还老师说，你个死老太婆有没有搞错呀？褚老师和荀老师静静听他们说，没发表意见。

不是那样的人？那是什么？班里学生亲口说的，难道他们会骗人吗？斯老师说。

哪个学生说的？说荆老师让他们和你作对？还老师有点不服气。

尉迟迟，是副校长的儿子，难道会骗人？斯老师有理声高。

他怎么说的？还老师还是不大相信。

他说，在课前金软要求他们在我的课上不许说一个字。斯老师说。

你们班有学生敢这样做吗？斯老师反问道。

这倒确实没有，还老师一下被斯老师噎住了。可他班没有不代表荆老师班没有哪！谁不知道五（1）班的学生胆子大呀？还老师心里一分析，觉得自己没有错。他让斯老师等着，自己亲自到五（1）班把金软叫了来。

是你让你们班的学生和斯老师作对的吗？还老师问。

金软见门外挤来挤去的小子们，看看斯老师的脸，又没找到荆老师的人影，啥事猜出了八九分。

不是的，我只是叫他们别说话，没叫他们和斯老师作对。聪明的金软避重就轻，巧妙地改变了问题的实质。

真的是你叫他们这么做的？没人指使你？斯老师显然不信。

没有，你不信可以问他们。金软说着指了指门外的小子们。

哦？那是为啥呀？我斯老师什么地方得罪你金霸王了吗？斯老师问。

金霸王？金软听出了斯老师话里的话，很是生气，她没能控制住蹿上来的火。

灭绝师太！她吼了一声。

斯老师二话没说，一巴掌抽了上去。金软立即感觉火辣辣地生疼。准备还手，却不料被还老师冲上一步拦住。金软哇哇大哭，一边挣扎一边大喊：老师打人！老师打人！你就是灭绝师太！

门外的学生吓得没了反应。当斯老师第二记耳光要上去时，被已经冲过来的褚老师和荀老师一把抱住。

你张小X，教了你五年，你就这样回报我？呜呜呜……斯老师居然也哭了起来。

当荆世骇回办公室时双方已经冷静了不少，他错过了一场“好戏”，心情无比沉重。接下来的课他让所有孩子坐着，静静地想想到底是为什么？

荆世骇工作日记五十四：今天是我工作以来最伤心的一天，一个我最器重和信任的学生居然和老师动起了手。无形的暴力终于转化成有形的，到底是什么矛盾，使得原本弱小的一方敢于冒着被摧毁的危险愤然反抗？在学生和老师的所有暴力冲突中，真正埋下祸源的或者事件的“缘头”，其实都在老师一方。学生对老师的恨和对老师的爱一样，都是一点一滴累积起来的。等爆发的那一天我们才去找原因，为时已晚。

72.一直沉下去　沉到灵魂漂起来

金霸王日记选二十九：我说脸上的指印是和同学玩时不小心抽到的，爸妈居然信了。我不后悔和灭绝师太打架，也不后悔叫他们上灭绝师太的课不回答一个字，我后悔的是又给荆老师惹麻烦了，他虽然没有骂我，但看得出心里很难受，在叫我们反思的课上，我发现他流泪了，我真该死，荆老师你原谅我吧。好在这几天有领导调研，灭绝师太也不敢拿我怎样，以后最多不上她的课。

出乎金软意外的是，斯老师第二天来上课就像什么事也没发生过，一切照旧，只是她有意无意朝金软脸上瞄的细节被田回他们发现了。下课后尉迟迟透露，昨天的事康校长也知道了。调研专家走后，斯老师和荆老师都被找去谈话了，一直谈到了天黑。

我爸说如果这事要让调研领导知道，这次调研肯定不合格。尉迟迟说。

合不合格关我们屁事？袁方方昨天看到了斯老师打人，他说我今天就去告诉调研的领导。

谁都知道小胖墩胆子大，却不知道胆子这么大。有人一听来劲了，立马起哄道，好啊！你现在就去。

去！现在就去！其他人也跟着起哄。

袁方方骑虎难下，真的转身想走，刚到门口，发现后肩被一只手抓牢，差点倒翻过去。回头一看，正是金软。

谁让你多管闲事的？不怕死吗？金霸王拿出了霸气，不过这霸气霸得没道理呀，小胖墩明明是去帮她出气的呀。

放开！袁方方一甩，竟然没甩掉，说，我是帮你，笨蛋懂吗？

谁要你帮。金软说，你不怕给荆老师惹麻烦吗？这后半句话一下浇醒了大家。袁方方也安定了下来，没再挣扎。

巧的是，这天荆老师的课终于被抽到了，他上课的内容是《爱如茉莉》，也许是课文内容让他想起了自己的父亲，也许是自己家里正好也有患病的母亲，也许真是被文中细腻的描写感动了，讲着讲着同学们发现荆老师的声音越变越细，越来越不连贯，等大家好奇地盯着他的脸时才发现，他眼眶里闪着泪光。

这可怎么办呢？后面还有听课的领导呢？金软急了起来，这样下去，这课肯定上不好了，又得吃批评。她灵机一动，把手举了起来。但荆老师讲得很投入，文中细节描写多，他每一处讲得比细节还细。尤其是在讲第5自然段时：……妈妈睡在床上，嘴角挂着恬静的微笑；爸爸坐在床前的椅子上，一只手紧握着妈妈的手，头伏在床沿边睡着了，初升的阳光从窗外悄悄地探了进来。轻轻柔柔地笼罩着他们。一切都是那么静谧美好、一切都浸润在生命的芬芳与光泽里。似乎是我惊醒了爸爸。他睡眼蒙眬地抬起头，轻轻放下妈妈的手，然后蹑手蹑脚地走到门边，把我拉了出去。

荆老师好像经历过这样的情景，似乎是声泪俱下地在讲“紧握、伏、探、笼罩”等动词，他说，“紧握”是两个相爱生命的互相依靠，是永不分离的亲情和爱情（有学生发笑），是两颗美好心灵的交融互感。说得大家一愣一愣的，似懂又不懂，这和之前他尽量让学生说的方式完全不同。他又说“伏”字让人感觉物理分量不重，心理分量却有千斤，因为怕压着自己爱人，因为怕睡得沉不能发觉爱人的反应，它是爱的一种膜拜的方式。

动词讲完，他又抓住“悄悄地，轻轻柔柔地，轻轻”等副词，大讲特讲。他说，悄悄的阳光蕴含着人的温情，正因为人有情所以阳光也有了情，万物有情皆因人有情。轻轻柔柔也是，人有情的反应在形体动作上体现，物有情在物入人感时体现。这么说，孩子们真的很难听懂了。

除了金软。她的手已经举了有一会了，荆老师终于发现了，他示意她可以发言。金软顿了顿，说，荆老师，我觉得这篇课文让我们的父母来学校听效果更好，他们如果在日常生活中懂得如何去关爱对方，相信我们也能感受到家庭的爱了。因为我们在家里见不到这样的场景，所以我们的体会不会深，你讲得眼泪也出来了，肯定是经历过类似的场景，你能不能让我们自己来讲讲家里亲身经历过的感人情景？

……可以呀？几秒钟后，荆老师说，谁想说。

孩子们心领神会，略一思考，陆陆续续举起了手。

我爸给我买好吃的东西时我最感动。阙无言首先发言，引起一阵哄笑。

我妈妈同意我看电视时我最感动。筱果儿说。

我妈同意我上网时我最感动。田回说。

我看到我妈洗衣服时我最感动。查鑫欣说。

我爸带我出去玩时我最感动。连德起说。

我妈妈哭时我最感动。欧吴说。又引起一阵哄笑。连听课领导也笑了起来。

……荆世骇听着他们的回答，回到了现实中来。他也从这回答中想到了“代沟”一词，想到了要走入孩子的内心是多么困难。

下课时，听课领导也是若有所思，他离开时看了看班牌，又看了看荆世骇。孩子们却都在看他，从他的脸上，金软他们猜测，荆老师的这堂课又失败了。

深度调研接近尾声时，问卷调查开始了。有对老师的问卷调查，主要内容是对学校及行政领导的一些摸底调查，譬如学校的三风是什么？你觉得校行政团队工作怎样？团不团结？有什么建议等？对学生的问卷果然提到了《小学生日常行为规范》，还有班风什么的，当然还有老师补不补课、作业多少、体不体罚等问题。五（1）班这次抽到的是田回和筱果儿，两人聪明了不少，对老师补不补课体不体罚的问题一律回答说“不”，对作业多不多、老师拖不拖课占不占课之类的问题，一律回答“多”“拖”“占”。而其他班级，在班主任的安排下，凡是有关学校和老师违规的事，一律回答“无”。

除了问卷，还有交谈。向教师代表和部分行政人员了解校长的工作情况，向学生代表了解老师的工作情况。这回五年级没有轮到，去交谈的都是六年级选出来的好学生，自然没有出洋相。

调研最后一天，下午一点整，所有行政人员都准时到会议室听领导专家的反馈。和上次不同，这次反馈得很细，每个年级，每门课，每条线，包括后勤食堂，都进行了调研。各相关负责调研人员，一一做了发言。总体情况良好，硬件方面，学生人均教学场地少 0.11 个平方米，电脑和图书人均数也没达到要求，不过，问题不大，后者马上可以添置。软件方面，师资队伍结构不太合理，老教师比例偏多，本科率未能达标，高级职称的老师已达 55% 以上，这点不错。市区级学科带头人数太少，须加强青年教师的培养力度。

教学方面，总共听了 255 节课，优秀率只有 8%，偏低；良好率 35% 也偏低；合格占 53%，多了点；不合格占 4%，多了点，按理不应有。由于没有公开谁谁谁得了啥，所以大家只是猜测，这不合格的 10 人是谁呢？

米教导和是副校长自然想到了还老师和荆世骇他们，但愿不是。

荆世骇工作日记五十五：水深火热的一周终于过去，领导专家累了，老师们也累了，学生们也累了。相信康校长他们更累。很想知道这样的调研对学生的身心发展有啥益处？学生上了那么多堂经过打磨的课，领导专家听了那么多堂经过打磨的课，有何收获？有何指引？如果教育教学活动不能感人入心，那就是失败的。

73.艺术的拐弯处是科技

金霸王日记选三十：我越感觉自己丑，就越恨灭绝师太。我知道好多人都在笑我的脸，灭绝师太也是女人，知不知道女孩子最在意自己的脸了。她那张老脸，就像糙纸，又黄又皱。

老师们以为调研过后会有一段轻松的日子，哪知接二连三的培训和教研活动接踵而至。根据安排，青年教师的教研课和一人一课恢复正常，外出听课学习的老师一批又一批，什么观摩课、展示课、优质课，五年以上教龄老师的赛课等等，有老师不但要去听还要去参加比赛。其中有人想偷懒，就把这次调研准备的课拿出去，被米教导知道后痛斥一顿，因为比赛的一些评委就是来调研过的人。于是只能另选内容，重新备课磨课，涉及班级的学生在老师的一次次试上中接受教学，成了试验品。

根据安排，科技节也要开始了。方案在网上公布后，班主任和科学老师们忙碌了起来，班主任需选拔好参赛选手，科学老师们准备好相关用具。五年级中，只有五（1）班最起劲，几乎整班都报了名，有人报了模型制作，有人报了遥控赛艇，有人报了飞机上天，还有科学幻想画、科学故事比赛等。弄得上最后一节课的斯老师和席老师一直只有半个班的学生，其他学生都训练去了。

斯老师的办法是老一套，给家长打电话，说你小孩再这样不上课，成绩肯定会一落千丈，而且今年是统考，成绩可能关系到毕业升学。有的家长一听急了，第二天就不让自己的孩子去练了，甚至取消了报名。席老师用的是软办法，就是让训练回来的学生到她办公室做考卷，一直做到天黑，一连三天，有的学生怕了，只能自动放弃参赛。

当那些被迫放弃参赛的学生重新坐在教室里听她们讲课时，两眼放射出仇恨的光芒，一脸铁青。谁也不愿拿出书本，谁也不愿回答一个问题，谁也不愿做一道练习题。这让斯老师和席老师大感意外，用斯老师的话说，就是这帮小子造反了。她马上联合席老师去荆世骇那里“告状”。

荆世骇怔怔地看了她们几秒钟，淡淡地说道，做不做作业是他们的自由。

斯老师和席老师彻底傻掉了，搭班搭了几十年，从没见过这样的班主任。不帮老师反而帮着学生为虎作伥。她们无话可说，转身去了教导处，将学生不听课不做作业的事一一说给了米教导听，要他来处理。

一向特别关照荆世骇的米教导这回的态度也是大大出人意料，他认为事情是由她们不许学生参加科技节训练引起的，荆世骇似乎没有错。

我们没有不许他们去比赛呀。斯老师说，是他们的父母不让他们去的。

我也没有，我只是让他们把作业补做起来。席老师说。

米教导笑了笑说，你们教书抓得紧我知道，只是这科技节也是我们学校的一大特色，我们要配合科学老师办好，宣传好，把资料收集好，作为亮点打出去。

没有成绩，还亮啥？斯老师有点不服气，到底是学习成绩重要还是过节重要？

成绩我们也要的，这节我们也要过。米教导说。引得两位老师笑了起来。

就这几天呀，你们就让那帮小孩放松放松吧。米教导难得这么大方，斯老师和席老师也不好再说什么。

当天下午，荆世骇在斯老师进教室前亲自把那些原本参加科技训练的孩子重新请回了训练场。斯老师虽然很有怨气，也不敢发作，因为她知道，这件事，理在荆世骇一边。

孩子们走出课堂重回训练场，格外兴奋。训练得也格外卖力。而其他班级，来训练的人越来越少，即使来的，训练时间也很短。有的孩子是饭还含在嘴里就来训练了，训练了十几分钟又去教室做作业了。

比赛的结果没有意外，五（1）班连德起、袁方方、金软和筱果儿分获年级组遥控赛艇、模型制作、飞机上天和科学幻想画的第一名，同时也获得了年级组全校团体总分第一名。荆老师特意用了一节课为获奖孩子颁奖。由于学校只发证书没有奖品，他亲自买了几本笔记本奖给了他们。

获奖孩子们也是兴奋异常。

可是，等着他们的是铺天盖地的作业和考卷。斯老师和席老师把这一个星期来他们没做的作业一起布置给了他们，还和家长联系好了，回去督促做好。

孩子们也不傻，纷纷要了本样例，飞速地抄了起来。问题是就算抄，也是抄得人手酸眼酸腰酸头酸。至于字，当然是草体啦。

两位老师一见补上来的作业，气得差点晕倒。席老师发现，四人抄的英语单词三遍，其实是一遍，他们把三支笔用胶带纸绑在一起，然后一遍完成。至于数学作业，那些数字估计得请笔迹专家才能看得懂。

斯老师一个电话又打了过去，跟每位家长重复着那句话，你家小孩数学学不好不要怪我。结果，筱果儿和连德起不得不重新写了一遍，一直写了两个深夜。袁方方和金软赖着，就是不写。最后斯老师在嘀咕声中只好不了了之。真是有怎样的家长就有怎样的学生，以后我不会去管他们了。

说是不管，斯老师也不会放弃他们，她憋着一股劲，把所有的怒气都放在了课堂上。做习题，讲解，再考试，不懂的，一个个订正一个个批，直到会做为止。现在，她不叫他们罚抄了，凡是错的订正到对为止。有人订正了十八遍才会，有人订正了十遍。她的劲道很足，补差一直要补到很晚，有时天黑。为了早点回家，孩子们不得不认真对待她的数学作业，以至于语文作业常常拖着不做。

席老师也没放松，见缝插针和斯老师抢时间，一个出来一个进去。自从上次在学生面前争课被笑后，她们默契了不少，在教师门口遇到会皮笑肉不笑一下。其实一个在心里说，这么早就来，另一个在心里说，现在才下课。只有荆世骇的课，他还给孩子们五分钟小便调整的时间，因为刚刚数学课又没小便到。

时间过得很快，老师们和学生们就像夜以继日啃桑叶的蚕宝宝，等着吐丝结茧那天的到来。

荆世骇工作日记五十六：当恐怖分子在学校干丧尽天良的恶事时，我们老师们奋力保护学生的肉体，却用另一种方式在对孩子们进行伤害。伤害的工具是没完没了的单元测试、课堂练习、小测验、默写、背诵、罚抄、月考……我就算语文课不上，也救不了他们。我无能啊！

74.笑穴　点中不笑

金霸王日记选三十一：他们说我们四肢发达头脑简单，简直比狐狸还酸。见我们得了第一名羡慕嫉妒恨呗。自己是猪还骂别人笨，可笑。其实嫉妒的还不止我们学生，听鱼翅说，这次得了第一名班主任有奖金的，灭绝师太和席老师肯定要眼馋死了，想想荆老师把奖金往口袋里一放，多眼红啊，最好荆老师分点给她们。可是，荆老师是分给我们的，不知这次他会买什么奖励我们。

事实比金软想象得还要美，在周一国旗下讲话后，在全校师生面前，金软代表五年级一班走上主席台，亲手从康校长手中接过荣誉证书：五（1）班在本次科技节活动中，荣获团体第一名，特此表彰，以资鼓励。在她高举奖状，向全校同学、老师展示这份荣誉时，激动得差点哭出来。她带闪的余光发现，荆老师在鼓掌时是多么兴奋，脸好像被乌云遮了半年的太阳，终于射出了灿烂的光芒。

不知道五年级的其他班主任此时在想什么，金软走下主席台时特意扫了他们一眼，发现除了还老师，褚老师她们都是毫无表情。包括荆老师的女朋友卞老师，也是一脸阴沉。按理应该高兴啊，男朋友班获得了第一名，至少得笑一下吧。女人真小气，金软想。

回到办公室，还老师就敲起了荆世骇的竹杠。

荆老师祝贺你啊，得了第一名什么时候请客呀？他知道团体第一名班主任有加分的，也就是有奖金的。

荆世骇最讨厌还老师这种说法了，喜事当然得分享，可最好换个说法——我们一起庆祝一下吧。所以他在回应时慢了半拍，说，拿到奖金一定请。

荀老师撇了撇嘴，褚老师嘴角略微欠了下。还老师听说一定请，马上接道，好啊，接下来我没课，请什么，我去买。

荆世骇无奈地掏出100元，交给还老师，想了下又马上掏出200元递了过去，说，再帮我买45个苹果，大小差不多的，要红。钱不够回来我再补给你。其实他口袋里只有十几块零钱了。

三位老师开始时不解地看着荆世骇，一会儿马上反应了过来。

小荆老师真是大方呀，还请学生的客。荀老师说。

是得奖励奖励学生，这样他们可能更听话。师傅褚老师说。

荆世骇心想，谁想要他们更听话呢。

还老师乐颠颠地拿着300元钱，来到停车棚，骑着自己的和平电动车驶出了校门。他在想给老师们买啥呢？

还老师回来时已到了第三节课，老师们正开始觉得饿的时候，一见还老师拎了两马甲袋东西，迫不及待地凑上去。除了苹果，还有桃子、枇杷、西瓜等水果。看来他也是偷懒，300块全花在了水果摊上。

苹果多了，我们留几个。说着，还老师把几个最大的苹果拿了出来，其余的放到了荆世骇面前。荆世骇心里不快，也不能反对啊，只能拎着一马甲袋苹果去了教室。他用不吃自己买的东西表示不满。

孩子们一见一个个红苹果顿时乐开了花，喊的喊叫的叫，阙无言和袁方方等不及上来抢，被荆老师一努嘴顶了回去。在一阵欢腾中，孩子们享受着自己创造的快乐。

最近几天，荆世骇发现还老师神神秘秘地在给他的学生们买作文书，也就是《小学生作文80篇》之类的。然后让每个学生在背指定的文章。

让学生背作文的事他听说过，只不过不知道如何让学生背的。假如背的作文和考试的要求对不上，岂不白背？他还发现，还老师各挑了写人、记事、状物的文章各一篇，让学生们背，为了避免开始时撞车，他又让每个人背的作文不同。这样又出现了一个问题，荆世骇想，假如同是背写人的文章，一个背的是写老师的，另一个背的是写妈妈的，考试时要求写同学，岂不又是白背？

不仅背文章，荆世骇还发现还老师还在让他的学生练一个“的”字。对，不练其他字就练“的”。练的时候不是要他们写好，而是要写出“的”字的特点。什么特点？就是与众不同的、一眼就能认出来的特点。他要求学生把“的”中“白”的第一画丿写得特别长，像把刀一样。接着又让学生把“的”字中“勺”

的、写得特别圆，就像个句号。荆世骇想了半天，也没想出还老师这么做的用意。

还老师，你让学生练“的”字干吗呀？荆世骇轻声问。

还老师看看那边的褚老师和荀老师，神秘地一笑，然后做了个嘘的动作。他本来不想跟荆世骇说的，吃了他的水果，嘴短。等她们去上课时才轻声对荆世骇说，你知道区统考谁批卷吗？

不知道，总不会自己批吧。荆世骇说。

就是我们五年级老师批，不过是电脑阅卷，谁也不知道批谁的卷子。还老师说。

这荆世骇知道，就是将考卷扫描进电脑，然后切出某道题出示在电脑上，让老师们批，这样做得好处是既提高了效率又避免了作弊。

可是我能认出我班的卷子。还老师终于说出了他的秘密。

也就是说，他让学生练“的”的目的就是为了批卷时能认出自己班的语文卷子。如果批到作文，那就可以放分，只要不太离谱，这个分数就会有效。

荆世骇在瞪大眼睛看着还老师的同时，不得不佩服他的聪明。有时班与班之间平均分不就是差个零点几分吗？如果多批个十几分，就多了零点几分。原本落后的可以变得领先。同时，他又想大笑出来，教学这么搞倒也不失为一种立见成效的方法。

你想不想考高点？区统考奖金多。也去弄弄？不要弄“的”字，弄“他”或者“她”字。还老师好心地指导着荆世骇的教学工作。

荆世骇实在忍不住了，想用喝水掩饰，不料一口喷了出来。喷得面前的书和作业本湿了一身。也许，还老师才是演绎出我们教育真谛的高人。

每次想到还老师的方法，荆世骇就想笑。他当然不屑于这么做。可孩子的嘴哪能管得住呢，关于他们班练“的”字的事很快传遍了整个年级，驱易避难投机取巧是人的天性，虽然其他班的语文老师没有特意安排，孩子们却也跟着练了起来。包括五（1）班。

荆世骇找金软了解具体情况，查到只有阙无言他们几个在练。他先私下找他们谈了话，然后又在班上加以制止。学生们开始不太理解，既然其他班都在练，为何我们班不练，不是傻瓜吗？

荆世骇工作日记五十七：一个人如果从小就生活在虚假中，那么他就会失去全部真实的东西。我们的人生观、价值观将建立在摇摇欲坠的沙土上。人们会变得认为不需要通过努力就能取得成功，而那些想努力的人会对自己的做法产生怀疑。于是，人没有了信仰，没有了精神依靠，只有对浅层次的成功不断追取的名利心。

75.夏　是姓还是季　哭一滴泪

金霸王日记选三十二：统考快来吧。再这样写下去，我们的手都要断了，考卷、考卷，一天到晚的考卷。那个机器怎么不会坏呢？荆老师这次肯定惨了，数学英语做好都很晚了，谁还会去复习语文呀。他还不让我们练“的”字，人家班都在练，到时候考出来肯定差得比屎还难看。

金软谶语成真，文印室的一体机真的坏了，它从早到晚哐啷哐啷，终于倒下了。情况很快反映到了总务主任那里，总务主任马上联系厂商，得到的回应是今天没空，得明天来修。老师们急了，不能印考卷怎么复习哪？老师讲学生们又不听的。有准备的老师赶忙拿出储备好的考卷，什么《金三练》《密卷》《必考题大全》《课外阅读100篇》《金钥匙》等等，《时代学习报》《一课一练》《补充习题》《练习与测试》还没让学生做好的老师立即拿了出来。只有少数几个老师，自己在出考卷。至于备课组长提供的考卷，大多是网上淘来的，为交差用的。

一向稳得住的荀老师班，也陆续出现了不做回家作业和逃学的现象。不做的主要是来不及做和胆子大的学生，逃学的主要是实在不想做和胆子小的人，他们索性称病不来，有人说头晕，有人说肚子痛。去医院检查，什么也没查出来。老师不能说他诈病呀，万一真的出了啥事，这个责任谁也担当不起。能站出来的只有父母，宠一点的，由着他休息一天，第二天盯着他重新上训练场；心狠一点的大骂了一通再说，逼着他走进教室。

这样的孩子毕竟是少数，绝大多数学生还是能把考卷和练习做完的。只不过在繁重的抄写任务下，字的质量就很难保证了。既能把字写好，又能保质保量把作业完成的学生少之又少，他们或许就是那些经过血与火考验的幸存者，老师认可，家长认可，社会认可。

相对而言，整个五年级最轻松的还是五（1）班，因为语文一头很少作业，荆老师依旧闲庭信步，按着进度慢悠悠地上。不像荀老师，课已教完，完全进入了紧张的复习状态。

另一个相对轻松的班级就是还老师班了，他除了让学生背作文，就是背古诗和段落，有时再让学生背点成语意思和课后习题的答案，要么再默写默写。要说考试，他考得也少，因为怕批，有时实在没啥上了，就让学生做张考卷，收上来后就杳无音信了，学生们也习惯了他的做法，从不去打听成绩。再说，他今年发明了秘密武器——练“的”字，就更不会去吃那份苦了。

几次小测验下来，家长们发现去补课的孩子成绩果然好许多，心里宽慰了不少，心想钱没白花。没让孩子去补课的家长有的抱着随他去的心理，有的终于下决心也要让孩子去补了。向朋友和班主任打听哪个老师好点，当被补课老师以“人满为患”拒绝后，心里又很难受，火发到了孩子身上，拼命骂他不认真，威胁考不好没得玩没饭吃。

也有极少数的家长，每班出不了三个吧，对孩子的学习听之任之。他们的想法是读得会总归会的，读不会打死也没用。将来吃饭，书读得好的不一定饭碗好。持这种观点的家长，其孩子活得相对轻松点。

田回妈听说这次区统考可能涉及明年的升学，更是心急如焚，有过上次的教训，她一点也不敢放松，一下班就盯着田回做作业，做好了拿出来看，还有英语在不在读。周六周日去补课也是亲自接送，可谓含辛茹苦一片苦心。

如果我不见了，你说我妈会怎样？一天放学，田回突然问查鑫欣。

寻呗。查鑫欣脱口而出。

寻不到呢？田回问。

报警呗。查鑫欣说。

警察也寻不着呢？田回继续问。

那就是出事了，被人贩子骗走了。查鑫欣说。

人贩子骗去了会怎样？田回说。

听说男的打断手脚去要饭，女的卖掉做别人老婆。查鑫欣说。其实她也是听大人说的，没有把握确定对不对。

你说像我们小孩去打工有没有人要的？田回说。

查鑫欣此时才觉察到田回的异样，按理说，他问的这些事，他应该比她懂。明知故问说明什么？试探我？查鑫欣想。不对啊，这有什么好试探的？难道死田螺想玩失踪？

没人要的，谁敢要呀，用童工犯法的。查鑫欣说。眼睛盯着田回看。他发现田回的眼睛死气沉沉的，一点光也没有，看来是真有心事。

喂，田螺，你不会是想玩失踪吧？查鑫欣试探着问。

切！你失踪了我也不会失踪。田回的声音突兀地响，说明他可能在说谎。查鑫欣可没有听出来，她觉得刚才的多心是多余的。

万万没想到，考试前一天，田回真的又不见了。他妈妈急得团团转，这回跟上次不同，上次是从学校回家路上不见的，这次是星期天，在自己家里不见的。傍晚时，做了一下午作业的田回突然说要去走走，活动活动身体，谁知一直到八点一刻也没回来。

田回爸已经在小区里兜了三个圈，没有发现儿子，只能回去。那边田回妈一边找一边给康校长打电话，希望他看在田回是A状元小学学生的分上，帮忙找找，康校长立即通过“家校路路通”发了个寻人通知，荆世骇当时正在看书，看到短信后立马赶到学校，拿出《班主任工作手册》，一个个给学生家长打电话。结果谁家里也没有田回。

当他打完最后一个电话时，金软带着阙无言和查鑫欣也赶到了学校，他们住得近，来得迅速。

查鑫欣想起了那天和田回的对话，一五一十跟荆老师作了汇报。这一汇报把荆世骇吓了一跳，看来这次失踪，田回是早有打算。他马上打电话给田回妈，把情况说了一遍，再让她回去看看田回的房间，少了什么东西没有？

没过多久，田回妈就打来电话，说春游时用的那个包不见了，还有就是她自己房间里的几百块钱也不见了。显然，田回是离家出走了。这还了得，马上报警。

来到派出所时，田回妈已经哭得站不起来了。她边哭边喊，回回啊，你怎么就这样不声不响走了呢？让人听了以为田回已经死了似的。

来找田回的人越来越多，主要是同学和同学家长。阙无言、连德起、袁方方、筱果儿、欧吴他们也来了学校。在荆老师的带领下，在学校附近和镇上分散着找了起来。

才找了没多久，尉迟迟来电话了，他叫荆老师马上上他们的微信群。荆世骇二话没说，掏出手机就加了进去，结果看到这样一段话：荆老师，小伙伴们，我不行了，我实在撑不住了，我怕进学校，我更怕回家。明天就要统考了，我怕我考不好，我妈花了那么多钱为我补课，我怕让她失望。我只有离开这里，不再吃她的饭，不再要她养我，我心里才安稳。我最牵挂的除了你们，就是我爸，他是个老实人，经常被我妈骂。我走了他会更惨。我不敢咒我妈早点死，我只能让自己早点死。我走了，你们不要找我。

荆世骇马上赶到派出所，正好见到又哭又骂的田回妈。他没理她，立即来到警务室，把情况说给了他们听，并问能不能查到田回的微信是在哪里上？经过一阵商量后，警察先让荆老师他们在客厅等，没多久，从设备室出来的警察告诉他们，微信就在接近市里的马奔路边上的一间网吧。离那不远，就是汽车北站。

警车出发，里面坐了荆老师和田回妈爸，外加一个驾驶员和另一个警察。为了赶时间，好心的警察拉起了警铃，一路疾驰而去。不到二十分钟，他们就来到了那家网吧。在门口，正好见到神情恍惚的田回正要往车站方向走。

他妈连滚带爬从警车里出来，三步并两步追上田回，一把拽住了他。大声喊着，你个小节生，我做了啥对不起你的事呀，你要这样对我？

田回开始时挣扎了几下，当看到后面跟着老爸和荆老师时，就不动了。然后哇——地一声，号啕大哭起来。他看也没看他妈一眼，一个拥抱把荆老师抱住了。

荆世骇也哭了，他知道，田回做出离家出走的决定是经过了多少思想斗争呀。

荆世骇工作日记五十八：我们为什么容不得孩子快乐？难道让他们快乐一点轻松一点，就会毁了他们？把他们逼得死气沉沉就是为了他们将来？试问，这些可爱的孩子难道离开了我们的管束和压制，就会做出违法乱纪，丧德失伦的事来？天下所有的家长啊！你们在“爱”的名义下，干着多少伤害你孩子的事呀？

76.3.1415927

金霸王日记选三十三：田螺好样的，这下不把你老妈吓死也会吓得半死。他成绩已经那么好了，还要他怎样啊？他妈真是没良心，如果我考田螺那么多分，我老爸还不得乐得屁股笑开花。明天就要统考了，上帝保佑，观音如来，可怜可怜我们吧。

考试如期而至，就像中考，各校换监考，按时领卷，在监督下拆卷，单人单桌，学生空桌做卷，读考试守则，试卷和答题卡分开，选择题用 2B 铅笔图答，收卷封卷，规定时间内送到指定地点，专人扫描，然后是电脑阅卷（选择题），再是人工电脑上阅卷（非选择题）……

一如往常，果然是抽考年级老师阅卷。还老师异常兴奋，心想这回他的功夫可能不会白费了，而且，他和荆世骇分配到的任务正好是批作文。在批前，武教研员特意关照，尽量要多给分，同时也读了下给分标准，40 分的作文主要分五档：24 分以下；24—28 分；28—32 分；32—36 分；36—40 分。

荆世骇坐在还老师边上，按照提示，一步步进入阅卷程序。还老师开始不会操作，经荆世骇帮忙也很快进入了角色。

也许是扫描进电脑的原因，试卷上的字有些走样，显得不是那么平滑，形状也不规整。荆世骇见还老师批得很快，不到一分钟，一篇作文就过去了。他注意了一下他打的分，大多在25分左右。有时也停顿很长时间，握着鼠标移来移去，荆世骇突然明白了，他是在找“的”字，“白”上面的丿特长的就多给分，最多的一篇给到了39分。

随着作文阅卷的进行，返工的篇数越来越多，原因是一篇作文是由两个人打分的，如果两人的给分相差5分以上，则由阅卷组长仲裁重批。开始时阅卷组长只是提醒，请慎重给分，后来直接走到还老师那里，要他注意。她还调出了一篇字数也没写满、语句也不太通顺的文章为例，问还老师，以什么标准给了38分？而另一个老师给的是20分。还老师不甘示弱，回道，文章不能以长短来论好坏，再说每个人的评分标准不同。

那你的标准是什么呢？阅卷组长有点生气，她从没见过这样的老师，一点原则也没有。

……有创意。想了会儿，还老师回道。

那这篇文章的创意在哪里呢？阅卷老师问。

还老师一时答不上来了，因为他只看了里面的“的”字，其他没看。不过，他也不笨，马上抓住文章开头的一句话回道，“那天，万里无云，突然哥哥到我家来下雨。”这个开头有创意。

什么创意？听的人开始发出笑声来，荆世骇也忍不住停下了手里的活。

它、它看上去像病句，实际上是用看似矛盾的说法写出了天气的变化之快。还老师急中生智，回答的看似很有理。

在一边的荆世骇“噗”一声喷了出来。阅卷组长也被逗乐了，补充道，这里边还有神话元素咧，那个哥哥肯定是风雨雷电中的雨神了。

是的，这就是创意，还老师说，将神话元素在不经意间写进了记叙文里。

我看他的意思应该是，那天本来天气很好，哥哥要到我家来，但是突然下起了雨，对吧？

是！所有在听的阅卷老师齐声应道。

可是这个学生没有表达清楚，还写了句主谓不明的病句，对吧？阅卷老师说。

是！

也许，这个学生懂意识流。荆世骇见还老师的老脸也红了，解围说，既然能被人读懂，说明表达上的确有创意。

呵呵呵，所有人都笑了，包括阅卷组长。她接道，那你这样说，每篇语句不通的文章都可以给高分啦。

我是开开玩笑。荆世骇没再抬杠。

这篇作文能得20分已经不错了。阅卷组长说，接下来再乱给分，到我这里复批的一律给不及格的分数。她好像意识到了什么，说道。

接下来的阅卷，还老师小心了不少，凡是找到那个“的”字的作文，一律打33分左右，这样被回炉的可能性就小了。

老师们手脚很快，一个上午就把作文批好了，从阅卷组长电脑上的统计来看，这次作文平均分要扣10左右，也就是说，语文要考90分，那是相当不容易了。而在平时的小测验中，许多学生的分数都在90分以上。虽说统考考低对所有学生来说都一样，却在一定程度上降低了学生们对语文学习的兴趣。反正作文要扣10分得了，写好写不好差不了几分。

所有科目阅卷结束，老师们最希望的是马上看到分数。语数英的教研员们也想成全他们，可是得请示局长。局长呢，也得看看风声，要通过各种渠道了解信息，有没有家长投诉，有没有老师发帖，有没有学生举报，都没有，才允许教研员把成绩发给各校校长，并含糊其辞地表示成绩不要公开不能排名。为啥？上头早就有文件，不要组织大规模的统一考试，更不能将调研的成绩公布。问题是，各校都将用成绩来对老师考核呢，不公布以什么标准来考核呢？所以，这分数一到学校，教导处马上就会知道，老师们也会很快知道。只要有一个学校公布了成绩，其他学校立即公布，一旦出事，罚不责众，上头也没办法。

米教导拿到成绩后，立即和周围学校取得联系，了解下来学校语数英三门平均分可能是全区垫底，只有一两个班级有可能超区平均。

康校长也很快了解到了相关情况，一脸不悦，他找是副校长谈话时，是副校长也是支支吾吾，不知说啥。

只有还老师，了解到全年级语文成绩后兴奋不已，他班语文不但不是最后一名，和第一名的荀老师也只差1.6分，这是从来没有过的。

最后一名是五（1）班，与荀老师班相差了2.8分。第三名是卞青青班，第二名是褚老师班，比荀老师班低0.2分。

值得安慰的是，五（1）班数学和英语不是垫底，数学由第一落到第三，英语落到第四。

很快，家长们也知道了这个成绩，和别班的孩子一比，难受至极。当天就有不少家长打了斯老师和席老师的电话，了解到的情况矛头都指向荆世骇，由于他班主任不得力，由于他不懂得管理班级，对学生听之任之，才导致五（1）班成绩一落千丈。

康校长也很快接到了电话，要求五（1）班换班主任的呼声越来越高。他很想用“不以分数论”的道理来做家长的工作，结果家长们根本听不进。第二天，在田回妈的组织带领下，一起轰到了康校长办公室，坚决要求换班主任。

荆世骇没去打听别班的分数，也不知道这分数出来后在他背后发生的这些事，仍然一如既往地和孩子们一起上课一起下课。当家长们集体抗议时，他也不知道。

甚至有一个学生比他都先知道，那就是尉迟迟，他去他爸办公室喝热水时，看到了那些家长在康校长办公室大吵大闹的一幕。从听到的几句话里头，他明白跟荆老师有关。他马上找到金软，把事告诉了她。

荆世骇工作日记五十九：想想批卷那天的笑话，真想再笑一次。没想到啊，我中考、高考的作文也是这样批出来的？怪不得我学生时代一直以为在写作上很有天赋，结果却从没被老师认可过，原因可能就是老师们是严格按照评分标准来上作文课的，让学生写出怎样的作文才能进入 36—40 分的行列呢？这是所有语文老师追求的作文教学的目标。据说，高考有满分作文也有零分作文，我想这是一个障眼法，满分作文可以有，零分作文绝不能有，因为它既已成一篇文章，就没有理由给它零分，哪怕它写的是“十恶不赦”的内容，哪怕在法律上去做这些“十恶不赦”的事要判死刑，文章最可贵的是真实自由的表达，否定了它的这个特性，它也就死了。不能把满分作文作为零分作文的参照，这是不成立的。

77.唯有跪下　才能看清地底

金软听完冷静了几秒，她知道，再不做点啥，荆老师不但做不了他们的班主任，甚至会丢掉工作。

兄弟姐妹们！金软站到讲台前，大声召唤道，现在我们班有不少家长在校长室告荆老师的状，我们要不要去为荆老师说句话呢？

好多人没反应过来，一时没接上她的话。她继续说道，你们如果不去帮荆老师，我一个人去！

谁说不去？我们去！田回听懂了，其他听懂没听懂的和调说，我们也去！

正在走廊上过来的斯老师看到这群小孩跟着金软又喊又叫地走出教室，

吓了一跳。

你们去哪？上课了！她对着她们喊道。可是没有人回答她，甚至没有人正眼看她。她顾不了这些了，跟着队伍去了。

当学生队伍来到校长室时，田回妈正和几个女人对康校长大声呵斥，你为啥不肯换？你说，康校长，他和你是不是亲戚？你到底得了他啥好处？

对啊，康校长，你为啥不肯把那个书也教不像的荆老师换掉？其他人附和道。边上还站着不少男家长。樊书记、是副校长、费主任等几个行政领导也在边上，一言不发。

我们不要换荆老师，他是好人，我们喜欢他！金软带头喊了起来。

对！我们不要换荆老师，我们喜欢他！其他几十个孩子一起喊了起来。声音出了行政楼！家长们同时回过头来。田回妈看到自己的儿子也冲在前面，一步跨过去，抓住他的手。

小节生！你说啥？她喝道。

查鑫欣也被她妈看到了，还有欧吴、筱果儿等十几个同学都看到了自己的家长，甚至阙无言的奶奶也来了。金软发现自己没有家人来，勇气更足了。

阿姨，不许打人！金软见田回妈要动手了，一个箭步冲了上去，挡在了她面前。田回顺势一甩，挣脱了他妈的抓手。

不许换荆老师！金软继续高喊。其他孩子一起跟喊，不许换荆老师！不许换荆老师！不许换荆老师！不许换荆老师！……

孩子们的喊声越来越响，把原先准备发火的家长们一下怔住了。查鑫欣钻到她妈妈面前，抓住她的手，一边哭一边喊，荆老师是好人，你们不要这样，我们喜欢他。

她一哭，其他孩子受不了了，也跟着边哭边喊起来。荆老师是好人，我们喜欢他。请你们放过他吧。这最后一句是金软加的。于是，喊声又变成了“你们放过荆老师吧！你们放过荆老师吧！”……

包括康校长在内，所有在场的大人都愣住了。自工作以来，谁见过这场面？

孩子们，孩子们，你们误会了，你们的家长只是来反映情况的，没有要拿荆老师怎样？

最先反应过来的还是康校长。是副校长也很快反应了过来，他搜寻着尉迟迟的身影，前面一撮人中没有，搜到最后几排时才发现他正低着头，似乎也在观察他。

你骗人！你们就是在谋害荆老师。金软不知哪里来的说辞和勇气，竟然连谋害也说出来了。

小孩子懂啥？我们都是为你们好。田回妈也反应过来了，说道。谁知她刚说完，田回啊地大叫一声，冲到校长室的窗口，抓着窗沿就要往下跳。

妈！妈！他吼道，你再带头害荆老师我就跳下去，我不想活了！

这一招果然奏效，他妈一下梦了，话也说不像了，咋呼着两手，一边抖一边词不成句说，你、你、你，回、回，别跳，我没有、害荆、荆老师，你快过来……我……

你瞎说，就是你带头在害荆老师！田回说着身体往外挪了挪。康校长和其他人都急了，马上停止了所有的举动。

这时，金软砰一声跪到了地上，哭喊着说，康校长，我们真的喜欢荆老师，你们放过他吧！话音刚落，其他学生齐刷刷砰地也跪了下来，也是哭求着，康校长，我们喜欢荆老师，你们放过他吧！说完，一起呜呜呜地哭了起来。

有的家长受不了孩子们这哭声，鼻子一酸，眼角也亮了起来，扭头就走。

你们到底要做啥？这是学校！不是菜市场！安排谁做五（1）班的班主任，由学校说了算，你们是不是要弄出人命来？啊！康校长火了，大声道。

家长们没声了，孩子们的哭声小了。这时，荆世骇突然出现在人群中，只见他泪流满面，一声不响，挤开人群，来到窗前，站定后，轻轻地对田回说了声，田回，我们回教室好吗？

田回见到满脸泪水的荆老师，再也忍不住了，哇的一声大哭起来。他扑到荆世骇怀里，喊了声“荆老师”，哽咽着随他离开了校长室。

孩子们，我们都回教室上课去，荆世骇回过头来招呼道，荆老师不会离开你们的。

金软擦掉眼泪，站起来跟着荆世骇往教学楼走去，后面跟着几十个眼睛红红的孩子。走道边上的大人小孩都呆呆地看着他们，不发一声。直到最后一个孩子在转弯处消失，他们才恢复正常。没有人说话，没有人再去找康校长要换荆老师。

看到整个场景的斯老师一步一步地往五（1）班的教室走，她不知道该如何去上这堂课，教了这么多年的书，从没见过这样的学生，这样的老师。

或许，这是荆老师安排的一出戏。她想，真是厉害啊，年纪轻轻居然这么有心计，我们这些老人搞不过他啦。

令她意外的是，当她踏进教室的一刹那发现，所有孩子都已毕恭毕敬地坐在课桌前，声息全无，数学书摆放得整整齐齐，等着她上课。而荆老师已经不在教室。

刚才那一幕，也让康校长深深震撼，他也曾怀疑这是荆世骇安排的一场戏，但见到荆世骇出现的那一刻，马上否定了这个想法，那种眼神和那些眼泪，演是演不出来的。同时，他也欣喜万分，这再次说明他没有看错，这个荆世骇是个好老师。

可他没高兴多久，下午的区校长会议上，A 状元小学被不点名地批评了，原因是这次区抽测总体成绩倒数第一，而且和倒数第二的差距拉大了。会后，关局也是怒气未消地把康校长叫到了办公室。

小康啊？你说你去了近一年，这教学质量怎么不升反降呢？他说，谁都知道我在背后挺你，你是我的学生，叫我怎么给你圆场呀？

文件上不是说不能以考试成绩来评价一个学校和一个老师吗？康校长大着胆子回道。

屁！那都是面账上说说的，你见过因搞教学成绩而被罢免的校长吗？关局说，只有成绩搞不好的校长才会被免职。

那学生的音体美劳就不搞啦！康校长竟然也来了火气，不过这火气关局听出来了，不是针对他的。

谁说不搞？但那些都是花瓶，专门用来装点门面和给上级领导看的，你们报上来的学生素质数据都是真的吗？哪个学校不是对照标准按需填填？最最重要的还是分数，你拎得清吗？关局说。

可是，这……还叫依法办学吗？康校长说。

学校守不守法有谁在查？你给我记住了，到目前为止，教学质量指的还是分数。关局说，你回去给我好好想想，怎么把你们A状元小学的分数搞起来。

康校长还想据理力争，被关局的一个电话打断了，他示意他走吧。

荆世骇工作日记六十：春潮总带繁花雨，烈火难免满地灰。朝日放光掩旧星，蛟龙腾雾遮新鬼。一鹤冲天踏恶枭，两隼落地平泥堆。起舞谁知为谁舞，邀歌哪能猜哪歌。

78.蒙着面　面后可能是空

金霸王日记选三十四：跟大人作对的感觉真爽，可是我是跪着和他们作对的。都说男儿膝下有黄金，那女子膝下有钻石了。还有，男儿有泪不轻弹，荆老师一点也不像男儿，动不动就泪奔。学我们小孩干啥？哭是女人和小孩的专利。总之很高兴啦，我们胜利啦，那些家长灰溜溜地都回去了。只是不知田螺回去会不会挨揍，但愿他不会是真的想自杀。

五（1）班班长金软跪求校长留住班主任荆世骇一事很快就在全校、全镇流传开来。原本这是一桩很纯洁的感人事件，却由于它超出了绝大多数人的认知范畴，加入了不少盘桓在他们脑子里的本来就无处施用的脏迹。什么那个金软肯定是他特意安排的“托”，他们之间肯定是亲戚，要不就是江北老师荆世骇来这里工作可能也是金软家长帮的忙，甚至有人从性别上做文章，说那小丫头肯定早熟，看上了那个江北老师……

流言蜚语一阵后，免不了传到金软父母耳中，他们平时对女儿管束不多，对这件事却很重视。连夜找宝贝女儿谈话。起先，金软支支吾吾不肯说，想搪塞过去，这是她应付他们的一贯做法。这次不同了，老爸老妈连番轰炸，看来只能“如实招来”。

他们合伙欺负荆老师我看不惯，金软说，才叫班里那帮小子去帮忙的。

我女儿还真有正义感哪，金软爸说，我支持你，小宝贝。

都是你宠成这样的，金软妈说，你一个小孩去管大人的事做啥？老师多的是，走了一个会来一个新的。

切！那你们大人管我们小孩的事干吗？金软不服气地回道，老师是多，阿狗阿猫都可以去做老师，可是像荆老师这样的好人却没有了。

所以你带头造反去帮他？金软妈问。

是的，我们不去帮，你们大人又不会去的，你们只会去害他，像田螺妈那样。金软说。

你没告诉我呀，你早说的话，我肯定去帮。金软爸最会哄人了，一下把金软哄乐了。

可是听说那个荆老师不会教书的，成绩一塌糊涂。那怎么能算好老师呢？金软妈反问。

谁说他不会教书，自从他教了语文后，我光课外书就多看了几十本，是那些老师不会批我们的考卷。金软说。

那你们考的卷子总不能自己批吧，那人家班级怎么就能考得好呢？金软妈说。

考考考，烦死了。金软又不乐了，你们就知道考试，为什么我们小孩不能出张卷子给你们做做呢？看你们考多少分。

好呀，这主意不错，金软爸又来了，好女儿你出一张我试试。

好，金软说，我就问你一个问题，为什么会有那么多人去欺负一个好人？

这个问题一下把金软爸问呆了，在孩子的眼里是好人，在大人眼里不一定是好人哪！

因为你们都是坏人。金软愤愤地说。

我和你妈也算坏人吗？金软爸说，我们可没去校长那告状。

你这么护着那个荆老师是为啥呀？金软妈突然问道。

这可是金软最不愿回答的问题，她自己也很难说清呀，或许是同情弱者吧，也或许是荆老师帅吧，再或许是荆老师上课有趣作业又少吧。反正就是这么个说不出的理由。这回轮到她闷掉了。她眨着桂圆核般的黑亮眼，感觉脸上的温度在不断升高。怎么办呢？总得回答他们呀，否则真还说不清了。

因为他是好人。尽管有意识地加了点力气，金软的声音还是有点轻。这哪能逃过她老妈的眼睛呀。她无奈地笑了笑，对金软爸使了个眼色，离开了她的房间。

你女儿长大了。回到自己的房间，金软妈对金软爸说。

那很好啊，说明我们养了个正常的有人性的好女儿。金软爸说。

卞青青听到同事们悄悄议论荆世骇和学生金软时，差点吐出来。明知道这是造谣生事，心里却是当作真的一样不舒服。“走我的路，你们说去吧”这句话也只是说说，生活在这样的环境，和那些人天天要见面，能不受他们的影响吗？能做到心无旁骛吗？她有点后悔当初草率和荆世骇建立了恋爱关系，同事们应该没有不知道的了吧，现在荆世骇闹出这样的事来，他有没有考虑过我呢？卞青青想，他说过以后做事会考虑到我的感受，他食言了，他未必真爱我。和他冷战以来，他那种想见我、和我恢复之前热度的愿望不是很强烈，他心里也许只有他的学生，那个金软。

正当卞青青思绪万千时，“飞秋”上跳出来一条荆世骇的广播通告：各位同事，冒昧打扰，自本周末起，我若发现有老师给我们五（1）班学生补课，我将直接反映到区教育局。万望见谅！谢谢！

老师们，包括米教导、康校长们都像吞了个滚烫的汤团，噎住了，麻掉了。米教导的第一反应是，这个小节生脑子坏掉了，把所有人都得罪了。

开始足足有一分钟，无一回复。后来在还老师的引头下，有了三五个接话的：我赞同，说得对！补课本来就是违规的。你自己可不要去补啊……

这些接话的都是不在补课的老师，他们不补是因为招不到学生，和荆世骇不补的原因是两回事。

你还想不想在这里混了？还老师一边瞄了瞄那边的褚老师和荀老师，一边小声对荆世骇说。

荆世骇没有回答，只是淡淡地一笑，继续着手头的工作。他没有考虑过这个问题，也无法回答这个问题。自己是来工作的，不是来混的。

群里很少回复，私聊的却像情报人员发报，热烈而快速得很。

这个江北小节生是不是吃错药了，我们没踩到他尾巴呀，得给他点颜色看看。斯老师私下发给席老师道。

他自己好像也在补啊，我听说每个礼拜都有学生去他那的。席老师说。

他说他不收钱的，我问过我们班学生，怎么可能？钱不收，东西肯定拿的哇，我也要举报他。斯老师说。

是啊，也举报他。席老师说。

……

荀老师给褚老师发个了，表示无语。褚老师回了个，表示十分难过。她又加了句话：师门不幸。两人对望一眼，各自叹笑。余光里，她们见到荆世骇一脸严肃，像匹准备打仗的烈马。她们心里明白，对他只能敬而远之了。

最抓狂的莫过于卞青青了，她也在补课，他不是不知道，怎么可以发这样的通告呢？他心里完全没有她，她真的火了，想发条短信痛骂他一顿，一想，算了，“分手”两字也懒得说了。

对于繁忙的工作而言，这些都是小插曲。大家只是知道自己学校有这么一个叫荆世骇的怪胎老师，以后少跟他烦就是了。

康校长正在学习关局对他的教诲，见到荆世骇来了这两下，也开始怀疑起自己的想法来。有自己的主见固然好，有开拓精神更是难能可贵，只是有时实现自己价值时影响了别人的利益，是不是也是一种自私和不道德呢？荆世骇这样的老师，或许真的只能在书斋里搞搞理论，不适合带班。他突然想到了申报的那个课题，希望它快点批下来，他马上给教研室古主任打了个电话，得到的回复是要到下学期，也就是六年级，才会批复下来。看来，还没有好的借口让荆世骇不做班主任。

荆世骇工作日记六十一：我知道青青会恨我，但她一个责备也没给我，我希望她理解我，学生们跪求留我的一幕她没感受到，否则也许会知道我此刻的心情。爱如果不能建立在理解和宽容的基础上，那爱的寿命便不长久，自生自灭也是一种爱。唯有你，寇蓝，曾经在类似的情况下鼓励过我支持过我，失去你，是我今生无法弥补的损失。

79.灭了的灯　不停的电

金霸王日记选三十五：荆老师是疯了，居然发那样的通告，自己没有经济头脑，不会赚钱，还要去搅得人家没钱赚。知道你为我们好，受了我们的恩想报答报答，可你想过没有，老师那里不可以去补，培训中心可以去啊，小区里有好几家呢，便宜他们了。到时候培训出来的成绩，肯定没有去老师那里补的好，我们班的成绩会更差。

金软说得不错，有好几个家长在了解到相关情况后，立即将孩子托付到了培训中心。名义上，这些机构大多没有进行上课补课培训的资质，他们只具有商业身份，没有教育培训身份。孩子们去了那里，也就是在他们的监督下完成回家作业和他们补充的一些练习。由于没有好的师资，大多培训机构的质量不是很好，生源远不如有点名气的教师在家里补课那么好。

被荆世骇这么一通报，它们的生意突然好了起来，原因是不少老师包括没补五（1）班学生的老师，暂时也不敢补了。谁能保证这个恶人只举报补五（1）学生的老师呢？谁能保证原本就眼皮薄的人不会乘机举报呢？所以暂时先观望一下比较好。

有些家长呢？一边骂这个神经老师，一边不情愿地把小孩送去培训机构，对他们来说，花点钱是小事，不爽的是花了钱没好的效果，即使培训机构收钱明显比私人补课便宜。

田回妈这次真有点没辙了，想逼田回去补课，又怕他做出什么吓人的事来。吸取教训，总结经验，她觉得用硬的不行了，得用软的。于是她特意在周五晚上买了鱼虾肉和可乐酸奶，边给儿子“进贡”边说，回回啊，啊好吃？

好吃。田回说话比以前中气足了不少。

好吃就好，可是你知道吗？这顿饭得花多少钱？田回妈说。

这田回倒真没想过，他只是觉得自从“跳楼”以后，她妈就对他大方了不少，包括这顿晚饭。

要150块，你想如果每天都这么吃，还不把我们家吃没了？田回妈说。

田回爸一声不吭，听着母子俩的对话。

那你可以不买的呀，我又没叫你买。田回说。

不许说这么没良心的话。他爸又突然说了一句。

其实，天天这么吃也不难，只要你好好读书，考个好大学，找个好工作就行了。田回妈说。

终于露出狐狸尾巴了，田回想，我就知道天下没有免费的晚餐，说来说去还是要我去补课。他灵机一动，说，我不是不愿意去补课，只是……

什么？夫妻俩同声问道。

我只去荆老师那里补。田回说。

一听荆老师三个字，田回妈火气一下蹿了上来。自从他接手这个班后，自己一向听话的好儿子变得会夜不回家，离家出走，跳楼自杀了。她噌一下站了起来，脸拉直，眼喷火，想痛骂那个荆老师一顿。眼看就要发作出来，田回爸也站了起来，他忙说，喝口水吧，不要动气，不要动气。

不知是一股什么力量，竟然把田回妈这股怒气慢慢压了下去。

他不是要举报吗？还怎么补课呢？她冷冷地说。

是啊，田回意识到去荆老师那里真补课是不可能的。不过，他不收钱的补课总可以去吧。

他不收钱的，妈，我可以去的。田回喜出望外。

田回妈记得，上次那个荆老师的确没收钱，自己还过意不去哩。如果真行，自己的这个面子倒可以不要，给那个荆老师打个电话也无妨。

那要不要先打个电话问问呀？她说。

不要了，我明天搭几个同学去问问就行了。田回说。

田回妈知道他这么舍近求远，无非是想多出去玩会儿，不过也没办法，现在得顺着他。

荆世骇没想到会有那么多学生来找他“补课”，这可是自己打自己耳光的事呀，让那些老师知道了，还不举报到联合国那里去呀。不能让别人抓住把柄，他想，得立即劝他们离开。

你们这是要害我呀？别人看到了会说啥？他小声地说。

荆老师，你又不收钱，怕啥，若有事，我们给你作证。金软说。

这不是收不收钱的问题，我组织你们补课的目的是想把本该属于你们的时间还给你们，你们这样一来，时间不是又到我手里了吗？荆世骇说。

我们愿意把时间给你。查鑫欣说，荆老师你就让我们进去吧。

荆世骇看了看对门，说不定猫眼后有双眼睛呢。他考虑了几秒，觉得还是不能让他们进去。就说，这样吧，你们分批离开这里，不要引人注意，去以前跟你们去过的大丘山脚下集合，我随后就到。

孩子们一听，也不错呀，在金软的分配下，一拨三两个三两个地离开了荆世骇住的楼幢。他们哪里知道，他们的一举一动，正被五（2）班荀老师派来的一个学生看得清清楚楚，并且还偷偷怕了照。

果不其然，五（1）班学生集体去语文老师荆世骇那里补课的事被举报到了局里，并且还配有照片。关局立马电话通知了康校长，要他立即调查。康校长满心纳闷，这不是开国际玩笑吗？警察第一天上班就被指是小偷。

他立即找来荆世骇，从网上调出照片和举报信，问这是怎么回事？

荆世骇也愣住了，照片上正是那帮小鬼走出楼梯门时的情景，可能怕时距离有点远，手又没稳住，照片有点模糊。

他沉思了会儿，把周六学生们找他的事一五一十地说了出来。康校长豁然如释，心想，原来如此。好在这张照片既不能说明荆老师在补课，也不能说明他在收钱，只是能说明一群孩子从楼梯口走出来。看来，举报人心急了点，打蛇没打到七寸。

康校长让荆世骇把情况写了下来，再叫他去让孩子们签了字，加上自己的一份调查情况说明，一并送到了局里。结果如他所料，暂无下文，不了了之。

期末考试越来越近了，五年级虽然区已抽测，这期末还是要考的，并且成绩要记录在案，作为考核的一部分。至于区抽测的成绩，也要用，就是按照《考核条例》进行奖励。

这学期即将结束，繁忙的工作变得更繁忙了，复习、考试、批卷、填表、写总结、填素质报告书等等。等差不多忙完时，才发现夏天又来了。

荆世骇班的语文成绩一如既往地差，和还老师班成了难兄难弟，尤其是作文，扣分最多。还有短文，学生们很少能答到点子上，扣分也多。这两项扣分一多，分数怎会高呢？

荆世骇工作日记六十二：匆匆忙忙，忙忙碌碌，我的第二个学期即将结束了，看到孩子们没被我教呆教傻，心里真是高兴。我不高兴的是，真的愧对他们的父母了，他们要的我没能给他们。或许，将来他们会感谢我的，至少，我给他们培养的是一个有自尊、有人性、有独立思考能力的人。

80.一声阴喝　两世受恐

金霸王日记选三十六：自由真好，没人管，就像脖子上松掉一根绳子，全身舒畅。斯老师没以前凶了，席老师没以前唠叨了，不做作业也不罚抄不通知家长了。期末复习也就翻翻书，做几道题了，我们的天亮了。老师们是不是真不管我们了呢？还是黎明前的黑暗，商量着怎么收拾我们呢？或者，他们丢弃我们了，因为荆老师。丢就丢吧，只要我们自己不丢弃自己就行了，随你们怎么着。

休业大会上，在全体教师面前，米教导通报了此次期末考试各班的成绩，其中五（1）班三门功课总分垫底，语文倒数第一，数学和英语都是第四。褚老师班总体第一，卞青青班第二，进步明显，荀老师班第三，还老师班第四。

其他年级的分数也不是很好，和用同一张试卷的学校相比，A 状元小学垫底。

我们又是第一，米教导说，不过屁股上生了张凳子。说完，他看了看康校长，蔺副校长、是副校长和樊书记，嘴一抿，差点笑出来。

康校长一脸严肃，知道米教导在表达他的不满，当初他要对老师们的占课视而不见，是他康校长不许；当初老师们放学后给学生补差，也是他康校长不许；老师们想多买点辅导材料，还是他康校长不许。现在又来了个荆世骇，害得老师们补课也不敢补。好啊，这就是依法治校，依法从教。治出来些什么教出来些什么呢？

康校长总结发言时回顾了一学期来的工作，充分肯定了老师们的辛勤劳动，感谢老师们对他工作的支持，并表示，学校出现的一些不和谐事情，责任在他这个校长，包括成绩的下降。老师们听了心里舒服了些，嘴里却忍不住哼出一口气来。

我希望下学期我们能知耻后勇，迎头赶上。康校长说。

好！除了还老师，没一个人应他。好多人都低着头在玩手机，正等着去食堂吃本学期的最后的午餐呢。

最后，我祝所有同事们暑假快乐，身体健康！并认真完成各项培训任务。康校长说完，响起了稀稀拉拉的掌声。

荆世骇和卞青青也到了不得不了断的时候，如果恋爱继续，那么长长的暑假两人不可能你走你的我走我的。如果就此结束，也得说声“再见”哪！

走出报告厅时，荆世骇故意在楼梯上放慢脚步，等卞青青经过，和她一起走。脚步声一串接着一串，说话声一阵接着一阵，就是没见卞青青下来。他回头看了看，发现她正转身掉头走另一边，她连和他一起走的兴趣也没有了。

荆世骇苦笑了一下，大步走下楼梯。他明白了，这段情已经结束。

可是他的几个学生还没走，在食堂门口拦住了他。

荆老师，你什么时候回家呀？阙无言问。

荆世骇因为之前不能确定卞青青的态度，所以没有决定何时回家，现在他确定了。

明天。他说。

这么快呀，不如你陪我们玩几天再回去吧。查鑫欣说。

荆世骇笑了笑，说，我也想啊，可是我家里还有八十岁的老奶奶，六十岁的老母哪。

呵呵呵，荆老师是上有老下有……袁方方突然发现自己说错了，红着脸闭了嘴。

下有小嘛！没错，就是你们嘛！荆世骇说。

嘿嘿嘿……小孩们见身边老师多，不敢大声笑出来。

那我们去你老家玩玩吧。金软开口了，这可是她的一个愿望。

行啊，只是你们父母同意吗？放心吗？荆世骇说。

他们要是不同意我就跳楼。田回也开口了，吓得大家哈哈哈地笑了起来。正去吃饭的老师们好奇地朝他们望了过来。

别瞎搞，跳楼有跳河好吗？荆世骇说。

哈哈哈……哈哈哈……小子们笑得更忘形了。

斯老师和席老师她们也看到了这一堆小孩，迅速侧头走了过去。金软本想和她们打个招呼的，毕竟要有两个月不见得了，见她们这样，也把头一偏，没有响。

我说的是游泳，记住啊，不要在没有安全保障的情况下去玩水，到时我可不会大老远地来参加你的追悼会。荆世骇说。

哈哈哈……在孩子们的笑声中，荆世骇走进了食堂，他发现好多人都用异样的目光看着他，他笑意未敛，一路过去，直到拿饭窗口。

你真的想去荆老师的老家呀？阙无言在回去的路上问金软。

那么远，你知道怎么去吗？查鑫欣说。

我也想去。田回说。

金软一直沉默着，她脑子想的可不是怎么去的问题，她发现卞老师和荆老师好像不大对劲，其实刚才老师们开会出来时，她正好在楼下看到卞老师避开荆老师的一幕。再从他们吃饭也不一起吃来看，一定是出了什么问题。在平时，她也看过一些言情小说，对恋爱那些事略微也懂点。

你们觉得荆老师和卞老师会一起回去吗？金软问。

这个问题可是谁也没想过，刚才荆老师不肯答应我们去他那儿，说不定就是因为要和卞老师一起回去。

怪不得，荆老师平时一直很爽快的，这次这么小气，原来是因为卞老师。查鑫欣说。

是啊，谁要你去做电灯泡啦。田回说。

不！我觉得荆老师和卞老师已经分手了。金软说。

咦？你怎么知道？阙无言说，他其实也懂一点分手之类的事。他不做作业的时候就在看泰剧和韩剧。

这你别管？想不想去证实一下？金软说。

怎么证实？查鑫欣问。

就是要饿会儿肚子。金软说，胖哑子，想不想做件好事？

什么好事？阙无言问。

去给我们买几个面包过来，买好在校门口等我们。金软说。

我不去。阙无言皱起眉头，不高兴起来。。

你想不想去荆老师老家玩？金软问。

想啊。阙无言睁大了眼睛说。

那还废话，赶快去。金软说。

其他人目送着胖哑子屁颠屁颠地拐进了小区，不知道金霸王葫芦里卖的什么“酒”。

在金软的带领下，他们一伙又折回了学校，在底楼一个教室的墙角边，观察着从食堂里出来的一个个老师。当等到卞青青从食堂出来时，金软一个箭步蹿了上去，拦住了她。

卞老师好，她先弯腰打招呼，我们荆老师请你看电影去不去？……他让我跟你说对不起。

卞青青一脸尴尬，边上的同事也是小姑娘，坏坏地笑着。

我不去，你告诉他，他没有错，用不着对不起。卞青青的话很生硬，证实了金软的判断。

你不去，那我去啦。金软说，明显话里有话。

卞青青没有再接金软的话，拉着同事快速转身离开了他们。

怎么样？他们分手了吧。金软得意地对小子们说。

分手了，小子们异口同声地说，荆老师真可怜了，失恋了。

荆世骇工作日记六十三：这是我这学期的最后一篇日记，也是最后一次提及青青，我理解她，和我分手是她保护自己的最好办法，既然我要做自己，她也有权做她自己。但愿她以后能幸福，遇到一个适合的人，但愿她早点将我忘了，不要影响今后的生活。可是我又能到何时忘记她呢？除了孩子们，我还有谁呢？

81.那一条鱼影　梦里的鞭子

要到家了，荆世骇总觉得像是有啥事耽误了，想来想去，大致确定应该不是工作上的事，等动车到站的一刻，才突然记起兄弟骆成辉应该在“五一”结婚了，但却没有邀请他喝喜酒。

他一个电话打过去，铃声响了好一会才有人接，听声音是骆成辉的。

成辉你小子结婚也不叫我一声，我回来了，是不是得补我一顿哪！荆世骇单刀直入。

荆哥啊，什么呀，我结婚哪能不叫你呀，没结呢？骆成辉说。

你不是说五一吗？荆世骇说。

吹了。骆成辉说。

吹了？为啥？荆世骇随着人流，边拉着行李箱边打电话。

跟人跑了。骆成辉极力说得轻松些，语气里还是掩盖不了未尽的火气。

谁？为啥？荆世骇问。

一个小老板，就你教书学校那边的城里人。骆成辉说。

怎么回事？你小子大意了啊，煮熟的鸭子也飞了。荆世骇说。

别提了，等回来再说，要不要来接你，行李能拿不？骆成辉问。

好吧。这点东西也拿不动，我成娘们了。荆世骇说着家乡话，一路向出站口走去。

和上次一样，离家还有百多米，两位老人就在路口迎他了。和上次不一样的是，他娘好像不是来迎他的，她看着他身后呢？行李也不上来提一下。

你上次说的那个卞老师呢？又没来啊。他娘一瘸一拐一脸失望地说。

人家有事，忙。荆世骇不想一下告诉她们，只得撒了个谎。很显然，他娘很失望，对于很久不见的儿子回来，似乎热情也不高。而他那个有点痴呆的奶奶，看上去就高兴了不少，她可不记得什么卞老师了。

荆荆回来啦，好吃的，啥？他奶奶说着，直接把手伸了过来。荆世骇一边扶住她一边说，我们回屋再吃，回屋再吃。

荆世骇妈的目光一直没有离开过自己儿子的脸，她已猜到，儿子在说谎，那个什么卞老师，肯定看不上自己的儿子了，和骆成辉的女人一样，跟了有钱人了。想到这，她鼻子一酸，苍老的脸上更是霜雪满地。

荆世骇发现娘今天特意穿了件灰色新衬衣，心里一疼，心想又让她操心失望了。原本想说的话一下没了影，变成了从行李包里拿出的一袋袋江南特产，而他娘只看了一眼就去盛饭端菜了，这鱼肉只能招待他儿子一个人了。

奶奶却兴奋异常，一袋一袋地翻弄着麻酥糖、粽子糖、云片糕之类的好吃的。

饭刚吃完，骆成辉就来了，他开着摩托车，车头的塑料袋里挂着瓶红星二锅头，他一熄火就拎着酒进了屋，看见荆世骇就说，吃啦？还没喝酒呢？

荆世骇娘一见骆成辉拎着酒进来，又说了这话，立即把端上去的鱼肉又端了下来，摆到饭桌上，脸上露出了笑意，说，成辉啊你也不来个电话，早点来。

娘，荆世骇马上说，拿两个杯子，我也正想喝点。

酒到杯里，杯到嘴上，酒入口中，话也来了。看得出，骆成辉对自己没结成婚还是耿耿于怀，说来说去，还是一个穷字呀，就算同一个省，不同地方，生活条件的差异真是很大。就拿江苏来讲，东边的苏锡常和西边的宿盐徐连相比，前者的经济要发达得多，因此外来安家落户的人员几乎可以和当地人扯平。荆世骇也属于这外来人员之一。

阿姨说你找了个美女老师，咋没带回看看？骆成辉乘着酒兴问。

荆世骇看看灶头边母亲暗淡的身影，又看看眼前满脸酒气的成辉，默默地低下了头，又一仰头，半杯二锅头咕嘟一下下了肚。这里的酸酸甜甜苦苦辣辣，一时半会哪能说清？

不提了，我会找一个更美的美女回家。荆世骇豪言道。

骆成辉也端起杯子，一口吞下半杯酒。

兄弟同命哪！哈哈哈……他的笑声把荆世骇娘给引哭了，刚才的猜想从儿子的话里得到了证实。她擦擦泪，走出大门，提起场边的一篮空心菜，到井边择洗去了，她知道，今天的菜不够了。

酒酣耳热后，兄弟俩就吹牛喝茶。茶是老茶，颜色也有些浊了，可味道很浓，正合他们的口味。

天似乎越来越热，家里的吊扇吧嗒吧嗒地转着，一点效果也没有。

洗河浴去！骆成辉突然提议。

不成，河水还凉呢，要得病的。荆世骇娘立即反对。想想也是，才七月开头，老天爷的热劲还没使出来呢，怎能下水呢？

荆世骇很想去河里发泄一下，见娘反对，只好不响。骆成辉也很识趣，知道瘸腿阿姨脾气倔，也没坚持。两人最后光着膀子在水泥地上摊了张草席睡了个下午觉。

暑假里有不少培训，其中一个就是有关语文教学的网络培训，荆世骇家还没通网，只能去镇上的网吧蹲个一两个小时。好在学起来很简单，只要上了培训网页，那边就记学时，还有就是交几份作业，发帖跟帖，写份教案、心得之类。他带回的U盘里都有，都是之前存下的，直接传上去就行了。这样虽然学不到啥东西，却也不费啥精力。反正康校长在会上说的，只要拿到证书，250元培训费就学校出。

还有一个培训，就是有关课题研究的专家讲座，在南京，是副校长亲自打了电话给他，要他务必参加，所支出费用一律凭发票报销。时间是七月三十日到八月二日，四天。他正好在家也有点闷，不如去散散心。所以答应得很爽快。

就在他去培训的几天，金软他们也在微信上商量外出玩几天的事。原本大家也觉得没戏，原因很简单，就是他们的家长绝不会答应的，安全谁负责？再说，要玩，大人也会带着他们去哪！而金软讨论的问题是，去不去荆老师家？

路不远哪，就盐城。金软说，我们乘动车，上午去下午就可以回了。

我爸不会答应的。查鑫欣说。

我妈更不会了。田回说。

就说来我家玩，骗骗她不就得了。阙无言说。

那你呢？查鑫欣问。

我就说去你家玩。阙无言说，我反正没事的，奶奶听我的。

如果一天真能赶回来，我也可以去的。欧吴说。

我住几天都没事。袁方方最牛。

谁去买票？连德起说。

我可以叫我妈网上买，金软有点高兴了，心想，这下可能去得成了。

多少钱？阙无言赶忙问。

67块。金软说。

这下田回为难起来了，他知道他妈是很小气的，这67块钱可以补一次课了，可以买两顿饭的菜了。

那要不要先给荆老师打个电话？欧吴说。

我们在微信上通知他吧。查鑫欣说，这样还省点电话费呢。

不好！欧吴突然说，赶快把荆老师从微信群里踢出去，要不然我不来传作业了。

对啊，上次为了找田螺，让荆老师进来了。查鑫欣一下没了声音。

要踢快踢吧。欧吴说。

群主是金软，她把荆老师踢出了微信群，同时发道，好了，别烦了，去的人发句话。金软说。

结果有十几个人回了“去”。金软知道，这十几个还不能确定，她又提醒说，想去先问问你们的老爸老妈，同意了再说。

好。他们一同回道。

82.访客　流星的死光

金霸王日记选三十七：暑假真没劲，看电视没劲，吃冷饮没劲，看书也没劲，就是这几天热了去游泳稍微有点劲。可是又听人说，游泳池里脏得很，细菌超标，尿素也超标，想想就怕。记得荆老师跟我们讲过他家附近有条小河，河里的鱼清清楚楚，河水可以直接喝，如果能在这条河里游泳多好啊！好在小子们也愿意去，要不然我一个女孩子家很不方便的。他们要是知道我是骗他们去游泳的，会怎么想呢？要不要跟他们说带好游泳裤呢？要是说了，他们老爸老妈知道了还会让他们去吗？

群里很快有了回复，果然有人去不成了，最后定下来的只有阙无言、袁方方、查鑫欣、欧吴和连德起，加上金软，总共六人。

金软觉得这样也好，人多了反而麻烦。接下来就是定时间了，为了确保出游顺利，金软特意查了一下天气，网上说是八月三日——五日没雨。事不宜迟，马上出发。由于是暑假，车票紧俏得很，好多路线的车票十天内的已经售完。去盐城的短程票倒是天天有，不过也得赶早，说不定早上买的要到下午才能乘到车。金软让妈在网上买了第二天也就是八月四号上午九点的车票，他们六人约定七点半出发去火车站。

金软有些犹豫，要不要给荆老师先打个电话呢？还是给他一个惊喜。另一个犹豫的地方是要不要给荆老师买点东西呢？听他说他还有奶奶和老妈住一起，要不给她们买点东西？买什么呢？小子们会不会不乐意呢？到了火车站再说吧。

不过，她还是先给荆老师打了个电话。这是她第一次因“私事”打给他，心里有点紧张。电话铃响了一会儿，没人接。金软想是不是号码记错了，按掉再确认了一下，没错，就是有一次荆老师在班会课上写在黑板上的那个号码。

这回有人接了，一听就知道正是荆老师的声音。

谁呀你是？荆老师竟然用了倒装句。

呵呵呵，荆老师，我是金软。金软抑制住兴奋，压低声音说。

哇！是金霸王呀。荆老师像一下见着了金软似的，声音变得又大又响，怎么样？暑假里在玩些啥？

没啥玩的，想去荆老师你那里玩玩，行吗？金软说，紧张不见了。

这……太远了吧。荆世骇一时没想到合适的拒绝的说辞，“远”其实也不太远。

我们火车票也买好了。金软说，还有胖哑子他们。

荆世骇这下才确定金软是来真的，他万万没想到这帮小子还真够大胆。他慎重起来，明确拒绝吧，显然已不合适，不能浇灭孩子们的一腔热情哪！欣然同意吧，万一路上出了事，这个责他负不起。他在电话那头飞速地想着最佳解决方案……

要不，我来接你们。他想只能自己辛苦点了，反正正好培训结束，再乘一趟火车也没啥。这是最保险的做法了。

不用不用，那不是浪费吗？金软说，我们能来，我们又不是三岁小孩。见荆老师答应了，她很高兴。

那好，你们坐几时的车呀？荆世骇问道。

明天上午九点。金软说，是动车，很快的，只要一个半小时就到盐城了。

其实她哪里知道，荆老师家离盐城还有不少路呢，到了盐城火车站还得往西走二十多公里，到了一个叫学富镇的地方，再要走五里路，才到他家。先不说，偷偷去他们那火车站再说。荆世骇一看时间，应该还有动车去那儿，只不过要在他们那个火车站过一夜了。

好吧，我热烈欢迎你们来，那明天见。荆老师话里有话地说道。

好，明天见。金软说。刚挂电话，她就在群里把好消息通知给了同去的小子们。那晚，注定她是要来次小小的失眠了。

荆世骇这边却一点也耽误不得，他先给家里打了个电话，说培训晚一天回。又马上去火车站买了一去一回两张票，回的时间当然也是九点。当晚他赶到了这边的火车站，找好旅馆时已是近十点，他胡乱吃了袋方便面，匆匆睡下，准备明天迎接那帮小子们。

火车站永远是那么人多，何况是在暑假，几乎能闻到来来往往的人身上的汗臭味。金软他们由金软老爸和阙无言老爸开专车送到火车站，然后在他们的指挥下进入了候车大厅。开始时，安检人员还不许他们进，理由是需大人陪着。后来在金软“那为何你们卖票时不问问我们是大人还是小孩”的反问下，才悻悻地放他们进来。两个大人在门外目送着一帮小孩进入候车大厅，点起烟，不放心地离开了。

好在每个小孩身上都有一部手机，随时可以联系。

就在一群小孩叽叽喳喳找座位和进站口时，一个熟悉的声音突然从背后响起。

小子们！你们想我啦！

包括周围的人，同时朝声源望去。那不是荆老师吗！

荆老师！你怎么在这儿？孩子们异口同声发出了惊问。

这是个秘密，欢迎你们去我家。荆世骇说。

六个孩子一下沸腾起来，叽叽喳喳说个不停。金软发现荆老师似乎很疲惫，手里拎了个大包，头发乱糟糟的，胡子也没刮。

他一定是连夜赶来这里接我们的，金软想，可是为何会带这么一个大包呢？于是诈问道，荆老师你昨天就在这边吧？

你怎么……荆世骇反应过来时已经说漏嘴了，只好承认。他把自己培训的事说了一遍，又把昨天接到金软电话后匆匆赶来的事说了一遍。

那你一定饿了吧。金软说完，放下背包，迅速掏起来。

阙无言手脚这回竟然比她还快，直接把一只肉松面包递了过去。他原本就抓在手里，想在等车时吃的。

荆世骇没有不好意思，接过就大咬一口，惹得孩子们哈哈哈大笑起来。荆世骇带他们找到了候车位，拿出杯子，去供水处倒了杯热水，和他们一起等车。当大厅的时钟转到八点三刻时，广播里提醒检票的消息发了出来。女播报员的声音很好听，他们说笑着排在了人群里，一个挨着一个，在荆老师的带领下通过票检口，直奔站台。

动车很快就到，荆世骇为了和孩子们一起，没去自己的车厢，而是站在他们边上，一个一个安顿他们坐下。孩子们争着给他让座，他一一拒绝。最后由于实在有点影响狭窄的走道，才和身体最瘦小的连德起挤了同一个座位。

一路上，孩子们的话不停，他们没想到荆老师会来接他们，异常兴奋。而荆世骇也没想到，孩子们会来他老家。他暗自盘算着如何安置他们。住镇上的旅馆不放心，住家里又太挤，蚊子又多。还有两个女生，怎么安排？

在铁轮和铁轨的摩擦声中，在窗外飞速后退的物影中，一个多小时很快过去。十点三刻，火车准时到达盐城火车站。为了孩子们轻松些，荆世骇叫了两辆的士，直奔老家学富镇学富村。

83.叫一声 石破天惊

六个小孩的到访，让学富村的孩子们惊喜不已。看他们，年龄差不多，样子也差不多，有胖有瘦，有男有女，只是稍微白净些。听说是荆世骇的学生时，怯羞和陌生感一下少了大半。有个大胆的小孩穿着背心裤衩，主动走上去问这问那。

荆哥，他们真是你学生？

真是，不假。荆世骇说。

来做啥？他问。

玩啊，看看我。荆世骇简直有点自豪了，你老师你去看不？

看啥，有啥看的。那小孩说，整天叫我立墙角，罚抄书。

嘻嘻嘻……阙无言他们忍不住了，笑出声来。

荆哥，你罚他们啥的？那小孩说。

罚了还会来看我吗？荆世骇说，瞧你那猪脑子，残了。

呵呵呵，又是一阵笑声。

叫他胡来来就行了，荆世骇对金软他们说，他就会胡来，不过钓鳝鱼厉害，一钓一顿，他家里基本不买荤菜，你看他吃鳝鱼吃得像鳝鱼了。

真的假的？袁方方一见来同行了，接道，等会儿我们一起去捉黄鳝。说着，他换步走到胡来来边上，恨不得放下包就要去的样子。

查鑫欣她们边走边弄手机，估计正和家里联系，其实在火车站，她们已经报过平安了，父母还是不放心。

一群小孩，走过湿热的农村小路，七拐八拐终于来到荆世骇家门口。两位老人一见这么多小孩，着实吓了一跳。小孩里，荆世骇娘有一半是认识的，一半是不认识的。从穿着和所带东西看，就知道不是本地的。见儿子和他们有说有笑，猜到了八九分。

妈，这是我的学生。荆世骇一边放行李，一边说。放下自己的行李，他又把孩子们的行李一一归好。他奶奶见这么多小孩，痴呆似乎也好了。忙说，囡囡，囡囡，快坐，快坐。眼睛却盯着他们的行李包。

电扇吊扇蒲扇，一起用了起来，孩子们真是热啊。衣服都显出湿印来了。

阙无言咕咚咕咚喝着自己带来的“动脉”，欧吴和查鑫欣喝着“每日C”，袁方方和连德起喝着矿泉水。只有金软没再喝水，她看似不经意地扫视着荆老师的家，砖墙平屋，三间，水泥地，有点脏乱，到处是旧东西，凳子，农具，鞋子，破篮破桌一大堆。

荆老师家真穷。金软想。

她还发现，荆老师妈的腿是瘸的，奶奶好像有点那个……不大正常。此时她才想到忘了一件事，竟然没买一些东西来。

有那么多小客人，荆世骇顾不得休息，连忙和娘忙碌起来，杀鸡拔菜，烧水洗米。他把他们交给了胡来来他们，让小孩和小孩玩去吧。

金软很想去看看荆老师说过的那条河，她走出孩子圈，屋前屋后兜了一圈，并未见到。她想问河在哪？一看他忙碌的样子，又忍住了，心想等吃好饭再说吧。

快到十二点半的时候，荆老师叫他们吃饭了。孩子们也饿了，像群鸭子似的围了过来。胡来来他们很懂事，连说下午再来，下午再来，回去吃饭了。尽管荆世骇很客气地叫他们一起来吃。

金软发现孩子们端着碗，看着菜，就是没有下筷。觉得有点奇怪，等她也拿起碗时才发现，东西似乎有点脏。她忍住心理不适的反应，第一个下口吃饭。她先夹了一筷子韭菜，塞到嘴里，大口嚼了起来。还别说，真香。她记得妈妈跟她说过，到别人家吃饭，第一筷不要挑荤菜，要夹蔬菜，这样显得有礼貌。

吃啊，你们不饿吗？金软边嚼边说。

欧吴很快跟上，查鑫欣也吃了起来，最后男小子们也动起了筷子。饭碗菜碗看着有点脏，碗里的饭和菜却是难得的香。他们在家里把这些菜都吃腻了，到荆老师这里发现，这些菜原来是这么好吃。其实啊，他们吃的倒是真正绿色无污染的食物。

吃饱了就困，阙无言真想睡一觉，条件不允许。胡来来他们不知什么时候已经来了。荆世骇帮娘收拾好碗筷，准备带孩子们到村里转转。

荆老师，你说的那条河在哪呀？金软问。

就在那边。荆世骇指了指村西头一丛树影，说。

我们就去那里玩吧。金软忙说。

好啊。没有一个不同意。胡来来在前面带路，一群小孩外加荆世骇一个半小孩，朝那片小树林走去。一路上，又引来不少目光。

这真是一条安静的小河，默默地躺在树草中间，不高的河滩，不宽的河面，浓密的绿色围绕，真是一块“隐玉”。她看上去很长，弯弯折折的，伸进远处绿油油的庄稼地里。沿着河边，还有稀稀拉拉的小平房，就像荆老师家的一样。金软不明白，荆老师家为何不住河边。现在好多楼盘都建在水边，说是依水而居，田园生活，房子也卖得起价钱。

鱼！你看。袁方方第一个叫了出来。大家顺着他指的方向，果真见到几条小鱼在河里游荡，估计就是自己家边上池塘里的那种小鲫鱼。

荆老师，是啥鱼呀？查鑫欣问道。

是鳑鲏鱼。胡来来脱口而出，小小鱼，鸭子吃的。

阙无言记得在饭店上吃过这种小鱼，油炸的，挺鲜。没想到荆老师这里是给鸭子吃的。

有大鱼吗？他问。

当然有啦，不过很少了。胡来来说，都让人给电没了。

电鱼？现在有人电鱼。荆世骇离家一年多，没想到会有人电鱼，那可是不允许的。有人管吗？他问胡来来。

老师可不管。胡来来说，谁有空管这呀，电到大鱼就去镇上卖钱，谁能管？

哦。荆世骇叹了口气，想必他小时候和父亲抓的那种黑鱼是见不到了。他带着孩子们，沿着河岸走了起来，他希望看到那一群久违了的小黑鱼，像蝌蚪似的，在水里跳舞。水底下是紧跟着他们的父母，现在，即使见到他们，他也不会下叉了。

清澈的河水在他们右侧闪着白光，不时还有青蛙跳进水里，是他们惊动了它们。密密麻麻的细草绕着他们的腿脚，就像握手，表示欢迎。树荫一块一块，从头上罩下来，阳光一束一束，从树荫中冲到孩子们身上，也像是在拥抱打招呼。

一行人没走多远，就感觉大汗直冒，野外到底不比家里，热辣很多。阙无言他们有点吃不住了，想回荆老师家了。

他还想着游泳，只是身边有女生，不好说出来。

荆老师，这河里能游泳吗？金软突然问。像是猜到了男生们的想法。

当然能啦，可你们没带衣服呀。荆世骇的话里透露出他不大想让孩子们下水，毕竟有危险。

我们回去换。金软说，我们都带了泳衣的。

好啊好啊。连德起忙说，他来的目的就是想游泳，他水性不错的。

好！其他人一口同意。

我们等你们。胡来来说。他们本地孩子反正没啥，什么泳衣不泳衣，不穿也能游的。

两群孩子很快又汇合，他们在一块生泥底的河水里，抛开最初的羞涩，大大方方地和水交上了朋友。荆世骇没有下水，一边帮他们看衣服，一边做起了义务救生员。

84.顺治　出家还是出嫁　佛

荆世骇发现，这帮小子没有当天回去的意思，为如何安排他们过夜犯起愁来。

直到太阳泛红，光线掠过树梢投下长影，他们才陆陆续续上了岸。上岸的有人成了泥猴，有人成了水母。阙无言像只泥熊，袁方方看上去像刚拔出扔进水里又捞起来的萝卜。而胡来来他们显然要干净得多，光光的上身，黑黝黝水淋淋的。

最讲卫生的当然是女生啦，金软在上岸之前洗了又洗，怕光亮的泳衣上沾上什么泥水。欧吴跟着她，两人互相洗了个干净水灵，长头发又湿又亮。只有查鑫欣，不小心坐了个泥滩，不得不下水又洗了一次。就是这样，小屁股上还是落了点黄泥。

在吃晚饭前，荆世骇把自家的水泥场用井水浇了几遍，直到再没有热气冒上来，才把家里的两只长桌搬了出来，再把好久没用的几只长凳冲洗了一遍，围在长椅四周。

孩子们在荆世骇房间依次换好衣裤后，一个个红光满面，湿着头发来到了水泥场上。夕阳已经落下，余威尚存的霞光映亮了大半个天空，红色，还是红色。此时，不时有手机声响起，都是不放心的父母们，问这问那，今天回不回呀？在做啥呀？身体啊好？烦了一通确定自己的宝儿今天不回来之后，才把电话挂了。

晚餐很简单，就是大米饭和农家菜。鲜鱼和草鸡自然少不了，还有本地猪肉，红烧的，闻着就馋，香是真香。蔬菜也有，除了韭菜还有空心菜和木耳，汤竟然是鸽子和鸽子蛋炖的。他们不知道，为这些东西，荆老师老妈和骆成辉已经忙了一下午了。还有，荆老师的奶奶，冒着大汗在灶膛前添柴烧火。

胡来来他们几个也被邀请来吃晚饭，他们的老妈端着饭碗，在边上边吃边说，时不时还接收一点荆老师娘瘸着腿夹上来的菜。

经过一下午的互动，两群孩子们熟了，一点拘束也没有了。袁方方是一屁股坐到了胡来来的边上，要他明天带他去钓黄鳝。胡来来一口答应，说好明天八点就出发。阙无言也听到了，哪忍得住呀，忙说，我也要去！声音好大。

我也去。查鑫欣和连德起一起说。

金软和欧吴没有说话，她们看着荆老师，等他表态。谁知道他们要钓多久呀，如果明天再不回去，家里老爸老妈非赶过来不可。再说，这换洗的衣服也只带了一身。

荆老师当然明白她们的意思啦，假装低头喝粥，这事他也不好办哪！自己是东道主，如果急着赶客人走，不大礼貌又会被说小气吧；如果让他们留下，那确是也有许多不便，还有他们的父母，不急死啊。

金软明白啦，虽然她也想多留几天，但现实不允许呀。于是开口道，明天下午我们回家。话一出口，孩子们一下没了声音。不过，才几秒，有个声音响了起来。

要回你回，我还要钓黄鳝了。说话的是袁方方。

阙无言也想力挺袁方方，不过他胆小，没有出声。还有连德起。

这样吧，明天来来上午带你们去钓黄鳝，我去给你们买火车票，尽量在天黑前让你们赶回家，否则你们的老爸老妈会怪荆老师的呀。好吗？荆世骇说。

好。孩子们回道。袁方方也表示了赞同。

还有一个问题是，今天晚上怎么睡？总不能在这水泥地上聊一夜吧，蚊子虫子加痱子，叮得你要死。想来想去，也不能去镇上的旅馆，那不但费钱也不安全。最后，骆成辉想到了个办法，他把荆世骇拉到一边，轻轻对他说，

要不这样，你让那两个女学生睡你房间，男的睡来来他们几个家里，你睡我那儿。

荆世骇一想，这办法好，主要是安全，还顾及了男女之嫌。别看这帮小子五年级刚读完，那些花花绿绿的东西不会一点不懂。

好啊。这可是个好办法。

皓月当空，当荆世骇把安置他们睡觉的方案一说出来，孩子们都很满意。

第二天一大早，荆世骇就买好菜赶回了家。谁知一问，他娘告诉他，没一个小囡起床呢。想必他们是玩累了。其实，金软早就醒了，她静静地在想事，要是每天都像昨天一样，这么开开心心地过，多好啊。她昨晚和啊呜、山楂片说了半夜的话，谈荆老师、说荆老师的老妈、奶奶，当然还有游泳的事，学校里的事，其他同学的事……她不想那么早起来，这可是荆老师的床，多睡一分钟就是一分钟啦，以后可能一辈子没机会了。

她看看睡在身边和脚边的两个女伴，心里笑了起来，死猪！她又想哭出来，马上六年级了，斯老师和席老师不知会怎样教他们，肯定是一张又一张的考卷，一遍又一遍的抄写。还有，就是荆老师，自从他阻止了补课后，那些老师不

知怎么恨他呢？他们一定不会放过他的。

想着想着，迷迷糊糊好像又想睡了。就在她准备再睡会儿时，听见荆老师回来的声音了，这下睡不着了。声音响了几下后又变轻了。过了不知多久，声音又响起来了，这回一听就听出来是胖哑子他们。

还没起来啊，钓黄鳝去啰。袁方方故意在房间门外喊。

谁说没起来，本姑娘在梳头。不知何时，山楂片突然醒了。她迅速从床上爬起，穿好裙子，下了地。金软和欧吴跟着也起了床。

荆老师早就为他们准备好了早饭，豆浆、油条，还有白馒头。在女生们洗漱的同时，小子们早就一拥而上，吞起了它们，像饿了十天的黄鳝一样。

等所有人都吃好了，胡来来他们也来了。他带头，拿着黄鳝钓子和黄鳝篮子。后面的跟班提着一小袋蚯蚓。

袁方方凑过去一看，这黄鳝钓子不就是用细自行车钢丝做的吗。钢丝一头用铅丝绑在一根长筷子上，另一头磨尖了弯成钩。那篮子口小腹大，还有宽宽的两个肩膀，是用竹子编的。他顺手把钓子拿了过来，翻看了几遍。

是不是把蚯蚓掼上去就行了？他问胡来来。

是啊。你会钓吗？胡来来说。

我试试，袁方方说，往哪儿走？

于是在胡来来的带领下，一群小孩，走向了远处的田横头。荆世骇没有去，他关照胡来来要注意安全，十点半前必须回来。他自己马上给骆成辉打了个电话，说是马上开摩托来接他去火车站。

天又发起威来，孩子们和水稻一起在烈日下暴晒着。袁方方在胡来来的指示下寻找着黄鳝洞，好不容易找到一个，胡来来告诉他这是空的。后面的人马上发出“哦”的起哄声。胡来来知道他们这样发出声音来，是钓不到黄鳝的。当他找到一个几乎可以确认有黄鳝的洞时，做了个嘘的动作，他从袁方方手里拿过钓子，手一挥，示意后面的人蹲下，又把洞口的草轻轻拔掉了些，接着就把掼着蚯蚓的钓子探到了洞里。等摸清了洞的走向后，他把钓子伸进去一半，同时做着轻抖的动作。袁方方知道，这是在引诱黄鳝咬钩。

果然，才几分钟，只见胡来来的手一戳一拉，一条扭曲着身体的背部青绿腹部蛋黄色的鳝鱼被拉了出来。眼看它就要挣脱钓子逃进水稻田里时，胡来来的左手食指马上一勾，死死扣住了黄鳝的身子。

篮，快！他大声说道。

篮子很快从后面传来，拿在了袁方方的手里，胡来来双手并用，把黄鳝一头按在了鳝篮里，边上的人只听见篮子里扑棱扑棱的跳腾声。

我们钓到大鳝鱼啦！阙无言想挤到前面来看，差点把前面的人挤到水田里。

女生们也兴奋异常，大喊大叫起来。

它有多大？金软问胡来来。

半斤左右吧。胡来来显然很得意。

85.月球　毁灭之眼

时间就像黄鳝的身体一样滑，很快就滑到了十点半，该回了。袁方方显然还不过瘾，他在胡来来的指导下，竟然也钓到了一条大拇指粗的黄鳝，其他人就不行啦，阙无言差点跌进水稻田里，金软和查鑫欣他们弄了半身泥水，黄鳝影子也没见着。最后，大家眼看着胡来来变戏法似的钓上了八条黄鳝，黄鳝们在篮子里蹦跳了一会后就没声音了。袁方方以为它们死了，老要拿过去看。

你不回就待在田里吧。金软说，我们走。

胡来来和小伙伴们看着这些客人，不好说啥。他们总不能赶他们走吧。

你走好了呀，我还要钓黄鳝咧。袁方方说。他没说“你们”，说的是“你”。

好，胖哑子，我们走。金软说完，拉着阙无言就往回走。阙无言僵了几秒，最后还是跟着金软走了，山楂片他们也跟了上去。袁方方见没一个留下陪他，嘴里骂骂咧咧，脚步极不情愿地跟了上去。胡来来他们反倒跟在他们后面，忍住笑一起回去。

荆老师已经买好了下午两点半的票，金软他们要给票钱，都被他推了回去。金软心里着急，她知道荆老师家生活条件不是很好，怎么还能让他出车票的钱呢。她趁上卫生间的机会，把查鑫欣拉了进去，一同把钱放在了荆老师的床头柜上。

饭匆匆吃过，荆老师又让骆成辉叫了辆“泰兴三叠”，正好把一窝小子装上去，他自己跨上了骆成辉的摩托。分别的时候，胡来来他们也有点舍不得，不停地挥手，不停地说下次再来。袁方方原本还有气，眼见将和自己的“偶像”要分别了，也动了情，不停地说“有空去我们那玩”。

小子们跟荆老师的老妈和老奶连声说着“阿婆再见，奶奶再见”。其实她们是不同辈分的，他们不知道该怎么叫。随着啪啪啪的声音响起，小子们踏上了回家的路。

荆老师直到他们进了检票口，走上长长的通往站台的过道，才离开车站。而在之前，他叮嘱孩子们一定要先和父母联系好，让他们去车站接，到了家里再打个电话给他。

一路上，只有袁方方还对急着回去耿耿于怀，嘴里唠叨个没完。其他人都静静地坐着，好像回味着一道美味的菜似的。动车飞快地在铁轨上奔驰，把一切都抛在了身后。

走出车站时，除了袁方方和连德起，都有老爸或者老妈在等。金软让他们两个上了自己家的车，还让老爸把他们送到了家里。回到自己家，她又马上给荆老师打了个电话，报了平安。荆老师在电话里“责问”她床柜上的钱是不是她放的，金软承认了。荆老师沉默了几秒，说了声“谢谢”，还督促她多看些书。金软突然想起来，回来的车票钱还没问小子们要了咧。她马上打开微信，一个个问他们要起钱来。由于有山楂片作证，谁也不敢怀疑金霸王这是在骗他们。

暑假里小小的一次出游就这样结束了，孩子们似乎意犹未尽。不过，一天后他们又投入了火热无聊的暑假生活中，睡懒觉、看电视、打游戏。有时候觉得，不补课其实也没啥劲，去老师家里坐个两个小时，也蛮有趣的，当然，前提是不做考卷。有几个家长一边埋怨着这个荆老师，一边盘算着送孩子哪里去培训。围棋、跆拳道、画画、跳舞、钢琴……花样倒是不少，可是学费比补课还贵。最后，大多数学家长还是选择了语数英，有的还是“一对一”。虽说这辅导机构补课效果可能不如孩子的上课老师，但总比不去补要好。

就这样，田回、查鑫欣、欧吴他们又去补课了，只不过换了个地方。阙无言和金软还挺着没去，尉迟迟原本就在学书法和画画。也有的父母自己在给孩子补课，买了不少习题集和试卷，要求他一天做掉多少多少。

实际上，斯老师、席老师她们在得知荆世骇回老家后还是悄悄地补起了课，只是所收的学生不是五（1）班的，像还老师班的就有。家长们主要是慕名而去，谁都知道斯老师的数学教得好，席老师的英语也不错。为了保险起见，补课老师还和家长达成默契，就是万一有人举报，就说是无偿补课，不收钱的。家长们也觉得举报人定是眼红或者自己没钱补，孩子成绩差，所以也就乐意配合。有了这层保险，补课老师们就胆大了不少，收得到学生的都补起来了。

卞青青在荀老师的关照下，也在偷偷补课，有些生源也来自别的班。有的老师为了面子或者实在收不下了，互相介绍本班的学生到别班的老师那去补，有来有往，互利互惠。

作为新老师，卞青青适应环境的能力明显要比荆世骇强，她一边赚着外快，一边和同事们搞好了关系。她很欣赏荆世骇的才情和勇气，却不能和他走在一起。她也曾自问是不是太“名利”了，回答是不是，她白富美中少了个“富”，一切都要靠自己打拼，况且是通过劳动来获取自己想要的，没有什么道不道德的。假设，如果和荆世骇保持关系，结果真会幸福地生活在二人世界吗？这世界真会只有他们二人吗？真能不受外界的影响吗？

大半个暑假下来，她已渐渐将荆世骇放到了心的一个角落里。但愿以后少见到他，以免勾起不酸不甜的回忆。

荆世骇在老家平静地生活着，有几次夜深寂寥，想发条微信给卞青青，又终于没了勇气或者激情。他想起了寇蓝，她该结婚了吧，他想，女孩子总是要早些，成了剩女可不好。又一想，上次只是说和男朋友在逛街，没说要结婚，也可能还没结。思来想去，犹豫不决。最后还是试探性地发了一条短信过去。

寇同学，在干吗呢？何时请我吃喜糖呀？

荆世骇就像看着无线电波朝寇蓝飞驰而去，一秒、两秒……十秒……三十秒……

手机屏暗了，不一会又突然一亮。他像快死的黄鳝被电击了一样，突地竖了起来。的确是寇蓝的回信，现在可是凌晨十二点哪！

在看泰剧，喜糖还没买。

很明显，这话没有了那种赌气或者挑衅的味道。不过，这深更半夜看泰剧，似乎太“奢侈”了一点。这时间不值钱哪。

啥泰剧？好看吗？荆世骇问。

《来自地狱的你》，不好看。寇蓝回道。

这不对呀，只听说过《来自星星的你》，不好看还看？荆世骇在漆黑的夜里露出了谁也看不到的笑容。这笑容纯真无比，是在心和荷尔蒙一起作用下催生出来的。他知道，寇蓝这是在撒娇耍媚呢。她也想我，荆世骇暗暗告诉自己。他再也坐不住了，从草席上蹿了起来，走到窗前，看着明媚的月光，拨通了寇蓝的电话。

还是理查德·克莱德曼的那首《爱的协奏曲》，这是她大学时的手机铃声，一直没换过。美妙的乐曲在他手里钻到了他眼睛里，他有点慌张，感觉喉咙有点干涩，不知道这第一句话该怎么说。

快到一分钟时，那头按下了接听键……只是谁都没有先开口，但都能听到对方的喘气声。

Hi，还没睡哪？寇蓝的声音从手机话筒里传到荆世骇耳朵里时，他差点哭出来。还是那么轻柔，那么甜美，就像每次她依偎在他怀里时说的一样。

没、没呢？你怎么也没睡？荆世骇不知道自己的声音在寇蓝耳中变了没有。

我在看泰剧。寇蓝说，不是刚才告诉你了吗？

哦——是的。荆世骇说，好看吗？他一时竟不知道说啥。

你不是刚问过吗？……顿了会儿，寇蓝细声问，你、你为何发我信息？她要的答案很清楚，只是荆世骇却没有马上说出来，他有点堵。

我、我无聊。荆世骇挑了一个最好的理由回道。

寇蓝沉默了几秒，要在以前，她早挂了。只是这一年多来，她也在想，她和荆世骇的问题可能就在这几秒里。只要一方在伤害对方前冷静个几秒，这种伤害就会变轻或者消除。荆世骇说他无聊才发她，这或许是真的，问题是任何一个女孩子听了都会生气。寇蓝此时却在想，他无聊为何不发别人专发我呢？这说明他心里有我。

嗯，睡吧，都快一点了，以后再聊。寇蓝回道。最终她还是有那么一点点生气。

86.八月流火　烧烤你的梦

暑假就像死囚，正慢慢走上断头台。暑假里有人过得很快活，旅旅游，游游泳，炒炒股，这是极少数。有人过得很充裕，补补课，买买菜，吃吃海鲜，这是中数。更有人过得很辛苦，陪陪训，读读书，考考试，这是多数。最最多数的孩子们，在烈日和暴雨中，走区进门，学这学那，语数英加围棋钢琴舞蹈……有人盼着开学呢。

老程序老规矩，局长会议后是校长会，校长会后是校行政会，行政会后是教师会，教师会后是班主任会，班主任会后是年级组长会或者各条线会，再就是开学典礼加班会。这些会后，学真的就开了。

不出所料，荆世骇申报的课题立项了，还是市重点课题，专家的意见是孩子的心理健康可能是以往较忽略的教育问题，现在越来越突出，此课题具有较大的研究价值，作为市重点课题很合适。康校长喜出望外，很快将喜讯告诉了教科室费主任，费主任立即转达给了荆世骇。荆世骇兴奋异常，差点把书也发错了。现在只等着立项证书下来了。

你们看荆老师是不是和卞老师和好啦？一上午都在笑。查鑫欣观察仔细，率先八卦。

真丢男人的脸，他肯定是向卞老师认错了。阙无言说。

你别瞎说，荆老师才不会认错咧，连德起说。

那边的袁方方本来正在吹暑假里去荆老师老家抓黄鳝的事，听到这边在说荆老师，也凑了过来。

怎么不可能？我爸和我妈吵架，每次都是我爸认个错，他们就和好啦。阙无言争辩道。有的人听了已经忍不住笑了起来。

荆老师又不是你老爸，怎么会和他一样呢？袁方方插嘴道。

不是我老爸是你老爸呀。阙无言感觉袁方方的话在占他便宜，所以回了一句类似的话。

别喷粪了！金软提高嗓门说，你们怎么知道荆老师和卞老师和好了呢？谁看到啦？

是啊，谁看到了呢？没人哪，都是猜的。谁也不说话了。那些暑假没去荆世骇老家的人在微信群里已经见过他们吹嘘这段辉煌经历了，这回见他们好像又要爆啥料了，都竖起了耳朵听。

荆老师都笑了半天了，什么喜事让他这么高兴呢？田回也加入了进来。

是啊是啊，凡是都注意到荆老师表情的人附和道。

鱼翅，你啊晓得？欧吴突然问尉迟迟。大家把目光转向了他，他可是内幕消息最多的人。

我、都看着我做啥？我又不知道。尉迟迟说。

好了，我直接去问荆老师去。金软忍不住了，调转屁股就走出了教室，后面跟了不少“苍蝇”。

荆世骇没想到小子们这也会来问，一时不知如何是好，实说吧，怕他们又不懂，还有在其他老师面前显摆的嫌疑；不说吧，又对付不过去。只好随便找了个理由说，我昨晚梦见老爸了。

哈哈哈……一群“苍蝇”顿时变成了麻雀，扑棱棱飞走了。

康校长高兴了一阵后又陷入了愁情，关局要求他这学期必须拿出点实绩来，包括教学成绩和创建等方面。上学期是全区垫底，这学期总不能再垫底吧。他还拿出问鼎小学的一份宣传资料，人家学校那么多头衔，什么“国际生态学校、全国青少年文明礼仪教育示范基地、长三角地区教育科研优秀团队、省现代教育技术示范学校、省电教示范学校、省教科研先进集体、省小学英语教材实验基地、省健康促进学校、省平安学校、省文明学校、省优秀家长学校、省精神文明建设先进单位、市校务公开先进学校、市中小学创建书香校园先进单位、市少先队工作五年成就奖、市中华经典诵读单位、市教育信息化先进单位、市一级图书馆……”康校长数了一下，总共有 61 个。

“你们总得学着争取几个吧。人家校园文化搞得琳琅满目，你们总得学着粉饰粉饰吧。”看起来，这还是关局的最低要求。康校长思来想去，决定先开个支部会，让樊书记、蔺副校长、是副校长、米教导、费主任出出主意。现在看来，这教学成绩还是头等大事呀。

我觉得还是要老师多下功夫，米教导不顾是副校长的眼神，说，成绩是磨出来的，只有早上早点，放学晚点，多利用课余时间，成绩一定能上去。

是副校长从康校长的表情看出来，这回他是真要成绩了，所以接着说道，还有，我们要把师资调整一下，六年级放最强的，低年级不大可能抽测，五年级上学期抽测过了，估计这学期不会抽了，三年级好像去年抽过，所以这学期抽四年级的可能性最大。

那现在课务已经安排好了，还能调整吗？康校长问。

我和米教导已经考虑到了这点，所以在排课时已经安排好了。是副校长得意地说。

那樊书记，你说我们这学期创建点啥呢？康校长把视线转移到了创建上来。

樊书记想了想，说，最好是创建简单些的，像“省中小学四星级档案室、市优秀家长学校”，材料容易做些。

创建的滋味大家都尝过，谁也没接樊书记的话，就算是最简单的，材料也会做到你叫妈。何况他们还上着主科呢。

我看这样，我们这学期创建两个，一个是“省先进绿色学校”，反正我们这别的不多，绿色挺多，一个是“市规范汉字书写教育特色学校”。康校长说，似乎显得有些弱智。

没人表示反对，也就是同意了。还有就是校园文化的问题，康校长准备让费主任领衔，他平时不大说话，书卷气浓，有文化思想。

费主任，你说我们这校园文化定什么主题好呢？康校长问。

这个问题有点难回答，费主任在学校工作多年，也没发现学校有啥文化特色呀，现在非要挖一个出来，挖什么呢？其他人也在想，好在费主任平时书看得多些，想了会儿说，我们说穿了就是所农村小学，不如以乡土文化为特色，打造起来也容易些。

这和康校长的想法不谋而合，可是这乡土文化怎么来挖掘呢？总不能用锄头一锄一锄从地里刨出来吧。

我以前的学校是请的专业公司设计，是副校长说，我们只要把想法告诉他们，让他们先设计一下，我们再修正。

这不是和家里装修一样吗？费主任说，文化不是装出来的。他的书呆子病又犯了。

那怎么弄？是副校长说，我们学校又没有寺庙城墙、皇宫大院。今天他的话格外地多，让大伙有点意外。

康校长知道费主任说的是对的，关键是镇里区里马上要见到效果，这文化几十年都没搞起来，一下子要出效果，不像是副校长说的那样弄怎么弄？

这样吧，我先打个报告，看镇领导怎么说，如果他们肯拨经费，我们就马上请公司设计，由费主任你把关。康校长说。

费主任点了点头，接受了此项任务。

还有，费主任，小荆老师那个课题，你要多协助协助他呀。康校长说。

米教导一听到“荆老师”三个字就撇起了嘴，他不明白康校长为何这样器重他，研究生怎么啦？研究生教出来的成绩像啥？研究生上的课像啥？到时候看好了，他班肯定会拖六年级的后腿。

好的，费主任接着点头答应。

87.不杀便是文明　杀则入圣

金霸王日记选三十八： 荆老师最近肯定吃了笑药，上着课竟然会自己笑起来，失恋的男人都神经吗？还说，从这学期开始，我们就是独立王国，想干啥就干啥，只要我们快乐健康就行。他把我们当幼儿园小朋友了，吃吃玩玩睡睡。斯老师、席老师虽然没那么凶了，可是又开始占课拖课了，作业也是越来越多。这你又能怎样呢？就算你语文课不上，让我们玩，还不是做数学英语作业？

自从是副校长在教师开学大会上讲了要狠抓教学成绩的指示后，大部分老师都领会了其中的意思。他说，“对于成绩差的学生，我们如果放弃就是不道德，就是违背师德，我们要转差，如何转差，就是要开小灶，成绩是用时间和精力换来的，学校只会看成绩不会去问你这成绩是怎么来的”。

意思明摆着，就是只要你把成绩拿出来，其他不要管。开始时，有的老师只是利用课间和午间的一点时间给学生开小灶，后来发现领导们不再“兜课堂”了，就把自己上的副科改成上主科，大胆的几个开始借用副科老师的课了，体育美术音乐科学老师们感激不尽，课少上了，工资却没少。

还有各种社团活动，一些也被主科老师占用了。蔺副校长负责的阳光体育活动也是半死不活地弄着，来几人就活动几人。反正等上头来检查，只要拿得出纸质材料就行了，而材料是可以造的。

荆世骇却在为自己的课题犯愁，要研究原生态环境和学生的心理以及他们的关系，首先得进一步了解相关理论。在填申报表时，他对原生态环境、儿童心理等名词进行了阐述，可这远远不够哪。A状元小学周围地区的环境包括哪些？地理的、人文的、家庭的、学校的、社会的都要搞清楚，还有，它们对教育的影响、对孩子心理成长的影响，都要搞清楚。搞清楚了不算，得形成书面文字，开题时要汇报给专家听。

所以当孩子们惊讶地发现，荆老师脸上的笑容变成愁容时，又开始了新一轮猜测。

他这是怎么啦？比小孩还小孩，一会儿笑一会儿哭的。不仅这样，他的语文课也变得莫名其妙起来。讲着讲着就踩西瓜皮了，不知滑哪儿去了。在讲《把我的心脏带回祖国》时，竟然扯到了天才儿童的心理问题上去。肖邦是音乐天才，在课文里更是个爱国者呀，我们更要学习他的至死不渝的爱国精神呀，去管他的音乐天才做啥。如果要管，莫扎特不是更天才吗？六岁就作曲登台演出啦。

顶顶可笑的是，荆老师竟然宣称，班里的袁方方、田回两人就具有天才的特质。就算田回有吧，可这袁方方同学横看竖看最具有天才相的是他的体型吧，他每次考试的分数就跟他的体型似的，短而粗。一个连考卷也做不出来的人怎么能说是天才呢？

经过了近二十天的准备，荆世骇总算把开题报告写好了，并做成了PPT，准备在开题时向所有人汇报。

费主任对荆世骇的开题报告是大加赞赏，说自己做了十来年的课题主持人，从没做出过如此缜密和理论性强的开题报告，自己已经没能力在内容上做修改了。只能提醒荆老师在汇报时语气尽量要谦虚，毕竟专家们都是专业的，眼光更高，要求更严。

开题的日子到了，康校长有幸请到了教科院的两位专家，再加上区里古主任，共三位。为了表示对课题研究的重视，康校长让所有行政人员加上年级组长都参加，这样，整个小会议室就座无虚席了。

开题会由费主任主持，经过了一通客套后，轮到荆世骇做开题汇报了。他开始有点紧张，本也想客套几句的，譬如“感谢各位专家百忙之中莅临……”什么什么之类的。谁知一开口，全忘了，直接就奔着内容去了。

他先阐述课题研究的背景，从大的范围讲，儿童心理是一个国际化的研究领域，全世界都有相关研究机构和人员，环境对儿童心理的影响研究也不乏权威和权威著作。像外国的斯金纳、皮亚杰，中国的朱智贤、茅于燕等人，著名著作有《有机体的行为》《儿童对现实的建构》《儿童心理学》《智力落后儿童的早期发现和早期干预》等。从小的范围来说，我们A镇也有自己特殊的原生态环境，天然的山，天然的水，古旧的寺，憨直的性格，淳朴的民风。A状元小学也是，历史悠久，据考证已有100多年，最初是由一所破寺庙改建的，可谓原生态吧。当这些原生态环境综合或者我们综合使其作用到孩子身上时，会对他们的心理造成什么影响呢？我们要怎样利用这些环境促成孩子的心理健康发展呢？我们如何来完成这一过程呢？如何设计研究框架和活动呢？

接着他对原生态和环境及儿童心理等概念进行了科学的阐述。百度上说：原生态指没有被特殊雕琢，存在于民间原始的、散发着乡土气息的形态。又指：一切在自然状况下生存下来的东西。

接下来他又介绍了国内外研究的相关情况和本课题研究的价值。就价值而言，他认为，心理健康比生理健康更重要，一个人可以生理残疾，但绝不可以心理残疾；可以没有文化知识，不可以没有心理健康；可以没有金银珠宝，不可以没有心理健康。儿童期是形成健康心理的关键期，如果在这一时期我们引导好了，我们培养好了儿童的心理，那么他们将终生受用。

他还阐述了具体的研究目标和内容。作为学校，目标和内容当然得和教育挂上钩，学生在学习文化、艺术、体育等方面都得有一个健康的心理，更重要的是在学校生活中得有一个健康的心理。为此，他还准备分设几个子课题，如《学校周边的自然环境对儿童健康心理形成的研究》《绿色课堂对儿童健康心理的形成研究》《运动健康心理的研究》等。

研究过程他打算分五个阶段，准备阶段、构建研究框架和探索阶段、中期评估阶段、全面推广阶段、形成结题报告阶段，跨度三年，以六（1）班为研究对象，跟踪研究至他们读A镇中学到初二。为了使研究做到切实有效，他主要采取行动实验法和跟踪调查法。

专家们听后表示了肯定，小学和初中联合研究课题也属难得。他们也提出了一些很重要的问题：如何来评估学生们的心理是否健康呢？研究前要进行测试吗？研究过程中和结题时呢？生活、学习、运动的心理健康标准是什么？

荆世骇也考虑到了这几个问题，他的回答很简单，就是进行观察记录和调查，我们虽然不能给出儿童心理健康的量化标准，却能从他们生活得快不快乐、满不满意，同时言行是否合乎道德来衡量。专家们对此表示赞同。

康校长在总结发言上，也表达出对小荆老师的课题充满期待。荆世骇如饮甘醴，准备放手一干，一炮打响，为A状元小学在课题研究方面出点彩。

荆世骇工作日记六十四： 多妙啊！这种感觉。我终于可以做自己想做的教育工作了。

88.勾引你　直到你吐钩

荆世骇没想到，第一次课题组会议就变成了“鸿门宴”，来的人只有教科室费主任和德育处雷主任再加五年级年级组长连莲。米教导本来也要来的，但因为康校长和是副校长没有参加，也就算了。而康校长和是副校长因为接到局里的紧急通知，开会去了。

小荆啊，你打个电话叫一下他们吧。费主任说。他说的他们指的是除五年级三年级外的各年级组长，也就是课题组的全体成员。

我没他们电话！荆世骇口气有点响，心里显然不太舒服。

我来打吧。雷主任边说边摸出手机，一个个号码按起来。有的接了说马上来，有的接了说在教室里等等，有的没人接。

时间已过会议时间12点，又过了五分钟。四年级组长辜正正和一年组长江夏夏来了。还有六年级组长褚老师和二年级组长毕生福没来。

小荆啊，他们可能有事，我们先开起来吧。费主任继续安排道。

荆世骇由气变火，一下烧了起来。已经提醒了两次了，会前我还在“飞秋”上催了一遍，作为一个教师，一点时间观念也没有！一点素质也没有！

他的话让在场人一吓，这分明是康校长的口气嘛！从他嘴里喷出来，味道真是说不出地傲。一时间，都愣了。过了一小会，雷主任和费主任才相视一笑，心里都冒出四个字：天真的咧！

课题组不要了，我一个人来研究得了！接下来的这一句是上帝也不会想到的。雷主任和费主任相视一怒，不约而同盯住了荆世骇的脸。几个年级组长本来也在窃笑，此时也不约而同抬起头来，盯着荆世骇。

除了荆世骇，其他人心里都在说，最好啊，谁想弄什么课题啦！作么作得要死，才加几分哪！少打一场麻将的价钱。

小荆啊，你就随便讲讲，课题组是康校长安排成立的，你没权解散，到时你如果看不上大家，可以少叫他们做点事的，只不过自己辛苦点。费主任的话够味，荆世骇不可能听不出，他意识到自己失言了，稍微冷静了些。

他拿出课题申报书，读了申报书上安排的各课题组成员的研究任务，有人负责撰写报告，有人负责收集资料，有人负责论文撰写，有人负责开展活动，有人负责编辑成果，有人负责拍照摄影。当然，这“有人”中名字最多的是他自己。

直到会议结束，褚组长和毕组长都没来。荆世骇在走出会议室时朝费主任苦笑了下，费主任嘴角一欠，说了句，以后开会，弄张签到表。

嗯。荆世骇诚恳地点了点头，心里却在说，以后不开会了。他真的打算一个人来研究这个课题了。

第一次研究活动搞什么呢？怎么搞呢？荆世骇一直在思考。别人是指望不上了，他只能把研究对象集中在自己班级，好在小子们还是非常听他指挥的。

要研究身边原生态环境对孩子们心理的影响，首先是不是要了解周围有哪些原生态环境哪！是不是要摸清孩子们现在的心理处于一个什么状态呀！所以，这第一次研究活动，就是先搞清孩子们身边有哪些原生态环境。

要搞活动先得设计方案，通过观察加思考，荆世骇决定搞一次地理原生态环境的调查，也就是A镇这个地方的原生态地理环境，也就是孩子们校外活动的主要空间。

那就是小区、马路、大丘山和太湖及未拆迁的一些村落了。之前他带领孩子们去过这些地方，那纯粹是游玩，现在不同了，是带着研究目的的，所以得带好相机、纸笔，以便随时记录所见所闻。

孩子们听说要来一次走遍A镇的“课题研究活动”，一下乐咧了嘴。至少，有半天可以不上课不做作业啦，虽然百分之九十点九还是要补回来的，可是，那是“放纵后的惩罚”，总比“没放纵也惩罚”来得好。

荆世骇把想法汇报给了康校长，康校长没有不同意的理由。他只是再三强调，一定要注意安全，安全第一。还有，把此次活动的方案挂在校园网上，以免别的班级误认为是出去白相，要跟风。

康校长是同意了，搭班的斯老师和席老师却是一口否决。原因很简单，数学英语怎么办？原本成绩就不是很硬气，再说区里还要调研，哪有时间浪费？于是，六（1）班门口出现了罕见的一幕，斯老师把着前门，席老师把住后门，死活不让学生们出来。

阙无言不干了，拨开不敢发力的同学，抓住锁把，奋力一拉，斯老师一个趔趄，身体随着门板，被拖了进去。机灵的几个趁机从门缝里钻了出去，其他人则哈哈哈……地大笑起来，他们聪明得很，谁也不帮，看着斯老师和胖哑子角力。

加油！不知道是谁叫了一声。

加油！加油！加油！……喊声惊天动地，惊动了正去教室上课的米教导。他三步并作两步，朝六（1）班赶去。

你们做啥！做啥！像啥腔！这还是学校吗？荆世骇呢？米教导喊道。

荆世骇就在教室里，只不过坐到了学生的座位上，他一声不响，实际上是默认小子们和两位搭班老师角角力。

荆老师啊。米教导终于找到了他，你好管管的，到底啥事？

我的数学课，荆老师要带他们去爬山。斯老师趁机松掉手，对米教导说。

荆老师，真的吗？你有课程表吗？说过多少次了，要按课程表上课，学生怎么能随随便便出校门呢？出了事怎么办？米教导不管三七二十一，责问道。

我是开展课题研究活动，康校长批准的。荆世骇回道。

课题研究？研究要在数学课上研究吗？康校长批准的？我怎么不知道？米教导问。

不信你马上打康校长电话。荆世骇不甘示弱地说。

打啥电话？反正数学课去爬山是不对的。米教导说着开始走到黑板边上贴出来的课表前，指着课程表说，你来看看，这节是啥课？你不识字吗？

我不识，你是教导，我不跟你争，我来打康校长的电话。荆世骇也有点火了。当他拿出电话拨起号码来时，教室里响起了一阵古代士兵攻城门时的喊叫声：冲啊……

带头的是金霸王。

电话铃声就在走廊上响起，原来席老师见情势不对，已经打了康校长电话。老大一到，小鬼们自然安静了下来。

都是老师，你们像啥？康校长的目光在斯老师、米教导、荆老师面孔上兜了一圈，说。

外出开展课题活动是我同意的，康校长继续说，但我没说啥时间出去哪？总归要挑个空档时间对吧？荆老师。

何时空呢？荆世骇说，总归要占用一点课时的，又不是出去一会儿。

康校长一听也是，他想说周六周日去，又一想，不对，利用休息日组织学生外出，出了事责任更大。那你可以把自己的课和斯老师她们换好的呀，这不就有时间啦？康校长说。

是啊，还可以和副科调好，利用副科时间去。米教导说。

荆世骇差点笑出来，不过他忍住了，他只想顺利开展这次活动，口舌之争吃亏点就吃亏点，毕竟他还是领导。

好吧，同学们你们都进来上课吧，我们改天去。荆世骇说完，阙无言一声叹息，悻悻地回到了座位上。其他人也安静了下来，只有小胖墩袁方方假装要去小便，奔进了厕所。

荆世骇工作日记六十五：我不知道学生们看到了我们的“表演”会怎么想，我们在孩子们面前充分展示了他们在课堂上看不到的一面，差异是如此之大。我们在他们心里的定位会在什么档次呢？是课堂上的那档还是拉门那档？如果带领孩子们外出的时间，斯老师教会了学生们造原子弹，这颗弹也会落到巴格达迪的手里。我们无时无刻不在告诉孩子们——只求目的，不择手段。或许，这就是他们目前最严重的心理问题。

89.宇宙起源　从无到空再到有

金霸王日记选三十九：我终于明白了，荆老师要研究我们。研究我们什么呢？人都是这样长大的呀，生出来吃奶，吃完奶吃饭，吃着吃着上幼儿园，再上小学初中高中大学，一路上背书写作业考试，然后上班结婚生小孩……我们女的再去喂奶。只是有人半路上死了，有人穷点、富点，有人开小差没完成任务。最后都死了，成了一把灰。

经过来来回回的协调，荆世骇终于争取到了半天的时间，这半天中有他的两节习作课，外加一节体育一节兴趣班。尽管这样，席老师还为损失掉一节兴趣班而耿耿于怀，用她的话说就是好人死吃亏，斯老师一节课也没损失，只是中午不能再进教室订正数学作业了。

出发前，还老师把荆世骇叫住，问，去哪里呀？和我们班一起去吧。他实际上是想少上两节语文课，因为这天下午他正好也有两节习作课。

随便兜兜，走到哪里是哪里。顿了顿荆世骇接着说，我们是去搞课题研究。意思是你们班就别去了。

还老师有点不服，他可不懂什么课题不课题，教了几十年的书可没干过这事。不过他说，那你带上我们班一起研究吧。当然我也去，不要你带队。

荆世骇无语了，他没想到这事也有羡慕嫉妒的。只好笑了笑，不再浪费时间，手一挥，带着全班学生从还老师班门前走过。还老师哪是省油的灯？等六（1）班最后一个学生走过时，同样手一挥，他班的学生早有准备，齐刷刷地跟了上去，并且也是安安静静一点也不吵闹。到校门口时，荆世骇才发现后面跟了一条长长的尾巴，还老师笑嘻嘻地向他挥手打招呼。

门卫们也是一愣，没接到通知学校有集体活动呀。本想等等再开门的，当看到还老师时，毫不犹豫地按下了电钮，伸缩门缓缓移动，学生们鱼贯而出。

一到校外，憋着气的小鱼们忍不住吐泡了，叽叽喳喳说起话来，袁方方还大喊了一声。引得后面的同学大笑不止。

其实，荆世骇是有行动计划的，先去大丘山，途中走小区，观察一下居住环境，调查完山后再沿着A镇运河向太湖走，最后在太湖大道乘公交回校。他查过，999路公交车在平时是很空的，装下他一个班没问题。现在还老师班跟着来了，势必要乘两班车。他不管，先负责好自己班最要紧。

在马路上走的学生队伍引起了路人的驻足，有人还认出了其中某某小孩是他亲戚。世界真是小，随便一出来就会遇到熟人。

拐进小区时还老师赶了上来，和荆世骇并肩走着。这时他不用担心学生的安全了，小区里车没那么快。

还老师竟然递了根“黄南京”过来，荆世骇看了看他，又看了看学生。没有接，他可是在学生前说过不抽烟的。

关啥事？吃一根关啥？还老师很热情，荆世骇知道他这是好意。

我不会吸烟，真的，谢谢。他说。

还老师把烟缩了回去，心想省根烟也好，不再勉强，自己啪一声把烟点上了。

小荆啊，还老师吐着烟，说着话，说实话，年轻人中我最佩服你。

还老师的话似乎让荆世骇受宠若惊，他可没想让谁佩服，他只是按自己的想法上班做事，不违法不违德就行。

谢谢。荆世骇不知道怎么接他的话。

你一广播，那些女人有的就不敢补课了，不过，还是有人在补。还老师原来指的是这事，荆世骇早忘了。

那不关我的事，只要我们班学生不去补就行了。荆世骇说。

嘿嘿……你班也有人在补。还老师笑着说。

谁？荆世骇一愣。

校长儿子。还老师点了百分之八十，荆世骇立即明白了，他不由朝队伍里的尉迟迟看了一眼，发现他好像也在留意他和还老师。

在谁那里？补啥？荆世骇问还老师。

语文，在褚老师那里，书法什么的在“天业”培训班。还老师说。

荆世骇真是佩服他，这种事他了解得这么清楚。褚老师是他的指导老师，也曾在公共场合维护过他，总不能举报她吧。不举报吧，自己又食言了，是对学生的食言。说不定尉迟迟正等着他举报呢，好从补课中解放出来。

荆世骇又向尉迟迟看了一眼，他也正朝他这边看，完全不顾身边同伴的吵闹。

学生们的出现还是让小区居民有些好奇，他们指指点点，好像在认着谁谁。荆世骇见小子们声音越来越大，完全忘记了他出发前的提醒。他赶几步来到队伍前，夸张地做了个安静的手势。谁知连金软在内，反而大笑。相反，后面的还老师一声令下——安静，那些小孩就没啥响声了。

他于是站着不动，板着脸，拦住队伍前进。此时小子们才意识到荆老师生气了，终于安静了下来。金软转过身，也做了个安静的手势，小子们立即变得严肃起来。谁知孩子们安静了，路边的叔叔阿姨们又吵闹了起来，有的指着某某学生说，那个我认识，是谁谁谁的女儿，有的索性直接走过来，拉着小孩问，你们这是干吗呀？是不是秋游？要交钱吗？

荆世骇看不下去了，又一个转身，大步走了起来，小子们立马跟了上去。就这样，一百来个学生，两个老师，一路走一路说。荆世骇一路听一路记，记孩子们说话的内容，记路上见到的民生民态。

走到山脚下，正对山路的是一座寺庙，雨泉寺。他和孩子们来过，只是这次得看得仔细些。围墙有一人多高，黑瓦黄墙，裹着里面的几幢翘脊楼。从正门进，两边各有一个矮台柜，左边柜面上放着几本佛书，右边则是两大篮香烛，有个老女人笑嘻嘻地迎了上来，问做啥？

我们是A状元小学的，想来参观参观，不会要门票吧？还老师抢前一步说。

是还老师呀。那个老女人竟然认识还老师，那话就好说了。本来香客进寺是要买票的，五块一位。现在来的都是小孩，当然不用啦。老女人手一挥，进吧，不要弄坏物事，当心点。她对孩子们说。

和其他寺庙区别不大，四大金刚护堂，如来观音坐正，边上罗汉尊者林立。他们神态各异，惟妙惟肖，呼之欲活。从功德碑上看，供捐的人还真不少，最多的一个老板捐了三十万元。

孩子们起先有点好奇，看着看着也觉没劲了。有人来过不下十次了。

走出雨泉寺，来到木栈道上，它就像一条皮带，将个山胖子的裤腰围了起来。走在上面，抬头可见山脊山顶，俯视可见茶林树林。围着它们的是弯弯盘绕的小路，村前是水泥路，略宽。寺周围是碎黄石路，很窄。

路小树绿，寺静人稀，天灰山迷，荆世骇不知道这是原生态还是变生态，陷入了沉思。还老师则一边抽烟一边欣赏着美景。

90.善如水　恶如油

茫茫太湖，酷似大海。不一样的水，一样的湿。当孩子们从山上走到太湖边时，体质的差异立即显现了出来，有人从吵吵闹闹走到一声不吭，也有人从一声不吭走到吵吵闹闹。半叉腰的有，大喘气的有，湿背的、红脸的有，喝水，蹲地，傻奔，各种姿势都出来了。

躺在湖边的草皮上，真比睡在席梦思上还舒服。这充分说明人的需求和满足度是随环境而变化的，尤其是天真的孩子们。

孩子们把两位老师围在中间，谈着一些与读书无关的话题。荆世骇知道，他们最怕谈的是读书，所以就只是听。还老师却在利用这样的“机会”教育平时不擅长考试的学生要努力学习。

金软她们坐得离荆老师有点远，毕竟是女生嘛，带点羞涩。不过，金软的视线没有离开过荆老师，她想弄明白荆老师到底想研究他们什么，不会也是要写一篇狗血的作文吧，好多人都这样想着。

不过出乎所有人意料，直到坐上回校的 999 路公交车，荆老师也没布置啥作业。金软也犯糊涂起来，这就是荆老师的研究？

荆世骇班到校时，最后一节下课铃声正好响起，校门口已经挤满了来接孩子的家长。

学生们刚到班级走廊上，就看见斯老师和席老师各自夹着一叠考卷在教室门口等他们了。说不定还要做掉一张卷子才能回家，有的人心里这样想着。

不过他们运气不错，这只是回家作业。斯老师和席老师见他们满头大汗的，也没啥心思讲题目了，就放弃了原来的打算。学生们有一种“不幸中之大幸”的感觉。

一直在窗前盯着校门口的康校长看到还老师班也安全回到了学校时，松了一口大气。在他们出发不久，米教导就来汇报了他班自说自话出校门的情况，他当时很是恼火，想派人立即阻止，这万一出了安全事故，他的责任可是重大，首当其冲就是失察之责，再说自己又允许了六（1）班外出，还老师班跟着去也是有理由的。

好在，如今两个班都安全返回了。

令荆世骇没想到的是，第二天是副校长私下找他，又是感谢又是道歉的，说要给儿子换个班。

小荆啊，是副校长关好门小声说，你可千万别多想啊，我知道你教学水平很高，只是尉迟迟他已经习惯了以前老师的教法，我怕他在你班一时改变不了学习方法，所以……

没事，是校长，荆世骇说，你是孩子的监护人，选择接受什么教育是你的权利。

哎呀，什么什么教育呀，小荆老师你说重了，都是做九年制义务教育，我只希望他身体好点、快乐一点就行，考多少分都无所谓。

荆世骇不响了，既然不在乎分数，还换班啥？难道在六（1）班会影响他的身体健康？

是的，我还有事，先走了，是校长。荆世骇突然之间像是变成熟了，居然会说违心话讨好话了。

叛徒。阙无言不知从哪里得到了尉迟迟要换班的消息，一见到尉迟迟就骂道。

又不是我要换，是我爸非让换的。尉迟迟显然很委屈，像是要哭出来的样子。

你不走难道你爸能把你绑了去？阙无言说。

你难道能不听你爸的话吗？尉迟迟反问道。

我当然能。阙无言说，他还得听我的呢。

尉迟迟一时倒是接不上他的话了，他还记得那次听荆老师品德课的情形，看上去他爸好像真的怕他。

你怎么知道鱼翅要换班？被他们吸引过来的金软问阙无言。

我刚去办公室交作业，听荆老师和还老师在说。阙无言答道。

鱼翅，真的吗？金软转过身来问，样子有点吓人。

尉迟迟虽说平时不大怕金霸王，这回倒是有点怕了，低着头不响。

那就是真的啦。金霸王的脸突然涨得通红，眼睛也瞪得大大的。

尉迟迟还是不响。

你这不是拆荆老师的台吗？查鑫欣也插了进来。

是啊！其他人恍然大悟的样子，一起拥向了尉迟迟。尉迟迟没想到会这样，平时在班里，他们可是很受“尊重”的呀，因为他老爸是副校长，谁也不敢去占他的便宜，没想到这帮人竟然翻脸不认人。

我不换了！尉迟迟大喊一声，你们满意了吧。

谁稀罕你？不稀罕，你本来就是半路来的。袁方方不依不饶。对！对！

有不少人附和。

那你们要怎样？尉迟迟的声调有点变了，变得像是大哭前的忍耐样了。

只要你说出一个让人满意的理由，随你去哪里？金软开口了。

是、是我爸让我换的。尉迟迟不得不出卖他老爸了。

那让你老爸给个理由。金软追问道。

他老爸是校长，当然可以随便换班啦，要什么理由？田回也掺和进来了，因为他妈也曾要求过换班，但是没成，当然，他自己也是不想换的。

那我们找他去。金软说，谁和我一起去？

教室里顿时静了下来，是啊，谁敢去找校长呀？也只有你金霸王有这个胆。可是出乎意料，一向“表里不一”的胖哑子表示愿意一起去，我、我去。他压低着声音说。

好！那我们走。金软拉着阙无言就走出了教室。后面的人愣了一下，然后一个个跟了上去，田回、欧吴、查鑫欣、袁方方他们跟得最紧，尉迟迟走在最后。

斯老师呆了，在走廊上遇到这一群怒气冲冲的学生，竟没一个人理她，接下来可是她正宗的数学课哪。

你们去哪里？上课了！斯老师大声问道。

还是没有一个人理她，甚至没有一个人看她一眼。斯老师更加恼怒了，这帮小子是不是中了蛊了。她只能跟在后面，看他们要做啥。当她发现他们是朝校长室走去时，犹豫了一下，上次逼宫康校长的事还在眼前，这次不会又是这样吧。可是，队伍没有在康校长办公室门前停下来，而是直奔是副校长办公室。

笃笃笃，笃笃笃。金软控制着力道，小声地敲着们。这时，走廊里的嘈杂声已经把部分行政人员引了出来。

门开了。是副校长一脸吃惊地看着眼前的这帮孩子。

有啥事吗？是副校长说，我认识你，你和我儿子尉迟迟一个班。

一个班？马上不是了吧。金软的话像政敌对政敌说的话，让所有人吃惊不小。

是副校长一下无言以对，还没换，这帮学生怎么会知道呢？他马上想到了荆世骇。没想到，他还真的会做群众工作。

不能换，是不是因为你是校长了才能换呀，上次我妈要换班不是说不能换的吗？田回不知哪来的勇气，理直气壮地说道。

这下是副校长更无言以对了，他在人群里搜索着自己的儿子。终于目光停留在了稍远处的最后一个学生上，斯老师就在他边上。

不、不是我要换的，是迟迟他想换。是副校长支支吾吾，明显在说谎。

这时康校长办公室的门也开了，除了他还有两个领导模样的人也跟着出来了。他们是局里的人，正在跟康校长谈论创建之类的事。

你瞎说，鱼翅说是你逼他换的。袁方方马上戳穿了是副校长的谎话。

斯老师，怎么回事？康校长见不是啥好事，马上问。

我也不知道，斯老师竟然有点慌了，这节可是她的数学课呀，追究起责任来，非她担不可。

康校长，金软从人群里走了出来，是不是不能随便换班的？

是啊。康校长面对着局里的人，强装亲切的样子回道，怎么啦？

是校长要把他儿子换到别的班去。金软故意强调了“他儿子”三个字。

这下是副校长也慌了，只能强词夺理道，谁说的，谁说我要换班？你们别听别人瞎说。

你儿子说的。阙无言也来胆了，鱼翅，你说，是不是？

尉迟迟哪敢说啥，低着头，谁也不敢看，然后猛一个转身，朝教室奔去。金软见目的已达到，带领小子们回到了教室。

而所有在场的人都看得一愣一愣的，不知道说啥。

荆世骇工作日记六十六：“醉翁之意不在酒，在乎山水之间也”，我不知道是否已成欧阳修，这A镇的山和水自然没我老家的壮阔，但因为有了孩子们驻足流连，所以显得格外的美。大自然是最好的去污剂，洗涤了我，也洗涤了孩子们的心灵。这里最有效的元素就是快乐和天然，大自然不会作假，它给孩子们看的都是真的，孩子们的快乐也不会掺假，是他们真性情的流露。一个面对大自然能感受到快乐的人，自然心理也不会有太大的问题。还好，我的学生们能从大自然中找到快乐。

91.这一身　洗不掉的胎记

金霸王日记选四十：大人说谎可以赖，却老是在我们面前说要诚实。我相信鱼翅的话，他其实是不想离开六（1）班的，说穿了不就是他爸担心跟我们学坏吗？他也不想想，自己说谎还不敢承认，跟他才学坏呢？还有，他爸担心他的成绩，真是的，自己是老师，还是校长，多花点功夫教教，鱼翅又不是个笨蛋，成绩怎么会差呢？

就在康校长准备布置“省先进绿色学校”的创建任务时，关局长的一个电话打了过来，说是有人举报他们学校的区学科带头人褚老师有偿家教。

在哪里举报的？康校长有点火，语气有点大。

网上，对了还有照片了。关局长说，你怎么搞的，不是三令五申不准搞有偿家教吗？你到底有没有盯紧哪？听得出，关局长也有火气，因为是网上举报，看到的人会很多，包括区外的。

能查到举报者吗？康校长问。

可以查到 IP 地址，但是查不到人，除非警方介入。关局长说，这是不可能的，人家不是瞎举报，有照片的，不过这只是上课的照片，不是收钱的照片，否则就真难办了，你跟那个老师交流一下，写个回复给督导处，我还有事。

好的好的。康校长关了电话，心里还是怦怦跳，那个火呀。他赶快打开那个著名的网站，果然在第一页就看到了这则举报，说是刚刚评到区学科带头人的褚老师，利用所谓“好教师”的名声，在家开班上课，收取补课费，每小时 100 元，还配有学生上了课的照片，可谓“证据确凿”，幸运的是没有收费证据。

是谁举报的呢？康校长陷入沉思，真的会是荆世骇？应该说褚老师的人缘还是不错的，其他人不大可能举报呀。

他很快把褚老师找了来，关好办公室门，顾不得男女之嫌了。褚老师以为是好事，学校又要给她什么荣誉了，心想关门说就是这个原因吧。

康校长没有多说，直接指着电脑屏让褚老师看。褚老师眼里看着，心里烧着，越烧越旺，终于忍不住爆粗道：娘个灰，啥人的尾巴被我踩着了，这么针对我。

康校长很意外，想不到褚老师的词汇这么丰富。说，现在火也没有用，也不要去猜谁了，赶快做好家长的工作，万一上面有了你收费的证据，就难办了。

褚老师一听也对，连声说好的好的。

快去吧，办妥了，写个反馈情况给我，把事情说清楚，记住，不要出现违规的内容。康校长说。

好的好的。褚老师立即来到了空荡荡的操场上，一个个给家长打电话，说补课暂时取消。有家长问为啥？补课费还可以商量。褚不好说就是因为收了费才取消的，只好说最近没空，何时上课再联系。

她原本想发短信的，怕这又是补课的一个铁证，所以用打电话的方式比较好，虽然也有通话记录，但一般情况是不会去查通话内容的，家长一般也不会录音。

回到办公室，她还是愤愤的，狠狠地朝荆世骇剜了一眼，如果真是他举报的，那他真的是恩将仇报猪狗不如了。

荆世骇正在设计他的下一个课题研究活动方案，没有注意到储老师的表情。不过，还老师注意到了，也猜出了八九分。他也看到了网上的那则举报信，也在琢磨举报者会是谁。

荆世骇成了最大的怀疑对象，因为那天他跟荆世骇说过尉迟迟在褚老师那补课的事，这个书呆子会不会因为要向学生“兑现承诺”，真的这么做了。况且，上学期那则“谁给我班学生补课我就举报”的警告历历在目。

如果真是他，还老师想，那有点过分了，太书呆子了。

其实还老师低估荆世骇的情商了，尉迟迟在褚老师那补课的事他知道后，已经找过尉迟迟了解过情况了，得到的信息是补课是实，却真没收他的费，原因自然是是副校长的面子，不过牛奶水果之类的东西褚老师还是收的。既然这样，那荆世骇就没有必要为兑现承诺而去举报了。

他在思考下一个课题研究活动怎么搞。

尉迟迟留在了六（1）班，受到的尊重度比以前还要高。大家都知道冤枉他了，纷纷表示了歉意。阙无言还特意请了他一次客，当然还有金软她们一起，吃汉堡包打游戏机。尉迟迟还透露，他除了学书法，补课也不去了，以后有时间和大家一起玩了。

你爸有没有打你？田回关心地问。

没有哇，我爸是招女婿，他怕我妈的，要不我就姓是了。尉迟迟得意地说。

对啊！此时大家才想到，他姓尉迟，而他爸姓是。哼！招女婿的男人还那么拽。阙无言从心底里看不起这种人了。

你们有没有发现，袁方方说，只要我们一起上，连校长也会怕。

是的。查鑫欣说，这次灭绝师太也没把我们怎么样，也没罚做数学题。

山楂片，别瞎说。金软阻止道。

她又没瞎说，袁方方说，是你胆小吧。他居然跟金霸王较起了劲。看点又来了。其他人立即安静了下来。

你想干啥？金软不甘示弱，怒对袁方方问。

你不觉得我们作业太多了吗？袁方方说出了一个很有诱惑力的理由。

是啊。有人附和道。

那你想怎样？金软问。

去抗议，我们作业太多了。袁方方说。

还要参加什么合唱团，运动队，校乐队，兴趣组，文学社，早自习，中自习，放心班，科技组什么的。尉迟迟补充道，要知道平时他们讨论学校里的事，他可是不搭嘴的，这一搭竟说出了这么多，还是要害。

结果我们一样也没学好。尉迟迟继续说，我爸也说，他天天要看文件，写报告，做材料，和我们一样忙，一会儿开会，一会儿听课，一会儿赛课，一会儿基本功比赛，一会儿解题能力考试，一会儿优质课展示，一会儿做材料，一会儿陪领导参观，一会儿写论文，一会儿写教案，一会儿磨课，一会儿迎接常规检查，一会儿还要、还要……

还要啥呀？其实大伙儿已经很佩服他了，能说出这么多他们不知道的专业术语。

还要……那个叫什么来着，尉迟迟竟然忘了，他平时对老爸嘴上的这些名词很感兴趣，总是有意无意记下来。

还要……对！迎接发展性评估，是，就是发展性。他现在就在忙什么"省绿色学校创建"的事。尉迟迟说。

绿色学校？啥？阙无言说，把房子全部涂成绿色不就行了。引得所有人哈哈哈地笑了起来。

别扯了，袁方方又发话了，他好像成了另一个霸王了。你们到底去不去？

啥？好多人异口同声地问。

去抗议呀！袁方方说。

好！竟然有人表示同意。

别胡来！金软说，他们还以为是荆老师叫我们去的呢。

这个问题倒是没想到，其他人沉默了下来。我们总不能连累他吧。金软说。

那你说怎么办？袁方方说。

联名上书。欧吴突然说道。

什么联名上书？阙无言问。

嘿嘿嘿。有人笑了出来。就是把名字放在尿里。田回说。（注：在我们那的方言里"尿"和"书"的发音是一样的）

哈哈哈哈哈哈……

好，就这么办。金软马上拿出一张大白纸，纸上写了这么一段话：

我们强烈抗议，数学、英语作业太多了，还有，我们要上副课。我们中午吃了饭要休息，我们早上要多睡会儿，晚上不要做作业。

抗议人：

金软第一个把名字签了上去。其他人也争先恐后地写上了自己的名字。

他们准备把签名表送到康校长那里。

荆世骇工作日记六十七：心理学教材上有不少心理测试，我却不知道用哪一个好了。我看着似乎都不适合这帮小子们。或许还得设计一个活动，让他们在活动中暴露出自己的心理问题。难题是，设计的这个活动如何做到科学合理呢？如果它本身有问题，测试出来的结果自然也就会有问题。

92.一个“？” 击穿你的耳朵

金霸王日记选四十一：明天是不是真的要把联名签字的纸去给康校长。如果给了，让斯老师席老师看到不知会怎么样，一定会气死。我们作业少做了又能怎样呢？真要是考得一塌糊涂，荆老师脸上也没光呀。要是不给康校长，那帮小子们以后肯定不会听我的了，再说名都签了，不能浪费呀。哎！烦死了，以前做事都不怕，不知怎么这次有点怕。等明天再说吧。

金软记得这是第一次来校这么早，大门口清冷冷的，门卫还在吃粥呢。她看看天的东边，太阳也才起床，遮遮掩掩的，终归是要出来的嘛。她又把头在传达室窗口探了探，又想被里面的人看见，又不想。她又看了看停车场，上面空无一车。

她终于大起胆来，轻轻敲了敲玻璃窗，笃笃笃，三下。门卫这才抬起头了，发现窗外有个小女孩直向他笑呢。

于是，伸缩门慢慢张开，迎接这六（1）班的金霸王。金软踅进校门后脚步又慢了下来，她朝行政楼看了看，又朝教学楼看了看，双脚僵硬地向前跨着。她又朝行政楼的大门看了眼，发现门居然开着。她的脚步停了下来，回转身又向传达室看了看，发现门卫似乎没在注意她。

终于，她有了决定，迈开脚步，朝行政楼走去。到了楼梯口，她的脚步又轻了下来，凝神静听有没有啥声音，还好，没有。她的胆子慢慢大了起来，脚步声也重了。

蹬蹬蹬，蹬蹬蹬，她奔了起来，直到校长室门口，把早已准备好的那张纸塞进了门缝，唰——她似乎看到了纸躺在地上的样子。在奔去教室的路上，她想象着康校长看到这张纸时的情形。

荆世骇被康校长突然叫去有点不悦，他正在设计课题研究的下一个活动，思路被打断了。不料，当他明白了叫去的原因后更没心思了。

小荆啊，是不是你叫他们这么做的呀？康校长尽量用温和的语气说，他没用“指使”一词。

我？荆世骇原本就带着情绪，我才不屑于这种小伎俩了？声音有点响。

哦，那上次的事你也不知道啦。康校长笑着说。

什么事？荆世骇更是奇怪了。

你不知道？康校长也很意外，就是调班的事。

换班？谁要换班？荆世骇的吃惊让康校长开始怀疑他是在演戏了，这么大的事，估计全校老师都耳闻了吧。

就是你班的尉迟迟，是副校长的儿子，要换班，被你的学生逼着是副校长不许换。康校长也是装傻充愣。

什么时候？荆世骇有点蒙了。

就是上周的事。康校长从他的表情判断，荆世骇是真不知道。

怎么回事？荆世骇继续问。康校长将事情的经过简略得说了一遍。荆世骇越听越展颜，他没想到，这帮小子还有这样的胆量。

这回怕又是这个金软带的头吧。康校长说，他经常听到金软这个名字，所以脱口而出。

这，我不清楚。荆世骇简直是笑着在回答康校长的话了。

那你如何处理这件事呢？康校长说，这可不单是作业多不多的问题，也关系到教师间的团结啊。看来他还是认为这和荆世骇有关，他没说出的话是这还关系到学校的声誉。如果他这么说了，就不会有后面的故事了，真是死要面子活受罪。

我回去调查清楚后再说，荆世骇说。

好。康校长把那张签了六（1）班全班学生名字的纸递了过去。

荆世骇看着一个个愤怒的名字，直接走进了教室，把金软叫了出去。其他人则伸长着脖子，看看要发生什么事。

这是不是你想出来的？荆世骇问。

金软没想到这张纸这么快就到了荆老师的手里，脸一红，头一低，没有回答。她自责又给荆老师惹麻烦了。

你怎么那么笨呢？荆世骇说，校长怎么会把这种事捅出来呢？

实际上，荆世骇说错了，在找他前，他已经找过斯老师和席老师了，并且把签名纸也给她们看了。

金软觉得荆老师的话有别的味道，把头抬了起来。

要给教育局才有用。荆世骇说。

教育局？怎么给？金软问。她发现荆老师是站在她一边的，胆子也大了起来。

寄信啊。荆世骇说。

好，金软说着，要去拿他手里的纸。

这事我来做吧，荆世骇说，老师总不能让学生去背黑锅吧。

金软“色眯眯”地看着荆世骇，咧开嘴笑了，露出了少女才有的羞涩。她很想去抱一下荆老师，或者亲一下他的脸。

好、好吧。不知怎的，她走回教室的一瞬间头在荆老师肩侧回了一下，那样子真像是要亲他的样子。

回到办公室，荆世骇灵感突发，这下一个活动不就有了吗？就是“作业与心情”，对！就开展一个“作业与心情”的讨论会。

你说荆老师都帮我们了，作业还会那么多吗？回家的路上，查鑫欣问金软。

我怎么知道？金软说，她的心思有点偏离这事，却也是因为这事。

你说局里的人知道了会帮我们减少作业吗？查鑫欣再问，完全没注意到金软的表情有点异样。

我不知道。金软说，你烦死了。

查鑫欣有点莫名其妙，很识相地不再啰唆。

你说荆老师会不会把那张纸弄丢的？金软突然好声气的话让查鑫欣又有点意外。

他会不会是骗我们的？把纸给扔了。金软接着问。

你觉得荆老师和卞老师分手到底是为什么？金软又突然变了话题。

查鑫欣不知如何作答，索性站定不走了。以为金霸王会停下来，哪知她根本没注意到，还是向前走。

喂！你到底想说啥呀？查鑫欣在后面喊道。

金软这才停下脚步，不过，她又不想说啥了，随他去吧。

荆世骇工作日记六十八：但愿小子们的签名纸不会给斯老师和席老师带什么麻烦。作业太多是一个普遍现象，如果这普遍现象是利弊均衡，那也就当它“存在即合理”吧，问题是这现象对孩子心智的发育有着极大的危害，他们还没有太强的自我调节能力，可以用合理的方法排解长期以来压抑的不满，正是这种不满使他们丧失了理智的正常发展，出现两极分化的情况，能逆来顺受的成了“好学生”，不能的成了“学差生”，以致发展到“全差生”。一旦这顶帽子戴上，他们也就丧失了是非判断能力，丧失了对美的辨别能力，从而产生“趋恶”心理。

93.最后的姿势　抱住火

康校长没想到那张纸四天后又回到了他手里，不同的是，这次是关局叫他亲自去拿的，还有，纸上多了一个名字——荆世骇。

按照规定，实名举报，必须速查，且给出结果。康校长无奈，只得再次找到斯老师和席老师，并了解作业布置情况。斯老师和席老师也很冤枉呀，她们是按照米教导发的“七认真”要求布置的作业啊，抄写本、练习本、习字册、补充习题、大作文本、小作文本、默写本、摘记本，《时代学报》、《一课一练》，最多再印点“金钥匙”“黄冈试卷”做做，没比其他班多呀。若有违规，那全校语文老师都违规了。

他这是恶意攻击，公报私仇。斯老师气氛地说。

康校长当然明白斯老师说的“他”指谁啦，不过他怎么看也不像是个奸邪小人哪！

他刚来的一个小年轻，会和你们有啥仇呀？康校长特意用了“小年轻”一词，意在淡化对方的敌对情绪。

还不是小卞老师的事？斯老师说，她本来和荆世骇在谈，可是后来分手啦，这我们都知道，我是在他们分手后才介绍给我侄子的啊，又没有剪他“稻穗头”。

哦……会是这样吗？康校长将信将疑，职工们的私生活他一向是“不闻不问”的，只要不影响工作，对学校的正常教学秩序不造成破坏，他是不会去管的。

那席老师呢？康校长问。

是啊，就算荆老师和斯老师有卞青青的事，席老师没有啊。

我肯定是顺带的，平时他就嫌我英语占用时间多，可是不背不默，学生们能做出来吗？席老师似乎还很委屈，说话的声音也有点变了。我也是不想让他们拖后腿呀，到时候六年级抽测，英语最后一名又要怪我们英语老师了。说完她真的擦了擦红红的眼睛。

康校长还能说啥，更别说处罚了，具体情况他了解，若上纲上线，全校大一半的老师得受罚。他只能让她们先回办公室，怎么处理，得谨慎衡量。

康校长又把荆世骇请了来，他想弄清楚他的真实意图。

这事不是已经处理过了吗？为何还要举报到局里呢？康校长目光逼着荆世骇，希望通过他脸上的微表情得到些真实的信息。

我只是为了孩子们少做点作业，没有其他想法。荆世骇很平静地说。

是吗？康校长的语气和之前有点不同了，不会有别的原因吧？

别的原因。荆世骇倒是来了精神，什么原因？康校长你说。

卞老师。康校长盯着荆世骇，希望看到他退缩和默认的眼神。

康校长的理由让荆世骇始料未及，随便怎么扯怎么搭，不可能和卞青青有啥关系呀。于是血气被压了下来，他反倒希望得到些真实的信息。

这关卞老师啥事？荆世骇问。

康校长从荆世骇的微表情里没得到想要的答案，心下犯疑，斯老师说的是真是假呀。按常理讲，冲冠一怒为红颜是可以理解的，也是大多数男人做得出的。

哦，没啥，我听说你们在谈朋友？康校长改变策略，准备套出些材料来。

分手了。荆世骇的声音有点低。

为啥？康校长说。

为啥？荆世骇很想说清楚，可怎能说清楚。他陷入了短暂的回忆，没有接上康校长的话。

说不清。过了有十来秒，荆世骇才下意识地回了三个字。

康校长的目光可是一刻也没离开过他的脸，看得出，卞老师是他的一个伤口，就这样因为怀疑而去揭开它，是不太道德的。康校长收回犀利的目光，拍着荆世骇的肩头说，

小荆啊，你还年轻，有时做事太冲动，这样不好，会得罪人的。康校长很是惊讶，自己竟然会说出这样的话来，刚来A镇时，自己不也是个“血气方刚”的人？

这不是冲动，康校长，荆世骇说，我只是想让孩子们少做点作业，多点时间看看书，多点时间思考思考问题，这样才能成长得更健康。

是啊。康校长心想，这很对呀。问题是，有些事只能说不能做，有些事只能做不能说，还有些事只能想不能说也不能做。

话虽如此，康校长说，不做作业了，多出来的时间学生真会去看书思考吗？还不是白白浪费掉？

不！康校长，荆世骇突然变得义正词严来，学校完全可以每天设置阅读课，由老师带领他们阅读、讨论和交流。就算他们利用多出来的时间在玩，那也是他们的权利，他们在玩中得到了自己的快乐，我们没有权力去剥夺。

这个书呆子看来踩到着力点了，康校长想，如果没有那么多检查，没有那么多规定，没有那么多考核，没有那么创建，这样异想天开的风凉话我做

校长的也可以说呀。

好了，这事我们不要争论了，你想怎样？康校长问。

按上面的规定布置作业。荆世骇说。

看来这书呆子是来真的了，理由在他一边，事情若闹大，上面到时肯定是朝南说话的，是啊，你们为啥不按规定布置作业呢？

保证你的语文课不做其他作业，行吗？康校长说。

不行，我是班主任，有权对学生身心的全面发展负责、监督。荆世骇说。

如果斯老师她们还是布置那些作业？你会怎样？康校长也有点火了。

我会举报到市里省里。荆世骇说，如果再不行，我就写信给教育部部长。

好好好，你走吧走吧。康校长像赶野狗一样，把荆世骇赶出了办公室。冷静下来想想，他是对的。可这世上有多少谁都知道对的事都在做呢？谁都知道不对的事都不在做呢？

荆世骇发现除了还老师，办公室其他三位老师的目光越来越异样了，包括他的师傅褚老师。褚老师区带头人刚评到，就被人举报有偿家教，心里自然是窝火得很。她一直怀疑是有人嫉妒才下的黑手，开始时没有想到荆世骇，但当席老师告诉她荆世骇和学生联名签字举报作业一事后，她的不信任目光投到了荆世骇身上。他不是在"飞秋"上警告过所有老师吗：谁给他班学生补课就举报谁吗？是副校长的儿子曾在自己那里补，不是在他的警告范围内吗？

真是知人知面不知心哪。褚老师想，恩将仇报，不仁不义，妄为男人哪！她开始不用正眼看自己的徒弟了，有时不得不说几句话，也是齉着鼻音，不屑一顾的样子。

不仅是师傅，还有其他搭班老师，包括副科老师，甚至一些和他一起来的新教师，对他也是敬而远之。反而只有还老师，对他的态度一如既往。

小荆老师啊，有一天下班了，还老师见荆世骇还没走，就对他说，你最近可要小心点哪。说完，还老师点了根烟，神秘兮兮地走出了办公室。

很快，"千言万语"网站上出现了荆世骇"时常找班里最大的女学生谈话"的照片，就包括那天在走廊里金软从他肩头侧身进教室的情景，从照片上看，金软还真像是亲了荆世骇一口。

荆世骇怒不可遏，像一头发怒的公象，横翘着那两根雪白的象牙，却不知去攻击哪一个敌人。

荆世骇工作日记六十九：天理何在？公道何在？良知何在？我只是做了该做的教育教学行为，我只是为了孩子们的健康和成长，为什么要这样对我？

世上最毒的果然是人心，作为教育者有了这样的毒心，如何去教育我们的下一代？他们道德何在？人性何在？他们挂着教师的牌子，干着屠夫的工作。他们杀的不是我，是我们的孩子呀！这伙人身为教师，却从不读书，无才无德无耻。……或许，是我错怪他们了，也可能是哪个调皮的孩子挂上去的。若我的火发错，请被我骂的人们原谅。

94.吞下 胃酸强大

霉事远未结束，一天早操时，荆世骇被康校长一个电话叫了去。还没到校长室，就听到走廊里闹哄哄的人声，一看，不都是自己学生的家长吗？

家长们看到了自己孩子的班主任，声音倒是小了下来，只是没一个打招呼的。其中还有人恶狠狠地盯着他呢，这个人就是金软她爸。是啊，网上都有他荆老师和女儿不清不楚的照片了，不恶狠狠难道还娇滴滴吗？

荆老师，你过来。康校长挤开人群，护着荆世骇让他进了办公室。走廊上，其他行政人员也纷纷走了过来，都想知道出了什么事。

你为啥不让我儿子做数学英语作业？第一个开口的是田回妈，上次他儿子没出事，这次她又来了。

荆世骇笑眯眯地看了她一眼，没有回答。估计其他人也是为这事来的。

你说啊，有人接话道，我女儿做数学英语作业关你啥事啦？说话的好像是查鑫欣她妈。

我们要换班。人群中有人旧事重提，让荆世骇心里很不是滋味，不过他仍然微笑着面对家长们，他知道，他的任何不理智行为，都将给孩子们造成伤害。

这个时候，田回妈拿出一张纸，上面写了几句话。她一下读了出来，内容是：我是六（1）班的学生家长，由于我的小孩不适应荆世骇老师的教育方式，特要求换班，或者换老师。

同意的来签名！她大手一挥，其他家长纷纷骚动起来，不管不顾，从康校长办公桌上拿起笔就把名字签了上去。

康校长，今天你要是不给我们一个交代，我们就不走了。田回妈说。

是啊、是啊。我们就不走了。

荆世骇奇怪地发现，金软他爸并没有去签字，而是静静地观察着其他家长的举动。或许此时，他对荆世骇的看法发生了改变。

荆世骇依旧笑眯眯地看着家长们，他无话可说，也不想说啥。他发现康校长也是无奈地看着他。

康校长，你给个说法，到底换不换？田回妈逼问道。

各位家长，你们先冷静一下，我们先来听听荆老师怎么说，然后再一起讨论，怎样？康校长不得不做出回应了，说道。

荆世骇的眼睛有点酸涩，他尽力不去眨，因为一眨可能会再也控制不住，泪水可以往肚里咽，不能向家长们洒。他还是强撑着笑脸，慢慢地，慢慢地喉结动了一下。

各位家长好，荆世骇的声音有点哽，让你们操心了，谢谢你们抽空来学校了解孩子的情况。

家长们听出了荆世骇声音的异样，一下变得无声音了。一个共同的感觉是这小伙子看上去没那么坏。

无论我做了什么，都是为了我的学生，你们也是为了自己的孩子，我们的目的是一样的。荆世骇的话很入耳，没有人插嘴。

只是我们的看法和做法可能不同。荆世骇继续说，我希望你们理解我。

怎么理解？查鑫欣的妈说，你不让孩子做作业总归不对的哇，考试考不出怎么办？

我没有让孩子不做作业，我只是不希望他们额外多做作业。这其实和你们大人上班一样的，让你们额外多做工作，谁愿意呀？荆世骇说。

那考试考不好怎么办？阙无言的奶奶居然也来了。

这是荆世骇无法回答的问题，也是他的致命软肋。他很想说，他们另一张更重要的考卷会考得很好，但不能说，就像空头支票，看不到现实利益，没有说服力。

不会的，不会的。康校长打圆场道，你们的小孩肯定都会顺利毕业读初中的。

毕业有啥用？考不到好班等于是废了。田回妈说。

荆世骇无语了，他知道要说服这些家长是不可能的了。

我还有课，康校长，我先走了。荆世骇从家长们的视线里慢慢消失了，就像一个黑白片镜头。

金软像是预感到了什么，做完操后偷偷找起了荆老师，发现他从行政楼那边过来，一闪躲了。等荆老师拐进办公室的一瞬间，迅速奔向校长室。

家长们还在那里喋喋不休，康校长左右为难，不置可否。他唯一希望的是，这张家长的联名书，不要再去局里了。

那怎么办？田回妈说，我小孩总归要读书的哇，你们难道不能换个老师吗？

金软一听这话，心里明白了几分。她刚想回头，发现老爸竟然也在，顿时火冒三丈，冲他狠狠地瞪了一眼，转身就走。

金软爸一看苗头不对，追了上去。金软听到脚步声，越走越快，很快消失在了转弯处。她其实还不知道她老爸来的真正原因，一个她怎么也想不到的原因。

放学回到家时才明白是怎么回事。她恼羞成怒，立即打开电脑，从“千言万语”网站上看到了她和荆老师的照片，还有文字，恶意影射的文字。

她想立即打电话给荆老师，被老爸阻止。

你怎么跟荆老师说？他老爸说，网上又没直接说你们怎么怎么了，你知道是怎么回事吗？他们为何要攻击你们呢？

从老爸的话里可以听出来，他是信任荆老师的，这让金软心里十分安慰，她看了看老爸，眼泪终于掉了出来。

你能不能叫人把它删掉？金软说。

我已经跟你们校长说了，他说会跟局里反映的，估计过个一两天就会没有的。金软爸说。

那——我代表荆老师谢谢你了。金软破涕为笑，从老爸的怀里钻了出来。

金软爸有点奇怪，自己的女儿真是长大啦，不为自己感谢，为那个荆老师感谢，以后还真得小心处理她的事了。

在一次年级组“一人一课”的活动中，荆世骇不得不和卞青青遇见了。他极力控制自己的目光，不去看她，可是余光还是忍不住往她那斜。她似乎瘦了点，看上去比之前更窈窕了，多美啊，荆世骇心里暗暗赞道。她似乎也是极力在避开他，故意挑了个远的位置坐下。

在讨论课的时候，由于会议室的位子是两两相对的，卞青青恰巧坐在了荆世骇的对面。心神不宁的两人哪听得进米教导他们的评课，一直走着神。轮到他们发言时，只能说些“教态自然，条理清楚，板书简洁，作业得当”之类的客套话。这却让上课的荀老师很是受用，本来她的课一直被说成“老一套”，难得有人说她好。这回有人说她好了，自然很满足啦。不过，从那个荆世骇的嘴里说出来，总归不大舒服。

荆世骇的心里再次被卞青青掀起了波澜，忍不住抬头看过去，发现她低着头，手里拨弄着手机，似乎一点也没注意到他炽热的目光。

卞青青的冷淡，让荆世骇想起了寇蓝，她在做什么呢？

荆世骇工作日记七十：风波总算过去，我竟然承受了下来，如果在大学，我也有这样的承受力，寇蓝就不会离开。哎，都过去了。家长们说的其实也有理，他们的孩子考试考啥成绩出来？出卷人越来越有水平，总是出些你做不到的题目，以显示其水平高。要我说，不脱离学龄和认知特征的情况下，出学生们都会做的题目才叫水平高呢。

95.红与绿　色盲的杀手

金霸王日记选四十二：谁这么恶毒？要把荆老师置于死地。如果被我查出来，包你回去你妈都不认识你。卑鄙，无耻，小人，我咒你男的变成女的，女的变成男的，不男不女的直接去做太监。还有你妈，你爸，你爷爷奶奶，全都是太监和嬷嬷，做不成太监嬷嬷开妓院，一家人自产自销，得了淋病得艾滋，得了艾滋得埃博拉，反正全家死光光，十八代祖宗死了再死，死到死的资格也没有。

关局最终还是让康校长写份材料上去，把荆世骇的事情说清楚。康校长一脸苦笑，这事本来就很清楚，恶意影射，故意栽赃，写什么材料，直接删了不就行了。

除了这事，还有人举报这个荆老师有偿家教，你好好查查，看是什么情况。关局说，这个荆老师怎么事那么多？

好的好的好的。康校长连忙点头，他心里清楚，全校可能就这个荆世骇不在搞家教，居然有人检举他？真是人心不古哪！这个孩子真可怜。他想，这次还是不要再找他了，直接写份材料交代算了。

可是康校长犯了个错误，材料交由办公室主任去写了，他不知道，这个办公室主任和斯老师是老亲，一个口快，主任把事泄了给她。斯老师本来就恨荆世骇入骨，这下怎么能放过落井的机会呢？一个宣传，没几天，全校都知道荆世骇“乱搞师生关系和有偿家教”，局里都来查了。

他不是说要举报我们吗？怎么自己也在补呢？有人私下在“飞秋”上说。

这叫贼喊捉贼，自作聪明嘛！嘿嘿。

听说那个女孩就是他们班的班长，这也搞，这个江北畜生简直没人性哪！

拉出去枪毙，简直是我们教师队伍里的人渣。

他有没有姐姐妹妹的呀？

江北人真的不是人。

……

而荆世骇却一无所知，因为无人告诉他，包括卞青青、还老师。还老师本想告诉他的，一想还是不要多管闲事的好，再说，他已经提醒过他要小心了。

荆世骇正在设计第二个活动方案，内容基本定为“作业与心情讨论会”，他在犹豫是否要预先布置任务，让学生有个准备。一想，不行，有些学生会为了让“答案能使老师喜欢”而说虚弄假，还是临场布置临场发挥得好，能多收集些真实信息。

讨论会放在周五的班队课上，会由班长金软主持。荆世骇先发了张调查表，内容是你喜欢做什么作业？最不喜欢做什么作业？做多久心情就会坏起来？你希望做什么作业？做多久？

调查结果如他所料，学生们最反感的就是大量的机械抄写和做习题，还有语文书上的作文，也就是说他们自己想写的童话啊、寓言啊之类的故事，不讨厌，最可恨的就是没完没了的考卷和练习。不知是谁带了手机，从网上弄了这么一段下来，发到了荆世骇的手机上：

君子坦荡荡，小人写作业！商女不知亡国恨，一天到晚写作业！举头望明月，低头写作业！洛阳亲友如相问，就说我在写作业！少壮不努力，老大写作业！垂死病中惊坐起，今天还没写作业！生当作人杰，死亦写作业！人生自古谁无死，来生继续写作业！众里寻他千百度，蓦然回首，那人正在写作业！

短信是尉迟迟发给他的，荆世骇看了暗笑。心想，这段子的原创者语文水平应该不错，这也是逼出来的呀！看来死做作业也是有好处的。

荆世骇把这段话读了出来，引得哄堂大笑，尤其是阙无言、连德起、袁方方三人，简直是腰都快没了。

那你们说说，写这段话的人想说啥？他的心情怎样？

想说作业多呗，心情是很无奈呗。田回抢道。

他理解得很正确，如果是个短文分析题，如果没有标准答案，可以得满分了。

那你们是怎么想的呢？荆世骇接着问，和他的想法一样吗？

一样，不一样。答案有两种，荆世骇有点奇怪。

说不一样的请举手。荆世骇说。

零落落举起来十来只手，里面有金软、欧吴、尉迟迟他们几个。

为什么不一样？荆世骇接着问。

你的作业我们想做，其他作业不想做。做你的作业我们心情很愉快，做其他作业心情一团糟。回答的是金软。

荆世骇笑着听完了她的回答，一时之间不知如何反馈，这女生虽说比一般孩子成熟，总不至于是为奉承我才这么说的吧，如果是，那太可怕了。

应该不是，荆世骇想，她说这话时脸上充满了稚气，眼神清澈而率真，我有点小人之心了，荆世骇暗暗自责。

应和金软的人不少，有的或出于真心，有的或许是为凑个热闹，也有人可能真是在奉承。

那怎样的作业你们喜欢做呢？荆世骇试图让他们总结出来。

少点、有趣点我们就喜欢。田回说。

省力点，少抄点，作文写我们喜欢写的，我们就喜欢。连德起说。

我什么都不想做。袁方方说，多识一个字多吃一堆屎。

哈哈哈……哈哈哈……一下逗了个满堂笑。

是我爷爷说的。袁方方说，笑啥。

哈哈哈……哈哈哈……

从孩子们一张张舒眉展颜的脸上，荆世骇似乎领悟到了什么。兜了一大圈，还是回到原地，那就是人性。人性中有趋懒趋利的部分，人性中也有趋真趋美的部分，人的生理和心理成长是有科学规律的，十来岁的小孩注意力能集中个十来分钟就不错了，而我们的老师非要他们四十分钟全神贯注，做不到就罚抄罚站，这就是反人性的做法，而放眼整个教育，这种反人性的做法又有多少？人性都扭曲了，还要人保持健康的心理，简直是逼太监行房！我们要向那些在长时间反人性教育中依然保持健康心理的学生和老师致敬！

短短一节课，让荆世骇收获良多，深思良久。他越来越觉得自己的课题研究意义重大，如果成果能够得到推广，那可真是大功一件哪！

96.一盏雾灯　一颗糊涂心

金霸王日记选四十三：荆老师怎么还像没事一样呢？他和我的事全校都

知道了，三班的人还骂我狐狸精咧。骂就骂了吧，还问我是不是真的喜欢荆老师？有没有被荆老师亲过？这帮人真是烦，自己老是写情书给女同学，还来问我。要不是顾及荆老师的面子，我早就KO他们了。还有胖哑子，最近也是贼特兮兮地跟着我，只要我去荆老师办公室，他肯定在窗户上偷看，看啥呀，荆老师又不会对我做什么的，真是无聊。

家长们在等着康校长的答复，康校长却不知如何作答。学生换班是行不通了，那么多人要换，无法操作，唯一可行的做法就是换荆世骇，让他去教一门副科。这样做，似乎也不妥，有暴殄天物之嫌，对他来说也是极大的不尊重甚至是侮辱，以他的性格是无法接受的。万一做出点丧失理智的事来，得不偿失。再说，他要是能把课题做好，对学校来说也是一种贡献，其他人也不会说啥了。

康校长陷入了左右为难的境地，一时找不到两全其美的办法。更难弄的是，这事还拖不得，现在流行的说法是老师最怕学生，校长最怕家长。万一他们真去区里市里闹，那影响太坏了，自己也会吃不了兜一段。

蔺副校长是本地人，或许会有办法，康校长在情急之中想到了他。事不宜迟，他马上去了蔺副校长办公室，把行政们谁都知道的事复述了一遍。

蔺校长，你是A镇人，这事你有啥好办法？从康校长的话里听得出，他还是想保荆世骇的。

现在的家长是越来越难弄，蔺副校长说，一来就是举报，有事没事就投诉。

是啊，是啊。康校长见蔺副校长像是要打太极的样子，有点失望起来。

其实一班难弄的那几个家长我都认识，蔺副校长又兜了回来，要不我去找他们说说？

这是康校长最想听到的话了。他连忙说，好啊。我让荆老师通知他们开个家长会，今天下午就开。

今天可能来不及的，有的家长还在上班，反正后天就是礼拜六了，就通知后天吧。蔺副校长说，也不要让荆老师通知了，反正我们在家校路路通上都有权限，直接通知就行了。

好！康校长喜出望外，一口答应。刚想回办公室，被蔺副校长叫住了。

康校长，蔺副校长边过来关门边说，我有个事想和你商量商量。

什么事？说，康校长见他有点神秘，更提起了精神。

就是食堂的事，我有个朋友是开饭店的，有正规的营业执照，他明年想来竞标学校食堂的生意，你看能不能帮一下忙。蔺副校长的声音越来越轻，让康校长觉得越来越难受。他记得刚来时，蔺副校长就向他提过食堂的事，怪自己大意了。

当然当然，是你朋友嘛！这事反正你在办，只要不违反规定和竞标程序，你看着办吧。康校长敷衍道。

其实蔺副校长要的就是他这敷衍的态度，竞标不是要学校膳委会成员打分吗？那选哪些成员不是可以由他蔺副校长说了算吗？哪家单位打分高点，哪家单位打分低点，不是可以由蔺副校长暗示吗？总之只要康校长不插手，蔺副校长有的是办法帮他朋友这个忙。

六（1）班的家长会如期召开，奇怪的是，这会不但荆世骇不知道，连学生们也不知道，家长们是偷偷去开的。因为蔺副校长在通知上是这么交代的，用他的话说是有些会议内容不便让荆老师知道，所以也不要让学生知道。

那天的会上蔺副校长说了什么，会场外的人无人知晓。只知会议的结果是令康校长满意的，那就是家长们不再强求要换掉荆老师，暂时也不会去局里投诉。

可是，斯老师和席老师又不干了，她们一起向康校长汇报，说六（1）班所有学生的作业本除了《补充习题》和一本练习本外，其他本子都不见了。而且是——全班学生的——同时——一起——不见的。

这下像啥了？弄得像个红卫兵班了，简直癞痢头撑伞——无法无天了。斯老师哭笑不得，说。

康校长，这个班级我教不像了。席老师索性直言道，你换个老师教吧。

我也不来教了。斯老师接话道。

康校长也没遇到过这种情况呀，一时之间也拿不出个说法来。

那些本子哪里去了呢？你们找了没？康校长说。

《一课一练》和《时代学习报》昨天还在我办公室，今天就不见了。席老师说，边上的老师说是金软和几个学生趁我不在时拿去的。

数学也是。斯老师说，也是那个金软带人偷去的。

那在他们书包里的本子也不见了？康校长说。

是的，全班一起不见了，而且不见的都是一样的本子。斯老师说，这肯定是有人带头指使干的，一般学生也不会有那样的胆。

她的意思康校长听得出来，这事肯定是荆世骇指使干的，否则哪个学生敢这么做呀。

这个荆世骇，康校长心里也不悦起来，才刚保了他一回，又闹出事来。他可能还蒙在鼓里呢。

这样吧，康校长说，这事我让小荆老师协助你们，让他帮你们一起找找。

斯老师和席老师对望了一眼，没有回答好还是不好，低着头离开了校长室。

康校长为啥老是护着那个小节生？斯老师悄悄问席老师。

谁知道呀？席老师说，说不定他是开后门进来的。

荆世骇很快被叫去了校长室，康校长开门见山问他，你们班的作业本是不是你叫他们扔掉的？

是的。荆世骇也是直言回道。这让康校长又火又惊。这也太离谱了，有点泼皮的做法了。

为什么？康校长的话有点响，让荆世骇吃了一惊。

为了孩子们能活命。荆世骇的话显然有挑衅意味，难道做了那些作业他们会死吗？康校长的火也来了。

他们的死活用不着你操心！康校长说，你还是管管你自己的死活吧！

荆世骇两眼一亮，目光直射康校长，他不相信他会说出这样的话来，一直以来，他认为他是最理解他的领导。

就算不用我管，可是她们这么做也是违反上面规定的，学生的课业负担只要求配套的《补充习题》再加一本作业本，她们这样做违规了。荆世骇据理力争。

是啊，他说得没错呀。康校长一时无言以对。

就算到局里市里，我也会坚持这么做。荆世骇继续说。

康校长简直要崩溃了，前一阵刚帮他挡掉去局里市里投诉他的人，现在他却要去局里市投诉我。这是什么人哪？这是什么人情哪？

你走吧。窒息了足足有三十秒后，康校长对荆世骇说。

荆世骇工作日记七十一：我的心凉了，寇蓝离我而去，我只是倔强地挥挥手，青青离我而去，我只是无奈地苦笑笑，康校长离我而去，我却无法入眠。这世上有的是守法遵规的普通公民，缺的是对这些守法遵规的人的尊重，这世上有的是违法违规的破坏秩序者，缺的是对他们的惩戒和鄙弃。从学校开始，我们就有规不遵，有理不讲，有德不敬，有善不行。何谈教育？何谈未来？

97.母亲的撕裂　天痛

六（1）班很快成了A状元小学的“奇葩”，主科老师不敢向副科老师要课，上课老师不敢早去，下课了无论讲到哪，只要铃声一响，没有老师敢留教室，中午没人进教室补差，放学没人留学生做作业。

六（1）班成了其他班孩子向往的天堂，当然也有嗤之以鼻的学生，认为六（1）班的老师都是不负责任的坏老师。

你们现在得意好了，三班的班长对金霸王说，马上期中考试了，看你们还得意点啥？

金软当然不服气，回击道，有的得意为啥不得意？有本事你们个个考100分。她嘴上这么说，心里可是不怎么服气的。

有一天放学后，她把欧吴、尉迟迟、田回、查鑫欣等几个成绩好点的召集了起来。

他们太目中无人了。金软说，我们得给他们点颜色看看。

怎么给？查鑫欣说，总不能揍他们一顿吧。

一个小女子家，就知道用暴力，我们可是文明人。尉迟迟说。

那你说怎么办？大男子。查鑫欣反问道。

咯咯咯咯咯咯，其他人都朝着查鑫欣恐怖地诡笑起来，也别怪，这些人中她的聪明度是最低的。

你们干吗？查鑫欣一推，一群色鬼。

你说，有什么办法可以使我们在少背少抄少做的情况下，考试考得很好呢？欧吴说。

这下查鑫欣似乎明白了，原来是这样啊，“索达斯带”。

偷看啊。她脱口而出。

这可是你说的。谁知其他人一起指着她道，我们可没说。

那怎样在少背少做少抄而考好的情况下不被发现呢？欧吴继续屌里屌气地说。

偷看不被抓住哇。查鑫欣又是脱口而出。

嘿嘿嘿，嘿嘿嘿，这可又是你说的。那帮屌人又指着她说。

好！全是我说的。查鑫欣突然爆发，我去告诉荆老师。

这下其他人急了，金软一把抓住她，我们就是为这事苦恼啊，万一荆老师知道了，还不被我们气死？

那就别偷看呀。查鑫欣说。

我们不偷看当然没事，可是胖哑子他们不死定啦，再说也不能让三班得意呀，我们就是要比他们考得好。金软说。

那你说怎么办？那些老土的办法哪个老师不知道呀？查鑫欣说，要是荀老太婆来监考，歪个头都会被她扭过来。

是啊。欧吴说，现在其他班都盯着我们呢，这样肯定不行。

大伙一时沉默下来，又过了会，金软和田回同时把目光对准了鱼翅。而尉迟迟似乎也明白了他们的意思。

看来，只能我出马了。尉迟迟说，我知道文印室的钥匙我爸放在哪里。

偷考卷！查鑫欣又是脱口而出，差点让不远处的人听见。

偷了怎么做呢？她接着又不明白了。

其他人无奈地朝她摇摇头，同时说出两个字：脑瘫！

期中考试很快到来，米教导安排给六（1）的监考老师果然是荀老师，好在大家都有心理准备，见怪不怪。一天考下来，荀老师发现这帮小子个个规矩得很，目不斜视，头不侧歪，身直体正，个个像个绅士。期间，她忍不住走下去查看查看，以免他们桌面下藏着什么猫腻。一看下来，干净得很，连餐巾纸也没半张。

更让所有人大跌眼镜的是，交换批改下来，六（1）班的数学和英语成绩全年级第一，语文第三。这连荆世骇也没想到，他百思不得其解，在分析卷子时，眯着眼镜看下面的小子们，结果小子们看上去像是一块生的，个个面无表情，一脸严肃。任凭他怎么逗，就是不笑。

荆老师，你还讲不讲啦，不讲我们自己订正啦。说这话的是金软。

阙无言，我不讲你会订正吗？荆世骇突然收起笑脸，问道。

会，怎么不会？阙无言脱口而出，要不是我记性差……话到一半，他察觉自己漏嘴了。

记性差没啥？只要有笔记就行了，接下来我请你回答短文分析第 3 题，回答对了我就不讲了。荆世骇说。

金软他们立即感觉到事不对劲，想阻止胖哑子做傻事，可是已经晚了，只见阙无言已经从课桌里拿出一张纸来，准备把上面的答案读出来。

哪知荆老师一个箭步，来到了他边上，抓起那张纸回身就走向讲台。阙无言想追上去抢回来，已经来不及了。

所有人都盯着荆老师，只见他的神色由红变白，由白变青，由青再变红。足足过了有三分钟，他才放下手里的纸，那是一张写满除了作文外语文期中试卷答案的纸。他又慢慢把右手扬起来，突然砸下，砰一声，接着又是一声，接着又是一声……然后他对着所有学生摇了摇头，转过身，走出了教室门，金软发现荆老师的眼里噙着泪水，一到走廊里就流了下来。

教室里死一般的安静，谁也不知道该怎么办，查鑫欣想一脚踹向胖哑子，被田回拉了回来。

阙无言知道自己闯了大祸，一言不发，双手抓着头发，像是要把头皮扯下来的样子。

过了好久，快下课了，金软才开口说话，你们也不要怪胖哑子了，这事我一人承担，谁也不准承认参与了偷考卷，听见没？

听，见，了。稀稀拉拉有人回道。

听见没？这回金软拿出了霸王的气势。

听见了！小子们回应道。

金软从日记本上撕下一张彩纸，埋头写起来，周围的人想凑上去看个究竟，被她喝住了，给我坐好，还没下课了！其他人也就不敢作声了，趴着等下课。

荆世骇没想到竟会是这么回事，当然不相信，他太了解那帮小子们了，也太了解金软了。他心里不由地向眼前的这个金霸王致起敬来，小小女生，竟然有如此的胸襟胆略，太意外了。如果说他对其他人的教育是失败的，那对金软的教育肯定是成功的，这比她考一百分要有价值一百倍。

他很想继续追查下去，把些个虾兵蟹将全部打捞出来，一想不能，何不成全了金软的巾帼英雄之壮举呢？

还有一点我不明白，荆世骇说，你偷到卷子后是怎么统一答案的？

我们有微信群，你忘啦。金软说。

荆世骇突然记了起来，自己好像也加入过这个群，只是后来不知怎么被踢出去了。

很好，做得很聪明。荆世骇说，你给我想一个处罚你的办法，想好了告诉我。

我已经想好了，全校通报。金软说，澄清这事与你无关。

与我无关？你们都是我的学生，做出这样的事来竟然说与我无关？荆世骇说，不觉得滑稽吗？

此时金软才意识到自己想得太简单了，自从她想作弊开始，就已经把荆老师拖下了水。

我，我，我……对不起，荆老师。金软说着，眼泪再也控制不住了，顺着脸颊流了下来，滴到了脚背上。

荆世骇递过去一张餐巾纸，摸了摸她的头，说了声，以后做事要动动心。

金软再也忍不住了，呜呜呜地哭了出来，一头扑在了荆世骇怀里。

对不起，荆老师，真的对不起……金软哭得很伤心。

别哭了，谁没犯傻的时候呢。你看，那边来人了，看见了又要拍照了。荆世骇说。

金软一听拍照，立马从荆老师的怀里退了出来，环顾了一下两边，似乎还真有人在偷看他们呢。

荆世骇工作日记七十二：看到全班同学悔过的表情，看到金软同学伤心的眼泪，我欣慰了，这才是人应有的情感反应，他们无论对错，都是真实的，都是真实的性情流露。我们老师在学生眼里最大的“可恶”之处就是“假”，说的和做的不一样，做的和说的不一样，课上讲的和课后做的不一样，学校里和学校外做的不一样，对这个人和对那个人不一样。何时，我们自己能和自己一样呢？

98.如果是路　脚印在哪

金霸王日记选四十四：我错了！错得一点对也没有。我光想着给六（1）班争气，光想着给六（3）班颜色瞧瞧，却不知做了违背良心的事，而且还带着全班人做了违背良心的事。我真是该死啊。不知道荆老师会怎么做，他一定会把整个黑锅背下来，我真是害了他了。不行，我得向康校长去申明，这全是我一个人的主意，跟其他人一点关系也没有，跟荆老师一丝关系也没有。

各位同事：

今天我向全校老师，尤其是六年级的语数英老师，表示诚挚的歉意。因为这次期中测试，我班学生全体作了弊，我们的成绩是我们的耻辱，不是荣耀，在此，我向大家鞠躬致歉，对不起了，请原谅我们班的孩子，原谅他们，谢谢！

荆世骇叩

第一个在“飞秋”上看到这条消息的是米教导，那天他值班，来得早，一打开电脑就看到了。他吃惊地站在电脑前，脑子里一阵嗡嗡，自他工作以来，甚至上学以来，从没见过这样的老师，这样的班主任。他见过想方设法掩盖自己学生作弊的老师，见过批卷时认卷打分的老师，见过在试卷上改答案的老师，见过为了一分跟批卷老师争得面红耳赤甚至反目的老师，见过千方百计怂恿家长给自己孩子做智商测试使其成绩不算在总分内的老师，见过在文印室找复印纸希望捡到考试卷子的老师，见过故意在考试时将学优生和学差生交叉坐以便学差生偷看的老师，甚至见过监考时窜到自己班级当场讲题的老师……

就是没见过作弊时没发现作弊后反而在全校老师面前主动承认的老师。

原本在米教导脑中形象一直低下的荆世骇荆老师，突然高大了起来。别看他课上不像，班主任做不像，老实倒还是挺老实的。那么，该怎样处理这件事呢？米教导想，还是等等，看看其他人的反应吧。

“飞秋”上，一个个头像陆陆续续亮了起来，看到这段文字的老师的反应和米教导一样，沉默。

没等多久，康校长也看到了。他又气又笑，在瓷砖铺的地面上，来来回回踱了好几圈。他知道，虽然到现在没有一条回复，但眼睛都盯着电脑咧。他透过窗户，朝对面教学楼看去，原本早早就进教室的几个班主任，都没有出现在讲台前，显然，他们也在等。

康校长知道，他们在等他的回复。尤其是六年级的语数英老师，因为这次考试的分数，涉及考核，涉及钱。他的脑中出现了两个处理方式，一是当它是个幽默，一笑了之；一是严惩，以儆效尤，做给人看看。

荆老师，你简直在放屁，我教了他们数学这么多年，哪次考试作弊了？不信你问问其他老师。就在康校长准备回复时，斯老师的这段话跟了上去。

没过多久，席老师也跟了一条，是啊，我们班英语什么时候考砸过，倒是荆老师你的语文，这次竟然考了第三，有作弊的嫌疑。

过了一会儿，席老师又跟了一条，你不能栽赃给我和斯老师哪！

康校长，还有其他不少老师，都呆呆地盯着屏幕，谁也没想到会出现这样的情节。

对不起，斯老师，席老师，我说的是事实，我有证据证明这次考试孩子们的确作弊了。荆世骇回了一条。

什么证据？纸条吗？还是录像？斯老师跟得快，说得也快，全班作弊？为什么监考老师一个都没发现？

是啊，你看到他们作弊啦？席老师跟道。

这个时候，有办公室传出了哈哈哈的笑声，原本一件很严肃的事一下变得诙谐起来。

不是，他们事先得到了考卷，并背了答案。荆世骇解释说。

电脑屏幕静止了一会儿，这个答案让斯老师和席老师没想到，其他人也没想到，各个办公室的气氛一下又凝重起来。

你去偷的考卷啊？斯老师终于想出了回击语。

是啊，你要偷的话也只会偷语文考卷啊，难道那么好心，会把数学英语考卷一起偷？席老师说。

荆世骇很想说出真相，但键盘敲了几下又停了下来，如果把尉迟迟“供出来”，则无异于捅他一刀，他小小的心灵未必受得了，于是手停了下来。过了会儿，他打了一句；具体情况我会向康校长汇报的。说完没再接斯老师和席老师的任何话语。

所有人的电脑屏幕又恢复了平静。

在荆世骇的再三请求和保证（保证下不为例）下，康校长才答应不将尉迟迟偷卷的事告诉是副校长，同时也不对金软做通报批评。

但是，这件事居然公开了，那我作为校长必须进行处理。康校长说。

任您处理，只要不针对孩子们。荆世骇说，怎么处理我都行。

好，那就扣除你一个月的班主任津贴吧。康校长说。

好，我接受，谢谢康校长的宽容。荆世骇像逃过一死似的，高兴得不得了。

那那些成绩呢？荆世骇临走时，突然问道。

你见过因裁判错判而改变足球比赛比分的事吗？康校长说。

荆世骇听明白了，他原本飞起来的心情，一下又落了下来，他意味深长地看了看康校长，默默地离开了校长室。

哎！逃过一劫哪！

大难不死，必有后福哪！

作弊也没啥大不了嘛！

荆老师真牛！

荆老师真任性！

……

当听尉迟迟说这事已经没事了时，班级里的猴子老鼠猫都出来叫唤几声了。只有金软，毫无笑意，她刚去康校长那里说出了所有的事实，康校长答应不“批评”荆老师，但她知道事情没那么简单，荆老师受了“批评”也不会跟他们说的。她很想去问问，想说几句安慰的话，想替荆老师流几滴眼泪。

你们说一个人最伤心的事是不是不能把伤心的事说出来。金软突然问周围的小子们。

什么呀？查鑫欣首先回答，你绕来绕去，什么伤不伤心的？

欧吴好像听懂了，她来到金软跟前，在耳边轻声道，要不要去看看荆老师？

什么时候？现在吗？金软说。

放学后。欧吴说，我和你一起去。

荆世骇工作日记七十三：这个世界真可怕，我感觉冷风透骨。为什么明明知道对错，却还是以错当对。为什么人与人之间要拿出一丝宽容这么难？为什么天天仁义道德真善美的老师为了一点蝇头小利，可以不顾事实颠倒黑白？为什么人说违心的话可以那么坦然自得振振有词？杨坤唱“原谅这世界所有的不对”，谁来告诉我为什么？

99.看一眼时间　黑色

还老师见六（1）班有两个女生在窗外徘徊，改变了原本想和荆世骇聊聊天的想法。

小荆啊，我先走啦。还老师一边拿起电瓶车钥匙，一边笑着对荆世骇说。

好的。荆世骇回以一笑，然后默默地坐在电脑前，一动不动。褚老师和荀老师早走了，她们这几天没留学生在办公室“补差”，准时下班。

金软见还老师走了，才拉着欧吴进办公室。荆老师好像还没发现她们，仍旧在那发呆。

荆老师。金软轻轻地喊了一声。欧吴跟在后面，没有出声。

荆世骇开始时没反应，突然回过头来，看到了金软和欧吴。很是意外，连忙站起来，问，有事吗？你们。

金软和欧吴都低下了头，怎么说呢？是道歉还是自责？事已经出了，后悔没用，她们只是想把事情再弄弄清楚。

对不起，荆老师……我……金霸王变成了金三顺，支支吾吾说不清楚了。

干吗呀，像变异似的。荆老师不知哪来的心情，笑着说，长角还是长尾巴了？

嘿嘿。欧吴忍不住笑了下，见金软没笑，又收了回去。

别装了，荆老师！好不好！谁知金软突然大喊道，你以为这样我们心里就好受吗？我们不是三岁的小孩了，我们什么都懂。

荆世骇和欧吴都愣了，金三顺又变成了金霸王，她这是要做啥呀？

康校长到底决定怎样处罚你？金软还是大声地问。

他没处罚我呀？荆世骇突然反应过来，不信我们可以打电话问。

是吗？金软将信将疑，她不会想到荆老师这个月的班主任津贴被扣掉了。

是啊，要处罚我早张贴告示了，是不？荆世骇对着欧吴说。

嗯，欧吴点点头。

金软还是不太相信，她猛地跨到荆老师电脑前，一把抓起鼠标，双击“飞秋”，快速仔细地拉着消息记录。荆世骇想上前阻止，被金软左手一甩，推到了边上。金软飞速地拉动着对话边框条，终于看到了早上所有老师们都看到的那一段消息。

你为啥要这样做？这是我做的坏事。金软回过头，对着荆世骇说。

荆世骇一下成了白板，这不是寇监吗？她当年也是用这样的口气说话的。

愣了一会儿，荆世骇才慢慢对金软说，你是我的学生，我有权对你在学校的言行负责。

我不要你负。金软说着，跑出了办公室。欧吴和荆世骇追了上去。金软在走廊上奔着，蹬蹬蹬，蹬蹬蹬，像跳跃的羚羊。羚羊一闪，进了女厕。荆世骇不得不停住脚步，欧吴跟了进去。

厕所里传出了呜呜呜的哭声，一阵又一阵，断断续续，慢慢变轻，最后恢复平静。

你们在干吗？荆世骇见她们没出来，对着厕所门口问。

在厕所能干吗？这是金软的声音，你一个大男人对着女厕所，脸皮真厚。

荆世骇知道金软没事了，笑着离开了。

没平静几天，校园里又掀起了一股大浪。六（1）班集体作弊的事不知怎么的又被曝光在了“千言万语”网站，而且附有荆世骇的那段话。局里督导处很快知会了康校长，又要他写个书面材料，将事情澄清。

真是一波未平一波又起。康校长心情坏到了极点，原本以为这事已了，是谁吃饱了撑的非要弄点事出来呢？而这个人应该就在校内。

既然上纲上线了，那就得按规定办。不声不响扣掉荆世骇一个月班主任津贴的做法是不行了，得通报，而且要走流程。康校长立即找来荆世骇，把情况跟他直说了。

小荆啊，这事只能请你谅解了。康校长说，我也没想到会被人捅出去。

荆世骇出奇的平静。他淡淡地舒了口气，一抬头，笑着对康校长说，没事，我能理解，也能扛住。说完，他转身走了。

康校长看着荆世骇的背影，缓缓地转过身，走到办公桌前，拿起电话，拨了办公室的号码。

出个通知，今天中午 12 点开行政会，不得缺席。他对办公室主任说。

会上，行政领导们对荆世骇的处罚决定保持一致，那就是先上报局里，再通报，然后扣除他半年的班主任津贴。若再有类似事件发生，年度考核不合格。这意味着转岗或待岗。

还好了。行政会结束后，米教导来到是副校长办公室，说，如果这事被电台曝光，绝对是教育系统的特大新闻。

是啊。是副校长说，想想他也蛮可怜的，刚来工作就出了这样的事。

他书读多了，谁不知道教育不能这么搞呀？可谁又能像他那么搞呀？真是的。米教导说。

以后别和他去较真了，大家都是混口饭吃，据说他家里条件也不怎么好，丢了饭碗就惨了。是副校长说。

这也不大好呀，米教导说，那么多新老师，不严点不会成长呀。那个卞老师倒是很能干的，估计明年就能评“教坛新秀”了。

是的。我和你的宗旨是，想上的老师我们给他机会，不想上的老师不要去强求。是副校长说。

话是这么说，可对学校的师资队伍建设和发展是不利的。米教导说。

这不是你我操心的事。是副校长说着，指了指对门的康校长办公室。

也对。米教导说，我要走了，马上要去听课了，你去吗？

米教导说的课就是指新教师的汇报课，每个星期都有，听完还得评，评完还得督促他们重上。有时，一天就磨一节课，弄来弄去，自己的课也没法好好准备，作业还得抽出时间来批。

对荆世骇的处罚通报很快公示了出来。尉迟迟把这个“情报”讲给金软后，金软顿时傻眼了。荆老师不是说不受处罚了吗？

她立即跑到办公室，当着其他老师的面，红着脸，气愤地指着荆世骇说，荆老师你骗我！

其他人一听“骗”字立即产生了巨大的好奇心，一个刚刚发育的女学生，指着一个刚刚工作的男帅老师说“你骗我”，骗了什么呀？怎么骗的呀？为何穿帮了呀？

怎么啦？金软。有话好好说。荆世骇显得很平静。

你被通报批评了，还装？你不是说不会受批评的吗？金软依然很激动，不行！我得找康校长去，又不是你叫我们作弊的，这事全是我干的，为啥处罚你呀。说完，金软直奔校长室。荆世骇追了上去，在走廊的半道上拉住了她。引得周围的学生们一阵哄笑。

你如果为我考虑就别再闹了！荆世骇知道再用小孩的口气和心态和金软交流已经行不通了。这事不能怪康校长，他已经帮过我了。

那你不是说他不处罚你了吗？金软说。

是被人举报到局里了，他不得不这么做。荆世骇说。

金软似乎明白了，原来这事还可以被举报到局里。她默默地从荆老师手里挣脱出来，慢慢地走向教室。

荆世骇工作日记七十四：我真该庆幸，一个学生能为了我的“清白”这么做。如果每一种教育能使人变得更有感情，更有同情心，更有为他人着想的心，那么这是教育最大的成功。是社会之幸，民族之幸！我有点想寇蓝了，嘿嘿。

100.我在你背后转身

金霸王日记选四十五：这个世界上最应该去举报别人的是我们学生，有多少老师是按照规定在给我们上课、布置作业、课外辅导。既然你们要举报，那我也会，我们六（1）班的人全会，你们等着瞧！

金软在微信群里发了个通知：凡是有手机的都给我把手机带上，从明天开始，不仅是我们班，其他班也是，谁看到老师打人，布置变态的作业，哪班考试偷看，学校里乱抽烟，随地吐痰，上网看电影打游戏炒股票，统统给我拍下来。

小子们，听明白了没有？金软在群里呼道。

OK、耶、明白、噎死（Yes）……后面跟了一大队。

金软发现啊呜，鱼翅，田螺没有表态，就点起了名。

啊呜、鱼翅、田螺。你们死没死？放个屁呀。

过了好一会儿，田回才回了一句，这样做我们会不会再去害荆老师呀？

他们就是这样害荆老师的，这叫以其人之道还治其人之身。金软说，你怕啦。

我才不怕呢，我都死过一回了，怕啥？田回说，拍就拍。

鱼翅，啊呜。你们不参加可也别做奸细。金软发话了，显然有警告的意思。

谁做奸细啦。鱼翅忍不住了，要做我就不留在六（1）班了。

呵呵呵……群里发出一阵哄笑。你鱼翅要不是奸细那谁是奸细呀。

我们这样大张旗鼓地拍，被拍的人会不知道？欧吴终于开口了，原来她考虑的是这个问题，怪不得一直沉默咧。

让他们知道好了，我们就是要让他们知道。金软说。

可我们毕竟是学生呀。欧吴说。

学生怎么啦？学生也是人。就他们可以干坏事，我们不可以啊？金软说。欧吴也不作声了。

六（1）班学生在校园里抓拍的事很快引起了全体老师的恐慌，开始时谁也没当回事，以为是荆老师搞的什么课题研究活动。后来发现不对劲了，那帮小子专挑“坏事”拍，有人立壁角被拍，有人上课被罚站在走廊上被拍，老师敲毛栗子被拍，有人罚抄作业被拍……甚至有几个老教师抽烟也被拍了，其中就有还老师。

小荆老师啊，你知道你班学生在做啥呀？有一天，还老师忍不住了，问荆世骇。

自从荆世骇上次的事之后，几乎没人和他有交流了，都是远而敬之。所以他班学生瞒着他偷拍的事大概全校只有他不知道了。

不在做啥呀？他们上课现在乖得不得了。荆世骇说。

乖？你课间去兜兜，看看他们都在做啥？还老师说，我知道这不是你指使的。

指使？这让荆世骇感觉不是很好了。他立马走出办公室，朝班级走去，一到班里，发现教室里只有几个人，其他人都不在。自从全校只有他班的老师不敢拖堂后，这种现象也很正常。不过那几个小子看到他后，一脸的媚笑，好像还藏着啥。

他们呢？荆世骇问，啥东西？

小子们谁也不作声，就是笑。荆世骇觉得有蹊跷，假装发火，走过去，一把把一小子藏的手机拿了出来。

不说，我叫你老爸来拿。荆世骇“威胁”道。

那小子没办法，一股脑儿招了。

荆世骇傻了……

小子们一个个回来了，手里还晃着手机，突然发现荆老师站在前面，呆蒙了。手机来不及藏，亮了个底朝天。荆世骇发现他们是人手一部，阔得很。

接下来是数学课，怎么办？荆世骇想，自己不能违反规定，抢着上班会课呀。他急中生智，抢了阙无言的手机就走。一边说，下节课给你，下节课给你。

其他人咯咯咯地笑了起来，当金软出现在走廊时，查鑫欣忍不住了，对她说，胖哑子的手机让荆老师抢去了。

怎么办呀？她说。

让他看去，我们拍了这么多，他总不能全删了吧。金软说。

我家里还有一部手机咧，尉迟迟说，我把拍的发上去，等会儿即使荆老师把我的删了，也没有用。

对啊！其他人恍然大悟。我也还有一部手机咧。有人说。

早有心理准备的小子们终于等来了荆老师的课，不出所料，他让所有人把手机拿出来，要求一个个放讲台上。他们照做了。布置完作业后，荆老师就一个个翻起手机来。手机里的照片让他目瞪口呆，这要是康校长看见了，或者局里的人看见了，还不要翻天？

他闭上眼睛，静静地，静静地，足足有一分钟，直到眼角闪出了细碎的泪花。他终于下了决心，全部删掉。

他一张张删着，有的老师认也不认识，有的老师面熟陌生，也有的很熟。他没想到有卞青青的，照片上，她正敲一个孩子的脑袋，角落里还站着一个。他删了，还仔细搜了一遍，确实没有其他了。他还看到了斯老师的照片，照片上她正拉着一个学生的耳朵看数学作业本，还有席老师，正拿着笔戳一个学生的脸。荆世骇顿了顿，还是点击了“删除”。还老师抽烟的姿势很独特，不是夹着而是捏着。还有米教导，他正怒目圆睁地将一张试卷甩到一个学生的脸上，嘴里还骂着什么。荆世骇犹豫了下，还是删了。

但是他绝对想不到，几天后，有些他看到的照片还是传到了“千言万语”网站上，让整个学校掀起了轩然大波。局里非常重视，关局长亲自打电话给康校长，要他去局里汇报情况，同时还暗示，马上要来对A状元小学进行深度调查。

一石激起千层浪，所有人将矛头指向了荆世骇，认为这是他在报复，指使那些学生这么干的。有人恨不得将他碎尸万段，其中就有斯老师和席老师。

康校长马上找到荆世骇，厉声喝道，为什么要这样做？我错看你了！

荆世骇极力想辩解，又觉得无话可说。他只怪自己当时怎么就没想到小子们将照片转移了呢？再多说也无益。

等局里的人来了，我来向他们解释，这是那帮小子胡闹，开玩笑的。荆世骇说。

胡闹？开玩笑？网上都传开了，说不定还有电视台来呢。康校长说。

的确，在大力倡导“依法办校”的敏感时期，出现这样集体违规教育教学规定的事件，足够成为典型了。

那你说怎么办？康校长。荆世骇说。

这是你们班学生的杰作，你作为班主任，德育那块没做好，所以这责任还是得你来担。康校长说。

怎么担？我愿意为孩子们担责任。但确实不是我叫他们这么做的。荆世骇说。

不是你指使的？有人信吗？康校长说，没想到你是这样一个人。

荆世骇蒙了，他觉得眼前的这个人，太陌生了，竟然话说于此。

上次的谈话，让荆世骇感觉到康校长的教育理想变了，这次让他感觉到，他的人也变了。他默默地盯着康校长的眼睛，那眼神就像铁针，直刺到他的脑中。

那你要我怎么做？荆世骇说。

承担责任，说照片是他们PS后发上去的，不是真实的。康校长说。

可是，他们还是小学生哪，有这个本事和动机吗？荆世骇说。

只有你这么说，这事才不会连累到其他人，其他你不要管。康校长说。

荆世骇傻了，内心剧烈地斗争着，他很想说“不”！可一想眼前的这个人既然能说出这么无耻的话来，一定能做出更无耻的事来。孩子们还要在这里读书……突然，荆世骇做了一个痛苦的决定。

荆世骇工作日记七十五：任何虚假的故事都有一个真实的结局，而真实的故事，结局往往是虚假的。我的故事不知以何真何假结束。重情重义的人才会遁入空门，皈依佛祖。无情无义的人演着冠冕堂皇的故事，他们的结局永远出乎你的意料。

101.踩着幽灵　钉着耻辱

金霸王日记选四十六：太爽了！太爽了！听鱼翅说，那些“上网”的老师气得把书也撕了，还说扫大街也比做老师好，吃力不讨好，还要被举报。康校长吓得也不轻，听说两个晚上没睡着。活该，谁叫他说话不算数啦，害得荆老师一点面子也没有。看他这次还有什么话要说。

电视台来得比想象中要快，康校长措手不及，心里嚼着那个把事捅到电视台的恶人，嘴上甜言蜜语地哄着来访记者。摄像机已经对准了他。

一阵客套后，记者很快进入了正题。

请问康校长，这次A状元小学集体违反教育教学规定事件，是否属实？记者问。

康校长谨慎地看着镜头，脸上强堆着笑。他知道，一旦说错，后果会很严重，如果拒绝回答，等于是默认。唯一的办法是让眼前的这个镜头撤下，暂时不报道此事。

你们先等一下，我有点急事，等解决了再来接受采访。康校长说完就逃出了办公室，直奔厕所，躲进大便箱，掏出手机，拨通了关局长的电话。

喂，关局长，关老师，救急啊。康校长说，电视台的记者突然来采访，要我谈那些照片的事，你能不能叫人把他们撤回去？

关局长很是吃惊，这事发生在他管辖的教育区域，一旦上了电视台，他这张脸也得往裤裆里放。

你别急，我马上给区书记打个电话，让他请人把记者叫回去。关局长说。

好的好的好的。康校长躲在厕所里，急得真的要大便了。

五分钟的时间过得很漫长，康校长一会儿蹲一会儿站，心急如蚁，他不知道那记者在干吗。他可真能等啊。

《新贵妃醉酒》的乐曲从男厕所传了出来，那是康校长的电话铃声，刚响了个头，就没声了，转而变成了康校长的说话声，

怎么样？关老师。

市宣传部说，就是他们派去采访这事的。关局长说，看来你是躲不掉了。

那怎么办呢？这是丑闻哪！康校长说，大不了我这个校长不做了，我接受采访又怎样？

你呀，就是太冲动。关局长说，那些照片不是学生传上去的吗？你可以叫那个班的班主任接受采访啊，即使说错话，你的责任也会轻一些。

是啊，好好好，好好好。康校长说，我马上叫他来。

康校长马上挂了关局长的电话，拨通了荆世骇的手机。

小荆老师，马上来一下我办公室，快。康校长说完，立即回到办公室，发现那个记者和摄影的正坐在沙发上等他。

记者同志，是这样的，这件事呢是六（1）班几个调皮的学生干的，这里的来龙去脉他们的班主任最清楚，所以请他来接受采访我觉得更合适。康校长说。

记者和摄影师对望了一眼，而后那个记者说，好吧。

荆世骇很快到来，他看到康校长和拿着话筒的记者，明白了八九分。

什么事？康校长。荆世骇很平静很有礼貌地问。

是你们班学生乱发照片的事，你看，现在连电视台也惊动了，你来把这事说说清楚。康校长说。

就在这个时候，镜头已经对准了荆世骇，记者的话筒也推到了他胸前。荆世骇闭上了眼，静静地想了几秒，然后睁开双眼，看着康校长，淡淡地说，我可以坐下吗？

坐坐坐。康校长破天荒地搬过一把椅子，让荆世骇坐下。

刚才康校长说，那些照片是你们班学生拍了传到网上的，是真的吗？记

者开始了。

不是的。荆世骇说，那些照片上的内容不是真实的。

这个回答让康校长和记者都大感意外。

不是真实的？有照片为证还不是真实的？记者问。

是 PS 过的。荆世骇不慌不忙答道。

啊？这让记者大吃一惊。PS ？小学生就会做这个了？那么他们为何要这么做呢？

嫌作业多。怕做作业。

哦，记者问，那这事你知道吗？

知道。荆世骇说。

也就是说，你是默认他们这么做的？记者问。

是的。荆世骇回答道。

为什么？记者问。

我也觉得他们作业太多了。荆世骇说。

那你教他们什么？记者问，你布置的作业多吗？

语文。荆世骇说，我几乎不布置作业。

不布置作业也不对呀。记者说，这难道不会影响孩子的学习成绩吗？

那要看是怎么考的。荆世骇说，就拿语文来说，一个会做一百张考卷的学生如果不懂得“礼义廉耻，忠孝信悌”，不懂得如何去尊重、爱他周围的人，不懂得写毛笔字如何握笔，等于是考了零分。荆世骇说得有点激动，康校长和记者听得有点激越。

那你的这个观点和 PS 照片有关系吗？你不觉得这样对其他老师造成了伤害吗？记者问。

是的，在此我向他们表示歉意。荆世骇说，我还有课，我先走了。说完他转身便走。

谁知在第二天电台播出时，标题变成了“年轻老师为报复，指使学生 PS 照片上网”，采访过程删掉了荆世骇后面两段话，变成了康校长的一段话，话的内容是，荆老师平时与其他老师关系不是很好，指使学生 PS 照片可能是为发泄不满，也可能是因为上次班级集体作弊受处分后产生怨恨。

孩子们都看傻了，微信群里立即沸腾起来。

什么 PS 呀？这可都是实抓实拍的呀。查鑫欣跳出来说。

荆老师也真是的，为什么要这么说呢？难道他被那些老师欺负得还不够吗？袁方方说。

是啊，荆老师真是个傻蛋。阙无言说。

简直是浑蛋。连德起说。

…………

别吵了。金霸王发话了，荆老师是为了我们，他不想做老师了。

什么？啊？群里一片哗然。

那我们怎么办？田回说。

金软想到了集体签名，也只有这样才可能留住荆老师。可她知道，若是荆老师自己要走，这样也没用。

荆世骇工作日记七十六：我怎么会让那帮小子离开我呢？人即使是草木，也会留恋泥土哪！他们就是我的泥土，如果我的生命还要绽放，我便离不了他们。如今，泥土正被灼烧，烧成坚硬后就不再能滋养生命了，我便死去。他们也早晚会死去。

102.天与海　我和你

金霸王日记选四十七：荆老师要出事了，他在电视里的眼神不一样了。我听说前几天桂冠中学又有一个学生跳楼，他的班主任也跳山了。（这可能是为了表明，即使自杀老师也比学生高吧）荆老师会不会……如果他真这么想，那可是天地不容，他就真这么狠心把我们甩了？

在A状元小学历史上从未出现过的一幕出现了。就在照片事件播出的第二天一大早，六（1）班绝大部分家长围堵在校门口，死活不让自己的小孩进校门。而这帮学生在金软的带领下，奋力推挤着自己的父母，要进校门。

没多会，校门口围成了一个人垛，过路行人，上班老师，上学学生，加上那些大声呵斥的家长和大声哭喊的学生。

门卫也急了，照这么推下去，这伸缩门可要倒了。他开也不是，不开也不是。只得给康校长打电话。《新贵妃醉酒》的乐曲从人群中响起，原来康校长也在人群里。人们循声找到他，一下就认了出来。

康校长！康校长！你来啦。田回妈的声音，你如果再不把那个荆老师赶走，我们就到局里去。

是，再不赶走，我们就到局里去。其他家长应和着。

谁敢把荆老师赶走我们就死给你们看。金软毫不示弱。

是，我们就死给你们看。回击的人声中，田回的声音最响。

康校长你看看，我们好端端的孩子，被教成什么样了。欧吴妈说，你今天得给我们一个说法，否则我们就去局里。

康校长见躲是躲不过去了。拨开人群，提高嗓门回应说，好！请各位家长冷静一下，有事到我办公室去说。门卫，开门！

不许进去。金软一声令下，原先推挤的学生们一下翻转了个，变成堵的墙了。可除了阙无言和连德起，谁也没力气挡住大人。

金软见软的不来，就来硬的。她大吼一声，你们要赶荆老师走，我们现在就去撞车。说完，带头往马路上冲去。其他小孩立即响应，纷纷想挤开人群，冲到马路上去。

同学们！同学们！康校长急了，喊道，不要冲动啊，我没说要赶荆老师走呀！你们先进学校再说。

真的？田回说，你可是校长，不能骗人哪！

我怎么会骗你们呢？康校长说，你们快进来，我们谈谈。

金软一想，总不能真带着这帮小子去撞车吧，先进去再说。于是，她从人群里挤了回来，挤进了校门，其他孩子也陆续进了学校。被关在门外的老师和学生纷纷跟了上去。很快，整个行政楼通道被挤得水泄不通，康校长根本没法开自己办公室的门，他只能在走廊上发话了。

各位家长，各位同学，你们都听好了，关于荆老师，首先我肯定不会赶他走。康校长说。

那可不行，我们的小孩不要他教，也不要他做班主任。有家长立即抢白道。

是的，康校长你如果再叫他教我儿子，我就到局里去。另一个家长说。

不行，我们就是要荆老师教。袁方方喊道。

对！我们就是要荆老师！其他人同喊道。

好！康校长说。这下把那些家长们弄蒙了。

我让荆老师教你们科学，怎么样？康校长说，语文让别人教，各位家长。你们说这样行了吧。

不行！金软说，我们就是要荆老师教语文。

那语文叫谁教呀？田回妈来了精神，眼睛一亮。

叫易老师回来教。有个家长说。

对！叫易老师回来教。其他家长附和道。

易老师已经不在我们学校啦。康校长说。

同一个区的，可以再调回来的呀。有家长回道，康校长你做不了主，我们去局里说，让易老师回来。

一听说易老师，金软他们安静了下来。是啊，好久没想到他了，真是没良心哪。可是他也代替不了荆老师。

我要荆老师教，不要易老师。阙无言一听易老师要回来，急了，那可是要多做多少作业呀。

我也是。袁方方和连德起说。其他人没了声音，似乎易老师突然就来了，谁也不敢出声了。

这个事情以后再说，不至于中途调易老师回来吧。康校长说。

那下学期总可以吧。田回妈说。

那也不是我说了算哪，得通过局里。康校长说。

好。那你答应我们下学期把易老师调回来。田回妈说，要不然我们现在就去局里。

好。到下学期我打个申请。康校长说，你们可以回去了吧，马上要上早读课了。

我们不要！金软突然喊道，我们就要荆老师教语文。电视里的都是假的，那些照片是我们偷拍的，跟荆老师一点关系也没有，你们为什么要害他？

康校长没想到金软会突然发难，支支吾吾说，那可是荆老师亲自承认的呀。

他是为了我们。金软哭了，声音也变了，他是为了我们，他怕我们回去被大人打，怕斯老师席老师在家长面前告状，不好好教我们，怕其他学生看不起我们。你们可不能这么害他呀。

呜呜呜……金软的哭声让所有人都安静了下来。跟着，欧吴，查鑫欣，田回他们也呜呜呜地哭了起来。不一会，一大半的学生都哭了起来。

同学们，不要哭了，我们去教室上早读。不知何时，荆老师已经出现在了走廊的另一头，看来，他比小子们来得更早，早就在学校里了。

尉迟迟第一个反应过来，背着书包，来到了荆老师跟前。荆老师摸了摸他的头，转过身朝教室走去，走了两步又回过头对其他孩子说，还不快走？想罚看书吗？

小子们一听，立即破涕为笑，一个个跟了上去。

康校长目送着远去的六（1）班学生，像被电了一下，在他的记忆中，似乎也曾有这么一个班级，只要他一呼，学生们就百应。如今见到了这样的班级，却又有些害怕。

经行政会激烈讨论，最终还是决定让荆世骇改上科学，班主任暂时由米教导代，课题研究继续。至于六（1）班的语文，暂时由褚老师辛苦下，代上，等找到合适的代课老师再说。

103.加点盐　再加一点盐

金霸王日记选四十八：听说荆老师不再教我们语文了，为什么？他做错了什么？我们又做错了什么？康校长太欺负人了，但我们也不是好欺负的，走着瞧。

那天，六（1）班没有一个学生进教室，他们要等荆老师来上语文课，等啊等，一直等到第一节铃声响，也没见到他的身影。

他们整齐地站在走廊上，就像出操整队一样，静静地，谁也没有发出大的声响。金霸王在群里说了，见不到荆老师，他们就不进教室。

其他班的老师纷纷走进了教室，“上课、起立、同学们好，老师好”的呼应声一个接一个，一声接一声，就像锤子一样敲打在六（1）班每一个学生的心上，他们知道，荆老师此时还没出现，肯定是出事了。

正当金软拿出手机，准备拨打荆老师电话时，走廊上出现了三个人，康校长、褚老师和荆老师。这让孩子们喜出望外，人群里立即出现了说话声，有人直接“荆老师荆老师”地喊了起来。

请大家进教室。荆世骇大跨两步来到康校长前，对学生说，不要影响其他班上课。

一见是荆老师的命令，谁也没犹豫，就像是蜜蜂一样，纷纷涌进了教室里。

请同学们坐好。说话的是康校长，我有件事想向大家宣布。从今天开始，你们班的语文由褚老师代上，荆老师改教你们科学。

我们不要！康校长的话还没说完，金软第一个回应道。

是！我们不要！其他小子们跟着回道。

康校长看看褚老师，又看看荆世骇。不知如何来回应这帮调皮的孩子。调皮的班级他见得多了，这么团结的还是第一次。

所有人的目光都集中到了荆世骇身上，能打破这个僵局的只有他了。康校长明白这一点，荆世骇也明白。褚老师原先也不愿来接这个烫手山芋，在康校长的极力要求下，再加上自己刚评上区学科带头人，马上要进入行政班子了，太拗了不好，所以就有条件地答应了，这个条件就是半个月内找到接替她的人。

荆世骇静静地站着，眼睛一会儿睁开一会儿又闭上，嘴角不时还抽动了几下，一度上牙齿还咬住了嘴唇。他的呼吸幅度很大，前胸有明显的起伏状。看得出，他在极力控制自己的情绪。

同学们，荆世骇终于开口了，谢谢你们，谢谢你们喜欢我。

谁都听出来了，这声音里带着哭腔。

但是，我，我不是一个好老师。荆世骇继续说道，我希望你们不要因为我而耽误了学习，耽误了升初中……

不要说了，荆老师！除了你的语文课，其他老师的我们谁也不想上！田回不知哪来的胆，对着褚老师大声说道。

不！荆世骇突然加大音量说道，褚老师是我的师傅，你们不要不识抬举！谁不听话，我就不理谁，你们永远也别想再见到我。

所有人都沉默了，包括金软。她从荆老师的眼神里看出来，他是下了狠心。现在唯一表示抗议的办法就是“沉默”，就是什么也不做。

好了，同学们，你们也得为生你们养你们的家长想想。这事就这样了，小荆老师，我们走吧，让褚老师上课吧。康校长说。

荆世骇低下头，侧过身，边走边朝教室里看。在几十双眼睛里，慢慢地，一点一滴地消失了。今天没有科学课，要在教室里见到他，得两天后。

家长们在得到了自己小孩的语文课确实换人上的消息后，不满情绪消退了不少，还有一点不满意的是，未能把易老师请回来。不过有家长建议，去局里要求，下学期让易老师回来，这样他们的孩子还能赶上最后一个学期。

康校长被逼无奈，只能口头答应，如果他们能把易老师请回来，他就绝不阻挠。

其他老师也是大松了一口气，心想这下他不会再折腾了吧。

果然，自从荆世骇搬出了六年级班主任办公室后，就像消失了一样，在科学组办公室“隐居”了起来。金软她们有时要去看他，也是铁将军把门，门反锁着。

终于有一天，小子们看见荆老师的脸上又有笑容了，这笑容看上去比以前更加灿烂，更加放肆。只有金软，觉得这笑容像整过似的，怪怪的。

同学们，今天我们来做个太阳，然后一口把它给吃了。荆世骇说。

啊？吃太阳？所有人都觉得太好奇了。

怎么做？怎么吃呀？阙无言说。

只见荆老师从实验室讲台下拿出一塑料袋东西，白白的，像是面粉。

是不是要做汤圆呀？袁方方脱口而出。

呵呵呵……下面一阵哄笑，他和胖哑子差不多，就知道吃。

对了，跟做汤圆差不多。荆世骇说。现在请大家把手头的不锈钢盆洗干净，然后我会每人发一把面粉。

一听有东西发，边上的水龙头立即哗哗哗地响了起来。荆老师拎着面粉袋，一把一把地把面粉发到了湿漉漉的盆里。有人迫不及待动起了手。

接下来请你跟着我一起揉面，注意，水先少放点。说完，荆世骇从边上的水龙头上舀了一点水，洒到了盆里的面粉上，然后开始揉搓。底下的小子们跟得快学得快，有人水放多了，要求再拿点面粉，有人放少了，弄得“烟尘滚滚”的样子。

揉啊搓啊，不一会儿，荆老师的面团做好了，又白又圆，又光又滑。学做的人，陆陆续续，也把面团揉了出来。

只有金软，一边揉，一边看着荆老师，她总觉得他怪怪的。

荆老师，要加点馅吗？阙无言说。

当然要啦。荆世骇说着，从讲台抽屉里拿出一袋白白的东西，看上去像糖。

现在，请你们把揉好的面团摊成饺子皮的样子。荆世骇说着，把一团面，慢慢地压摊成了扁圆的饺子皮，只不过有点厚。下面的人跟着学了起来。

荆世骇拿着袋子，一把一把地给小子们的饺子皮上放着“糖”。有人忍不住蘸了下，往嘴里一嘬。

什么呀？咸死了，是盐呀！

对！是盐。荆世骇说，我们今天就包盐汤圆。觉得少的，我可以为你再加点。他说。

小子们沸腾了，包盐汤圆做啥呀？

吃呀。

那不咸死呀？

不会的。

会的。

……

我这里还有糖，荆世骇说，先咸后甜。说着，他又从抽屉里拿住一袋“怡口莲”，那可是奶油香的巧克力糖哪！

这个我吃过，好吃的。阙无言说。

我也吃过的。有好多人跟道。

那这个汤圆是生的呀，怎么吃呢？连德起说。

我这里有锅，说着，荆世骇从讲台下拿出一个电饭煲来。你们把自己的汤圆放进去，然后我们煮，一会儿就可以吃了。

小子们一听要煮汤圆，高兴得叫了起来，纷纷把自己的“作品”放进了锅里。

荆世骇收齐后点了点，一共四十五个，一个不少，他在水龙头上加了点水，开始煮起来。

104.燃烧吧　羽毛

在等熟的这点时间里，我来给大家讲个故事吧。荆老师说。

好呀。小子们好久没听到荆老师的故事了，显得都很兴奋。

我小时候，村上有个人叫王永根，四十几岁，有点傻，大家都叫他戆永根……

是不是我们去过的那个村呀？阙无言忙问道。

是的。就是这个村。

是不是胡来来家那个村呀？袁方方问。好多人不认识胡来来，以为袁方方是在瞎说说，所以大笑起来。

是的。荆世骇回道。

别吵了，让荆老师讲故事吧。田回有点不耐烦了，说。

好，那我就接着讲下去啦……这个戆永根是个光棍，靠帮人家做小工生活，没活的时候也捡捡垃圾。他娘是个尼姑，“文化大革命”的时候生了一种奇怪的病，要用癞蛤蟆的皮贴在肚子上治，有一次，不知怎的，戆永根误把一只藏青色的大青蛙当作了蛤蟆，剥了皮贴在了她娘的肚子上，结果第二天一早他发现，自己的娘死了，他哭得死去活来，最后在村里人的帮助下，总算把丧事给办了。

就这样，戆永根成了村里的“快活宝”，大伙儿一边叫他干活，一边寻他开心。有一个夏天，天特别热，地里的稻啊菜啊都快干死了。有的人家就想到了戆永根，叫他去挑水浇菜。戆永根二话没说，光着膀子，顶着匾大的太阳，一家一家给菜地浇水。浇到我家的时候，我爸见他快成烤猪了，就端了碗凉水，让他歇一歇。戆永根放下水桶担子，在我家门口的凉荫下和我爸吹牛。吹着吹着，他忽然看见一只大鸟从天上掉了下来，掉到了我家前面的那块菜地里。他马上奔了过去，我爸也跟了上去，果然看见一只大鸟在菜地里喘气，看样子它也是热坏了。戆永根放慢脚步，悄悄地接近大鸟，大鸟似乎没有发现他，待在原地没动。就在戆永根准备一把按住它时，它却硬生生从他裤裆里钻了过去，扑棱棱地飞了起来。气急败坏的戆永根对着起飞的大鸟大声骂道，既然不肯被我抓住，来引诱我做啥？娘个×。自认识戆永根以来，我爸是第一次听见他骂粗，不免哈哈哈地大笑起来。鸟本来就是会飞的，你以为它到了地上就是你的啦。戆永根一听，对呀！于是又回到了我家门口的凉荫下和我爸吹牛，吹着吹着，天突然暗了下来，紧跟而来的是轰隆隆的雷声，眼看就要下大雨了。这个时候，戆永根突然站了起来，对我爸说，天要坏了，我得去浇水了。我爸听了哈哈大笑，说，你这个戆永根么真的戆咯，下雨了还用浇水吗？谁知戆永根说，雨是雨水是水，天上掉下来的东西都不可信。

哈哈哈……科学实验室里顿时笑爆了，这个时候，电饭煲里蒸汽也咕咕咕地冒了出来。所有人的注意力都集中到了咸汤团上。

同学们，等会儿吃咸汤团时注意不要嚼，一口吞下去，行吗？荆世骇说。

那不会烫着呀。查鑫欣说。

先晾一会儿。荆世骇说。

好吧。

很快，一个个汤团盛到了大家洗好的小盆里，馋得人恨不得马上就一口吞了它。

现在大家对汤团吹三口气，然后一口吞了它。荆世骇说完，听到手机好像响了一下。

不好意思等一下，他说，我接个电话，然后和你们一起吃。

不是电话，是短信。荆世骇呆呆地盯着屏幕，突然，两道目光直射向金软，像两把剑一样，让人不寒而栗！

只见屏幕上显示着金软的短信：荆老师，我喜欢你，他们是无辜的！

荆世骇的眼睛开始闪光，那是眼泪，在日光灯的照射下，就像珍珠。足足有一分钟，荆世骇没有一点反应，呆呆地看着金软，直到泪珠掉到地上。

同学们，汤团是用来做实验的，不能吃，还是吃糖吧。荆世骇哽咽着说。

就在荆世骇把辞职申请送到康校长办公室的时候，A状元小学的门卫正在给一个陌生的女孩做着来访的登记，她说她要找荆世骇荆老师。

荆世骇没想到寇蓝会出现在自己面前，和办公室的其他人一样，出神地呆呆地看着这个美女。所不同的是，荆世骇的身体在颤抖，他再也控制不住了，不管不顾，一个熊抱，把寇蓝深深地抱在了怀里。随之而来的是滚滚洪水般汹涌的哭声，呜呜呜，呜呜呜……寇蓝也紧紧抱着他，任凭他宣泄。

你怎么会来？哭完之后，荆世骇和寇蓝来到了校外。

电视上看到了你的事，知道你扛不住了。寇蓝说。

我、我差点……做傻事。荆世骇说，是一个学生及时拯救了我。

谁？是不是那个叫金软的女同学。寇蓝说。

是啊，你怎么知道？荆世骇吃惊地问。

你猜？寇蓝说。

荆世骇隐约记得，那天的深夜电话跟寇蓝提起过金软，也或者她通过QQ空间看到了有关金软的信息。

我辞职了，你呢？荆世骇问。

做中学老师啊。寇蓝说，要不怎么养活你呢？

你真好。荆世骇不管马路上有人，低下头就在寇蓝的脸上嘬了一口。

色鬼，寇蓝嗔怪道，你就这么跟我走了，不和你的学生告个别？

我想……荆世骇支支吾吾起来，我想带两个人走。

谁？寇蓝问。

金软和田回。荆世骇说完瞪大眼睛看着寇蓝，像是闯祸的孩子等着大人发火。

为何？

我走后，其他孩子很快就会回到我没出现前的状态，可是他俩不会，我害了他们，要负责。荆世骇说。

那你不怕背上个拐卖儿童的罪名？寇蓝说。

不会。说着，荆世骇拿出手机，点开短信，只见金软的短信上说着，带我走吧，荆老师，求求你了。

把手机给我。寇蓝边说边把手机夺了过去，她很快翻到了之前的那条，“荆老师，我喜欢你……”

只见寇蓝扬起手，准备狠狠地把手机砸掉，但她突然停了下来，“阴险”地问荆世骇，你想带她走？究竟是为啥呀？说！

荆世骇一看寇蓝的表情，知道“灾难”已经过去，于是回道，怕你对我不好，先备个童养媳。

啊？寇蓝显然没有准备听到这样的回答，一下跳了起来，另一手抓住荆世骇的耳朵，问，你再说一遍！你再说一遍！

你可要考虑清楚。过了好一会，寇蓝说，那个田回的情况你摸清楚了没？

摸清楚了，他留在他母亲身边还不如跟我去流浪……